東宮

匪我思存 著

FEIWOSICUN WORKS | GOODBYE MY PRINCESS

匪我思存作品集 02

平直

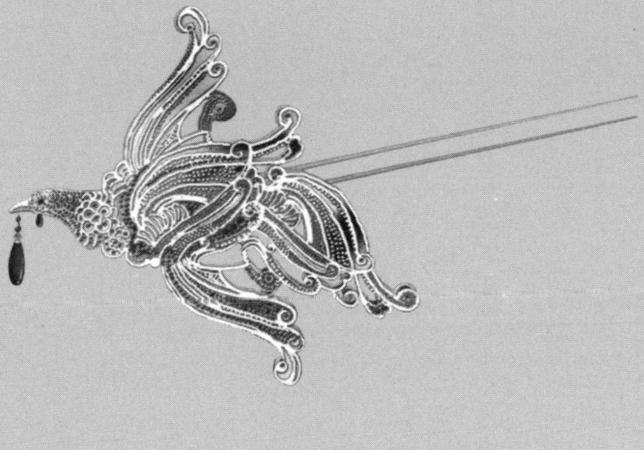

我又和李承鄞吵架了。每次我們吵完架，他總是不理我，也不許旁人同我說話。我覺得好生無趣，便偷偷溜上街玩。阿渡跟著我，她一直在我身邊，無論走到哪裡都甩不掉，像個影子似的。好在我並不討厭阿渡這個人，她除了有點兒一根筋之外，樣樣都好，還會武功，可以幫我打跑壞人。

我們去茶肆裡聽說書，說書先生口沫橫飛，講到劍仙如何如何千里之外取人項上人頭，我問阿渡：「喂，妳相不相信這世上有劍仙？」

阿渡搖搖頭。

我也覺得不可信。

這世上武林高手是有的，像阿渡的那柄金錯刀，我看見過她出手，快得就像閃電一般。可是千里取人頭，我覺得那純粹是吹牛。

走出茶肆的時候我們看到街頭圍了一圈人，我天生愛湊熱鬧，自然要擠過去看個究竟。原來是個一身縞素的姑娘跪在那裡哭哭啼啼，身後一卷破席，裹著一具直挺挺的屍首，草席下只露出一雙僵直的腳，連鞋都沒有穿。周圍的人都一邊搖頭一邊歎氣，對著她身前寫著「賣身葬父」四個墨字的白布指指點點。

「哇，賣身葬父！敢問一下，這位小姐打算把自己賣多少錢？」

所有人全都對我怒目而視。我忘了自己還穿著男裝，於是縮了縮脖子，吐了吐舌頭。這時候阿渡拉了拉我的衣角，我明白她的意思，阿渡總是擔心我闖禍，其實我雖然成天在街上晃來晃去，但除了攔過一次驚馬打過兩次惡少送過三次迷路的小孩回家追過四次還是五次小偷之外，眞的沒有多管閒事……

我偷偷繞到人群後頭，仔細打量著那破席捲著的屍首，然後蹲下來，隨手抽了根草席上的草，輕輕撓著那僵直的腳板心。

撓啊撓啊撓啊……撓啊……

我十分有耐心地撓啊撓，草席裡的「屍首」終於忍不住開始發抖，越抖越厲害，越抖越厲害……周圍的人終於發現了異樣。有人大叫一聲指著發抖的草席，牙齒格格作響，說不出話來；還有人大叫「詐屍」；更多的人瞠目結舌，呆立在那裡一動不動。我不屈不撓地撓著，草席裡的「屍首」終於忍不住那鑽心奇癢，一把掀開席子，大罵：「哪個王八蛋在撓我腳板心？」

我牙尖嘴利地罵回去：「王八蛋罵誰？」

他果然上當：「王八蛋罵你！」

我拍手笑：「果然是王八蛋在罵我！」

他一骨碌爬起來便朝我一腳踹來，阿渡一閃就攔在我們中間。我衝他扮鬼臉：「死騙子，裝挺屍，三個銅板挺一挺！」

騙子大怒，那個渾身縞素的姑娘同他一起朝我們衝過來。阿渡素來不願意在街上跟人打架，便拉著我飛快地跑了。

我有時候非常不喜歡跟阿渡在一塊兒，因爲往往有趣的事剛剛做了一半，她就拉著我當逃兵。可是她的手像鐵鉗似的，我怎麼也掙不開，只好任憑她拉著我，踉踉蹌蹌一路飛奔。就在我們夾雜在人流中跑過半條街的時候，我突然看到一間茶樓前，有個人正瞧著我。

那個人長得很好看，穿一件月白袍子，安靜地用烏黑的眼珠盯著我。

不知道爲什麼，我心裡突然一跳。

到了牌坊底下，阿渡才鬆開我的手，我回頭再看那個人，他卻已經不在了。

阿渡沒有問我在看什麼，她就是這點好，從來不問東問西。我覺得自己今天有點兒心神不定，也許是因爲和李承鄞吵架的緣故。雖然他每次都吵不贏我，我總可以將他氣得啞口無言，但他會用別的方式來還擊，比如讓旁人都不理睬我，就如同我是一個所有人都看不見的人。那種滋味實在不好受，如果我不偷偷溜出來街上玩，遲早會被活活悶死。

我覺得好生無趣，低頭踢著石子，石子一跳一跳，就像蹴鞠一樣。李承鄞是蹴鞠的高手，小小的皮球在他足尖，就像是活物一般，任他踢出好多種花樣。我並不會蹴鞠，也沒有學過，因爲李承鄞不肯教我，也不肯讓別人教我，他一直非常小氣。

我用力稍大，一腳將石子踢進了陰溝裡，「撲通」一響，我才發現不知不覺竟然已經走到了一條巷子裡。兩邊都是人家的高牆，這裡的屋子總建得很高，還有形狀古怪的騎牆，我突然覺得有點兒毛骨悚然……就是那種後頸裡寒毛豎起來的感覺。

我回過頭去，竟然沒有看到阿渡，我大聲叫：「阿渡！」

巷子裡空落落的，迴盪著我的聲音。我前所未有地恐慌起來，幾年來阿渡一直和我形影不離，連我去如廁，她都會跟在我身邊。我醒的時候她陪著我，我睡覺的時候她睡在我床前，她從來沒有不聲不響離開過我周圍一丈以外，現在阿渡突然不見了。

我看到了那個人，那個穿月白色袍子的人，他站在巷子那頭，遠遠地注視著我。

我方寸大亂，回頭叫著：「阿渡！」

這個人我並不認識，可是他剛剛在街上瞧著我的樣子，奇怪極了。我現在覺得他瞧著我的樣子，也奇怪極了。

我問他：「喂！你有沒有看到阿渡？」

他並沒有答話，而是慢慢地朝著我走過來。太陽照在他的臉上，他長得眞好看，比李承鄞還要好看。他的眉毛像是兩道劍，眼睛黑得像寶石一樣，鼻粱高高的，嘴唇很薄，可是形狀很好看，總之他是個好看的男人。他一直走到我的面前，忽然笑了笑：「小姐，請問妳要找哪個阿渡？」

這世上還有第二個阿渡麼，我說：「當然是我的阿渡，你有看見她麼？她穿著件黃色的衫子，像隻小黃鸝一樣。」

他慢吞吞地說：「穿著件黃色的衫子，像隻小黃鸝一樣——我倒是看見了這樣一個人。」

「她在哪裡？」

「就在我的面前。」他離我太近了，近得我可以看見他眼中熠熠有神的光芒，「難道妳不是麼？」

我低頭看了看自己的衣裳，我穿的是件淡黃色的男衫，同阿渡那件一樣，這個人眞的好生奇怪。

他說：「小楓，幾年不見，妳還是這樣，一點兒都沒有變。」

我不由得大大地一震，小楓是我的乳名，自從來了上京，再也沒有人這樣稱呼過我。我眨著眼睛，有點兒迷惘地看著他：「你是誰？」

他淡淡地笑了笑，說道：「嗯，妳不知道我是誰。」

「你是我爹派來的麼？」我眨了眨眼睛，看著他。臨走的時候阿爹答應過我，會派人來看我，給我送好吃的。結果他說話不算話，一直都沒有派人來。

他並沒有回答我，只是問我：「妳想回家嗎？」

我當然想回家，做夢都想要回家。

我又問他：「你是哥哥派來的麼？」

他對我微笑，問我：「妳還有哥哥？」

我當然有哥哥，而且有五個哥哥，尤其五哥最疼我。我臨走的時候他還大哭了一場，用鞭子將泥地上的沙土全都抽得東一條西一條。我知道他是因爲捨不得我，捨不得我到這麼遠的地方來。

這個人連我有哥哥都不知道，看來並不是家裡派來的人，我略微有點兒失望。問他：「你怎麼會知道我的名字？」

他說：「妳曾經告訴過我。」

我告訴他的？我原來認識他麼？

爲什麼我一點兒印象都沒有了。

可是不知道爲什麼，我卻不覺得這個人是騙子。大約因爲不會有這麼奇怪的騙子，這世上的騙子都會努力把自己扮成正常人，他們才不會奇奇怪怪呢，因爲那樣容易露出破綻，被人揭穿。

我歪著頭打量他，問：「你到底是什麼人？」

他說：「我是顧劍。」

他沒有說別的話，彷彿這四個字已經代表了一切。

我壓根兒都沒有聽說過這個名字，我說：「我要去找阿渡了。」

他對我說：「我找了三年才見到妳，妳就不肯同我多說一會兒話麼？」

我覺得好生奇怪：「你爲什麼要找我？你怎麼會找了我三年？三年前我認識你麼？」

他淡淡地笑了笑，說道：「三年前我把妳氣跑了，只好一直找，直到今天才找到妳。可是妳已經不認得我了。」

我覺得他在騙人，別說三年前的事，就是十三年前的事我都記得清清楚楚。我的記性可好啦，我兩三歲時，剛記事不久，就記得不少事了。比如，阿娘曾給我吃一種酸酸的果子漿，我很不愛吃；又或者阿娘抱著我，看父王跑馬歸來，金色的晨曦鍍在父王身上，他就像穿了一件金色的盔甲一般，威風凜凜。

我決意不再同他說話。我轉身就走，阿渡會到哪裡去了呢？我一邊想一邊回頭看了一眼，那個顧劍還站在那裡看著我，他的目光眨也不眨地望著我，看見我回頭看他，他又對我笑了笑。他都對我笑了好幾次了，我突然覺得他的笑像水面上浮著的一層碎冰，就像對著我笑，其實是件讓他非常難受的事似的。

眞是一個奇怪的人，還硬說我認識他，我可不認識這樣的怪人。

我走出巷子的時候，才發現阿渡就坐在橋邊。她呆呆地看著我，我問她：「妳跑到哪裡去了，我都擔心死了。」

阿渡一動不動地坐在那裡，我搖她她也不動。這時候那個顧劍走過來，他朝著阿渡輕輕一彈指，只聽「嗤」一聲，阿渡就「呼」地跳起來，一手拔出她那柄金錯刀，另一隻手將我拉到她的身後。

那個顧劍悠悠地笑著，說道：「三年前我們就交過手，剛剛我一指就封住了妳的穴道。妳難道不明白，如果我眞的想做什麼，就憑妳是絕對攔不住我的麼？」

阿渡並不說話，只是兇狠地看著他，那架式像是護雛的母雞似的。有一次李承鄞眞的把我氣到了，阿渡也是這樣瞪著他的。

我沒想到這個顧劍能封住阿渡的穴道，阿渡的身手非常了得，尋常人根本接近不了她，更別提輕易制住她了，這個顧劍武功高得簡直是匪夷所思。我瞠目結舌地瞧著他。

他卻只是長長歎了口氣，看著拔刀相向的阿渡，和在阿渡身後探頭探腦的我……然後他又瞧了我一眼，終於轉身走了。

我一直看著他走遠，巷子裡空蕩蕩的，那個怪怪的顧劍終於走得看不見了。我問阿渡：「妳不要緊吧？有沒有受傷？」

阿渡搖了搖頭，做了一個手勢。

我知道那個手勢的意思，她是問我是不是很難過。

我爲什麼要難過？

我覺得她莫名其妙，於是大大地朝她翻了個白眼。

天色漸漸暗下來，我帶著阿渡上問月樓去吃飯。

我們出來街上閒逛的時候，總是到問月樓來吃飯，因爲這裡的雙拼鴛鴦炙可好吃了。坐下來吃炙肉的時候，賣唱的何伯帶著他的女兒福姐兒也上樓來了。何伯是個瞎子，可是拉得一手好胡琴，每次到問月樓來吃酒，我都要煩福姐兒唱上一首小曲兒。

福姐兒早就和我們相熟了，對我和阿渡福了一福，叫我：「梁公子。」

我客氣地請她唱兩首曲子，她便唱了一曲〈採桑〉。

吃著雙拼鴛鴦炙，溫一壺蓮花白酒，再聽著福姐兒唱小曲兒，簡直是人生最美不過的事情。肉還在炙子上滋滋作響，阿渡用筷子將肉翻了一個個兒，然後將烤好的肉蘸了醬汁，送到我碟中。我吃著烤肉，又喝了一杯蓮花白酒，這時候有一群人上樓來，他們踩得樓板「咚咚」直響，他們哄然說笑，令人側目。

我開始跟阿渡瞎扯：「妳看那幾個人，一看就不是好人。」

阿渡不解地望著我。

我說：「這些人雖然都穿著普通的衣裳，可是每人都穿著粉底薄靴，腰間佩刀，而且幾乎個個手腕上戴著護腕，拇指上綁著鹿皮韘。這些人既慣穿快靴，又熟悉弓馬，還帶著刀招搖過市……又長成這種油頭粉面的德性，那麼這些傢伙一定是羽林郎。」

阿渡也不喜歡羽林郎，於是她點了點頭。

那些羽林郎一坐下來，其中一個人就喚：「喂，唱曲兒的！過來唱個〈上坡想郎〉！」何伯顫巍巍地向他們賠不是，說道：「這位公子點了兩首曲子，剛剛才唱完一首。等這首唱完，我們就過來侍候幾位郎君。」

那羽林郎用力將桌案一拍：「放屁！什麼唱完不唱完的！快快過來給咱們唱曲兒，不然我一刀劈死你這個老瞎子。」另一個人瞧了我一眼，笑嘻嘻地說：「你們瞧那小子，細皮嫩肉像個姑娘似的，長得倒是眞俊。」這時候先前那人也瞧了我一眼，笑道：「要說俊，還眞俊，比那個唱小曲兒的娘子長得還好。喂！兔兒爺相公，過來陪咱們喝一盅。」

我歎了口氣，今天我本來不想跟人打架，看來是避免不了了。我放下筷子，懶懶地道：「好好一家店，怎麼突然來了一幫不說人話的東西？眞教人掃興！」

那些人一聽大怒，紛紛拍桌：「你罵誰？」

我衝他們笑了笑：「哦，對不住，原來你們不是東西。」

起先罵人的那個人最先忍不住，拔劍就朝我們衝過來。阿渡輕輕將桌子一拍，桌上的那些碟啊碗啊都紋絲未動，只有箸筒被震得跳起來。她隨手抽了支筷子，沒等箸筒落回桌面，那人明晃晃的刀尖已經刺到我面前。電光石火的剎那，阿渡將筷子往下一插，只聞一聲慘叫，緊接著「鐺」一聲長劍落在地上，那人的手掌已經被那支筷子生生釘在桌子上，頓時血流如注。那人一邊慘叫一邊伸手去拔筷子，但筷子透過整個手掌釘穿桌面，便如一支長釘一般，如何拔得動分毫。

那人的同伴本來紛紛拔刀，想要衝上來，阿渡的手就擱在箸筒之上，冷冷地掃了他們一眼。那群人被阿渡的氣勢所懾，竟然不敢上前一步。

被釘在桌上的那個人還在像殺豬般叫喚著，我嫌他叫得太煩人，於是隨手挾起塊桂花糕塞進他嘴裡，他被噎得翻白眼，終於叫不出聲來。

我拿著剛剛挾過桂花糕的筷子，用筷頭輕輕拍著自己的掌心，環顧眾人，問道：「現在你們哪個還想跟我喝酒？」

那群人嚇得連大氣也不敢出。我站起來，朝前走了一步，他們便後退一步，我再走一步，他們便再退一步，一直退到了樓梯邊，其中一個人大叫一聲：「快逃！」嚇得他們所有人一窩蜂全逃下樓去了。

太不好玩了……我都還沒來得及告訴他們，我可不會像阿渡一樣拿筷子插人，我只是嚇唬嚇唬他們而已。

我坐回桌邊繼續吃烤肉，那個手掌被釘在桌上的人還在流血，血腥氣眞難聞，我微微皺起眉頭。阿渡懂得我的意思，她把筷子拔出來，然後踢了那人一腳。那人捧著受傷的手掌，連滾帶爬地向樓梯逃去，連他的刀都忘了拿。阿渡用足尖一挑，彈起那刀抓在手中，然後遞給了我。我們那裡的規矩，打架輸了的人是要留下自己的佩刀的，阿渡陪我到上京三年，還是沒忘了故鄉舊俗。

我看了看刀柄上鏨的銅字，不由得又皺了皺眉。

阿渡不明白我這次皺眉是什麼意思，我將刀交給阿渡，說道：「還給他吧。」這時候那人已經爬到樓梯口了，阿渡將手一揚，刀「錚」地釘在他身旁的柱子上。那人大叫一聲，連頭都不敢回，就像個繡球似的，骨碌碌直滾下樓梯去了。

從問月樓出來，倒是滿地的月色，樹梢頭一彎明月，白胖白胖地透著亮光，像是被誰咬了一口的糯米餅。我吃得太飽，連肚子都脹得好疼，愁眉苦臉地捧著肚子，一步懶似一步跟在阿渡的後頭。照我現在這種蝸牛似的爬法，只怕爬回去天都要亮了。可是阿渡非常有耐心，總是走一步，停一步，等我跟上去。我們剛剛走到街頭拐角處，突然黑暗裡「呼啦啦」湧出一堆人，當先數人都執著明晃晃的刀劍，還有人喝道：「就是他們倆！」

定睛一看，原來是剛剛那群羽林郎，此時搬了好些救兵來。

爲什麼每次出來街上亂逛，總是要以打架收場呢？我覺得自己壓根兒不是一個喜歡尋釁滋事的人啊！

看著一片黑壓壓的人頭，總有好幾百的樣子，我歎了口氣。

阿渡按著腰間的金錯刀，詢問似地看著我。

我沒告訴阿渡，剛剛那柄刀上鑿著的字，讓我已經沒了打架的興致。既然不打，那就撒丫子——跑唄！

我和阿渡一路狂奔，打架我們倆絕不敢妄稱天下第一，可是論到逃跑，這上京城裡我們要是自遜第二，估計沒人敢稱第一。三年來我們天天在街上逃來逃去，被人追被人攆的經驗委實太豐富了，發足狂奔的時候專揀僻街小巷，鑽進去四通八達，沒幾下就可以甩掉後面的尾巴。

不過我們這次遇上的這群羽林郎也當真了得，竟然跟在後頭窮追不捨，追得我和阿渡繞了好大一個圈子也沒把他們甩掉……我吃得太飽，被那群混蛋追了這麼好一陣工夫，都快要吐出來了。阿渡拉著我從小巷穿出來到了一條街上，而前方正有一隊人馬迎面朝我們過來，這些人馬遠遠看上去竟也似是羽林郎。

不會是那群混蛋早埋下一支伏兵吧？我扶著膝蓋氣喘吁吁，這下子非打架不可了。

身後的喧譁聲越來越近，那群混蛋追上來了。這時迎面這隊人馬所執的火炬燈籠也已經近在眼前，帶頭的人騎著一匹高大的白馬，我突然發現這人我竟然認識，不由得大喜過望：「裴照！裴照！」

騎在馬上的裴照並沒有看真切，只狐疑地朝我看了兩眼。我又跳起來大叫了一聲他的名字，他身邊的人提著燈籠上前一步，照清楚了我的臉。

我看見裴照身子一晃，就從馬上下來了，乾脆俐落地朝我行禮：「太——」

我沒等他說出第二個字，就急著打斷他的話：「太什麼太？後頭有一幫混蛋在追我，快幫我攔住他們！」

裴照道：「是！」站起來抽出腰間所佩的長劍，沉聲發令，「迎敵！」

他身後的人一片「刷拉拉」拔刀的聲音，這時候那幫混蛋也已經追過來了，見這邊火炬燈籠一片通明，裴照持劍當先而立，不由得都放緩了腳步。帶頭幾個人還勉強擠出一絲笑容，只不過牙齒在格格輕響：「裴……裴……裴將軍……」

裴照見是一群羽林郎，不由得臉色遽變，問道：「你們這是在做什麼？」

裴照是金吾將軍，專司職管羽林郎。這下子那些潑皮可有得苦頭吃，我拉著阿渡，很快樂地趁人不備，溜之大吉。

我和阿渡是翻牆回去的，阿渡輕功很好，無聲無息，再高的牆她將我輕輕一攜，我們倆就已經上去了。夜深了，四處靜得嚇人。這裡又空又大，總是這樣的安靜。

我們像兩隻小老鼠，悄悄溜進去。四處都是漆黑一片，只有很遠處才有幾點飄搖的燈火。地上鋪了很厚的地氈，踩上去綿軟無聲，我摸索著找床，我那舒服的床啊……想著它我不由得就打了個呵欠：「真睏啊……」

阿渡忽然跳起來，她一跳我也嚇了一跳。這時候四周突然大放光明，有人點燃了燈燭，還有一堆人持著燈籠湧進來，當先正是永娘。隔著老遠她就淚眼汪汪撲地跪下去：「太子妃，請賜奴婢死罪。」

我頂討厭人跪，我頂討厭永娘，我頂討厭人叫我太子妃，我頂討厭動不動死罪活罪。

「哎呀，我這不是好好地回來了嘛。」

每次我回來永娘都要來這麼一套，她不膩我都膩了。果然永娘馬上就收了眼淚，立時命宮娥上前來替我梳洗，把我那身男裝不由分說脫了去，給我換上我最不喜歡的衣服，穿著裡三層外三層，一層一層又一層，好像一塊千層糕，剝了半晌還見不著花生。

永娘對我說：「明日是趙良娣的生辰，太子妃莫要忘了，總要稍假辭色才好。」

我睏得東倒西歪，那些宮娥還在替我洗臉，我襟前圍著大手巾，後頭的頭髮披散開來，被她們細心地用牙梳梳著，梳得我更加昏昏欲睡。我覺得自己像個人偶，任憑她們擺佈，永娘對我嘮嘮叨叨說了很多話，我一句也沒聽進去，因爲我終於睡著了。

這一覺睡得十分黑甜，吃得飽，又被人追了大半夜，跑來跑去太辛苦了。我睡得正香的時候，突然聽到「砰」一聲巨響，我眼睛一睜就醒了，才發現天已經大亮，原來這一覺竟睡到了日上三竿。我看到李承鄞正怒氣沖沖地走進來，永娘帶著宮娥驚惶失措地跪下來迎接他。

我披頭散髮臉也沒洗，可是只得從床上爬起來，倒不是害怕李承鄞，而是如果躺在床上跟他吵架，那也太吃虧，太沒氣勢了。

他顯然是來興師問罪的，冷冷地瞧著我：「妳還睡得著？」

我打了個大大的呵欠，然後才說：「我有什麼睡不著的？」

「妳這個女人怎麼這般惡毒？」他皺著眉毛瞧著我，那目光就像兩支冷箭，硬生生像是要在我身上鑽出兩個窟窿似的，「妳別裝腔作勢了！」

這不是他慣常和我吵架的套路，我覺得莫名其妙：「怎麼了？」

「怎麼了？」他咬牙切齒地對我說，「趙良娣吃了妳送去的壽麵，上吐下瀉，妳怎麼用心如此之毒？」

我朝他大大地翻了一個白眼：「我沒送壽麵給誰，誰吃了拉肚子也不關我的事！」

「敢做不敢認？」他語氣輕蔑，「原來西涼的女子，都是這般沒皮沒臉！」

我大怒，李承鄞跟我吵了三年，最知道怎麼樣激怒我，我跳起來：「西涼的女子才不會敢做不敢認，我沒做過的事情我爲什麼要認？我們西涼的女子從來行事爽快，漫說一個趙良娣，我若是要害誰，只會拿了刀子去跟她拚命，才不會做這種背後下毒的宵小！倒是你，不問青紅皀白就來冤枉人，你算什麼堂堂上京的男人？」

李承鄞氣得說：「妳別以爲我不敢廢了妳！便拚了這儲位不要，我也再容不下妳這蛇蠍！」

我嘎嘣扔出四個字：「悉聽尊便。」

李承鄞氣得拂袖而去，我氣得也睡不著了，而且胃也疼起來，阿渡替我揉著。永娘還跪在那裡，她顯然被嚇到了，全身抖得像篩糠一樣。我說：「由他去吧，他每年都揚言要廢了我，今年還沒說過呢。」

永娘又淚眼汪汪了：「太子妃恕罪……那壽麵是奴婢遣人送去的……」

我大吃一驚，永娘道：「可奴婢眞沒在裡頭做什麼手腳，奴婢就是想，今日是趙良娣的生辰，太子妃若不賞賜點什麼，似乎有點兒……有點兒……太子妃高臥未醒，奴婢就擅自作主，命人送了些壽麵去，沒想到趙良娣她吃了會上吐下瀉……請太子妃治奴婢死罪……」

我滿不在乎地說：「既然咱們沒做手腳，那她拉肚子就不關咱們的事，有什麼死罪活罪的。妳快起來吧，跪在那裡膩歪死我了。」

永娘站起來了，可是仍舊淚汪汪的：「太子妃，那個字可是忌諱，不能說的。」

不就是個死字麼？這世上誰不會死？東宮的這些規矩最討厭，這不讓說那也不能做，我都快要被悶死了。

因爲趙良娣這一場上吐下瀉，她的生辰自然沒有過好。李承鄞終於嚥不下這口氣，大鬧了一場。他想廢了我是不可能的，不用他父皇發話，就是太傅們也會攔著他。但我還是倒了楣，因爲李承鄞在太皇太后面前告了我一狀，太皇太后派人送了好幾部《女訓》、《女誡》之類的書來，罰我每冊抄上十遍。我被關在屋子裡，叫天不應，叫地不靈，一連抄了好多天，抄得手都軟了還沒有抄完。

將所有書抄到第五遍的時候，永娘告訴我一個消息，侍候李承鄞的一個宮娥緒娘遇喜了，這下子趙良娣可吃癟了。

我不解地問她：「什麼叫遇喜啊？」

永娘差點兒沒一口氣背過去，她跟我繞圈子講了半天，我才恍然大悟，原來遇喜就是有娃娃了。

我興沖沖地要去看熱鬧，到上京這幾年，我還沒有見過身邊誰要生娃娃，這樣稀罕的事我當然要插一腳。結果被永娘死死拉住：「太子妃，去不得！據說太子殿下曾經答應過趙良娣，絕不會有二心。那日太子殿下也是醉了，才會寵幸緒娘。眼下趙良娣正哭哭啼啼，鬧不痛快。太子妃如果此時去探視緒娘，趙良娣會以爲太子妃是故意示威……」

我眞不明白，爲什麼永娘會這樣想，東宮裡所有人都奇奇怪怪，她們想事情總是繞了一個圈子又繞一個圈子。我歎了口氣，永娘說趙良娣會那樣想，說不定她眞的就會那樣想，我不想再和李承鄞吵架了，他要再到太皇太后面前告我一狀，還不罰我抄書抄死了？

晚上的時候，皇后召我進宮去。

我很少獨自見到皇后，每次都是同李承鄞一起。皇后對我說的話也僅限於「平身」、「賜座」、「下去歇著吧」。這次她單獨召見我，永娘顯得非常不安，她親自陪我去見皇后。

阿渡在永安殿外等我們，因爲她既不願解下身上的金錯刀，又不願離我太遠。

其實皇后長得挺漂亮，她不是李承鄞的親娘，李承鄞的親娘是淑妃，傳說是一個才貌無雙的美人，深得皇帝寵愛，可惜剛生下李承鄞不久就病死了。皇后一直沒有生育，於是將李承鄞抱到中宮撫養長大，然後李承鄞就成了名正言順的太子。

皇后對我說了一大篇話，說實話我都沒太聽懂，因爲太文縐縐了……皇后可能也看出我如墜雲霧中的表情，終於長長歎了口氣：「妳終歸還是太年幼，東宮的事情，怎麼一點也不上心呢？

算了，我命人收拾一處僻靜宮殿，命那緒娘進宮待產吧。至於趙良娣那裡，妳要多多安撫，不要讓鄞兒煩惱。」

這幾句大白話我總算聽懂了。皇后又對永娘說了些話，她仍舊說得文縐縐的，我大約猜出是批評永娘對我教導不力，因為永娘面如死灰一直跪在那裡重複：「奴婢死罪。」

見皇后很無聊，挨訓更無聊。我偷偷用腳尖在地毯上畫圈，這裡的地毯都是吐火魯所貢，長長的絨毛一腳踏下去綿軟得像雪一樣，畫一個圈，地毯上的花就泛白一片，再反方向畫過來，地毯上的花又恢復了原來的顏色……再用腳尖畫過去，花朵又泛白了……我正玩得開心，突然聽到皇后咳嗽了一聲，抬頭一看她正盯著我。

我趕緊坐好，把腳縮回到裙子裡頭去。

從永安殿出來，永娘對我說：「太子妃您就體恤體恤奴婢，您要是再率性闖禍，奴婢死不足惜——」

我不耐煩地說：「知道了知道了，這麼多天我一直被關在屋子裡抄書，哪裡有闖禍啊！」

永娘安撫我說：「太子妃這幾日確實是十分乖順，不過皇后囑太子妃去慰藉趙良娣，太子妃一定要去看看她才好。」

我無聊地掰著自己的手指頭，悻悻地說：「李承鄞不許我靠近那個女人住的地方，我才不要去看她，不然李承鄞又要同我吵架。」

「這次不一樣，這次太子妃是奉了皇后的旨意，光明正大地可以去看趙良娣。而且趁這個機會，太子妃應該同趙良娣示好，趙良娣正煩惱緒娘之事，如果太子妃微露交結之意，趙良娣定然會覺得十分感激。如果太子妃此時能夠與趙良娣修好，到時即使緒娘產下男嬰，必然也成不了什麼氣候……」

我不知道永娘腦子裡成天想的是什麼，不過她從前是太皇太后最信任的女官，我被正式冊立爲太子妃之前，她就被遣到我身邊來，陪我學習冊立大典的禮儀。然後她陪著我度過了在東宮最難熬的一段歲月，那時候李承鄞根本對我不聞不問，東宮都是一雙勢利眼睛，我初來乍到，又是西涼人，動輒被人笑話，連當雜役的內官都敢欺負我。我想家想得厲害，成天只知道抱著阿渡哭，哭來哭去哭出了一場大病，李承鄞還硬說我是裝病，不讓人告訴太醫院和宮裡。拖到最後滴水不進，是永娘同阿渡一起，守在我床前，一勺勺餵我湯藥，硬是把我從閻王爺那裡搶回來。所以雖然她有時候想法很奇怪，我也會順著她一點兒，畢竟東宮裡除了阿渡，就是永娘眞心對我好。

「那好吧，我去看她。」

「不僅要去看望，太子妃還應當送趙良娣幾件稀罕的禮物，好好地籠絡她。」

稀罕的禮物，什麼東西是稀罕的禮物呢？

我苦思冥想。

最後我鄭重地選了一副高昌進貢的弓箭、兩盒玉石棋子、幾對抓著玩兒的骨拐，還有攏夷進貢的西番蓮酒。永娘看到這些東西的時候，臉上的表情古怪極了。

「呃……這些都是我覺得挺稀罕的好東西。」我瞧了瞧永娘的臉色，「妳覺得不好麼？」

永娘呼了一口氣，說道：「還是讓奴婢替太子妃選幾樣禮物吧。」

永娘最後選的禮物我也看過了，什麼和闐玉鑲金跳脫、赤金點翠步搖、紅寶缺月珊瑚釵、螭龍嵌珠項圈……然後還有什麼燕脂膏茉莉粉，不是金燦燦就是香噴噴。我委實不覺得這些東西是稀罕的好東西，但永娘很有把握地說：「趙良娣一定會明白太子妃的一片苦心。」

不過跟趙良娣的這次見面，我還是挺期待的。我就見過趙良娣一次，是我被冊立爲太子妃後的第二天，她晉封了良娣，按大禮來參拜我。我對她的全部印象就是一個穿著鞠衣的女人，在衆人的簇擁下向我行禮，因爲隔得太遠，我都沒看清楚她長得什麼樣子。

不過李承鄞是眞喜歡她。聽說他原本不肯娶我，是皇后答允他，冊我爲太子妃，他便可以立趙良娣爲良娣，於是我便成了那個最討厭的人。李承鄞總擔心我欺負了趙良娣，所以平日不讓她到我殿裡來，更不許我到她住的院子裡去。不知道他聽誰說的，說西涼女子生性善妒，還會施法術放蠱害人，所以平常同他吵架，只要我一提趙良娣，他就像是被踩了尾巴的貓似的跳起來，唯恐我眞的去加害趙良娣。

有時候我眞有點兒嫉妒趙良娣，倒不是嫉妒她別的，就是嫉妒有人對她這樣好。我在上京舉目無親，孤苦無依，永娘雖然對我好，可我又不愛同她說話，有些話便是說了她也不會懂。

比如我們西涼的夜裡，縱馬一口氣跑到大漠深處，風吹過芨芨草，發出「沙啦沙啦」的聲音。而藍得發紫的夜幕那樣低，那樣清，那樣潤，像葡萄凍子似的，酸涼酸涼的，抿一抿，就能抿到嘴角裡。永娘都沒有見過葡萄，她怎麼會曉得葡萄凍子是什麼樣子。阿渡雖然明白我的話，可是我說得再熱鬧，她也頂多只是靜靜地瞧著我。每當這個時候，我就格外想家，想我熱熱鬧鬧的西涼。我越想西涼，就越討厭這冷冷清清的東宮。

我去見趙良娣是個晴朗的下午，永娘陪著我，身後跟著十二對宮娥，有人提著薰爐，有人打著翟扇，有人捧著那些裝禮物的錦匣。我們這樣的行列走在東宮，非常的引人注目。到了趙良娣住的院子裡，她大約早就聽人說我要來了，所以大開了中門，立在台階下等我。

她院子裡種了一株很香的枸橘樹，結了一樹綠綠的小橘子，像是無數只小燈籠。我從前沒有見過，覺得很好玩，扭著脖子去看。這麼一分神，我沒留意腳下，踩到了自己的裙子，「啪」地就摔了一跤。

雖然三年來我苦心練習，可是還是經常踩到自己的裙子。這下子摔得太狼狽，趙良娣連忙迎上來攙我：「姐姐！姐姐沒事吧？」

其實我比她還要小兩歲……不過被她扶起來我還在齜牙咧嘴，太疼了簡直。

趙良娣一直將我攙入殿中，然後命侍兒去沏茶。

我剛才那一下真的摔狠了，坐在胡床上一動也不敢動，動一下就抽抽地疼。

永娘趁機命人呈上了那些禮物，趙良娣離座又對我行禮：「謝姐姐賞賜，妹妹愧不敢受。」

我不知道要說什麼才好，好在有永娘，她一手攙起了趙良娣：「良娣請起，其實太子妃一直想來看望良娣，只是不得機會。這次皇后命人接了緒娘入宮，太子妃擔心良娣這裡失了照應，所以今日特意過來。這幾樣禮物，是太子妃精心挑選，雖然鄙薄一些，不過是略表心意罷了。日後良娣如果缺什麼，只管吩咐人去取，在這東宮，太子妃視良娣爲左膀右臂，萬望良娣不要覺得生分才好。」

趙良娣道：「姐姐一片關愛之心，妹妹明白。」

老實說，她們說的話我半懂不懂，只覺得氣悶得緊。不過趙良娣倒不像我想的那樣漂亮，但是她人很和氣，說話的聲音溫溫柔柔的，我雖然並不喜歡她，但也覺得沒辦法很討厭她。

我在趙良娣的院子裡坐了一下午，聽趙良娣和永娘說話。永娘似乎很讓趙良娣喜歡，她說的話一套一套的，聽得趙良娣掩袖而笑，然後趙良娣還誇我，誇我有這樣得力的女官。

從趙良娣的院子裡出來，我遇上了裴照。他今天當値，領著羽林軍正從直房裡出來，看到我前呼後擁從趙良娣的院子裡出來，他顯得很驚訝似的，不過他沒說什麼，因爲有甲冑在身，只是拱手爲禮：「末將參見太子妃。」

「免禮。」

想到上次幸虧他出手相救，我不禁生了感激之情：「裴將軍，那天晚上多謝你啊！」不然我非被那群混蛋追死不可，雖然大不了再打一架好脫身，可那幫混蛋全是東宮的羽林郎，萬一打完架他們記仇，發現我竟然是太子妃，那可大大的不妙。

裴照卻不動聲色：「太子妃說什麼，末將不明白。」

我還沒來得及再跟他多說幾句話，已經被永娘拉走了。回到殿中永娘才教訓我：「男女授受不親，太子妃不宜與金吾將軍來往。」

男女授受不親，如果永娘知道我溜出去的時候，常常跟男人吃酒划拳聽曲打架，一定會嚇得暈過去吧。

我的大腿摔青了一大塊，阿渡替我敷上了金創藥。我又想偷偷溜出去玩兒，因爲書終於抄完了。不過永娘最近看得緊，我打算夜深人靜再出去。可是沒能成功，因爲這天晚上李承鄞突然來了。

他從來沒有晚上到我這裡來過，所以誰都沒提防，永娘已經回房睡了，值夜的宮娥也偷懶在打盹，我和阿渡兩人在打葉子牌，誰輸了誰就吃橘子。阿渡連和了四把，害我連吃了四個大橘子，胃裡直泛酸水，就在這時候李承鄞突然來了。

根據當初我在冊立大典前死記硬背的那一套，他來之前我這裡應該準備奉迎，從備的衣物，薰被用的薰香，爐裡掩的安息香，夜裡備的茶水，第二日漱口的浸汁……都是有條例有名錄寫得清清楚楚的。但那是女官的事，我只要督促她們做好就行了。問題是李承鄞從來沒在夜裡來過，於是從我到永娘到所有人，大家都漸漸鬆懈了，底下人更是偷懶，再沒人按那條條框框去一絲不苟地預備。所以當他走進來的時候，只有我和阿渡坐在桌前，興高采烈地打葉子牌。

我正抓了一手好牌，突然看到李承鄞，還以爲自己是看錯了，放下牌後又抬頭看了一眼。

咦，還眞是李承鄞！

阿渡站起來，每次李承鄞來都免不了要和我吵架，有幾次我們還差點打起來，所以他一進來，她就按著腰裡的金錯刀，滿臉警惕地盯著他。

李承鄞仍舊像平日那樣板著一張臉，然後一屁股坐在了床上。

我不知道他要幹嘛，只好呆呆看著他。

他似乎一肚子氣沒處發，冷冷道：「脫靴！」

這時候值夜的宮娥也醒了，見到李承鄞竟然坐在這裡，頓時活像見到鬼似的，聽得他這麼一說，才醒悟過來，連忙上前來替他脫靴子。誰知李承鄞抬腿就踹了她一記窩心腳：「叫妳主子來！」

她主子再沒旁人，起碼她在這殿裡名義上的主子，應該是我。

我把那宮娥扶起來，然後拍桌子：「你怎麼能踹人？」

「我就踹了！我還要踹妳呢！」

阿渡「刷」一聲就拔出了金錯刀，我冷冷地問：「你又是來和我吵架的？」

他突然笑了笑：「我不是來和妳吵架的，我是來這兒睡覺的。」

然後他指了指阿渡：「出去！」

我不知道他想幹嘛，不過瞧他來意不善，這樣一鬧騰，驚動了不少人。睡著的人全醒了，包括永娘。永娘見他深夜來了，不由得又驚又喜，驚的是他一臉怒容，喜麼，估計永娘覺得他來我這裡就是好事，哪怕是專程來和我吵架的。

永娘一來氣氛就沒那麼劍拔弩張了，她安排人打點茶水、洗漱、寢衣……所有人一陣忙亂，排場多得不得了。我被一堆人圍著七手八腳地梳洗了一番，然後換上了寢衣，等我出來的時候永娘正拉阿渡走，本來阿渡不肯走，永娘附在她耳邊不曉得說了句什麼，阿渡就紅著臉乖乖跟她走了。總之一陣兵荒馬亂之後，殿裡突然就只剩下我和李承鄞了。

我從來沒有穿著寢衣獨個兒待在一個男人面前，我覺得怪冷的，而且剛才那一番折騰也累著我了。我打了個呵欠，上床拉過被子就睡了。

至於李承鄞睡不睡，那才不是我操心的事情呢。

不過我知道後來李承鄞也上床來睡了，因為只有一條被子，他狠狠地踢了我一下子：「妳過去點兒！」

我都快要睡著了，又被他踢醒了。

我快睡著的時候脾氣總是特別好，所以我沒跟他吵架，還讓了一半被子給他。他裹著被子，背對著我，很快就睡著了。

那天晚上我沒怎麼睡好，因為李承鄞總是翻身，而我又不習慣跟人睡一條被子，半夜他把被子拉過去，害我被凍醒，我只好踹了他一腳又把被子拉回來。我們在半夜為了被子又吵了一架，他氣得說：「要不是瑟瑟勸我，我才不會到這裡來！」

瑟瑟是趙良娣的名字，他說到她名字的時候，神情語氣總會特別溫柔。

我想起下午的時候，趙良娣說過的那些話，還有永娘說過的那些話，我終於有點兒明白過來了，突然就覺得心裡有點兒難過。

其實我並不在乎，從前他不來的時候，我也覺得沒什麼好難過的，可是今天晚上他來了，我倒覺得有點兒難過起來。

我知道夫妻是應該睡在一起的，可是我也知道，他從來不曾將我當成他的妻子。

他的妻應該是趙良娣，今天我去看了趙良娣，並且送了她好些禮物，她可憐我，所以勸他來了。

我們西涼的女子，從來不要人可憐。

我爬起來，對他說：「你走吧。」

他冷冷地道：「妳放心，天亮我就走。」

他背對著我就又睡了。

我只好起來，穿上衣服，坐在桌子前。

桌子上放著一盞紗燈，裡面的紅燭被紗罩籠著灩灩的光，那團光暈暖暖的，像是要溢出來似的，我的心裡也像是有東西要溢出來。我開始想阿爹阿娘，我開始想哥哥們，我開始想我的那匹小紅馬，我開始想我的西涼。

每當我孤獨的時候，我就會想起西涼，在上京的日子總是很孤獨，所以我總是想起西涼。

就在這個時候，我突然看到窗上有個淡淡的影子。

我嚇了一跳，伸手推開窗子。

夜風的涼氣將我凍得一個哆嗦，外頭什麼人都沒有，只有滿地清涼的月色。

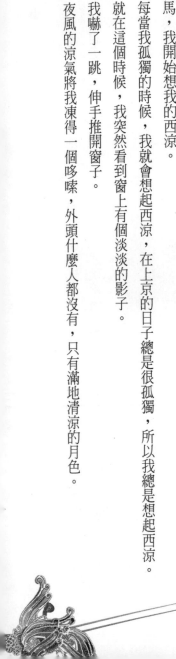

我正打算關上窗子，突然看到遠處樹上有團白色的影子，定睛一看，竟然是個穿白衣的人。

我嚇得瞠目結舌，要知道這裡是東宮，戒衛森嚴，難道會有刺客闖進來？

這穿白衣的刺客也忒膽大了。

我瞪著他，他看著我，夜裡安靜得連風吹過的聲音都聽得到，桌子上的燈火被吹得飄搖不定，而他立在樹巔，靜靜地瞧著我。風吹著枝葉起伏，他沐著一身月光，也微微地隨勢起伏，在他的身後是一輪皓月，大風吹起他的衣袖和長髮，他就像站在月亮中一般。

我認出他來了，是顧劍，那個怪人。

他怎麼會到這裡來？

我差點兒咬到了自己的舌頭。就在我眨了眨眼睛的時候，那個顧劍已經不見了。

我要麼是看錯了，要麼就是在做夢。

我覺得自己犯了思鄉病，做什麼事情都無精打采。李承鄞倒是第二天一早就走了，而且再也沒有來過。永娘把這一晚上當成一件喜事，提到就眉開眼笑，我都不忍心告訴她，其實什麼事都沒有。

別看我年紀小，我和阿渡在街上瞎逛的時候，曾經去勾欄瓦肆好奇地圍觀過，沒吃過豬肉，卻見過豬跑。

永娘感激趙良娣的好意，一意拉攏她來同我打葉子牌。

那天也不知道怎麼回事，我一直輸一直輸，一把也和不了。情場失意倒也罷了，連賭場也失意，永娘還以為我是突然開竅了，故意輸給趙良娣，哄她高興。

趙良娣從此常常到我這裡來打葉子牌，她說話其實挺討人喜歡的，比如她誇我穿的西涼小靴好看：「咱們中原，可沒這樣的精緻硝皮。」

我一高興就答應她，下回如果阿爹遣人來，我就讓他們帶幾雙好靴子來，送給她。

趙良娣一邊打葉子牌一邊問我：「太子妃幾時進宮去看緒娘呢？」

我鬧不懂為什麼我要進宮去看緒娘，她好好地住在宮裡，有皇后遣人照顧，我幹嘛還要去看她？再說永娘告訴我，趙良娣曾經為了緒娘的事狠狠鬧了一場，哭了好幾天，害得李承鄞賭咒發誓，哪怕緒娘生個兒子，他也絕不看緒娘一眼。我覺得趙良娣肯定挺討厭緒娘，可是她偏偏還要在我面前提起來，假裝大方。

永娘在旁邊說：「現在緒娘住在宮裡，沒有皇后娘娘的宣召，太子妃也不便前去探視呢。」

趙良娣「哦」了一聲，渾似沒放在心上。那天我牌運還不錯，贏了幾個小錢，等趙良娣一走，永娘就對我說：「太子妃一定要提防，不要被趙良娣當槍使了。」

永娘有時候說話我不太懂，比如這句當槍使。

永娘說：「趙良娣這麼恨緒娘，一定會想方設法讓她的孩子生不下來。她要做什麼，太子妃不妨由她去，樂得順水推舟，可是太子妃自己斷不能中了她的圈套。」

我又鬧不懂了，孩子都在緒娘的肚子裡了，趙良娣還有什麼辦法讓這孩子生不下來。永娘說：「法子可多了，太子妃是正派人，不要打聽這些。」

我覺得永娘是故意這麼說的，因爲我從來不覺得自己正派，可她這麼一說，我就不好意思腆著臉追問下去了。

天氣漸漸地涼了，我終於找到機會同阿渡溜出去。

還是街上好，人來人往，車如流水馬如龍，多熱鬧。我們上茶肆聽說書，原來的說書先生不知道到哪裡去了，換了一個說書先生，講的也不是劍仙的故事，而是幾十年前朝廷西征之事。

「那西涼這一敗，從此被天朝大軍嚇得望風披靡，納貢稱臣。宣皇帝仁厚，與西涼相約結爲世代秦晉之好，並且將天朝明遠公主賜婚給西涼可汗。兩國和睦了十餘載，沒想到西涼老可汗一死，新可汗又妄稱天可汗，便要與天朝開戰，天朝大軍壓境，新可汗見了天朝的威勢，後悔不迭，奉上自己的女兒和親，才換得天朝網開一面……」

茶肆裡所有人哄笑起來，阿渡跳起來摔了杯子，平常都是她拉著我不讓我打架，這次輪到我怕她忍不住要出手傷人，於是把她拉出了茶肆。

外頭的太陽明晃晃的，我記得明遠公主，她是個好看的女人，穿衣打扮同西涼的女子都不一樣，她病死的時候，阿爹還非常地傷心。

阿爹待她很好，阿爹說，待她好，便是待中原好。

我們西涼的人，總以爲自己待別人好，別人自然也會待自己好。可不像上京的人，心裡永遠盤著幾個彎彎，當面說一套，背後又做一套。

若是在三年前，我一定會在茶肆中同人打架，可是現在已經心灰意懶。

我和阿渡坐在橋邊歇腳，運河裡的船帆吃飽了風，船老大拿著長長的篙竿，一下子插進水底，然後慢慢地向後一步步退去。記得初到上京的時候，見到行船我還大驚小怪，車子怎麼可以在水中走？見到橋我就更驚詫了，簡直像彩虹一樣，是誰把石頭壘成了彩虹？在我們西涼，雖然有河，可河水總是極為清淺，像匹銀紗鋪在草原上，河水「嘩啦啦」響著，騎著馬兒就可以蹚過去了，那裡沒有船，也沒有橋。

來到上京之後我見到許多從前沒有見過的事物，但我一點兒也不開心。

就在我發呆的時候，忽然不遠處「撲通」一聲響，緊接著有人大叫：「快來人啊！我哥哥掉河裡了！快救人啊！」

我抬頭一看，就在不遠處站著一個七八歲的女孩，正在那裡哭喊：「快救救我哥哥！他掉到河裡去了！」

我看到一個小腦袋在水面上浮起來一下，又沉下去，我不假思索就跳到水裡去，壓根兒忘了自己不識水性這檔子事。等我抓著那孩子的胳膊時，我自己也嗆了不知道多少口水，我想這次壞了，沒救起人來，自己反倒淹死了。我被淹死了不打緊，我死了可沒人照顧阿渡了，她一個人也不知道曉不曉得回西涼的路……

我連著喝了好多水，整個人直往下沉，阿渡把我從河裡撈起來的時候，我都快不省人事了。阿渡將我放在河岸邊的一塊大石頭上，我咕嘟咕嘟吐出好多水，想當年第一次在東宮見到水晶缸裡養著的金魚時，我覺得稀罕極了，牠怎麼會有那麼大那麼可愛的圓滾滾的肚子，而且總是慢悠悠地吐著泡泡？現在我明白了，原來牠肚子裡全是水。

阿渡全身上下都濕透了，她蹲在我身邊，衣裳還往下滴著水。她神色焦慮地盯著我，我曉得我要是再不醒過來，這傻丫頭就真的要急哭了。

「阿渡……」我又昏昏沉沉吐了一大口水，「那孩子呢……」

阿渡將那落水的孩子拎起來給我看，他全身也濕答答滴著水，烏溜溜一雙眼睛只管瞧著我。

我頭昏腦脹地爬起來，周圍已經圍了好些人，大約都是瞧熱鬧的。我成天在街上瞧熱鬧，沒想到這次也被別人瞧了一回。就在我和阿渡絞著衣服上的水時，有人哭著喊著，跌跌撞撞擠進了人圈：「我的兒啊！我的兒！」

看那模樣應該是對夫妻，他們倆抱著那落水的孩子就放聲大哭起來，那個女孩也在一旁揉著眼睛。

一家團聚，我覺得開心極了，成日在茶肆裡聽說書的講俠義英雄，沒想到今天我也英雄了一把。誰知道一個念頭還沒轉完，突然那落水的孩子就哭起來：「爹，是那個壞人把我推下河的！」說著他抬手一指，就正正地指向了我。

我瞠目結舌，不知道這是怎麼回事。

「我也看見了，就是他把哥哥推下河去的！」小姑娘嫩嫩的嗓子，聽在我耳中簡直是五雷轟頂。

「現在人心腸怎麼這樣狠毒！」

「小孩子礙到他什麼事了？」

「眞是瞧不出來，長得這麼斯文，卻做出這麼禽獸的事情！」

「斯文敗類！衣冠禽獸！」

「可不能輕饒了他們！」

「對！」

「不能輕饒了他們！」

周圍的人一擁而上，七手八腳就來推搡我們。阿渡顯然也沒鬧明白發生了什麼事，只是看著我。我太陽穴上青筋一跳一跳，沒想到做好人卻做成了惡人，太讓人憤怒了！

「把孩子送到醫館去，讓大夫看看！」

「這得賠錢！無緣無故把人家孩子推下河去，賠錢！」

我說：「明明是我們救了這小孩兒，怎麼能青口白牙，硬說是我將他推下去的！」

「不是你推的你救什麼？」

我只差沒有一口鮮血噴出來，這是……什麼歪理？

「我兒子受了這樣的驚嚇，要請神延醫！」

「對！要先請大夫看看，到底傷著沒有！」

「這孩子好端端的，哪兒傷著了？再說明明是我救的他……」

「這壞人還嘴硬！不賠錢請大夫也成，我們上衙門去！」

周圍的人都在叫：「押他去衙門！」

只聽一片吵嚷聲：「去衙門！」

我怒了，去衙門就去衙門，身正不怕影子斜，有理總說得清。

我們這樣一堆人，吵吵鬧鬧走在街上本來就引人注目，再加上小孩兒的父母，抱著孩子一邊走一邊哭一邊說：「快來看看呵……沒天理了……把孩子推到河裡去，還愣說是自己救了孩子。孩子可不會撒謊……」

於是我和阿渡只差沒有成過街老鼠，賣菜的朝我們扔菜皮，路邊的閒人也往地上狠狠地啐一口唾沫。幸得阿渡身手好，那些扔菜皮的沒一個能扔到我們身上來，但越是這樣，我越是怒不可遏。

等進了萬年縣縣衙，我的火氣才稍微平了一點點，總會有說理的地方。再說這個地方我還是第一次來，看上去還挺講究的。京兆尹轄下爲長安、萬年二縣，取長安萬年之意，長安縣和萬年縣也因此並稱爲天下首縣。升堂的時候威風八面，先是衙役低聲喝威，然後萬年縣縣令才踱著步子出來，慢條斯理地落座，開始詢問原告被告姓名。

我這時才知道那對夫妻姓賈，就住在運河岸邊，以賣魚爲生。問到我的時候，我自然謅了個假名，自稱叫「梁西」，平日在街上瞎逛，我都是用這個名字。只是萬年縣縣令問我以何爲業，我張口結舌答不上來，旁邊的師爺看我的樣子，忍不住插話：「那便是無業遊民了？」

這倒也差不離，無業遊民，我便點了點頭。

萬年縣縣令聽完了那對夫妻的胡說八道，又問兩個小孩，兩個小孩異口同聲，說是我將哥哥推下去的。萬年縣縣令便不再問他們，轉而問我：「你識不識水性？」

「不識。」

萬年縣縣令便點了點頭，說道：「你無故推人下河，差點兒鬧出人命，還有什麼好說的？」

我氣得跳腳：「我明明是看他掉到水裡，才去救他。我怎麼會把他推下去，我把他推下去做什麼？」

萬年縣縣令道：「你不識水性，卻去救他，如果不是你推他下去的，你爲何要捨命救他？」

我說道：「救人之際，哪容得多想！我看他落到水中，便不假思索去救他，哪顧得上想自己識不識得水性！」

萬年縣縣令說道：「可見胡說八道！人本自私，最爲惜命，你與他素不相識，又不識水性，卻下水去救他，不是心虛是什麼？若不是你推下去的，又何必心虛，既然心虛，那麼必是你推下去的無疑！」

我看著他身後「明鏡高懸」四個大字，太陽穴裡的青筋又開始緩緩地跳動。每跳一下，我就想著捋袖子打架。

萬年縣縣令見我無話可說，便道：「你無故推人下水，害得人家孩子受了不小的驚嚇，現在本縣判你賠賈家錢十吊，以撫他全家。」

我怒極反笑：「原來你就是這樣斷案的？」

萬年縣縣令慢吞吞地道：「你覺得本老爺斷得不公？」

「當然不公！青天朗朗，明明是我救了此人，你偏聽一面之詞，卻不肯信我。」

「你一口咬定孩子不是你推下去的，你有何人證物證？」

我看了看阿渡，說道：「這是阿渡，她看著我救人，最後也是她將我和孩子撈起來的。」

萬年縣縣令道：「那便叫他上前回話。」

我忍住一口氣，說道：「她不會說話。」

萬年縣縣令哈哈大笑：「原來是個啞巴！」他一笑我便知道要糟，果然阿渡「刷」地就拔出了金錯刀，若不是我眼疾手快拉住她，估計她早已經割下了那縣令的一雙耳朵。阿渡站在那裡，對那萬年縣縣令怒目而視，周圍的差役卻呵斥起來：「公堂之上不得攜帶利刃！」

阿渡身形一動，並沒有掙開我的手，只是刀尖已經如亂雪般輕點數下，旋即收手。她這一下子快如閃電，還沒等衆人反應過來，萬年縣大案上那盒紅籤突然「啵」一聲輕響，爆裂開來，裡面的紅籤散落一地，每支籤竟然都已經被劈成兩半。這籤筒裡起碼插著數十支籤，竟然在電光石火的一瞬間，全都被阿渡的刀剖開來，而且每一支都是從正中劈開，不偏不倚。公堂上的衆人目瞪口呆，門外瞧熱鬧的老百姓起鬨：「好戲法！」

門裡的差役卻曉得，這並不是戲法而是刀法。萬年縣縣令嚇得一張臉面如土色，卻勉強鎮定：「來……來人！公堂之上，怎麼可以玩弄兵器！」

便有差役壯著膽子上前要奪阿渡的刀，我說道：「你們如果誰敢上前，她要割你們的耳朵我可攔不著。」

萬年縣縣令道：「這裡是堂堂的萬年縣衙，你們這樣莫不是要造反？」

我說道：「大人，你冤枉我了。」

萬年縣縣令道：「不想造反便快將刀子交出……」他話音未落，阿渡瞪了他一眼，他便改口道：「快將刀子收起來！」

阿渡把金錯刀插回腰間，我想今天我們的禍可闖大了，就是不知該怎麼收場。

萬年縣縣令看阿渡把刀收起來了，似乎安心了一點兒，對著師爺使了個眼色，師爺便走下堂來，悄悄地問我：「兩位英雄身手了得，不知道投效在哪位大人府上？」

我沒大聽懂，朝他翻了個白眼：「說明白點！」

師爺耐著性子，壓低聲音：「我們大人的意思是，兩位的身手一看就不同凡響，不知道兩位是替哪位大人辦事的？」

這下我樂了，原來這萬年縣縣令也是欺軟怕硬，我們這麼一鬧，他竟然以爲我們大有來頭，八成以爲我們是權貴府中養著的遊俠兒。我琢磨了一會兒，報李承鄞的名字吧，這個縣丞肯定不相信。我靈機一動，有了！

我悄悄告訴他：「我家大人，是金吾將軍裴照。」

師爺一臉的恍然大悟，甚至背過身子，暗暗朝我拱了拱手，低聲道：「原來是裴大人手下的羽林郎，怪不得如此了得。」

羽林郎那群混蛋，我才不會是跟他們一夥兒的呢！不過這話眼下可不能說，中原有句話說得好：好漢不吃眼前虧。

師爺走回案後去，附在縣令耳邊嘰哩咕嚕說了一通。

萬年縣縣令的臉色隱隱變得難看起來，最後將驚堂木一拍：「既然是金吾將軍的人奉命行事，那麼有請裴將軍來此，做個公證吧！」

我身子一歪，沒想到縣令會來這麼一招，心想要是裴照今日當值東宮，這事可眞鬧大了。他如果不來，或者遣個不知道根底的人來，我可慘了，難道說眞要在這公堂上打一架，而後逃之夭夭？

後來裴照告訴我，我才知道，萬年縣縣令雖然只是七品官兒，可是因爲是天子腳下皇城跟前，乃是個最棘手不過的差事。能當這差事的人，都是所謂最滑頭的能吏。萬年縣縣令被我們這樣一鬧，收不了場，聽說我是裴照的人，索性命人去請裴照。官場的這些亂七八糟的事，哪怕裴照給我講上半晌，我也想不明白。

湊巧今天裴照沒有當值，一請竟然還眞的請來了。

今天裴照沒穿甲冑，只是一身武官的制袍。我從來沒有看他穿成這樣，我從前和他也就是打過幾次照面而已，大部分時間都是他在東宮當值，穿著輕甲。所以他走進來的時候，我都沒大認得出來他。因爲他的樣子跟平常太不一樣了，斯文得像個翩翩書生似的。

他見著我和阿渡，倒是一點兒也不動聲色。萬年縣縣令早就從座位上迎下來，滿臉堆笑：

「驚動將軍，實在是萬不得已。」

「聽說我的人將一個無辜孩子推下河去，我自然是要來看一看的。」

「是是！將軍請上座！」

「這裡是萬年縣縣衙，還是請你繼續審案，本將軍旁聽就好。」

「是是！」

萬年縣縣令將原告被告又從頭問了一遍。

我覺得眞眞無趣。

尤其聽那縣丞說道：「人本自私，最爲惜命，你與他素不相識，又不識水性，卻下水去救他，不是心虛是什麼？若不是你推下去的，又何必心虛，既然心虛，那麼必是你推下去的無疑！」

我再次朝他大大地翻了個白眼。

最後還是那兩孩子一口咬定是我把人推下水，而我則斷然否認。

萬年縣縣令故意爲難地問裴照：「裴將軍，您看……」

裴照道：「我可否問那孩子幾句話。」

萬年縣縣令道：「將軍請便！」

裴照便道：「還請大人將那小女孩先帶到後堂去，給她果餅吃，等我問完她哥哥，再教她出來。」

萬年縣縣令自然連聲答應，等小女孩被帶走，裴照便問那落水的孩子：「你適才說，你蹲在水邊玩水，結果這人將你推落河中。」

那孩子並不膽怯，只說：「是。」

「那她是從背後推你？」

「是啊。」

「既然她是從背後將你推下河，你背後又沒有眼睛，怎麼知道是她推的你而不是旁人？」

那孩子張口結舌，眼珠一轉：「我記錯了，他是從前面推的我，我是仰面跌下河去的。」

「哦，原來是仰面跌下河。」裴照問完，便轉身道，「縣令大人，帶這孩子去換件衣服吧，他這身上全濕透了，再不換衣，只怕要著涼受病。」

縣令便命人將落水的男孩帶走，裴照再令人將女孩帶到堂前來，指了指我，問道：「妳看著這個人把妳哥哥推下河去了？」

「就是他！」

「那妳哥哥蹲在河邊玩，是怎麼被她推下去的？」

「就那樣推的呀，他推了我哥哥，哥哥就掉河裡了。」

裴照問：「她是推的你哥哥的肩膀，還是推的你哥哥的背心？」

小女孩想了片刻，很有把握地說道：「他推我哥哥的背。」

「妳可想清楚了？到底是肩膀，還是背心？」

小女孩猶豫了一會兒，說道：「反正不是肩膀就是背，哥哥蹲在那裡，他從後頭走過去，就將哥哥一把推下去了。」

裴照朝上拱了拱手：「大人，我問完了。兩個孩子口供不一，前言不搭後語，疑點甚多，請大人細斷。」

萬年縣縣令臉上早已經是紅一陣白一陣，連聲道：「將軍說的是！」連拍驚堂木，命人帶了男孩上來，便呵斥他為何撒謊。那男孩起先還抵賴，後來縣令威脅要打他板子，他終於哭著說出來，原來他父母住在河邊，常做這樣的圈套。

他與妹妹自幼水性便好，經常假裝落水誆得人去救，等將他們救起來，便一口咬定是被人推下河去的，賈氏夫妻便趁機訛詐錢財，一般救人的人百口莫辯，自認晦氣，總會出錢私了。沒想到我今天硬氣，非得上衙門裡來，進衙門賈氏夫妻倒也不怕，因為大半人都覺得小孩子不會撒謊，更不會做出這樣荒謬的圈套。

我在一旁，直聽得目瞪口呆，沒想到世上還有這樣的父母，更沒想到世上還有這樣的圈套。

裴照道：「現下真相大白，我的部下無辜救人反倒被誣陷，委實冤枉，大人斷清楚了，本將軍便要帶走這兩人了。」

縣令臉有愧色，拱手道：「將軍請便。」

我卻道：「我還有話說。」

裴照瞧了我一眼，我上前一步，對縣令道：「你適才說道，人本自私，最為惜命，我與這孩子素不相識，又不識水性，卻下水去救他，不是心虛是什麼？這句話大大的不對！我捨命救他，是因爲他年紀比我小，我以爲他失足落水，所以沒有多想。愛護弱小，救人危難，原該是所謂正義之道。你自己愛惜性命，卻不知道這世上會有人，危難當頭不假思索去搭救其他人。你原先那樣糊塗斷案判我罰錢，豈不教天下好心人齒寒，下次還會有誰挺身而出，仗義救人？我不敢說我做了如何驚天動地的事，但敢說，我無愧於心。告訴你，這次雖然遇上了騙子，下次遇上這樣的事情，我還是會先救人！」

我轉身往外頭走的時候，外頭看熱鬧的百姓竟然拍起巴掌來，還有人朝我叫好。

我滿臉笑容，得意洋洋朝著叫好的那些人拱手爲禮。

裴照回頭瞧了我一眼，我才吐了吐舌頭，連忙跟上去。

他原是騎馬來的，我一看到他的馬兒極是神駿，不由得精神大振：「裴將軍，這匹馬借我騎一會兒。」

出了公堂，裴照就對我很客氣了，他說道：「公子，這匹馬脾氣不好，末將還是另挑一匹坐騎給您……」

沒等他說完，我已經大大咧咧翻身上馬。那馬兒扺耳低嘶，極是溫馴。裴照微微錯愕，說道：「公子好手段，這馬性子極烈，平常人等閒應付不了，除了末將之外，總不肯讓旁人近身。」

「這匹馬是我們西涼貢來的。」我拍了拍馬脖子，無限愛惜地撫著牠長長的鬃毛說道，「我在西涼有匹很好的小紅馬，現在都該七歲了。」

裴照命人又牽過兩匹馬，一匹給阿渡，一匹他自己騎。我看他翻身上馬的動作，不由得喝了聲采。我們西涼的男兒，最講究馬背上的功夫，裴照這一露，我就知道他是個中好手。

因爲街上人多，跑不了馬，只能握著轡繩緩緩朝前走。上京繁華，秋高氣爽，街上人來人往，裴照原本打馬跟在我和阿渡後頭，但我的馬兒待他親暱，總不肯走快，沒一會兒我們就並轡而行。我歎道：「今天我可是開了眼界，沒想到世上還會有這樣的父母，還會有這樣的圈套。」

裴照淡淡一笑：「人心險惡，公子以後要多多提防。」

「我可提防不了。」我說道，「上京的人心裡的圈圈太多了，我們西涼的女孩兒全是一樣的脾氣，高興不高興全露在臉上，要我學得同上京的人一樣，那可要了我的命了。」

裴照又是淡淡一笑。

我覺得自己好像有點兒說錯話了，於是連忙補上一句：「裴將軍，你和他們不一樣，你是好人，我看得出來。」

「公子過獎。」

這時候一陣風過，我身上的衣服本來全濕透了，在萬年縣衙裡糾纏了半晌，已經陰得半乾，可內衣仍舊還是濕的。被涼風一吹，簡直是透心涼，不由得打了個噴嚏。

裴照說道：「前面有家客棧，若是公子不嫌棄，末將替公子去買幾件衣服，換上乾衣再走如何？這樣的天氣，穿著濕衣怕是要落下病來。」

我想起阿渡也還穿著濕衣裳，連忙答應了。

裴照便陪我們到客棧去，要了一間上房，過了一會兒，他親自送了兩包衣服進來，說道：「末將把帶來的人都打發走了，以免他們看出破綻漏了形跡。兩位請便，末將就在門外，有事傳喚便是。」

他走出去倒曳上門。阿渡插好了門，我將衣包打開看，從內衣到外衫甚至鞋襪，全是簇新的，疊得整整齊齊。我們換上乾衣服之後，阿渡又替我重新梳了頭髮，這下子可清爽了。

我打開門，招呼了一聲：「裴將軍。」

門外本是一條走廊，裴照站在走廊那頭。一會兒不見，他也已經換了一身尋常的衣裳，束著髮，更像是書生了。他面朝著窗外，似乎在閒看街景。聽得我這一聲喚，他便轉過頭來，似乎有點兒怔怔地瞧著我和阿渡。

我想他大約在想什麼心思，因爲他的目光有點兒奇怪。不過很快他就移開了目光，微垂下臉：「末將護送公子回去。」

「我好不容易溜出來，才不要現在回去呢！」我趴到窗前，看著熙熙攘攘的長街，「咱們去喝酒吧，我知道一個地方的燒刀子，喝起來可痛快了！」

「在下職責所在，望公子體恤，請公子還是回去吧。」

「你今天又不當値。所以今天你不是金吾將軍，我也不是那什麼妃。況且我今天也夠倒楣的了，差點兒沒被淹死，又差點兒沒被萬年縣那糊塗縣令冤枉死。再不喝幾杯酒壓壓驚，那也太憋屈了。」

裴照道：「爲了穩妥起見，末將以爲還是應當護送您回去。」

我大大地生氣起來，伏在窗子上只是懶怠理會他。就在這時候我的肚子咕嚕嚕響起來，我才想起自己連午飯都沒有吃，早餓得前胸貼後背了。裴照可能也聽見我肚子裡咕咕響，因爲他臉紅了。本來他是站在離我好幾步開外的地方，但窗子裡透進的亮光正好照在他的臉上，讓我瞧了個清清楚楚。

我從來沒看過一個大男人臉紅，不由得覺得好生有趣。笑道：「裴將軍，現在可願陪我去吃些東西？」

裴照微一沉吟，才道：「是。」

我很不喜歡他這種語氣，又生疏又見外。也許因爲他救過我兩次，所以其實我挺感激他的。

我和阿渡帶他穿過狹窄的巷子，七拐八彎，終於走到米羅的酒肆。

米羅一看到我，就親熱地衝上來，她頭上那些叮叮噹噹的釵環一陣亂響，腳脖上的金鈴更是沙沙有聲。米羅摟著我，大著舌頭說笑：「我給妳留了兩罈好酒。」

她看到阿渡身後的裴照，忍不住瞟了他一眼，米羅乃是一雙碧眼，外人初次見著她總是很駭異。但裴照卻彷彿並不震動，後來我一想，裴家是所謂上京的世族，見慣了大場面。上京繁華，亦有胡姬當街賣酒，裴照定然是見怪不怪了。

這酒肆除了酒好，牛肉亦做得好。米羅命人切了兩斤牛肉來給我們下酒，剛剛坐定，天忽然下起雨來。

秋雨極是纏綿，打在屋頂的竹瓦上錚錚有聲。鄰桌的客人乃是幾個波斯商人，此時卻掏出一枚鐵笛來，嗚嗚咽咽地吹奏起來，曲調極是古怪有趣。和著那叮咚叮咚的簷頭雨聲，倒有一種說不出的風韻。

米羅聽著這笛聲，乾脆放下酒罈，跳上桌子，赤足舞起來。她身段本就妖嬈柔軟，和著那樂曲便渾若無骨，極是嫵媚。手中金鈴足上金鈴沙沙如急雨，和著鐵笛樂聲，如金蛇狂舞。那些波斯商人皆拍手叫起好來，米羅輕輕一躍，卻落到了我們桌前，圍著我們三個人，婆娑起舞。

自從離了西涼，我還沒有這樣肆意地大笑過。米羅的動作輕靈柔軟，彷彿一條絲帶，繞在我的周身，又彷彿一隻蝴蝶，翩翩圍著我飛來飛去。我學著她的樣子，伴著樂聲做出種種手勢，只是渾沒有她的半分輕靈。米羅舞過幾旋，阿渡卻從懷中摸出一支篳篥塞給我，我心中頓時一喜，和著樂聲吹奏起來。

那波斯胡人見我吹起篳篥，盡皆擊拍相和。我吹了一陣子，聞到那盤中牛肉的香氣陣陣飄來，便將篳篥塞到裴照手裡：「你吹！你吹！」然後拿起筷子，大快朵頤吃起來。

沒想到裴照還真的會吹篳篥，並且吹得好極了。篳篥樂聲本就哀婉，那鐵笛樂聲卻是激越，兩樣樂器配合得竟然十分合拍。起先是裴照的篳篥和著鐵笛，後來漸漸卻是那波斯胡人的鐵笛和著裴照的篳篥。曲調由婉轉轉向激昂，如同玉門關外，但見大漠荒煙，遠處隱隱傳來駝鈴聲聲，一隊駝隊出現在沙丘之上。駝鈴聲漸搖漸近，漸漸密集大作，突然之間雄關洞開，千軍萬馬搖旋列陣，吶喊聲、馬蹄聲、鐵甲撞擊聲、風聲、呼喝聲……無數聲音和成樂章，鋪天蓋地般席捲而至，隨著樂聲節拍越來越快，米羅亦越舞越快，飛旋似一隻金色的蛾子，繞得我眼花繚亂。

那樂聲更加蒼涼勁越，便如一隻雄鷹盤旋直上九天，俯瞰著大漠中的千軍萬馬，越飛越高，越飛越高，大風捲起的塵沙滾滾而來……等我吃得肚兒圓的時候，那隻鷹似乎已經飛上了最高的雪山，雪山裡雪蓮綻放，大鷹展著碩大的翅膀掠過，一根羽毛從鷹翅上墜下，慢慢飄，被風吹著慢慢飄，一直飄落到雪蓮之前。那根鷹羽落在雪中，風捲著散雪打在鷹羽之上，雪蓮柔嫩的花瓣在風中微微顫抖，萬里風沙，終靜止於這雪山之巔……

篳篥和鐵笛戛然而止，酒肆裡靜得連外面簷頭滴水的聲音都聽得清清楚楚。米羅伏在桌上不住喘氣，一雙碧眸似乎要滴出水來，說：「我可不能了。」那些波斯商人哄地笑起來，有人斟了一杯酒來給米羅，米羅胸口還在急劇起伏，一口氣將酒飲盡了，卻朝裴照嫣然一笑：「你吹得好！」

裴照並沒有答話，只是慢慢用酒將篳篥拭淨了，然後遞還給我。

我說：「真沒瞧出來，你竟然會吹這個，上京的人，會這個的不多。」

裴照答：「家父曾出使西域，帶回的樂器中有篳篥，我幼時得閒，曾經自己學著吹奏。」

我拍手笑道：「我知道了，你的父親是驍騎將軍裴況。我阿爹和他有過交手，誇他真正會領兵。」

裴照道：「那是可汗謬讚。」

我說道：「我阿爹可不隨便誇人，他誇你父親，那是因爲他眞的能打仗。」

裴照道：「是。」

他一說「是」，我就覺得無趣起來。好在那些波斯商人又唱起歌兒來，曲調哀傷婉轉，極爲動人。米羅又吃了一杯酒，知道我們並不能聽懂，她便用那大舌頭的中原官話，輕聲唱給我們聽。原來那些波斯胡人唱的是：「其月湯湯，離我故鄉，月圓又缺，故鄉不見。其星熠熠，離我故土，星河燦爛，故土難返。其風和和，吹我故壤，其日麗麗，照我故園。知兮知兮葬我何山，知兮知兮葬我何方……」

我隨著米羅唱了幾句，忍不住黯然，聽那些波斯胡人唱得悲傷，不覺又飲了一杯酒。裴照微微頷首，說道：「思鄉之情，人盡有之。這些波斯胡人如此思念家鄉，卻爲何不回家去呢？」

我歎了口氣：「這世上並不是人人同你一般，從生下來就不用離開自己的家鄉。他們背井離鄉，知有多少不得已。」

裴照沉默了一會兒，看我又斟了一杯酒，不由得道：「公子飲得太多了。」

我慷慨激昂地說：「何以解憂？唯有杜康！」

見裴照似乎很詫異地瞧著我，我伸出了三根手指，說道：「別將我想得太能幹，其實我一共就會背三句詩，這是其中的一句。」

他終於笑起來。

米羅賣的酒果然厲害，我飲得太多，走出酒肆的時候都有點兒腳下發虛，像踩在沙漠的積雪上一般。雨還在下，天色漸漸向晚，遠處朦朧地騰起團團淡白的雨霧，將漠漠城郭裡的十萬參差人家，運河兩岸的畫橋水閣，全都籠進水霧雨意裡。風吹著雨絲點點拂在我滾燙的面頰上，頓時覺得清涼舒適。我伸出手來接著琉璃絲似的細雨，雨落在手心，有輕啄般的微癢。遠處人家一盞盞的燈，依稀錯落地亮起來，那些街市旁的酒樓茶肆，也盡皆明亮起來。而運河上的河船，也掛起一串串紅燈籠，照著船上人家做飯的炊煙，嫋嫋飄散在雨霧之中。

水濛濛的上京眞是好看，就像是一卷畫，我們西涼的畫師再有能耐，也想像不出來這樣的畫，這樣的繁華，這樣的溫潤，就像是天上的都城，就像是天神格外眷顧的仙城。這裡是天朝的上京，是普天下最盛大最熱鬧的都會，萬國來朝，萬民欽慕，可是我知道，我是忘不了西涼的，哪怕上京再美再好，它也不是我的西涼。

裴照一直將我們送到東宮的側門邊，看著我們隱入門內，他才離去。我覺得自己酒意沉突，這時候酒勁都翻上來了，忍不住噁心想吐。阿渡輕輕拍著我的後背，我們在花園裡蹲了好一會兒，被風吹得清醒了些，才悄悄溜回殿中去。

一進殿門，我就傻了，因爲永娘正等在那裡。她見著我，也不責備我又溜出去逛街，亦不責備我渾身酒氣，更不責備我又穿男裝，只是沉著一張臉，問道：「太子妃可知，宮中出事了？」

我不由得問：「出了什麼事？」

「緒娘的孩子沒有了。」

我嚇了一跳，永娘臉上還是一點兒表情都沒有，只是說道：「奴婢擅自作主，已經遣人去宮中撫慰緒娘。但是皇后只怕要傳太子妃入宮問話。」

我覺得不解：「皇后要問我什麼？」

「中宮之主乃是皇后，凡是後宮出了事，自然由皇后做主。東宮內廷之主乃是太子妃，現在東宮內廷出了事，皇后自然要問過太子妃。」

我都從來沒有見過那個緒娘，要問我什麼啊？

可是永娘說的話從來有根有據，她說皇后要問我，那麼皇后肯定會派人來傳召我。現在我這副樣子，怎麼去見皇后？我急得直跳腳：「快！快！我要洗澡！再給我煎一碗濃濃的醒酒湯！」

宮娥們連忙替我預備，我從來沒這麼性急地衝進浴室，看著熱水預備齊了，便立時跳進浴桶，將自己浸在水中。永娘看著我亂了陣腳，忍不住道：「太子妃如果平時謹守宮規，怎麼會弄到臨時抱佛腳？」

「臨時抱佛腳」這句話真妙，我從來沒覺得永娘說話這麼有趣。我說道：「那些勞什子宮規，天天守著可要把人悶煞，臨時抱佛腳就臨時抱佛腳，佛祖啊祂會看顧我的。」

永娘還板著一張臉，可是我知道她已經要忍不住笑了，於是從浴桶中伸出濕淋淋的手，拉了拉她的衣角：「永娘，我知道妳是好人，妳平日多多替我向佛祖說些好話，我先謝過你就是！」

「阿彌陀佛！佛祖豈是能用來說笑的！」永娘雙掌合十，「真是罪過罪過！」她雖然嘴上這樣說，可是早繃不住笑了，親自接過宮娥送上的醒酒湯，「快些喝了，涼了更酸。」

醒酒湯確實好酸，我捏著鼻子一口氣灌下去。永娘早命人薰了衣裳，等我洗完澡換好衣服，剛剛重新梳好髮髻，還沒有換上釵鈿禮服，皇后遣來的女官就已經到了東宮正門。

我叫永娘聞聞，我身上還有沒有酒氣。永娘很仔細地聞了聞，又替我多多地噴上了些花露，再往我嘴裡放一顆清雪香丸。那丸子好苦，但吃完之後果然吐氣如蘭，頗有奇效。

此次皇后是宣召李承鄞和我兩人。

我好多天沒見李承鄞，看他倒好像又長高了一點兒，因爲要入宮去，所以他戴著進德冠，九琪，加金飾，穿著常服。不過他瞧也沒瞧我一眼，就逕自上了輦車。

見到皇后我才知道發生了什麼事情，原來緒娘突然腹痛，御醫診斷爲誤食催產之物。皇后便將所有侍候緒娘的人全都扣押起來，然後所有食物飲水亦封存，由掖庭令一一嚴審。最後終於查出是在粟飯之中投了藥，硬把胎兒給打下來了。皇后自然震怒，下令嚴審，終於有宮人吃不住掖庭的刑罰，供認說是受人指使。

皇后的聲音仍舊溫和從容：「我將緒娘接到宮裡來，就是擔心她們母子有什麼閃失，畢竟這是東宮的第一個孩子。沒想到竟然就在宮裡，就在我的眼皮底下還被暗算，我朝百餘年來，簡直沒有出過這樣的事情！」

她雖然語氣溫和，可是用詞嚴厲，我從來沒聽過皇后這樣說話，不由得大氣都不敢出。殿中所有人也同我一樣，屏息靜氣。皇后道：「你們曉得，那宮人招供，是誰指使了她？」

我看看李承鄞，李承鄞卻沒有看我，只淡淡地道：「兒臣不知。」

皇后便命女官：「將口供唸給太子、太子妃聽。」

那女官唸起宮人的口供，我聽著聽著就懵了，又聽了幾句，便忍不住打斷：「皇后，這事不是我幹的！我可沒讓人買通了她，給緒娘下藥。」

皇后淡淡地道：「眼下人證物證俱在，妳要說不是妳幹的，可得有證據。」

我簡直要被冤枉死了，我說：「那我爲什麼要害她呢？我都不認識她，從前也沒見過她，再說她住在宮裡，我連她住在哪兒都不知道……」

我簡直太冤了！莫名其妙就被人這樣誣陷。

皇后問李承鄞：「鄞兒，你怎麼看？」

李承鄞終於瞧了我一眼，然後跪下：「但憑母后聖斷。」

皇后道：「太子妃雖然身分不同，又是西涼的公主，但一時糊塗做出這樣的事來，似乎不宜再主持東宮。」

李承鄞並不作聲。

我氣得渾身發抖：「這事不是我幹的，你們今日便殺了我，我也不會認！至於什麼東宮不東宮，老實說我也不在乎，但我絕不會任你們這樣冤枉！」

皇后道：「口供可在這裡。鄞兒，你說呢？」

李承鄞道：「但憑母后聖斷。」

皇后微微一笑，說道：「一日夫妻百日恩，你就一點兒也不念及你們夫妻的恩情？」

李承鄞低聲道：「兒臣不忍。不過國有國法，家有家規，兒臣不敢以私情相徇。」

皇后點點頭，說道：「甚好，甚好。國有國法，家有家規，這句話，甚好。」她臉上的笑意慢慢收斂，吩咐女官，「將趙良娣貶為庶人，即刻逐出東宮！」

我大吃一驚，李承鄞的神情更是如五雷轟頂：「母后！」

「剛才那口供，確實不假，不過錄完這口供之後，那宮人就咬舌自盡了。別以為人死了就死無對證，掖庭辦事確實用心，繼續追查下去，原來這宮人早年前曾受過趙家的大恩。她這一死，本該株連九族，不過追查下來，這宮人並無親眷，只有一個義母。現在從她家地窖裡，搜出官銀一百錠，這一百錠銀子是官銀，有鑄檔可查……再拘了這義母用刑，供出來是趙良娣曾遣人到她家中去過。這趙良娣好一招一石二鳥，好一招移禍江東。用心這樣毒，真是可恨。再縱容她下去，真要絕了我皇家的嗣脈！」

我還沒想明白過來她的話到底是什麼意思，李承鄞已經搶先道：「母后請息怒，兒臣想，這中間必然是有人構陷趙良娣，應當命人慢慢追查。請母后不要動氣，傷了身體。」

他這話不說倒還好，一說更如火上澆油。

「你簡直是被那狐媚子迷暈了頭！那個趙良娣，當初就因為緒娘的事哭哭鬧鬧，現在又買通了人來害緒娘！還栽贓嫁禍給太子妃，其心可誅！」

李承鄞連聲道：「母后息怒，兒臣知道，趙良娣斷不會是那樣的人，還請母后明查。」

「明查什麼？緒娘肚子裡的孩子礙著誰了？她看得眼中釘肉中刺一般！這樣的人在東宮，是國之禍水！」皇后越說越怒，「適才那宮人的口供提出來，你並無一字替太子妃辯解，現在告訴你眞相，你就口口聲聲那狐媚子是冤枉的。你現在是太子，將來是天子，怎可以如此偏袒私情！這般處事怎麼了得！這種禍水非殺不可，再不殺掉她，只怕將來要把你迷得連天下都不要了！」

李承鄞大驚失色，我也只好跪下去，說道：「母后請息怒，趙良娣想必也是一時糊塗，如果賜死趙良娣，只怕……只怕……」後面的話我可想不出來怎麼說，李承鄞卻接上去：「母后三思，趙良娣的父兄皆在朝中，又是父皇倚重的重臣，請母后三思。」

皇后冷笑：「你適才自己說的！國有國法，家有家規，你不敢以私情相徇！」

李承鄞面如死灰，只跪在那裡，又叫了一聲：「母后。」

皇后道：「東宮的事，本該由太子妃做主，我越俎代庖，也是不得已。這樣的惡人，便由我來做吧。」便要令女官去傳令。我見事情不妙，抱住皇后的雙膝：「母后能不能讓我說句話？既然母后說，東宮的事情由我做主，我知道我從來做得不好，但今日請母后容我說句話。」

皇后似乎消了一點兒氣，說道：「妳說吧。」

「殿下是眞心喜歡趙良娣，如果母后賜死趙良娣，只怕殿下一輩子也不會快活了。」我一著急，話也說得顚三倒四，「兒臣與殿下三年夫妻，雖然不得殿下喜歡，可是我知道，殿下絕不能沒有趙良娣。如果沒有趙良娣，殿下更不會喜歡我。還有，好多事情我做不來，都是趙良娣替我，東宮的那些帳本兒，我看都看不懂，都是交給趙良娣在管，如果沒有趙良娣，東宮不會像現在這樣平平順順……」

我一急更不知道該怎麼說，回頭叫永娘：「永娘，妳說給皇后聽！」

永娘恭敬地道：「是。」她磕了一個頭，說道：「娘娘，太子妃的意思是，趙良娣侍候太子多年，縱沒有功勞，也有苦勞。而且良娣平日待人並無錯處，對太子妃也甚是尊敬，又一直輔佐太子妃管理東宮，請娘娘看在她是一時糊塗，從輕發落了吧。」

皇后慢慢地說道：「這個趙良娣，留是留不得了，再留著她，東宮便要有大禍了。當初在太子妃冊立大典上，皇上曾說，如此佳兒佳婦，實乃我皇家之幸。可惜你們成婚三年，卻沒有一點子息上的動靜，現在又出了緒娘的事，眞令我覺得煩惱。」

李承鄞眼睛望著地下，嘴裡卻說：「是兒子不孝。」

皇后說道：「你若是眞有孝心，就多多親近太子妃，離那狐媚子遠些。」

李承鄞低聲道：「是。」

我還要說什麼，永娘從後面拉了拉我的裙角，示意我不要多言。李承鄞嘴角微動，但亦沒有再說話。

皇后說道：「都起來吧。」

但李承鄞還跪在那裡不動，我也只好不起來。

皇后並不瞧他，只是說：「緒娘的事你不要太難過，畢竟你們還年輕。」

李承鄞沒說什麼，我想他才不會覺得有什麼難過的呢，如果眞的難過，那一定是因爲趙良娣。

皇后又道：「緒娘瞧著也怪可憐的，不如封她爲寶林吧。」

李承鄞似乎心灰意冷：「兒臣不願……兒臣還年輕，東宮多置滕妾，兒臣覺得不妥。」

我知道他答應過趙良娣，再不納別的侍妾，所以他才會這樣說。果然皇后又生氣了，說道：「你是將來要做皇帝的人，怎麼可以這樣不解事。」

皇后對我說：「太子妃先起來，替我去看看緒娘，多安慰她幾句。」

我便是再笨，也知道她是要支開我，好教訓李承鄞。於是站起身來，向她行禮告退。

小黃門引著我到緒娘住的地方去，那是一處僻靜宮苑，我第一次見到了那個叫緒娘的女子。她躺在床上，滿面病容，但是仍舊可以看出來，她原本應該長得很漂亮。侍候她的宮人說道：「太子妃來了。」她還掙扎著想要起來，跟在我身後的永娘連忙走過去，硬將她按住了。

我也不曉得怎麼安慰她才好，只得對她重複皇后說過的話：「妳不要太難過，畢竟妳還年輕。」

緒娘垂淚道：「謝太子妃，奴婢福薄，現在唯望一死。」

我訕訕地說：「其實……幹嘛總想死呢，妳看我還不是好好的……」

我聽到永娘咳嗽了一聲，便知道自己又說錯了話。於是我問：「妳想吃什麼嗎？我可以教人做了送來。」上次我病了的時候，皇后遣人來看視，總問我想不想吃什麼，可缺什麼東西。其實東宮裡什麼沒有呢？大約就是用這話來表示特別的慰問吧。我不知道應該要怎麼安慰病人，只好依樣畫葫蘆。

緒娘道：「謝太子妃。」

我看著她的樣子，淒淒慘慘的，好似萬念俱灰。最後還是永娘上前，說了一大篇話，來安慰她。緒娘只是不斷拭淚，最後我們離開的時候，她還在那裡哭。

我們回到中宮的時候，皇后已經命人來起草寶林的詔冊了，李承鄞的臉色看上去很難看，皇后正說道：「東宮應和睦爲宜，太子妃一團孩子氣，許多地方照應不到，多個人幫她，總是好的。」她抬頭見我正走進來，便向我招手示意，我走過去向她行禮，她沒有讓身後的女官攙扶我，而是親自伸出胳膊攙起了我，我簡直受寵若驚。每次皇后總是雍容端莊，甚少會這般親暱地待我。

「那個趙良娣，死罪可免，活罪難饒。」皇后淡淡地說，「就將她貶爲庶人，先幽閉三個月，不得出門，太子亦不得去探視，否則我便下旨將她逐出東宮。」

我看到李承鄞的眼角跳了跳，但他仍舊低著頭，悶悶地說了聲：「是。」

一出中宮，李承鄞就打了我一巴掌，我沒提防，被他這突如其來的一下子都打懵了。阿渡跳起來拔刀，「刷」一下子已經將鋒利的利刃橫在他頸中，永娘嚇得大叫：「不可！」沒等她再多說什麼，我已經狠狠甩了李承鄞一巴掌。雖然我不會武功，可是我也不是好惹的。既然他敢打我，我當然得打還回去！

李承鄞冷笑：「今日便殺了我好了！」他指著我說，「妳這個惡毒的女人，我知道是妳！是妳做成的圈套，既除去緒娘肚子裡的孩子，又誣陷了瑟瑟！」

我氣得渾身發抖，說道：「你憑什麼這樣說？」

「妳成天就會在母后面前裝可憐、裝天真、裝作什麼都不懂！別以爲我不曉得，妳在母后面前告狀，說我冷落妳。妳嫉妒瑟瑟，所以才使出這樣的毒計來誣陷她，妳簡直比這世上所有的毒蛇還要毒！現在妳可稱心如意了，硬生生要趕走瑟瑟，活活地拆散我們！如果瑟瑟有什麼事，我是絕不會放過妳的，我告訴妳，只要我當了皇帝，我馬上就廢掉妳！」

我被他氣昏了，我推開阿渡，站在李承鄞面前：「那你現在就廢掉我好了，你以爲我很喜歡嫁給你麼？你以爲我很稀罕這個太子妃麼？我們西涼的男兒成千上萬，個個英雄了得，沒一個像你這樣的廢物！你除了會唸詩文，還會什麼？你射箭的準頭還不如我呢！你騎馬的本事也還不如我呢！如果是在西涼，像你這樣的男人，連老婆都娶不到，誰會稀罕你！」

李承鄞怒氣沖沖地拂袖而去。

我的心裡一陣陣發冷，三年來我們吵來吵去，我知道他不喜歡我，可是我沒想到他會這樣恨我，討厭我，不惜用最大的惡意來揣測我。永娘將我扶上輦車，低聲地安慰我說：「太子是因爲趙良娣而遷怒於太子妃，太子妃不要放在心上。」

我知道啊，我當然知道，他是因爲覺得趙良娣受了不白之冤，所以一口氣全出在我身上。可是我眞的什麼都沒有做過，憑什麼他要遷怒於我？

他說我嫉妒趙良娣，我是有一點嫉妒她，我就是嫉妒有人對她好，好到任何時候任何事，都肯相信她，維護她，照應她。可是除了這之外，我都不嫉妒別的，更不會想到去害她。

趙良娣看上去和和氣氣的，來跟我玩葉子牌的時候，我覺得她也就是個很聰明的女人罷了，怎麼會做出這樣殘忍的事情？而且我可不覺得皇后這是什麼好法子，緒娘看上去柔柔弱弱的，即使封了寶林，李承鄞又不喜歡她，在東宮只是又多了一個可憐人罷了。

晚上的時候，我想這件事想得睡不著，只得乾脆爬起來問阿渡：「妳瞧趙良娣像壞人嗎？」

阿渡點了點頭，卻又搖了搖頭。

「中原的女孩兒想什麼，我一點兒也鬧不明白。咱們西涼的男人雖然也可以娶幾個妻子，可是如果大家合不來，就可以再嫁給別人。」

阿渡點了點頭。

「而且李承鄞有什麼好的啊，除了長相還看得過去，脾氣那麼壞，爲人又小氣……」我躺下去，「要是讓我自己選，我可不要嫁給他。」

我說的是眞心話，如果要讓我自己選，我才不會讓自己落到這麼可憐的地步。他明明有喜歡的人了，我卻不得不嫁給他，結果害得他討厭我，我的日子也好生難過。現在趙良娣被幽禁，李承鄞恨透了我，我才不想要一個恨透我的丈夫。

如果要讓我自己選，我寧可嫁給一個尋常的西涼男人，起碼他會眞心喜歡我，騎馬帶著我，同我去打獵，吹篳篥給我聽，然後我要替他生一堆娃娃，一家人快快活活地過日子……

可是這樣的日子，我知道永遠都只會出現在夢裡了。

阿渡忽然拉住我的手，指了指窗子。

我十分詫異，推開窗子，只見對面殿頂的琉璃瓦上，坐著一個人。

那人一襲白衣，坐在黑色琉璃瓦上，十分醒目。

我認出這個人來，又是那個顧劍！

我正猶豫要不要大喊一聲「有刺客」，他突然像隻大鳥兒一般，從大殿頂上一滑而下，如御風而行，輕輕巧巧就落在了我窗前。

我瞪著他：「你要做什麼？」

他並沒有答話，只是盯著我的臉。我知道我的臉還有點兒腫，回到東宮之後，永娘拿煮熟的雞子替我滾了半晌，臉頰上仍舊有個紅紅的指印，消不下去。不過我也沒吃虧，我那一巴掌肯定也把李承鄞的臉打腫了，因為當時我用盡了全力，震得我自己手掌都發麻了。

他的聲音裡有淡淡的情緒，似乎極力壓抑著什麼：「誰打妳？」

我摸了摸臉頰，說道：「沒事，我已經打回去了。」

他執意追問：「是誰？」

我問：「你問了幹嘛？」

他臉上還是沒有任何表情：「去殺他。」

我嚇了一跳，他卻又問：「妳既然是太子妃，誰敢打妳？是皇帝？是皇后？還是別的人？」

我搖了搖頭，說道：「你別問了，我不會告訴你的。」

他卻問我：「妳肯同我一起走麼？」

這個人真是個怪人，我搖了搖頭，便要關上窗子，他伸手擋住窗扇，問我：「妳是不是還在生我的氣？」

我覺得莫名其妙：「我爲什麼要生氣？」

「三年前的事情，妳難道不生氣麼？」

我很認眞地告訴他：「我眞的不認識你，你不要再半夜到這裡來，說些莫名其妙的話。這裡是東宮，如果你被人發現，會被當成刺客亂箭射死的。」

他傲然一笑：「東宮？就算是皇宮，我還不是想進就進，想出就出，誰能奈我何？」

我瞪著他，這人簡直狂妄到了極點，不過以他的武功，我估計皇宮對他而言，還眞是想進就進，想出就出。我歎了口氣：「你到底要做什麼？」

「我就是來看看妳。」他又問了一遍，「妳肯同我一起走麼？」

我搖了搖頭。

他顯得很生氣，突然抓住了我的手：「妳在這裡過得一點兒也不快活，爲什麼不肯同我走？」

「誰說我過得不快活了？再說你是誰，幹嘛要管我過得快不快活？」

他伸出手來拉住我，我低喝：「放手！」阿渡搶上來，他只輕輕地揮一揮衣袖，阿渡便踉踉蹌蹌倒退數步，不等阿渡再次搶上來，他已經將我一拉，我只覺得身子一輕，已經如同紙鳶般被他扯出窗外。他輕功極佳，攜著我好似御風而行，我只覺風聲從耳畔不斷掠過，不一會兒腳終於踏到實處，卻是又涼又滑的琉璃瓦。他竟然將我擄到了東宮正殿的寶頂之上，這裡是東宮地勢最高的地方，放眼望去，沉沉宮闕，連綿的殿宇，斗拱飛簷，琉璃獸脊，全都靜靜地浸在墨海似的夜色中。

我甩開他的手，卻差點兒滑倒，只得怒目相向：「你到底要做什麼？」

他卻指著我們腳下的大片宮闕，說道：「小楓，妳看看，妳看看這裡，這樣高的牆，四面圍著，就像一口不見天日的深井，怎麼關得住妳？」

我很不喜歡他叫我的名字，總讓我有一種不舒服的感覺，我說道：「那也不關你的事。」

他說道：「到底要怎麼樣，妳才肯同我一起走？」

我朝他翻了個白眼：「我是絕不會跟你走的，你別以為自己武功高，我要是吵嚷起來，驚動了羽林軍，萬箭齊發一樣將你射成個刺蝟。」

他淡淡地一笑，說道：「妳忘了我是誰麼？我但有一劍在手，妳就是把整個東宮的羽林軍都叫出來，爲能奈何我半分？」

我差點兒忘了，這個人狂傲到了極點。於是我靈機一動，大拍他的馬屁：「你武功這麼高，是不是天下無敵，從來都沒有輸給過別人？」

他忽然笑了笑，說道：「妳當眞一點兒也不記得了麼？三年前我比劍輸給妳。」

我驚得下巴都要掉下來了，指了指自己的鼻尖，抖了抖：「你？輸給我？」這話也太驚悚了，我半點兒武功都不會，他只要動一動小手指頭，便可以將我掀翻在地，怎麼會比劍時輸給我？我連劍是怎麼拿的都不太會。

「是啊。」他氣定神閒，似乎再坦然不過，「我們那次比劍，賭的便是終身。我輸給妳，我便要做妳的丈夫，一生愛護妳，憐惜妳，陪伴妳。」

我嘴巴張得一定能吞下個雞蛋，不由得問：「那次比劍如果是我輸了呢？」

「如果那次是妳輸了，妳自然要嫁給我，讓我一生愛護妳，憐惜妳，陪伴妳。」

我又抖了抖，大爺，玩人也不是這麼玩兒的。

他說道：「我可沒有讓著妳，但妳一出手就搶走了我的劍，那一次只好算我輸給妳。」

我能搶走他的劍？打死我也不信啊！

我快刀斬亂麻：「反正不管那次誰輸誰贏，總之我不記得曾有過這回事，再說我也不認識你，就憑你一張嘴，我才不信呢。」

他淡淡一笑，從袖中取出一對玉佩，說道：「妳我約定終身的時候，曾將這對鴛鴦佩分爲兩半，我這裡有一只鴛佩，妳那裡有一只鴦佩。我們本來約好，在六月十五月亮正圓的時候，我在玉門關外等妳，我帶妳一同回我家去。」

我瞧著他手中的玉佩，西涼本就多胡商，離產玉的和闐又不遠，所以我見過的玉飾，何止千千萬萬。自從來了上京，東宮裡的奇珍異寶無數，可是我見過所有的玉，似乎都沒有這一對玉佩這般白膩，這般溫潤。上好的羊脂玉溫膩如凝脂，在月色下散發著淡淡的光芒。

「這對玉佩我沒有見過。」我突然好奇起來，「你不是說我們約好了私奔，爲什麼後來沒一起走？」

他慢慢地垂下手去，忽然低聲道：「是我對不住妳。那日我突然有要緊事，所以沒能去關外等妳。等我趕到關外，離咱們約好的日子已經過去三天三夜，我到了約好的地方，只見這塊玉佩落在沙礫之中，妳早已經不知所蹤……」

我歪著腦袋瞧著他，他的樣子倒真不像是說謊，尤其他說到失約之時，臉上的表情既沉痛又悵然，似乎說不出的懊悔。

我覺得他說的這故事好生無趣：「既然是你失約在先，還有什麼好說的，這故事一點兒意思都沒有。我從前真的不認識你，想必你是認錯了人。」

我轉身看了看天色：「我要回去睡覺了。還有，你以後別來了，被人瞧見會給我惹麻煩，我的麻煩已經夠多的了。」

他凝視著我的臉，瞧了好一會兒，問我：「小楓，妳是在怪我麼？」

「我才沒閒工夫怪你呢！我真的不認識你。」

他半晌不作聲，最後終於長長歎了口氣，從懷中掏出一只鳴鏑，對我說道：「妳若是遇上危險，將這個彈到空中，我自然會來救妳。」

我有阿渡在身邊，還會遇上什麼危險？我不肯要他的鳴鏑，他硬塞給我。仍舊將我輕輕一攬，不等我叫出聲來，幾個起落，已經落到了地上。他將我送回寢殿之中，不等我轉身，他已經退出了數丈開外。來去無聲，一瞬間便又退回殿頂的琉璃瓦上，遠遠瞧了我一眼，終於掉頭而去。

我把窗子關上，隨手將鳴鏑交給阿渡，我對阿渡說：「這個顧劍雖然武功絕世，可人卻總是神神叨叨，硬說我從前認得他。如果我從前眞的認得他，難道我自己會一點兒也不記得嗎？」

阿渡瞧著我，目光裡滿是溫柔的憐憫，我不懂她爲什麼要這樣看著我。我歎了口氣，重新躺回床上，阿渡又不會說話，怎麼能告訴我，這個顧劍到底是什麼人。

大概是今天晚上發生了太多的事情，我睡得不好，做起了亂夢。在夢裡有人低低吹著篳篥，我想走近他，可是四處都是濃霧，我看不清吹篳篥人的臉，他就站在那裡，離我很近，可是又很遠。我心裡明白，只走不近他。我徘徊在霧中，最後終於找到他，正待朝他狂喜地奔去，突然腳下一滑，跌落萬丈深淵。

絕望瞬間湧上，突然有人在半空接住了我，呼呼的風從耳邊掠過，那人抱著我，緩緩地向下滑落……他救了我，他抱著我在夜風中旋轉……旋轉……慢慢地旋轉……滿天的星辰如雨點般落下來……天地間只有他凝視著我的雙眼……

那眼底只有我……

我要醉了，我要醉去，被他這樣抱在懷裡，就是這個人啊……我知道他是我深深愛著，他也深深愛著我的人，只要有他在，我便是這般的安心。

醒來的時候天已經亮了，我曾經無數次地做過這個夢，但每次醒來，都只有悵然。因爲我從來沒有看清楚，夢裡救我那個人的臉，我不知道他是誰，每當我做這樣的夢時，我總想努力看清他的臉，但一次也沒有成功過，這次也不例外。我翻了個身，發現我的枕頭上放著一枝芬芳的花，猶帶著清涼的露水。我嚇了一跳，阿渡就睡在我床前，幾乎沒人可以避開她的耳目，除了那個顧劍。我連忙起來推開窗子，哪裡還有穿白袍的身影，那個顧劍早就不知所蹤。

我把那枝花插到花瓶裡，覺得心情好了一點兒，可是我的好心情沒有維持多久，因為永娘很快來告訴我說，昨天李承鄞喝了一夜的酒，現在酩酊大醉，正在那裡大鬧。

我真瞧不起這男人，要是我我才不鬧呢，我會偷偷溜去看趙良娣，反正她還活著，總能想得到辦法可以兩個人繼續在一起。留得青山在，不怕沒柴燒。

我告訴永娘，不要管李承鄞，讓他醉死好了。

話雖然這樣說，李承鄞一連三天，每天都喝得酩酊大醉，到了第四天，終於生病了。

他每次喝醉之後，總把所有宮人內官全都轟出殿外，不許他們接近。所以醉後受了風寒，起先不過是咽痛咳嗽，後來就發起高燒來。我住的地方同他隔著大半個東宮，消息又不靈通，等我知道的時候，他已經病得很厲害了，但宮中還並不知情。

「殿下不願吃藥，亦不願讓宮裡知道。」永娘低聲道，「殿下為了趙良娣的事情，還在同皇后娘娘嘔氣。」

我只覺得又好氣，又好笑：「那他這樣折騰自己，就算是替趙良娣報仇了嗎？」

永娘道：「殿下天性仁厚，又深得陛下與皇后娘娘的寵愛，未免有些……」她不便說李承鄞的壞話，說到這裡，只是欲語又止。

我決定去看看李承鄞，省得他真的病死了，他病死了不打緊，我可不想做寡婦。

李承鄞病得果然厲害，因為我走到他床前他都沒發脾氣，以往我一進他的寢殿，他就像見到老鼠似的要逐我出去。宮女替我掀開帳子，我見李承鄞臉上紅得像煮熟的螃蟹似的，說到吃螃蟹，我還曾經鬧過笑話，沒到上京之前，我從來沒見過螃蟹。第一年重九的時候宮中賜宴，其中有一味蒸蟹，我看著紅彤彤的螃蟹根本不知道怎麼下嘴。李承鄞為這件事刻薄我好久，一提起來就說我是連螃蟹都沒見過的西涼女人。

我伸手摸了摸李承鄞的額頭，滾燙滾燙的。

我又叫了幾聲：「李承鄞！」

他也不應我。

看來是真的燒昏了，他躺在那兒短促地喘著氣，連嘴上都燒起了白色的碎皮。

我正要抽回手，他突然抓住了我的手，他的手心也是滾燙滾燙的，像燒紅了的鐵塊。他氣息急促，卻能聽見含糊的聲音：「娘……娘……」

他並沒有叫母后，從來沒聽見過他叫「娘」。皇后畢竟是皇后，他又是儲君，兩個人說話從來客客氣氣。現在想想皇后待他也同待我差不多，除了「平身」、「賜座」、「下去吧」，就是長篇大論引經據典地教訓他。

我覺得李承鄞也挺可憐的。

做太子妃已經很煩人了，這也不讓，那也不讓，每年有無數項內廷的大典，穿著翟衣戴著鳳冠整日下來常常累得腰痠背疼。其實皇后還特別照顧我，說我年紀小，又是從西涼嫁到上京，所以對我並不苛責。而做太子比做太子妃煩人一千倍一萬倍，光那些書本兒我瞧著就頭疼，李承鄞還要本本都能背。文要能詩會畫，武要騎射俱佳，我想他小時候肯定沒有我過得開心，學那麼多東西，煩也煩死了。

我抽不出來手，李承鄞握得太緊，這時候宮人端了藥來，永娘親自接過來，然後低聲告訴我：「太子妃，藥來了。」

我只好叫：「李承鄞！起來吃藥了！」

李承鄞並不回答我，只是仍舊緊緊抓著我的手。永娘命人將床頭墊了幾個枕頭，然後讓內官將李承鄞扶起來，半倚半靠在那裡。永娘拿著小玉勺餵他藥，但他並不能張開嘴，餵一勺，倒有大半勺順著他的嘴角流下去。

我忍無可忍，說道：「我來。」

我右手還被李承鄞握著，只得左手端著藥碗，我回頭叫阿渡：「捏住他鼻子。」阿渡依言上前，捏住李承鄞的鼻子，他被捏得出不來氣，過了一會兒就張開嘴，我馬上順勢把整碗藥灌進他嘴裡。他鼻子被捏，只能咕咚咕咚連吞幾口，灌得太急，嗆得直咳嗽起來，眼睛倒終於睜開了：「燙……好燙……」

燙死也比病死好啊。

我示意阿渡可以鬆手了，李承鄞還攥著我的手，不過他倒沒多看我一眼，馬上就又重新闔上眼睛，昏沉沉睡過去。

永娘替我拿了繡墩來，讓我坐在床前。我坐了一會兒，覺得很不舒服。因為胳膊老要伸著，我叫阿渡將繡墩搬走，然後自己一彎腰乾脆坐在了腳踏上。這樣不用佝僂著身子，舒服多了，可是李承鄞一直抓著我的手，我的胳膊都麻了。我試著往外抽手，我一動李承鄞就攥得更緊，阿渡「刷」地抽出刀，在李承鄞手腕上比劃了一下，我連忙搖頭，示意不可。如果砍他一刀，他父皇不立刻怒得發兵攻打西涼才怪。

我開始想念趙良娣了，起碼她在的時候，我不用照顧李承鄞，他就算病到糊塗，也不會抓著我的手不放。

一個時辰後我的手臂已經麻木得完全沒了知覺，我開始琢磨怎麼把趙良娣弄出來，讓她來當這個苦差。

兩個時辰後我半邊身子都已經麻木得完全沒了知覺，我實在是忍不住了，小聲叫永娘。她走上前來低頭聆聽我的吩咐，我期期艾艾地告訴她：「永娘……我要解手……」

永娘馬上道：「奴婢命人去取恭桶來。」

她徑直走出去，我都來不及叫住她。她已經吩咐內官們將圍屏攏過來，然後所有人全退了出去，寢殿的門被關上了，我卻痛苦地將臉皺成一團：「永娘……這可不行……」

「奴婢侍候娘娘……」

我要哭出來了：「不行！在這兒可不行！李承鄞還在這兒呢……」

「太子殿下又不是外人……何況殿下睡著了。」永娘安慰我說，「再說殿下與太子妃是夫妻，所謂夫妻，同心同體……」

我可不耐煩聽她長篇大論，我真是忍無可忍了，可是要我在李承鄞面前，要我在一個男人面前……我要哭了，我真的要哭了……

「永娘妳想想辦法……快想想辦法！」

永娘左思右想，我又不斷催促她，最後她也沒能想出更好的法子來，而我實在忍不住了，只得連聲道：「算了算了，就在這裡吧，妳替我擋一擋。」

永娘側著身子擋在我和李承鄞之間，不過因爲李承鄞拉著我的手，她依著宮規又不能背對我和李承鄞，所以只擋住一小半。我心驚膽顫地解衣帶，不停地探頭去看李承鄞，阿渡替我幫忙解衣帶，又幫我拉開裙子。

我一共只會背三句詩，其中一句在裴照面前賣弄過，就是那句：「何以解憂，唯有杜康。」還有一句則是「大弦嘈嘈如急雨，小弦切切如私語，嘈嘈切切錯雜彈，大珠小珠落玉盤」。爲什麼我會背這句詩呢？因爲當初學中原官話的時候，這句詩特別繞口，所以被我當繞口令來唸，唸來唸去就背下來了。

大弦嘈嘈如急雨，小弦切切如私語，嘈嘈切切錯雜彈，大珠小珠落玉盤……果然……一身輕啊一身輕……眞舒坦。

正當我一身輕快不無得意，覺得自己能記住這麼繞口的詩，簡直非常了不起的時候，李承鄞突然微微一動，就睜開了眼睛。

「啊！」

我尖聲大叫起來。

阿渡頓時跳起來，「刷」一下就拔出刀，永娘被我這一叫也嚇了一跳，但她已經被阿渡一把推開去，阿渡的金錯刀已經架在了李承鄞的脖子上。我手忙腳亂一邊拎著衣帶裙子一邊叫：「不要！阿渡別動！」

我飛快地繫著腰帶，可是中原的衣裳囉哩囉唆，我本來就不怎麼會穿，平常又都是尙衣的宮女幫我穿衣，我一急就把腰帶給繫成了死結，顧不上許多馬上拉住阿渡：「阿渡！不要！他就是嚇了我一跳。」

阿渡收回刀，李承鄞瞪著我，我瞪著李承鄞，他似乎還有點兒恍惚，目光呆滯，先是看後面的圍屏，然後看呆若木雞的永娘，然後看床前的恭桶，然後目光落在他還緊捏著的我的手，最後看著我腰裡繫得亂七八糟的那個死結，李承鄞的嘴角突然抽搐起來。

我的臉啊……丟盡了！三年來不論吵架還是打架，我在李承鄞面前從來都沒落過下風，可是今天我的臉眞是丟盡了。我氣憤到了極點，狠狠地道：「你要是敢笑，我馬上叫阿渡一刀殺了你！」

他的嘴角越抽越厲害，越抽越厲害，雖然我狠狠盯著他，可是他終於還是放聲大笑起來。他笑得開心極了，我還從來沒見他這樣笑過，整個寢殿都迴盪著他的笑聲。我又氣又羞，奪過阿渡手裡的刀。永娘驚呼了一聲，我翻轉刀用刀背砍向李承鄞：「你以爲我不敢打你麼？你以爲你病了我就不敢打你？我告訴你，要不是怕你那個父皇發兵打我阿爹，我今天非砍死你不可！」

永娘想要上前來拉我，但被阿渡攔住了，我雖然用的是刀背，不過砍在身上也非常痛。李承鄞挨了好幾下，一反常態沒有罵我，不過他也不吃虧，便來奪我的刀。我們兩個在床上打作一團，我手中的金錯刀寒光閃閃，劈出去呼呼有聲，永娘急得直跳腳：「太子妃，太子妃，莫傷了太子殿下！殿下，殿下小心！」

李承鄞用力想奪我的刀，我百忙中還叫阿渡：「把永娘架出去！」

不把她弄走，這架沒法打了。

阿渡很快就把永娘弄走了，我頭髮都散了，頭上的一枚金鳳釵突然滑脫，勾住我的鬢髮。就這麼一分神的工夫，李承鄞已經把我的刀奪過去了。

我勃然大怒，撲過去就想把刀奪回來。李承鄞一骨碌就爬起來站在床上，一手將刀舉起來，他身量比我高出許多，我踮著腳也搆不著，我跳起來想去抓那刀，他又換了隻手，我再跳，他再換……我連跳四五次，次次都撲空，他反倒得意起來：「跳啊！再跳啊！」

我大怒，看他只穿著黃綾睡袍，底下露出赤色的腰帶，突然靈機一動，伸手扯住他的腰帶就往外抽。這下李承鄞倒慌了：「妳、妳幹什麼？」一手就拉住腰帶，我趁機飛起一腳踹在他膝蓋上，這下子踹得很重，他腿一彎就倒下來了，我撲上去抓著他的手腕，就將刀重新奪了回來。

這時候阿渡正巧回來了，一掀簾看到我正趴在李承鄞身上扯著他的腰帶，阿渡的臉「刷」地一紅，身形一晃又不見了。

「阿渡！」

我跳起來正要叫住她，李承鄞又伸手奪刀，我們兩個扭成一團，從床上打到床下，沒想到李承鄞這麼能打架，以前我們偶爾也動手，但從來都是點到即止，通常還沒開打就被人拉開了。今天算是前所未有，雖然他在病中，可男人就是男人，簡直跟駱駝似的，力大無窮。我雖然很能打架，但吃虧在不能持久，時間一拖長就後繼無力，最後一次李承鄞將刀奪了去，我死命掰著他的手，他只好鬆手將刀扔到一邊，然後又飛起一腳將刀踹出老遠，這下子我們誰都拿不到刀了。

我大口大口喘著氣，李承鄞還扭著我的胳膊，我們像兩只鎖扭擰在地毯上。他額頭上全是密密的汗珠，這下好了，打出這一身熱汗，他的風寒馬上就要好了。我們兩個僵持著，他既不能放手，我也沒力氣掙扎。最後李承鄞看到我束胸襦裙繫的帶子，於是騰出一隻手來扯那帶子，我心中大急：「你要幹嘛？」

他扯下帶子胡亂地將我的手腕纏捆起來，我可真急了，怕他把我捆起來再打我，我叫起來：「喂！君子打架不記仇，你要敢折磨我，我可真叫阿渡來一刀砍死你！」

「閉嘴！」

「阿渡！」我大叫起來，「阿渡快來！」

李承鄞估計還真有點兒怕我把阿渡叫來了，他可打不過阿渡。於是他扭頭到處找東西，我估計他是想找東西堵住我的嘴，但床上地下都是一片凌亂，枕頭被子散了一地，哪裡能立時找著合適的東西？我雖然手被綁住了，可是腿還能動，在地上蹦得像條剛離水的魚，趁機大叫：「阿渡！快來救我！阿渡！」

李承鄞急了，撲過來一手將我抓起來，就用他的嘴堵住了我的嘴。

我懵了。

他身上有汗氣，有沉水香的氣味，有藥氣，還有不知道是什麼氣味，他的嘴巴軟軟的，熱熱的，像是剛烤好的雙拼鴛鴦炙，可是比鴛鴦炙還要軟，我懵了，真懵了。眼睛瞪得大大的，視野裡頭全是李承鄞一張臉，不，全是他的眼珠子。

我們互相瞪著對方。

我覺得，我把呼氣都給忘了，就傻瞪著他了。

他似乎也把呼氣給忘了，就傻瞪著我了。

最後我將嘴一張，正要大叫，他卻胳膊一緊，將我摟得更近，我嘴一張開，他的舌頭竟然跑進來了。

太噁心了！

我渾身的雞皮疙瘩全冒出來了，寒毛也全豎起來了，他竟然啃我嘴巴啊啊啊啊啊！那是我的嘴！又不是豬蹄！又不是燒雞！又不是鴨腿！他竟然抱著我啃得津津有味……他一邊啃我的嘴巴，一邊還摸我的衣服，幸好我腰裡是個死結，要不我的胸帶被他扯開了，現在再連裙子都要被他扯開，我可不用活了。

太！悲！憤！了！

我死命地咬了他一口，然後弓起腿來，狠狠踹了他一腳！

他被我踹到了一邊，倒沒有再動彈。我跳起來，飛快地衝過去背蹲下撿起阿渡的刀，然後掉過刀刃三下兩下割斷捆我手的帶子，我拿起刀子架在他脖子上：「李承鄞！我今天跟你拚了！」

李承鄞懶洋洋地瞧了我一眼，又低頭瞧了瞧那把刀，我將刀再逼近了幾分，威脅他：「今天的事不准你說出去，不然我晚上就叫阿渡來殺了你！」

李承鄞撐著手坐在那裡，就像脖子上根本沒一把鋒利無比的利刃似的，突然變得無賴起來：「今天的什麼事——不准我說出去？」

「你親我的事，還有……還有……哼！反正今天的事情統統不准你說出去！不然我現在就一刀殺了你！」

他反倒將脖子往刀鋒上又湊了湊：「那妳現在就殺啊……妳這是謀殺親夫！還有，妳要是真敢動我一根寒毛，我父皇馬上就會發兵，去打你們西涼！」

太！無！賴！了！

我氣得一時拿不定主意，猶豫到底是眞捅他一刀，還是晚上叫阿渡來教訓他。

「不過……」他說，「也許我心情好……就不會將今天的事告訴別人。」

我警惕地看著他：「那你要怎麼樣才心情好？」

李承鄞摸著下巴：「我想想……」

我惡狠狠地道：「有什麼好想的！反正我告訴你，你要是敢說出去，我馬上讓阿渡一刀砍死你！」

「除非妳親我！」

「什麼？」

「妳親我我就不告訴別人。」

我狐疑地瞧著他，今天的李承鄞簡直太不像李承鄞了，從前我們說不到三句話就吵架，李承鄞就是可恨可恨可恨……但今天是無賴無賴無賴。

我心一橫，決定豁出去了：「你說話算數？」

「君子一言，快馬一鞭。」

好吧，我把刀放下，閉上眼睛狠狠在他臉上咬了一下，直咬出了一個牙印兒，痛得他倒吸了一口涼氣。我親完這一下，正打算拿起刀子走人，他伸手就將我拉回去，一拉就拉到他懷裡去。

竟然又啃我嘴巴啊啊啊啊啊！

他啃了好久才放開我，我被他啃得上氣不接下氣，嘴唇上火辣辣的，這傢伙肯定把我的嘴巴啃腫了！

他伸出手指，摸了摸我的嘴唇，說道：「這樣才叫親，知道麼？」

我真的很想給他一刀，如果不是擔心兩國交戰，生靈塗炭，血流成河，白骨如山……於是硬生生忍住，咧了咧嘴：「謝謝你教我！」

「不用謝。」他無賴到底了，「現在妳會了，該妳親我了。」

「剛剛不是親過！」我氣得跳起來，「說話不算數！」

「剛剛是我親妳，不是妳親我。」

爲了兩國和平，忍了！

我揪著他的衣襟學著他的樣子狠狠將他的嘴巴啃起來，雞大腿雞大腿雞大腿……就當是啃雞大腿好了！我啃！我啃！我啃啃啃！

終於啃完一撒手，發現他從脖子到耳朵根全是紅的，連眼睛裡都泛著血絲，呼吸也急促起來。

「你又發燒？」

「沒有！」他斷然否認，「妳可以走了。」

我整理好衣服，又攏了攏頭髮，拿著刀，雄赳赳氣昂昂地走了。

外頭什麼人都沒有，我一直走回自己的寢殿，才看到宮娥們。她們見了我，個個一副目瞪口呆的樣子，竟然都差點兒忘了向我行禮。要知道她們全是永娘挑出來的，個個都像永娘一樣，時時刻刻把規矩記得牢牢的。

我照了照鏡子，才曉得她們爲什麼這樣子。簡直像鬼一樣啊……披頭散髮，衣衫不整，嘴巴還腫著，李承鄞那個混蛋，果然把我的嘴都給啃腫了。宮人們圍上來給我換衣服，重新替我梳頭，幸好沒人敢問我到底發生什麼事，若是讓她們知道，我就不用在東宮裡混下去了。正當我悻悻的時候，門外突然有人通傳，說是李承鄞遣了小黃門給我送東西來。這事很稀罕，她們也都曉得李承鄞不喜歡我，從來沒派人送東西給我。

我只覺得詭異，平常跟李承鄞吵架，他好幾天都不會理我，今天我們狠狠打了一架，他竟然還派人送東西給我，這也太詭異了。

不過我也不會怕李承鄞。所以我就說：「那叫他進來吧。」

遣來的小黃門捧著一只托盤，盤上蓋著紅綾，我也看不出來下面是什麼。小黃門因爲受李承鄞差遣，所以一副宣旨的派頭，站在那裡，一本正經地道：「殿下說，一時性急扯壞了太子妃的衣帶，很是過意不去，所以特意賠給太子妃一對鴛鴦條。殿下說，本來應當親自替太子妃繫上，不過適才太累了，又出了汗，怕再傷風，所以就不過來了。殿下還說，今日之事他絕不會告訴旁人的，請太子妃放心。」

我只差沒被氣暈過去。宮人們有的眼睛望著天，有的望著地毯，有的死命咬著嘴角，有的緊緊繃著臉，有的大約實在忍不住要笑，所以臉上的皮肉都扭曲了……總之沒一個人看我，個個都裝作什麼都沒有聽到。

李承鄞算你狠！你這叫不告訴別人麼？你這只差沒有昭告天下了！還故意說得這樣……這樣曖昧不堪！教所有人不想歪都難！

我連牙都咬痠了，才擠出一個笑：「臣妾謝殿下。」

小黃門這才畢恭畢敬地跪下對我行禮，將那只托盤高舉過頭頂。我也不叫人，伸手就掀開紅綾，裡面果然是一對刺繡精美的鴛鴦條，喜氣洋洋盤成同心模樣，我一陣怒火攻心，差點兒沒被氣暈過去。身側的宮女早就碎步上前，替我接過那托盤去。

我就知道李承鄞不會讓我有好日子過，但我也沒想到他這麼狠，竟然會用這樣下三濫的招數。黃昏時分阿渡終於回來了，她還帶回了永娘。永娘回來後還沒半盞茶的工夫，就有人嘴快告訴她鴛鴦條的事情，永娘不敢問我什麼，可是禁不住眉開眼笑，看到我嘴巴腫著，還命人給我的晚膳備了湯。我敢說現在整個東宮無人不知無人不曉，我衣衫不整披頭散髮從李承鄞的寢殿出來，連衣帶都不知弄到哪裡去了，然後李承鄞還送給我一對鴛鴦條。

鴛鴦條，我想想這三個字都直起雞皮疙瘩。李承鄞送我三尺白綾我都不覺得稀奇，他竟然送我鴛鴦條，這明顯是個大大的陰謀。

可是東宮其他人不這樣想，尤其是侍候我的那些宮人們，現在她們一個個揚眉吐氣，認爲我終於收服了李承鄞。

「殿下可算是回心轉意了，阿彌陀佛！」

「趙庶人一定是對殿下施了蠱術，妳看趙庶人被關起來，殿下就對太子妃娘娘好起來了。」

「是啊！咱們娘娘生得這般美貌，不得殿下眷顧，簡直是天理不容！」

「妳沒有瞧見娘娘看到鴛鴦條的樣子，臉都紅了，好生害羞呢……」

「啊呀，要是我我也害羞呀，殿下眞是大膽……光天化日竟然派人送給娘娘這個……」

「還有更膽大的呢……妳沒有看到娘娘回來的時候，披頭散髮，連衣裳都被撕破了……可見殿下好生……好生急切……嘻嘻……」

……

我一骨碌爬起來，聽守夜的宮娥竊竊私語，只想大吼一聲告訴她們，這不是事實不是事實！我臉紅是因為氣的！衣裳撕破是因為打架！總之壓根兒就不是她們想像的那樣子！

李承鄞又不是真的喜歡我，他就是存心要讓我揹黑鍋。

沒想到李承鄞不懂存心讓我揹黑鍋，更是存心嫁禍。

第三天的時候皇后就把我叫進宮去，我向她行禮之後，她沒有像往日那樣命人攙扶我，更沒有說賜座。皇后坐在御座之上，自顧自說了一大篇話。雖然話仍舊說得客客氣氣，可是我也聽出了她是在訓我。

我只好跪在地上聽訓。

這還是從來沒有的事情，從前偶爾她也訓我，通常是因為我做了過分的事情，比如在大典上忘了宮規，或者祭祖的時候不小心說了不吉利的話。可是這樣讓我跪在這裡挨訓，還是頭一遭。

她最開始是引用《女訓》、《女誡》，後來則是引用本朝著名的賢后章慧皇后的事蹟，總之文縐縐一口氣說了一大篇，聽得我直發悶，連膝蓋都跪痠軟了，也不敢伸手揉一揉。其實她都知道我聽不懂她真正的意思，果然，這一大篇冠冕堂皇的話說完，皇后終於歎了口氣，說道：「妳是太子妃，東宮的正室，為天下表率。鄞兒年輕胡鬧，妳應該從旁規勸，怎麼還能由著他胡鬧？便不說我們皇家，尋常人家妻子的本分，也應懂得矜持……」

我終於聽出一點兒味兒來，忍不住分辯：「不是的，是他——」

皇后淡淡地瞧了我一眼，打斷我的話：「我知道是他胡鬧，可是他還在病中，妳就不懂得拒絕麼？萬一病後失調，鬧出大病來，那可怎麼得了？妳將來要當皇后，要統率六宮，要做中宮的楷模，妳這樣子，將來教別人如何服氣？」

我又氣又羞，只差要挖個地洞鑽進去。皇后簡直是在罵我不要臉了，知道李承鄞病了還……還……那個……那個……可是天曉得！我們根本沒那個……沒有！

我太冤了，我簡直要被冤死了！

皇后看我窘得快哭了，大約也覺得訓得夠了，說道：「起來吧！我是為了妳好，妳知道傳出去有多難聽，年輕夫妻行跡親密是應該的，可是也要看看什麼時候什麼場合。咱們中原可不比西涼，隨便一句話都跟刀子似的，尤其在宮裡，流言蜚語能殺人哪。」

我眼圈都紅了：「這太子妃我做不好，我不做了。」

皇后就像沒聽見似的，只吩咐永娘：「好好照看太子妃，還有，太子最近病著，太子妃年輕，事務又多，不要讓她侍候太子湯藥。讓太子妃把《女訓》抄十遍吧。」

我氣得肺都要炸了，這把我當狐狸精在防呢！我總算明白過來，李承鄞設下這個圈套，就是為了讓我鑽進來。

什麼鴛鴦條，簡直比白綾子還要命，《女訓》又要抄十遍，這不得要了我的命！

一回到東宮，我就想提刀去跟李承鄞拚命，竟然敢算計我，活膩了他！可是永娘守著我寸步不離，安排宮女替我磨墨鋪紙，我只得含憤開始抄《女訓》，中原的字本來就好生難寫，每寫一個字，我就在心裡把李承鄞罵上一遍。抄了三五行之時，我早已經將李承鄞在心裡罵過數百遍了。

晚上的時候，好容易熬到夜深人靜，我悄悄披衣服起來，阿渡聽到我起床，也不解地坐起來，我低聲道：「阿渡，把妳的刀給我。」

阿渡不知道我要做什麼，但還是把她的金錯刀遞給了我，我悄悄地將刀藏在衣下，然後將寢衣外頭套上一件披帛。沒有阿渡，我是繞不開衛戍東宮的羽林軍的，所以我帶著阿渡一起，躡手躡腳推開寢殿側門，然後穿過廊橋，往李承鄞住的寢殿去。剛上了廊橋，阿渡忽然頓了一下。

原來永娘正好拿著薰爐走過來，我們這一下子，正讓她撞個正著。

這也太不湊巧了，我忘了今夜是十五，永娘總要在這個時候拜月神。我正琢磨要不要讓阿渡打昏她，或者她會不會大叫，引來羽林軍，將我們押回去。

誰知永娘瞧見我們兩個，先是呆了一呆，然後竟然回頭瞧了瞧我們要去的方向，那裡是李承鄞的寢殿，影影綽綽亮著燈。

我趁機便要回頭使眼色給阿渡，想讓她拿下永娘。我的眼色還沒使出去，誰知永娘只輕輕歎了口氣，便提著薰爐，默不作聲徑直從我們身邊走過去了。

我納悶得半死，永娘走了幾步，忽然又回過頭來，對我道：「夜裡風涼，太子妃瞧瞧殿下便回轉來吧，不要著了涼。」

我一陣氣悶，合著她以為我是去私會李承鄞！

這……這……這……

算了！

我憤然帶著阿渡直奔李承鄞的寢殿，一日不揍他個滿地找牙，一日就難雪這陷害之恥。

到了寢殿的牆外，阿渡拉著我輕輕躍上牆頭，我們還沒有在牆頭站穩，忽然聽到一聲大喝：「有刺客！」只聞利器破空弓弦震動，我怔了一下，已經有無數支箭簇朝著我們直射過來，便如鋪天蓋地的蝗雨似的。四周燈籠火炬全都呼啦一下子亮起來，阿渡擋在我面前打落好些亂箭，她擋不了太久，我一急就想轉身跳牆回去，省得阿渡為我受傷，誰知腳下一滑，便從高牆上筆直跌落下去。

好高的牆！

只聽呼呼的風聲從耳邊掠過……這下……這下可要摔成肉泥了。

我仰面往下跌落，還能看到阿渡驚慌失措的臉。她飛身撲下來便想要抓住我，在她身後則是漆黑的天幕，點點的星辰像是碎碎的白芝麻，飛快地越退越遠，而月亮瞬息被殿角遮住，看不見了……

我想阿渡是抓不住我了，我跌得太急太快，就在我絕望的時候，突然有人攬住我的腰，我的跌勢頓時一緩，那人旋過身子，將我整個人都接住了。我的髮髻被夜風吹得散開來，所以亂髮全拂在我的臉上，我只能看見他銀甲上的光，反射著火炬的紅焰，一掠而過，像是在銀甲上綻開小小的花。那些小小的火花映進他的眼底，而他的眼睛正專注地看著我。

我夢想過無數次的夢境啊……英雄救美，他抱著我在夜風中旋轉……旋轉……慢慢地旋轉……滿天的星辰如雨點般落下來……天地間只有他凝視著我的雙眼……

那眼底只有我……

我要醉了，我要醉去，被他這樣抱在懷裡，就是我夢裡的那個人啊……

「太子妃！」

我的腳落在了地上，我如夢初醒般怔怔地看著眼前的人，他一身銀甲，劍眉星目，氣宇軒昂。他就是那個人麼？那個一次次出現在我的夢境中，一次次將我救出險境的蓋世英雄？

裴照躬身向我行著禮，四面的箭早都停了。他將我放在地上，我這才發現我還死死拉著他的胳膊。阿渡搶上來拉著我的手，仔細察看我身上有沒有受傷，我很尷尬。我夢中的英雄難道是裴照？可是……為什麼我自己不知道呢？不過裴照真的是很帥啊，武功又好，可是，怎麼會是他呢？我耳根發熱，又瞧了他一眼。

今天晚上真是出師不利，先遇上永娘，然後又遇上裴照。

裴照將手一揮，那些引弓持刀的羽林軍瞬間又消失得無影無蹤。我覺得自己應該說點兒什麼，只得言不由衷地誇讚：「裴將軍真是用兵如神……」

「請太子妃恕末將驚駕之罪。」裴照拱手為禮，「末將未料到太子妃會逾牆而來，請太子妃恕罪。」

「這不怪你，誰讓我和阿渡是翻牆進來的，你把我們當成刺客也不稀奇。」

「不知太子妃夤夜來此，所為何事？」

我可沒有那麼傻，傻到告訴他我是來跟李承鄞算帳的。所以我打了個哈哈：「我來幹什麼，可不能告訴你。」

裴照的表情還是那樣，他低頭說了個「是」。

我大搖大擺，帶著阿渡就往前走，裴照忽然又叫了我一聲：「太子妃。」

「什麼？」

「太子殿下的寢殿，不是往那邊，應該是往這邊。」

我惱羞成怒，狠狠瞪了他一眼，但他依舊恭敬地立在那裡，似乎絲毫沒有看到我的白眼。我也只好轉過身來，依著他指的正確的路走去。

終於到了李承鄞寢殿之外，我命令阿渡：「妳守在門口，不要讓任何人進來。」

阿渡點點頭，做了個手勢，我明白她的意思是叫我放心。

我進了寢殿，值夜的宮娥還沒有睡，她們在燈下拼字謎玩，我悄悄地從她們身後躡手躡腳走過，沒人發現我。我溜進了內殿。

內殿角落裡點著燈，影影綽綽的燭光朦朧映在帳幔之上，像是水波一般輕輕漾動。我屏息靜氣悄悄走到床前，慢慢掀起帳子，小心地沒有發出任何聲音，突然「呼」的一聲，我本能地將臉一偏，寒風緊貼著我的臉掠過，那勁道刮得我臉頰隱隱生疼。還沒等我叫出聲來，天旋地轉，我已經被牢牢按在了床上，一道冰冷的鋒刃緊貼著我的喉嚨，只怕下一刻這東西就會割開我的喉管，我嚇得起了一身雞皮疙瘩。

我看著李承鄞，黑暗中他的臉龐有種異樣的剛毅，簡直完全像另外一個人似的。他緊緊盯著我的眼睛，我做夢也沒想過李承鄞會隨身帶著刀，連睡在床上也會這樣警醒。

「是妳？」

李承鄞收起了刀子，整個人似乎又變回我熟悉的那個樣子，懶洋洋地問我：「妳大半夜跑到我這裡來，幹什麼？」

「呃……不幹什麼。」我總不能說我是來把他綁成大粽子狠揍一頓出氣然後以報陷害之仇的吧。

他似笑非笑，瞥了我一眼：「哦，我知道了，妳是想我了，所以來瞧瞧我，對不對？」

我這一氣，馬上想起來他是怎麼用鴛鴦條來陷害我的，害得我被皇后罵，還要抄書。抄書！我最討厭抄書了！我「刷」一下子就拔出藏在衣下的刀，咬牙切齒：「你猜對了，我可想你了！」

他絲毫沒有懼色，反倒低聲笑起來：「原來你們西涼的女人，都是拿刀子想人的！」

「少廢話！」我將刀架在他脖子上，「把你的刀給我。」

他往前湊了湊：「妳叫我給你，我就要給妳啊？」

「別過……唔……」我後頭的話全被迫吞下肚去，因為他竟然將我肩膀一攬，沒等我反應過來，又啃我嘴巴！

太……太過分了！

這次他啃得慢條斯理，就像吃螃蟹似的，我見過李承鄞吃螃蟹，簡直堪稱一絕。他吃完螃蟹所有的碎殼還可以重新拼出一隻螃蟹來，簡直比中原姑娘拿細絲繡花的功夫還要厲害。我拿著刀在他背後直比劃，就是狠不下心插他一刀。倒不是怕別的，就是怕打仗，阿爹老了，若是再跟中原打一仗，阿爹只怕贏不了，西涼也只怕贏不了。我忍……我忍……他啃了一會兒嘴巴，終於放開，我還沒鬆口氣，結果他又開始啃我脖子，完了完了，他一定是打算真把我當螃蟹慢慢吃掉，我脖子被他啃得又痛又癢，說不出的難受。他又慢條斯理，開始啃我的耳朵，這下子可要命了，我最怕人呵我癢癢。他一在我耳朵底下出氣，我只差沒笑抽過去，全身發軟一點力氣都沒有，連刀子都被他抽走了。他把刀子扔到一邊，然後又重新啃我的嘴巴。

我覺得有點兒不對勁了，因爲不知什麼時候，他的手已經跑到我衣服底下去了，而且就掐在我的腰上，我被他掐得動彈不得，情急之下大叫：「你！你！放手！不放手我叫阿渡了！」

李承鄞笑著說：「那妳叫啊！妳哪怕把整個東宮的人都叫來，我也不介意，反正是妳自己半夜跑到我床上來。」

我氣得只差沒暈過去，簡直太太太可恨了！什麼話到了他嘴裡就格外難聽。什麼叫跑到他床上來，我……我……我這不跳進黃河也洗不清麼？

就在我想惡狠狠給他一刀的時候，突然一道勁風從帳外直插而入，電光石火的瞬間，李承鄞倉促將我狠狠一推，我被推到了床角，這才看清原來竟然是柄長劍。他因爲急著要將我推開，自己沒能躲過去，這一劍正正穿過他的右胸。我尖聲大叫，阿渡已經衝進來，刺客拔劍又朝李承鄞刺去，阿渡的刀早給了我，情急之下拿起桌上的燭台，便朝刺客擲去。阿渡的臂力了得，那燭台便如長叉一般帶著勁風劈空而去，刺客閃避了一下，我已經大叫起來：「快來人啊！有刺客！」

值宿的羽林軍破門而入，阿渡與刺客纏鬥起來，寢殿外到處傳來呼喝聲，庭院裡沸騰起來，更多的人湧進來，刺客見機不妙越窗而出，阿渡跟著追出去。我扶著李承鄞，他半邊身子全是鮮血，傷口還不斷有血汩汩湧出。我又急又怕，他卻問我：「有沒有傷著妳……」一句話沒有說完，卻又噴出一口血來，那血濺在我的衣襟之上，我頓時流下眼淚來，叫著他的名字：「李承鄞！」

我一直很討厭李承鄞，卻從來沒想過要他死。

我惶然拉著他的手，他嘴角全是血，可是卻笑了笑：「我可從來沒瞧見過妳哭……妳莫不是怕……怕當小寡婦……」

這個時候他竟然還在說笑，我眼淚湧出來更多了，只顧手忙腳亂想要按住他的傷口，可是哪裡按得住，血從我指縫裡直往外冒，那些血溫溫的，膩膩的，流了這麼多血，我真的害怕極了。許多宮娥聞聲湧進來，還有人一看到血，就尖叫著昏死過去，殿中頓時亂成一團。我聽到裴照在外頭大聲發號施令，然後他就直闖進來，我見到他像見到救星一般：「裴將軍！」

裴照一看這情形，馬上叫人：「快去傳御醫！」

然後他衝上前來，伸指封住李承鄞傷口周圍的穴道。他見我仍緊緊抱著李承鄞，說道：「太子妃，請放開殿下，末將好察看殿下的傷勢。」

我已經六神無主，裴照卻這樣鎮定，鎮定得讓我覺得安心，我放開李承鄞，裴照解開李承鄞的衣衫，然後皺了皺眉。我不知道他皺眉是什麼意思，可是沒一會兒我就知道了，因爲御醫很快趕來，然後幾乎半個太醫院都被搬到了東宮。宮裡也得到了訊息，夤夜開了東門，皇帝和皇后微服簡駕親自趕來探視。

我聽到御醫對皇帝說：「傷口太深，請陛下恕臣等愚昧無能，只怕……只怕……殿下這傷……極爲凶險……」

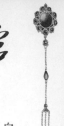

皇后已經垂下淚來，她哭起來也是無聲無息的，就是不斷拿手絹擦著眼淚。皇帝的臉色很難看，我倒不哭了，我要等阿渡回來。

裴照已經派了很多人去追刺客，也不知道追上了沒有，我不僅擔心李承鄞，我也擔心阿渡。

到了天明時分，阿渡終於回來了，她受了很重的傷，是被裴照的人抬回來的。我叫著阿渡的名字，她只微微睜開眼睛，看了我一眼。她想抬起她的手來，可是終究沒有力氣，只是微微動了動手指，我順著她的目光望，她看著我的衣襟。

我衣襟上全是血，都是李承鄞的血。我懂得阿渡的意思，我握住她的手，含著眼淚告訴她：「我沒事。」

阿渡似乎鬆了口氣，她把一個硬硬的東西塞進我手裡，然後就昏了過去。

我又痛又悔又恨。

李承鄞在我面前被刺客所傷，他推開我，我眼睜睜看著那柄長劍刺入他體內。現在，那個人又傷了阿渡。

都是我不好，我來之前叫阿渡把刀給了我，阿渡連刀都沒帶，就去追那個刺客。

一直就跟著我的阿渡，拿命來護著我的阿渡。

總是我對不住她，總是我闖禍，讓她替我受苦。

我痛哭了一場。

沒有人來勸我，東宮已經亂了套，所有人全在關切李承鄞的傷勢，他傷得很重，就快要死了。阿渡快要死了，李承鄞，我的丈夫，也快要死了。

春容

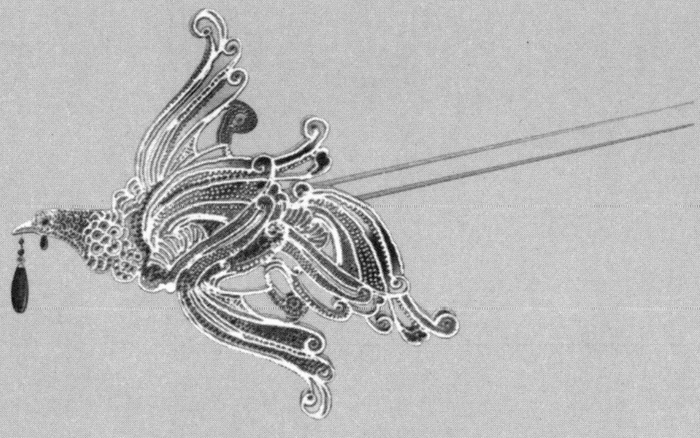

我哭了好久，直到裴照走過來，他輕輕地叫了聲：「太子妃。」然後道：「末將的人說，當時他們趕到的時候，只看到阿渡姑娘昏死在那裡，並沒有見到刺客的蹤影，所以只得將阿渡姑娘先送回來。現在九門緊閉，上京已經戒嚴，刺客出不了城去。御林軍正在閉城大搜，請太子妃放心，刺客絕對跑不掉的。」

我看著阿渡塞給我的東西，那個東西非常奇怪，像是塊木頭，上面刻了奇怪的花紋，我不認得它是什麼。

我把它交給裴照：「這是阿渡給我的，也許和刺客有關係。」

裴照突然倒抽了一口涼氣，他一定認識這個東西。我問：「這是什麼？」

裴照退後一步，將那塊木頭還給我，說道：「事關重大，請太子妃面呈陛下。」

我也覺得我應該把這個交給皇帝，畢竟他是天子，是我丈夫的父親，是這普天下最有權力的帝王。有人要殺他的兒子，要殺阿渡，他應該爲我們追查兇手。

我拭乾了眼淚，讓身邊的宮娥去稟報，我要見皇帝陛下。

皇帝和皇后都還在寢殿之中，皇帝很快同意召見我，我走進去，向他行禮：「父皇。」

我很少可以見到皇帝陛下，每次見到他也總是在很遠的御座之上，這麼近還是第一次。我發現他其實同我阿爹一樣老了，兩鬢有灰白的頭髮。

他對我很和氣，叫左右：「快扶太子妃起來。」

我拒絕內官的攙扶：「兒臣身邊的阿渡去追刺客，結果受了重傷，剛剛被羽林郎救回來。她交給兒臣這個，兒臣不識，現在呈給陛下，想必是與刺客有關的物件。」我將那塊木頭舉起來，磕了一個頭，「請陛下遣人查證。」

內官接過那塊木頭，呈給皇帝陛下，我看到皇帝的臉色都變了。

他轉臉去看皇后：「玫娘！」

我這才知道皇后的名字叫玫娘。

皇后的臉色也大變，她遽然而起，指著我：「妳！妳這是誣陷！」

我莫名其妙地瞧著她。皇后急切地轉身跪下去：「陛下明察，鄞兒乃臣妾一手撫育長大，臣妾這一輩子的心血都放在鄞兒身上，斷不會加害於他！」

皇帝並沒有說話，皇后又轉過臉來呵斥我：「妳是受了誰的指使，竟然用這樣的手段來攀誣本宮？」

我連中原字都認不全，那個木頭上刻的是什麼，我也並不認識，我從來沒見過這樣的東西，所以只是一臉莫名其妙地瞧著皇后。

皇帝終於發話了：「玫娘，她只怕從來不曉得這東西是何物，怎麼會攀誣妳？」

皇后大驚：「陛下，陛下莫輕信了謠言。臣妾為什麼要害太子？鄞兒是我一手撫養長大，臣妾將他視作親生兒子一般……」

皇帝淡淡地道：「親生兒子……未必吧。」

皇后掩面落淚：「陛下這句話，簡直是誅心之論。臣妾除了沒有懷胎十月，與他生母何異？

鄞兒三個多月的時候，我就將他抱到中宮，臣妾將他撫養長大，教他做人，教他讀書……是臣妾勸陛下立他爲太子，臣妾這一生的心血都放在他身上，臣妾爲什麼要遣人殺他？」

皇帝忽然笑了笑：「那緒寶林何其無辜，妳爲何要害她？」

皇后猛然抬起臉來，怔怔地瞧著皇帝。

「後宮中的事，朕不問，並不代表朕不知曉。妳作的那些孽，也盡夠了。爲什麼要害緒寶林，還不是想除去趙良娣。趙良娣父兄皆手握重兵，將來鄞兒登基，就算不立她爲皇后，貴妃總是少不了的。有這樣的外家，妳如何不視作心腹大患。妳這樣擔心鄞兒坐穩了江山，是怕什麼？怕他對妳這個母后發難麼？」

皇后勉強道：「臣妾爲什麼要擔心……陛下這些話，臣妾並不懂得。」

「是啊，妳爲什麼要擔心？」皇帝淡淡地道，「總不過是害怕鄞兒知道，他的親生母親，當年的淑妃……到底是怎麼死的吧。」

皇后臉色如灰，終於軟倒在那裡。

皇帝說道：「其實妳還是太過急切了，再等二十年又何妨？等到朕死了，鄞兒登基，要立趙良娣爲后，勢必會與西涼翻臉，到時候他若與西涼動武，贏了，我朝與西涼從此世世代代交惡，只怕這仗得一直打下去，禍延兩國不已，總有民怨沸騰的那一日；輸了，妳正好藉此大做文章，廢掉他另立新帝也未可知。這一招棋，只怕妳在勸朕讓鄞兒與西涼和親的時候，就已經想到了吧。妳到底爲什麼突然性急起來？難道是因爲太子和太子妃突然琴瑟和鳴，這一對小兒女相好了，大出妳的算計之外？」

皇后喃喃道：「臣妾與陛下三十年夫婦，原來陛下心裡，將臣妾想得如此不堪。」

「不是朕將妳想得不堪，是妳自己做得不堪。」皇帝冷冷地道，「因果報應，惡事做多了，總有破綻。妳害死淑妃，朕可沒有冤枉妳。妳害得緒寶林小產，將趙良娣幽閉起來，朕可沒有問過妳。總以爲妳不過是自保，這些雕蟲小技，如果朕的兒子應付不了，也不配做儲君。如今妳竟然喪心病狂，要謀害鄞兒，朕忍無可忍。虎毒還不食子，他雖然不是妳親生之子，但畢竟是妳一手撫養長大，妳怎麼忍心？」

皇后終於落下淚來：「臣妾沒有……陛下縱然不肯信，臣妾真的沒有……臣妾絕沒有遣人來謀害鄞兒。」

我心裡一陣陣發寒，不敢相信自己的耳朵，我不敢相信我聽到的一切。平常那樣高貴、那樣和藹的皇后，竟然會是心機如此深重的女人。

皇帝道：「妳做過的那些事，難道非要朕將人證物證全都翻出來，難道非要朕下旨讓掖庭令來審問妳麼？妳如果肯認罪，朕看在三十年夫妻之情，保全妳一條性命。」

皇后淚如雨下：「陛下，臣妾真的是冤枉的！臣妾冤枉！」

皇帝冷冷地說道：「二十年前，妳派人在淑妃的藥中下了劇毒馬錢子，那張包裹馬錢子的方子，現下還有一半，就擱在妳中宮的第二格暗櫥中。妳非要朕派人去搜出來，硬生生逼妳將那馬錢子吞下去麼？」

皇后聽到他最後一句話，終於全身一軟，就癱倒在地暈了過去。

我只覺得今晚的一切都如同五雷轟頂一般，現在那些炸雷還在頭上轟轟烈烈地響著，一個接著一個，震得我目瞪口呆，整個人都要傻了。

皇帝轉過臉來，對我招了招手。我小心地走過去，就跪在他的面前。他伸出手來，慢慢摸了摸我的髮頂，對我說：「孩子，不要怕，有父皇在這裡，誰也不敢再傷害妳。當初讓鄞兒娶妳，其實也是我的意思，因爲我知道你們西涼的女孩兒，待人最好、最眞。」

我並不害怕，因爲他的手掌很暖，像是阿爹的手。而且其實他長得挺像李承鄞，我從來不怕李承鄞。

皇帝對我說：「好好照顧鄞兒，他從小沒有母親，有人眞心對他好，他會將心掏出來給妳的。」

不用他說，我也會好好照顧李承鄞。

可是今天晚上的事情還是令我覺得害怕，我由衷地害怕。宮中的一切都那樣可怕，人心那樣複雜，就像皇后，我萬萬想不到是她害緒寶林的孩子沒有了，只因爲想要嫁禍給趙良娣。人命在她們眼中眞是輕賤，輕賤得比螞蟻還不如。還有李承鄞的生母淑妃，皇后爲什麼要害死淑妃，是因爲想要奪走淑妃的兒子麼？

這一切太可怕了，讓我不寒而慄。

李承鄞傷得非常重，一直到三天後他還昏迷不醒。我衣不解帶地守在他身邊。

他傷口惡化，發著高燒，滴水不能進，連湯藥都是撬開牙關，一點點餵進去的。

我想這次他可能眞的活不了了。

但我並沒有流眼淚。當初最危險的瞬間他一把推開了我，如果他活不了了，我陪著他去死就罷了。

我們西涼的女孩兒，才不興成日哭哭啼啼，我已經哭過一場，便不會再哭了。

李承鄞在昏迷之中，總是不斷地喃喃呼喚著什麼，我將耳朵湊近了聽，原來他叫的是「娘」，就像那次發燒一樣。

我想起皇帝曾經說過的話，我心裡一陣陣地發軟，他眞是個可憐的人，雖然貴爲太子，可是從小就沒有見過自己的娘。而皇后又是這樣的心計深沉，李承鄞如果知道是她害死了自己的母親，心裡肯定會很難過很難過吧。

很多御醫守著李承鄞。皇帝已經下詔廢黜皇后，朝野震動，可是詔書裡列舉了皇后的好多條罪狀，尤其現在李承鄞生死未卜，大臣們也不便說什麼。我聽宮娥們私下說，皇后的娘家極有權勢，正煽動了門下省的官員，準備不附署，反對廢黜皇后。我不懂朝廷裡的那些事，現在才知道原來當皇帝也不是想幹什麼就可以幹什麼。

我上午守著李承鄞，下午便去看阿渡。

阿渡身上有好些傷口，她還受了很嚴重的內傷，阿渡武功這樣高，那刺客還將她傷成這樣，一定是個絕世高手。因爲傷口總要換藥，阿渡衣袋裡的東西也早都被取出來，擱在茶几之上。我看到我交給阿渡的許多東西，大部分是我隨手買的玩藝兒，比如做成小鳥狀的泥哨，或者是一朵紅絨花。都是我給阿渡的，她總是隨身帶著，怕我要用。

我的阿渡，對我這麼好的阿渡，都是我連累了她。

我看到那枚鳴鏑的時候，一個念頭浮上心頭，我拿起那枚鳴鏑，靜靜地走開。

東宮所有人幾乎都集中在李承鄞寢殿那邊，花園裡冷冷清清，一個人都沒有。

我將鳴鏑彈上半空，然後坐在那裡靜靜地等候。

沒一會兒，似乎有一陣輕風拂過，顧劍無聲無息地就落在我的面前。

他看到我的樣子，似乎吃了一驚，問我：「誰欺負妳了？」

我知道自己的樣子一定很難看，那天哭得太久，眼睛一直腫著，而且幾天幾夜沒有睡覺，臉色肯定好不到哪裡去。

我很簡單地將事情對他說了一遍，顧劍沉默了片刻，問我：「妳要我去殺皇后嗎？」

我搖了搖頭。

皇后害了太多人，她不應該再繼續活在這世上。但皇帝會審判她，即使不殺她，也會廢黜她，將她關在冷宮裡。對皇后這樣的人來說，這已經足夠了，比殺了她還令她覺得難過。

我懇求他：「你能不能想辦法救救阿渡，她受了很重的內傷，一直沒有醒過來。」

顧劍突然笑了笑：「眞是有趣，妳不求我去救妳的丈夫，卻求我去救阿渡。到底妳是不喜歡妳的丈夫呢，還是妳太喜歡阿渡？」

「李承鄞受的是外傷，便是神仙也束手無策，熬不熬得過去，是他的命。可阿渡是因爲我才去追刺客，她受的是內傷，我知道你有法子的。」

顧劍陰沉著一張臉：「沒錯，我是有法子救她，但我憑什麼要救她？」

我頓時氣結：「你曾經說過，如果我遇上任何危險，都可以找你，你卻不肯幫我！」

顧劍說道：「是啊，可是我又沒答應妳，幫妳救別人。」

「現在阿渡有性命之憂，阿渡的命，就是我的命。她爲了我可以不要命，現在她受了重傷，就是我自己受了重傷，你如果不肯救她……」我把那柄金錯刀拔出來，橫在自己頸中，「我便死在你面前好了！」

顧劍伸出兩根手指，輕輕在那柄金錯刀上一彈，我便拿捏不住，金錯刀「鐺」一聲就落在了地上。

我搶著要去將刀撿起來，他長袖一拂，就將那柄刀捲走了。我大怒便一掌擊過去，還沒有沾到他的衣角，他已經伸手扣住了我的手腕，我眼圈一陣發熱，說道：「不救就不救，你快快走吧，我以後再不要見著你了！」

顧劍瞧了我片刻，終於歎了口氣，說道：「妳不要生氣。我去救她便是了。」

我藉故將阿渡屋子裡的人都遣走，然後對窗外招了招手。顧劍無聲無息從窗外躍了進來，仔細查看阿渡的傷勢。他對我說：「出手的人眞狠，連經脈都幾乎被震斷了。」

我心裡一寒，他說：「不過還有法子救。」他瞧了我一眼，「不過我若是救了她，妳打算怎麼樣報答我呢？」

我心急如焚，說道：「都什麼時候了，你還說這樣的話。你要救了阿渡，不論多少錢財，我都給你。」

他輕蔑地道：「我要錢財作甚？妳也忒看輕了我。」

我問：「那你要什麼？」

他笑了笑：「除非麼……除非妳親親我。」

我幾乎沒氣昏過去，爲什麼男人們都這麼喜歡啃嘴巴？

李承鄞是這樣，連這個世外高手顧劍也是這樣？

我咬了咬牙，走上前去便攬住他的肩，踮起腳來狠狠啃了他一通。

沒想到他猛然推開我，突然逼問我：「誰教妳的？」

我莫名其妙：「什麼？」

「從前妳只會親親我的臉，誰教妳的？」他的臉色都變了，「李承鄞？」

我怕他不肯救阿渡，所以並不敢跟他爭吵。

他的臉色更難看了：「妳讓李承鄞親妳？」

李承鄞是我的丈夫，我難道不讓他親我？我其實挺怕顧劍，怕他一怒之下去殺李承鄞。因爲

他全身緊繃，似乎隨時會發狂似的，而且臉上的神情難看極了，眼睛緊緊盯著我。

我終於忍不住，大聲道：「你自己也說了，當初是我等了你三天三夜，是你自己沒有去。現

在別說我什麼都不記得了，就算我記得，咱們也早已經不可能在一起，我已經嫁給別人了。你若是願意救阿渡，便救她，你若是不願意，我也不會勉強你，可是若要我背叛我的丈夫，那是萬萬不能的。我們西涼的女子，雖然不像中原女子講究什麼三貞九烈，可是我嫁給李承鄞，他便是我的丈夫，不管我們當初怎麼樣，現在我和你都再無私情可言。」

顧劍聽了這話，往後退了一步，我只覺得他眼底滿是怒火，更有一種說不出的……悲哀？可是我早已經心一橫豁出去了。這番話我早就想說給顧劍聽，李承鄞對我好也罷，不好也罷，爲了西涼我嫁給他，他又在最危險的時候推開我，我實實不應該背叛他。

我說道：「你走吧，我不會再求你救阿渡。」

他忽地笑了笑：「小楓……原來這是報應。」

他伸出手去，將阿渡扶起來，然後將掌心抵在她背心，替她療傷。

一直到天色黑下來，顧劍還在替阿渡療傷。我就坐在門口，怕有人闖進去打擾他們。不過這幾天都沒怎麼睡，我靠在廊柱上，迷迷糊糊都快要睡過去了，幸好只是盹著一會兒，因爲我的頭磕在廊柱上，馬上就驚醒過來。顧劍已經走出來，我問他：「怎麼樣？」

他淡淡地道：「死不了。」

我走進去看阿渡躺在那裡，臉色似乎好了許多，不由得也鬆了口氣。

我再三地謝過顧劍，他並不答話，只是從懷中取出一只藥瓶給我：「妳說李承鄞受了很嚴重的外傷，這是治外傷的靈藥，拿去給他用吧。」

我不明白他為什麼突然這麼好心，也許我臉上的表情有點兒狐疑，他馬上冷笑：「怎麼，怕我毒死他？那還我好了。」

我連忙將藥瓶揣入懷中：「治好了他我再來謝你。」

顧劍冷笑了一聲，說道：「不用謝我，我可沒安好心。等妳治好他，我便去一劍殺了他，我從來不殺沒有絲毫抵抗之力的人，等他傷好了，便是他送命之時。」

我衝他扮了個鬼臉：「我知道你不會的啦，等他的傷好了，我一定請你喝酒。」

顧劍並沒有再跟我糾纏，長袖一拂，轉身就走了。

話雖這麼說，但我還是把那瓶藥拿給御醫看過，他們把藥挑出來聞聞，看看，都不曉得那是什麼東西，也不敢給李承鄞用。我猶豫了半天，避著人把那些藥先挑了一點兒敷在自己胳膊上，除了有點兒涼涼的，倒沒別的感覺。第二天起床把藥洗去，皮膚光潔，看不出任何問題。我覺得放心了一些，這個顧劍武功這麼高，絕世高人總有些靈丹妙藥，說不定這藥還真是什麼好東西。到了第二天，我趁人不備，就悄悄將那些藥敷在李承鄞的傷口上。

不知道是這些藥的作用，還是太醫院的那些湯藥終於有了效力，反正第四天黃昏時分，李承鄞終於退燒了。

他退了燒，所有人都大大鬆了口氣，我也被人勸回去睡覺。剛剛睡了沒多久，就被永娘叫醒，永娘的臉色甚是驚惶，對我說道：「太子殿下的傷情突然惡化。」

我趕到李承鄞的寢殿裡去，那裡已經圍了不少人，太醫們看到我來，連忙讓出了一條路。我走到床邊去，只見李承鄞臉色蒼白，呼吸急促，傷口之外滲出了許多黃水，他仍舊昏迷不醒，雖然沒有再發燒，可是呼吸越來越微弱了。

太醫說：「殿下肺部受了傷，現在邪風侵脈，極是凶險。」

我不知道是不是那些傷藥出了問題，可是殿中所有人都驚慌失措，皇帝也遣人來了，不過現在太醫束手無策，亦無任何辦法。我心裡反倒靜下來，坐在床前的腳踏上，握著李承鄞的手，他的手很涼，我將他的手捧在手裡，用自己的體溫暖著他。

太醫們還在那裡嗡嗡地說著話，我理也不理他們。夜深之後，殿裡的人少了一些，永娘給我送了件氅衣來，那時我正伏在李承鄞的床前，一眨也不眨眼地看著他。

他長得多好看啊，第一次看到李承鄞的時候，我就覺得他長得好看。眉毛那樣黑、那樣濃，鼻子那樣挺，臉色白得，像和闐的玉一樣。但李承鄞的白淨並不像女孩兒，他只是白淨斯文，不像我們西涼的男人那樣粗礪，他就像中原的水，中原的山，中原的上京一樣，有著溫潤的氣質。

我想起一件事情，於是對永娘說：「叫人去把趙良娣放出來，讓她來見見太子殿下。」

雖然趙瑟瑟已經被廢爲庶人，但我還是習慣叫她趙良娣，永娘皺著眉頭，很爲難地對我說：「現在宮中出了這樣的大事，趙庶人的事又牽涉到皇后……奴婢覺得，如果沒有陛下的旨意，太子妃還是不要先——」

我難得發了脾氣，對她說：「現在李承鄞都傷成這樣子了，他平常最喜歡趙良娣，怎麼不能讓趙良娣來看看他？再說趙良娣不是被冤枉的麼？既然是冤枉的，爲什麼不能讓她來看李承鄞？」

永娘習慣了我李承鄞李承鄞的叫來叫去，可是還不習慣我在這種事上擺出太子妃的派頭，所以她猶豫了片刻。我板著臉孔表示不容置疑，她便立時叫人去了。

許多時日不見，趙良娣瘦了。她原來是豐腴的美人，現在清減下來，又因爲庶人的身分，只能荊釵素衣，越發顯得楚楚可憐。她跪下來向我行禮，我對她說：「殿下病得很厲害，所以叫妳來瞧一瞧他。」

趙良娣猛然抬起頭來看著我，眼睛裡已經含著淚光。她這麼一哭，我嗓子眼兒不由得直發酸，說道：「妳進去瞧瞧他吧，不過不要哭。」

趙良娣拭了拭眼淚，低聲說：「是。」

她進去好一會兒，跪在李承鄞的病榻之前，到底還是嚶嚶地哭起來，哭得我心裡直發煩。我走出來在門外的台階上坐下來，仰頭看著天。

天像黑絲絨似的，上面綴滿了酸涼的星子。

我覺得自己挺可憐，像個多餘的人似的。

這時候有個人走過來，朝我行禮：「太子妃。」

他身上的甲冑發出清脆的聲音，很好聽。我其實這時候不想看見任何人，可是裴照救過我好幾次，我總不好不理他，所以只好擠出一絲笑容：「裴將軍。」

「夜裡風涼，太子妃莫坐在這風口上。」

是挺冷的，我裹了裹身上的氅衣，問裴照：「你有夫人了嗎？」

裴照似乎微微一怔：「在下尚未娶妻。」

「你們中原，講究什麼父母之命，媒妁之言。其實這樣最不好了，我們西涼如果情投意合，只要打下一對大雁，用布包好了，送到女孩兒家裡去，就可以算作是提親，只要女孩兒自己願意，父母也不得阻攔。裴將軍，如果日後你要娶妻，可一定要娶個自己喜歡的人。不然的話，自己傷心，別人也傷心。」

裴照默不作聲。

我抬起頭來看星星，忍不住歎了口氣：「我眞是想西涼。」

其實我自己知道，我並不是想西涼，我就是十分難過。我一難過的時候，就會想西涼。

裴照語氣十分溫和：「這裡風大，太子妃還是回殿中去吧。」

我無精打采：「我才不要進去呢，趙良娣在裡面，如果李承鄞醒著，他一定不會願意我跑進去打擾他們。現在他昏迷不醒，讓趙良娣在他身邊多待一會兒吧，他如果知道，只怕傷也會好得快些。」

裴照便不再說話，他側身退了兩步，站在我身側。我懶得再和他說話，於是捧著下巴，一心一意地開始想，如果李承鄞好起來了，知道趙良娣是被冤枉的，他一定會很歡喜吧。那時候趙良娣可以恢復良娣的身分了，在這東宮裡，我又成了一個招人討厭的人。

起碼，招李承鄞的討厭。

我心裡很亂，不停地用靴尖在地上亂畫。也不知過了多久，永娘出來了，對我悄聲道：「讓趙庶人待在這裡太久不好，奴婢已經命人送她回去了。」

我歎了口氣。

永娘大約瞧出了我的心思，悄聲耳語：「太子妃請放心，奴婢適才一直守在殿下跟前，趙庶人並沒有說什麼，只是哭泣而已。」

我才不在乎她跟李承鄞說了什麼呢，因爲哪怕她不跟李承鄞說什麼，李承鄞也是喜歡她的。

裴照朝我躬身行禮：「如今非常之時，還請太子妃保重。」

我懶懶地站起來，對他說：「我這便進去。」

裴照朝我行禮，我轉過身朝殿門走去，這時一陣風吹到我身上，果然覺得非常冷，可是剛才並不覺得。我忽然想起來，剛才是因爲裴照正好站在風口上，他替我擋住了風。

我不禁回頭看了一眼，裴照已經退到台階之下去了。他大約沒想到我會回頭，所以正瞧著我的背影，我一扭過頭去正巧和他四目相對，他的表情略略有些不自在，好像做錯什麼事似的，很快就移開目光不看我。

我顧不上想裴照爲何這樣古怪，一踏進殿裡，看到所有人愁眉苦臉的樣子，我也愁眉不展。李承鄞還是昏迷不醒，御醫的話非常委婉，但我也聽懂了，他要是再昏迷不醒，只怕就眞的不好了。

我不知道該怎麼辦才好。李承鄞的手擱在錦被上，蒼白得幾乎沒什麼血色。我摸了摸他的手，還是那樣涼。

我太累了，幾乎好幾天都沒有睡，我坐在腳踏上，開始絮絮叨叨跟李承鄞說話，我從前可沒跟李承鄞這樣說過話，從前我們就只顧著吵架。我第一回見他的時候，是什麼時候呢？是大婚的晚上，他掀起我的蓋頭，那蓋頭蓋了我一整晚，氣悶得緊。蓋頭一掀起來，我只覺得眼前一亮，四面燭光亮堂堂的，照著他的臉，他的人。他穿著玄色的袍子，上面繡了很多精緻的花紋。我在之前幾個月，由永娘督促，將一本《禮典》背得滾瓜爛熟，知道那是玄衣、纁裳、九章。五章在衣，龍、山、華蟲、火、宗彝；四章在裳，藻、粉米、黼、黻。織成爲之。白紗中單，黼領，青褾、襈、裾。革帶，金鉤暐，大帶，素帶不朱裡，亦紕以朱綠，紐約用組。黻隨裳色，火、山二章也。

他戴著大典的袞冕，白珠九旒，以組爲纓，色如其綬，青纊充耳，犀簪導，襯得面如冠玉，儀表堂堂。

中原的太子，連穿戴都這麼有名堂，我記得當時背《禮典》的時候，背了好久才背下來這段，因爲好多字我都不認得。

我想那時候我是喜歡他的，可是他並不喜歡我。因爲他掀完蓋頭，連合巹酒都沒有喝，轉身就走掉了。

其實他走掉了我倒鬆了口氣，因爲我不知道跟一個陌生的男人，睡不睡得慣。

永娘那天晚上陪著我，她怕我想家，又怕我生氣，再三向我解釋說，太子殿下這幾日傷風，定是怕傳染給太子妃。

他一傷風，就是三年。

在東宮之中，我很孤獨。

我一個人千里迢迢到這裡來，雖然有阿渡陪著我，可是阿渡又不會說話。如果李承鄞不跟我吵架，我想我會更孤獨的。

現在他要死了，我惦著的全是他的好，我挖空心思，把從前的事都提起來，我怕再不跟他說點兒什麼，他要是死了就再不能告訴他了。好些事我以爲我都忘了，其實並沒有。我連原來吵架的話都一句句想起來，講給他聽，告訴他當時我多麼氣，氣得要死。可是我偏裝作不在意，我知道要吵贏的話，只有裝不在意，李承鄞才會被我噎得沒話說。

還有鴛鴦條的事，讓多少人笑話我啊，還讓皇后訓了我一頓。

我一直說著話，也不知道自己爲什麼要說，也許是因爲害怕，也許是因爲怕李承鄞眞的死了。夜裡這樣安靜，遠處的燭光映在帳幔之上，內殿深廣，一切都彷彿隔著層什麼似的，隔著漆黑的夜，隔著寂靜的漏聲，只有我在那裡喃喃自語。

其實我眞的挺怕當小寡婦。在我們西涼，死了丈夫的女人要嫁給丈夫的弟弟，像中原去和親的明遠公主，原本嫁的就是我的伯父，後來才改嫁給我的父王。中原雖然沒有這樣的規矩，可是我一想到李承鄞要死，我就止不住地哆嗦，他如果死了，我一定比現在更難過。我趕緊逼著自己不要再想，趕緊逼著自己說著那些亂七八糟的閒話。

其實我也沒我自己想的那麼討厭李承鄞，雖然他老是惹我生氣，不過三年裡我們私下的交往也是屈指可數，除開他爲了趙良娣找我的麻煩，其實我們原本也沒有多少架可以吵。有時候不吵架，我還覺得挺不習慣的……

還有抄書，雖然我最討厭抄書，不過因爲我被罰抄了太多書，現在我的中原字寫得越來越好了，都是因爲被罰抄書。那些《女訓》、《女誡》，抄得我都快要背下來了。還有一件事其實我沒有告訴任何人，就是那些書上有好多字我不太認識，也不知道該怎麼讀，不過我依樣畫瓢，一筆筆把它描出來，誰也不曉得我其實不認識那個字。

還有，李承鄞的「鄞」字，這個字其實也挺古怪的，當初我第一次看到，還以爲它是勤……我一直都不知道這個字到底是什麼意思，聽說中原人取名字都有講究，他怎麼會叫這個名字呢？

「鄞州……」

我自言自語大半宿了，難得有人答腔，我一時剎不住反問：「啊？什麼鄞州？」

「太祖皇帝原封鄞州……中州之東，梁州之南……龍興之地……所以……我叫承鄞……」

我張大了嘴巴瞧著，瞧著床上那個奄奄一息的男人，他的聲音很小，可是字句清楚，神智看上去也很清醒，眼睛雖然半睜半閉，可是正瞧著我。

我愣了半天，終於跳起來大叫：「啊！」

我的聲音一定很可怕，因爲所有人全都呼啦啦衝進來了，太醫以爲李承鄞傷勢更加惡化，著急地衝上來：「殿下怎麼了？殿下怎麼了？」

我拿手指著李承鄞，連舌頭都快打結了：「他……他……」

李承鄞躺在那裡，面無表情地瞧著我，太醫已經喜極而泣：「殿下醒了！殿下醒過來了！快快遣人入宮稟報陛下！太子殿下醒過來了……」

整個東宮沸騰起來了，所有人精神大振，太醫說，只要李承鄞能清醒過來，傷勢便定然無大礙。這下子太醫院的那些人可歡騰了，個個都眉開眼笑，宮人們也都像過年似的，奔相走告。御醫又重新請脈，斟酌重新寫藥方，走來走去，嗡嗡像一窩被驚動的蜜蜂，大半夜折騰鬧得我只想睡覺。

我不知道我是什麼時候睡著的，只記得那些御醫似乎還在嗡嗡地說著話，我醒的時候還趴在李承鄞的床沿邊，身上倒蓋著一條錦被。我的腿早就睡得僵了，動彈不得，一動我全身的骨頭都格格作響……我睡得太香了，都流了一小灘口水在李承鄞的袖子上，咦……李承鄞的袖子！

我竟然趴在那裡，用下巴枕著李承鄞的胳膊睡了一晚上，內殿裡靜悄悄的一個人都沒有，床上的李承鄞卻是醒著的，而且正似笑非笑地瞧著我。

我瞧見他這個表情，就知道他是真的沒事了。我吃力地想把自己麻木的腿收回來，試了試便知道是徒勞，一時半會兒是站不起來了，還有我的腰……天都亮了，我的腰那個又痠又疼啊，簡直跟被大車從背上輾過一整晚似的，以後再不這樣睡了。

我使出吃奶的勁兒，終於扶著床站起來了，我嘗試著邁了邁腿，拿不準主意是叫人進來攙我好，還是等過會兒腳不麻了，再試試好。這時候李承鄞終於說話了：「妳要去哪兒？」

「回去睡覺……」我連舌頭都麻了，眞是要命，說話都差點兒咬到自己舌頭。

「誰叫妳跟豬似的，在哪兒都能睡著，妳趴這兒都可以睡，叫都叫不醒。」

我忍住翻白眼的衝動，這人剛剛好一點兒就又有力氣跟我吵架。

他拍了拍身邊的床。

「幹什麼？」

「妳不是要睡覺麼？反正這床夠大。」

確實夠大，李承鄞這張床比尋常的床大多了，睡上十個八個人都綽綽有餘。不過重點不在這裡，重點在，我忍不住問：「你要我跟你一塊兒睡？」

李承鄞一臉不以爲然：「又不是沒睡過。」

這倒也是。

我實在是睏倦得厲害，爬上床去，李承鄞本來要將被子讓一半給我，我怕碰到他的傷口，伸手把腳踏上的那床被子撈起來蓋上。然後，我就很舒服地睡著了。

後來是永娘輕聲將我喚醒的，我悄悄披衣起來，永娘輕聲告訴我說，廢黜皇后的旨意終於明詔天下，不過據說太皇太后出面安撫，後宮倒還十分安定。

隨著廢黜皇后的聖旨，內廷還有一道特別的旨意，是恢復趙良娣的良娣之位，因爲她是被冤枉的。

我十分黯然地看了一眼床上的李承鄞，他睡得很沉，還沒有醒。因爲傷勢太重，這麼多天來他的臉色仍舊蒼白沒有血色，人也瘦了一圈，連眼圈都是烏青的。

我對永娘說：「派人去叫趙良娣來侍候太子殿下吧。」

這個地方本來就不屬於我，我偏賴在這裡好幾日。

不等永娘說話，我就走出殿去，命人備輦。

我回到自己的殿中，再無半分睡意。大約是睡得太久了，我瞧著鏡中的自己，如果我長得漂亮一些，李承鄞會不會喜歡我呢？

本來李承鄞喜歡不喜歡我，我一點兒也不在意，可是經過這次大難，我才覺得，其實我是在意的。現下他活過來了，我盼著他喜歡我。因為他快要死的時候，我才知道自己原來挺喜歡他的。

可是，他只喜歡趙良娣。

我從來沒有像現在這樣發過愁。

吃也不想吃，睡也不想睡，每天就呆呆地坐在那裡。

趙良娣重新回到了她住的院子裡，太皇太后覺得她受了委屈，接連頒賜給她好些珍玩。然後她的父親最近又升了官，巴結她的人更多了。她住的院子裡熱鬧極了，偶爾從外頭路過，可以聽見那牆內的說笑聲、弦管聲、歌吹聲。

李承鄞的傷勢應該好得差不多了，雖然我沒有再見過他，不過有一次我曾聽到他的笑聲。能夠笑得那樣開心，想必是好了。

下大雪的那天發生了兩件事。一件事情是宮中傳出旨意，珞熙公主賜婚裴照；第二件事情是緒娘被送回了東宮。

裴照的家世很好，他的母親就是平南長公主，永娘告訴我說：「裴將軍生來就是要當駙馬的。」

據說這是中原的講究，親上加親。

我想起我自己做過的那個夢，只覺得十分悵然。裴將軍做了駙馬以後，說不定要升官了，他如果不再做東宮的金吾將軍，也許我以後再也見不著他了。

本來我已經見不著李承鄞，現在，我就連裴照都要見不著了。

永娘將緒娘安置在東宮西邊的一座院子裡，她說那裡安靜，緒娘身體不好，要靜靜地養一陣子。

我想是因爲李承鄞並不喜歡她，所以永娘給她挑的地方，離正殿挺遠的。永娘對我說：「趙良娣鋒芒正盛，太子妃應該趨避之。」

永娘說的這話我不太懂，但我知道就是叫我躲著趙良娣唄。

反正在東宮我也不開心，幸好阿渡的傷也好了，我又可以同阿渡兩個溜出去玩兒。

一兩個月沒出來，天氣雖然冷，又剛下了雪，但因爲快過年了，宮外倒是極熱鬧。

街上人山人海，到處是滿滿當當的小攤小販，賣雪柳的、賣春幡的、賣吃食的、賣年畫的……玩雜耍的、演傀儡戲的、放炮仗的、走繩索的……眞是擠都擠不動的人。我頂喜歡這樣的熱鬧，從前總喜歡和阿渡擠在人堆裡，這裡瞧瞧，那裡看看。

可是今天不知道爲什麼，我總是提不起精神來。沒逛一會兒，就拉著阿渡去米羅的鋪子裡喝酒。

酒肆還是那麼熱鬧，老遠就聽見米羅的笑聲，又清又脆，彷彿銀鈴一般。

我踏進酒肆的竹棚底下，才發現原來她在同人說笑，那個人我也認識，原來是裴照。

我沒想到會在這裡遇上裴照，不由得一愣，他大約也沒想到會遇上我，所以也是一怔。

我見裴照輕袍緩帶，一派閒適的樣子，便拱手招呼了一聲：「裴公子。」

他反應挺快，也對我拱了拱手：「梁公子。」

酒肆裡人太多，只有裴照桌子旁還有空位，我老實不客氣地招呼阿渡先坐下來，要了兩罈酒。

那句話怎麼說的來著，借酒澆愁。

我雖然沒愁可澆，不過有一肚子的無聊，所以喝了兩碗之後，心情也漸漸好起來。

我拿筷子敲著碗，哼起我們西涼的小曲兒：「一隻狐狸牠坐在沙丘上，坐在沙丘上，瞧著月亮。噫，原來牠不是在瞧月亮，是在等放羊歸來的姑娘……一隻狐狸牠坐在沙丘上，坐在沙丘上，曬著太陽……噫……原來牠不是在曬太陽，是在等騎馬路過的姑娘……」

酒肆裡有幾個人劈哩啪啦鼓著掌，我卻突然又沒了興致，不由得歎了口氣，又喝了一碗酒，開始吃香噴噴的羊肉。阿渡拉了拉我的衣角，我知道她是想勸我少喝些，可是我沒有理她，我正埋頭吃肉的時候，忽然聽到「呼律」一聲，竟然是篳篥。我抬起頭來，怔怔地看著桌子那頭的裴照。

阿渡不曉得什麼時候把篳篥交給了他，他凝神細吹，曲調悠揚婉轉。

我托著下巴，聽他吹奏。

這次他吹的曲子竟然是我剛剛唱的那半支小調，想必他從前並沒有聽過，所以吹奏得十分生澀，不過主要的音律還是沒有錯，只是一句一頓，吹過一遍之後就顯得流暢許多。這首曲子本來甚是歡快，可是不知道爲什麼，我聽著只覺得傷心。

裴照又吹了一遍，才放下了篳篥。

我又飲了一碗酒，對他說：「你能不能幫我一個忙？」

裴照仍舊對我很客氣：「公子請吩咐。」

「我一直沒有到朱雀門城樓上去看過，你能不能帶我偷偷溜上去瞧瞧？」

裴照面上略有難色，我自言自語：「算了，當我沒說過。」

沒想到裴照卻說道：「偷偷溜上去甚是不便，不過有旁的法子，只是要委屈公子，充一充我的隨從。」

我頓時來了精神，拍手笑道：「這個沒問題。」

我和阿渡扮作裴照的隨從，大搖大擺，跟著他上了朱雀門。

朱雀門是上京地勢最高的地方，比皇宮太液池畔的玲瓏閣還要高。這裡因爲是上京九城的南正門，所以守衛極是森嚴，三步一崗，五步一哨。裴照亮出權杖，我們順順當當地上了城樓。

城樓最高處倒空無一人，因為守衛全都在下面。

站在城樓上，風獵獵吹在臉上，彷彿小刀一般割得甚痛。可是俯瞰九城萬家燈火，極是雄偉。市井街坊，一一如棋盤般陳列眼前，東市西市的那些樓肆，像水晶盆似的，亮著一簇簇明燈。遠目望去，甚至遙遙可見皇城大片碧海似的琉璃瓦，暗沉沉直接到天際。

裴照指給我看：「那便是東宮。」

瞧不瞧得見東宮，我完全不放在心上，我踮著腳，只想看到更遠。

站在這麼高的地方，也瞧不見西涼。

我悵然地伏在城堞之上，無精打采地問裴照：「你會想家嗎？」

隔了一會兒，他才道：「末將生長在京城，沒有久離過上京，所以不曾想過。」

我覺得自己怪沒出息的，所以有點訕訕地回過頭瞧了他一眼。城樓上風很大，吹得他袍袖飄飄，他站得離我挺遠的，城樓上燈光黯淡，我也瞧不出他臉上是什麼神色。我對他說：「吹一支篳篥給我聽吧。」

阿渡將篳篥交給他，他慢慢地吹奏起來，就是我剛剛唱的那支曲子。

我坐在城堞之上，跟著篳篥的聲音哼哼：「一隻狐狸牠坐在沙丘上，坐在沙丘上，瞧著月亮。噫，原來牠不是在瞧月亮，是在等放羊歸來的姑娘……一隻狐狸牠坐在沙丘上，坐在沙丘上，曬著太陽……噫……原來它不是在曬太陽，是在等騎馬路過的姑娘……一隻狐狸牠坐在沙丘上，坐在沙丘上……」

我知道，那隻狐狸不是在等姑娘，牠是想家了。

也不知道過了多久，我才沒有哼哼了，可是篳篥的樂聲一直響在我身邊。這種熟悉的曲調讓我覺得安然而放鬆，即使城樓上這樣冷，我的心底也有一絲暖意，那是西涼的聲音，是西涼的氣息，是這偌大繁華的上京城中，唯一我覺得親切、覺得熟悉的東西。

滿天的雲壓得極低，泛著黃，月亮星星都瞧不見，只有風割在人臉上，生疼生疼。我覺得睏了，打了個呵欠，靠在阿渡的身上。

篳篥的聲音漸漸浮起來，像是冬天的薄霧，漸漸地飄進我的夢裡。

我快要睡著了。

就在這時候，臉上一涼，我抬起頭。

原來是下雪了，無數紛揚的雪花從無盡的蒼穹緩緩落下，風不知道什麼時候已經息了，只有雪無聲地下著，綿綿的，密密的。晶瑩的雪花一朵朵，四散飛開，天像是破了一個大窟窿，無窮無盡地往下面漏著雪。東一片，西一片，飛散著，被風吹得飄飄揚揚。

城裡的燈火也漸漸稀疏了，雪像一層厚重的白簾，漸漸籠罩起天地。

裴照終於收起篳篥，原來他一直吹了這麼久。一停下來，他就忍不住咳嗽了好一陣，定是吃了許多涼風，他也真是傻，我不叫停，就一直吹了這麼久，也不怕傷肺。裴照勉力忍住咳嗽，對我說道：「下雪了，末將護送太子妃回去吧。」

我看到他眼睫毛上有一朵絨絨的雪花，眨一眨眼，就化了。

我任性地說：「我才不要回去。」

「太子妃……」

「不要叫我太子妃。」

裴照並沒有猶豫，仍舊語氣恭敬：「是，娘娘。」

我覺得十分煩惱，問：「你喜歡那個公主麼？」

裴照怔了怔，並沒有說話。

我安慰地拍了拍他的肩：「我估計你就不喜歡啦！沒想到你也要被逼著娶一個不喜歡的人。唉，你們中原的男人眞可憐。不過我也是五十步笑百步。即使李承鄞身爲太子，都不能冊立喜歡的人爲太子妃，你呢，也和他惺惺相惜……」

我的成語可能用得亂七八糟，所以裴照的臉色挺不自然，最後只淡淡地答了個「是」。

我慷慨地說：「別煩惱了！我請你喝花酒好了！」

裴照似乎又被嗆到了，又是好一陣咳嗽。我大方地告訴他：「我在鳴玉坊有個相好哦！長得可漂亮啦！今天便宜你了！」

「太子妃……」

「別叫我太子妃！」我興興頭頭拉著他，「走走！跟我吃花酒去！」

裴照顯然沒想到我是風月場中的常客，等看到我在鳴玉坊的派頭時，簡直把他給震到了。

關鍵是王大娘一見了我就跟見到活寶似的，眉開眼笑直迎上來，一把就扯住了我的袖子：

「哎呀，梁公子來啦！樓上樓下的姑娘們，梁公子來啦！」

雖然王大娘渾身都是肉，可是她嗓門又尖又細又高又亮，這麼呱啦一叫，整個鳴玉坊頓時轟轟烈烈，無數穿紅著綠的鶯鶯燕燕從樓上樓下一擁而出：「梁公子來啦！梁公子怎麼這麼久沒來？梁公子是忘了咱們吧……」

我被她們簇擁而入，好不得意：「沒有沒有……今天路過……」

「哼！前天月娘還在說，梁公子，你要是再不來呀，咱們就把你存在這兒的那十五罈好酒，全都給挖出來喝了。」

「對呀，還有梅花下埋的那一罈雪，月娘還心心念念留著煎茶給你嚐！」

「今天又下雪了，我們就拿這雪水來煮酒吧！」

「好啊好啊！」

我被她們吵得頭昏腦脹，問：「月娘呢？怎麼不見她？」

「月娘啊，她病了！」

我吃了一驚：「病了？」

「是啊！相思病！」

「相思病？」

「可不是。前天啊，有位貴客到這裡來吃了一盞茶，聽了一首曲，然後就走了，沒想到月娘竟然害上了相思病。」

「什麼人竟然能讓月娘害相思病？」

「瞧著應該是讀書人家的貴人，長得麼，一表人才，談吐不凡，氣宇軒昂……」

一聽就沒戲，我都聽那些說書先生講過多少次了，私定終身後花園的都是公子和小姐，沒有公子和風塵女子。更何況這月娘乃是勾欄中的頂尖，教坊裡的人精，拜在她石榴裙下的公子沒有一千也有八百，她怎麼會害相思病？

我跟月娘是結義金蘭，立刻便去樓上她房中看她。她果然還沒睡，只是懨懨地靠在薰籠上，托著腮，望著桌上的一盞紅燭，不知道在想些什麼。

「十五！」我喚著她的小名。

月娘瞧見是我，亦是無精打采：「妳來啦？」

我上下打量她：「妳真害相思病了？」

「妹妹，妳不知道，他真是神仙一般的人物！」

「妳教過我，男人長得好看又不能當飯吃！」

「不僅一表人才，而且談吐不凡……更難得的是，對我並無半分輕薄之意……」月娘癡癡地合掌作十，「上蒼保佑，什麼時候再讓我見他一面——」

「他不會也是女扮男裝吧？」我忍不住打斷她，「當初妳認出我是女人的時候，不就說過，我對妳沒有半分輕薄之意，所以妳一眼看出我其實是女人……」

月娘壓根兒不為我所動：「他怎麼可能是女扮男裝，看他的氣度，便知道他是男人中的男人……唉……」

我咬著耳朵告訴她：「我今天把裴照帶來了！妳不是一心想要報仇麼？要不要對裴照施點美人計，讓他替妳報仇？他爹是驍騎大將軍，他是金吾將軍，聽說裴家挺有權勢的！」

月娘黯然搖了搖頭：「沒有用。高于明權傾朝野，為相二十餘載，門生遍佈黨羽眾多，就算是裴家，也扳不倒他。而且我聽說，高貴妃馬上就要做皇后了。」

「高貴妃就要做皇后了？」

「是呀，坊間都傳，陛下廢黜張皇后，就是想讓高貴妃做皇后。」

我不能不承認，我這個太子妃混得太失敗了，連皇后的熱門人選都不曉得。我從前只見過高貴妃兩次，都是去向皇后定省時偶爾遇見的，我努力地回想了半天，也只想起一個模糊的大概，沒能想起她到底長什麼樣子。

我說：「妳要是能見到皇帝就好了，可以向他直述冤情。」

月娘原來家裡也是做官的，後來被高于明陷害，滿門抄斬。那時候她不過六七歲，僥倖逃脫卻被賣入勾欄為歌伎。這些年她一直心心念念想要報仇，她第一次將自己身世說給我聽的時候，都哭了。我十分同情她，可惜總幫不到她。

月娘幽幽地歎了口氣：「哪怕見到皇上也沒有用……唉……我倒不想見皇上……我……現在心裡……只是……只不知幾時能再見著那人……」

月娘眞的害了相思病，連全家的大仇都不惦記了，就惦記著那位公子哥。

我下來拉裴照上樓，鳴玉坊中到處都生有火盆，暖洋洋的好不適意。月娘乃是鳴玉坊的頭牌花魁，一掀開她房前的簾子，暖香襲人。好幾個人迎出來，將我們一直扯進去，裴照不習慣這樣的場合，我便將那些美人都轟了出去，然後只留了月娘陪我們吃酒。

鬧騰這大半夜，我也餓了，鳴玉坊的廚子做得一手好菜，要不然我也不會總在這裡來往。一來是與月娘甚是投契，二來就是因爲他們這裡的菜好。

我飽飽地吃了一頓，把城樓上吹風受雪的那些不適全吃得忘光了。月娘抱著琵琶，懶懶地撫著弦，有一句沒一句地唱：「生平不會相思，才會相思，便害相思。身似浮雲，心如飛絮，氣若游絲……」

她的聲音懶懶的，好像眞的氣若游絲，果然一副害了相思病的腔調。我看了一眼裴照：「你怎麼不吃？」

「公子請自便，我不餓。」

我覺得他比之前有進步，起碼不再一口一個末將。我拿著筷子指給他看：「這裡的魚膾是全上京最好吃的，是波斯香料調製的，一點兒也不腥，你不嚐嚐看？」

我大力推薦魚膾，他也就嚐了嚐。

回宮的路上，裴照忽然問我：「適才的女子，是否是陳家的舊眷？」

我一時沒聽懂，他又問了一遍：「剛剛那個彈琵琶的月娘，是不是本來姓陳？」

我點了點頭，趁機對他講了月娘的家世，將她形容得要多可憐，有多可憐。

遙遙已經可看到東宮的高牆，裴照停下來，忽然對我說：「太子妃，末將有一句話，不知道當講不當講。」

我頂討厭人這樣繞彎子，於是說：「你就直說吧。」

他卻頓了頓，方才道：「太子妃天性純良，東宮卻是個是非之地。殿下身爲儲君，更是立場尷尬。末將以爲，太子妃還是不要和月娘這樣的人來往了……」

我從來沒覺得裴照這樣地令人討厭過，於是冷笑著道：「我知道你們都是皇親國戚，瞧不起月娘這樣的女子，可是叫我跟我的朋友不再來往，那可辦不到！我才不像你們這樣的勢利眼，打量人家無權無勢，就不和她交朋友。沒錯，月娘是個風塵女子，今天晚上眞是腌臢了裴將軍！請裴將軍放心，以後我再不帶你去那樣的地方了，你安安心心做你的駙馬爺吧！」

大約我還從來沒有這般尖刻地跟裴照說過話，所以說過之後，好長時間他都沒有出聲。只聽見馬蹄踏在雪地上的聲音，這裡是坊間馳道，全都是丈二見方的青石鋪成。雪還一直下著，地上積了薄薄一層雪，馬兒一走一滑，行得極慢。

一直行到東宮南牆之下，我都沒有理會裴照。

我不知道後來事情的變化完全出乎我的意料。因爲馬上就要過新年，宮裡有許多大典，今年又沒有皇后，很多事情都落在我的身上，內外命婦還要朝覲、賜宴……雖然後宮由高貴妃暫時主持，可她畢竟只是貴妃。永娘告訴我說，許多人都瞧著元辰大典，猜測皇帝會不會讓高貴妃主持。

「高貴妃會當皇后嗎？」

「奴婢不敢妄言。」永娘很恭謹地對我說。我知道她不會隨便在這種事上發表意見，她也告訴我：「太子妃也不要議論此事，這不是做人子媳該過問的。」

我覺得我最近的煩惱有很多，比關心誰當皇后要煩人多了。比如趙良娣最近剋扣了緒寶林的用度，緒寶林雖然老實，但她手下的宮人卻不是吃素的，吵鬧起來，結果反倒被趙良娣的人下圈套，說她們偷支庫房的東西，要逐她們出東宮。最後緒寶林到我面前來掉眼淚，我也沒有辦法，要我去看那些帳本兒、管支度、操心主持那些事，可要了我的命了，我只得好好安撫了緒寶林，可是兩個宮人還是被趕出了東宮，我只得讓永娘重新挑兩個人給緒寶林用。除了東宮裡的這些瑣事，更要緊的是太皇太后偶染風寒，她這一病不要緊，闔宮上下都緊緊揪著一顆心，畢竟是七十歲的老人了。原先我用不著每日晨昏定省，現在規矩也立下來了，每天都要到壽寧宮侍奉湯藥。再比如李承鄞打馬球的時候不小心扭了腳脖子，雖然走路並不礙事，可是他因爲傷癒不久，又出了這樣的事情，皇帝大怒，把他召去狠罵了一頓，結果回來之後趙良娣又不知道爲什麼觸怒了他，他竟然打了趙良娣一巴掌，這下子可鬧得不可開交了，趙良娣當下氣得哭鬧不已。衆人好說歹說勸住了，李承鄞那脾氣豈是好相與的，立時就拂袖而去，一連好幾日都獨宿在正殿中。

永娘再三勸我去看李承鄞，我曉得她的意思，只是不理不睬。

沒想到我沒去看李承鄞，他倒跑來我這裡了。

那天晚上下了一點兒小雪，天氣太冷，殿裡籠了薰籠，烝得人昏昏欲睡。所以我早早就睡了，李承鄞突然就來了。

他只帶了名內官，要不是阿渡警醒，沒準兒他上了床我都不知道。阿渡把我搖醒的時候，我正睡得香，我打著呵欠揉著惺忪的眼睛看著李承鄞，只覺得奇怪：「你來幹什麼？」

「睡覺！」他沒好氣，坐下來腳一伸，那內官替他脫了靴子，又要替他寬衣，他揮揮手，那內官就垂著手退出去了。阿渡一搖醒我，也早就不曉得溜到哪裡去了。

我又打了個呵欠，自顧自又睡死過去，要不是李承鄞拉被子，我都醒不過來。

我迷迷糊糊把被子讓了一半給他，他卻貼上來，也不知道最後誰替他脫的衣服，他只穿了件薄綢的中衣。男人身上真熱，暖和極了，跟火盆似的。尤其他把胳膊一伸，正好墊在我頸窩裡，然後反手摟住我，順手就把我扒拉到他懷裡。這樣雖然很暖和，可是我覺得很不舒服，尤其睡了一會兒就忍不住：「別在我後脖子出氣……」

他沒說話，繼續親我的後脖子，還像小狗一樣咬我，我被咬得又痛又癢，忍不住推他：「別咬了，再咬我睡不著了。」他還是沒說話，然後咬我耳朵，我最怕耳朵根癢癢了，一笑就笑得全身發軟，他趁機把我衣帶都拉開了，我一急就徹底醒過來了，「你幹什麼？」

李承鄞狠狠啃了我一口，我突然明白他要幹嘛了，猛然一腳就踹開他：「啊！」

這一下踹得他差點兒沒仰面跌下床去，帳子全絞在他臉上，他半天才掀開裹在臉上的帳子，又氣又急地瞪著我：「妳怎麼回事？」

「你要……那個……那個……去找趙良娣！」

我才不要當趙良娣的替身呢，雖然我喜歡李承鄞，可不喜歡他對我做這種事情。

李承鄞忽然輕笑了一聲：「原來妳是吃醋。」

「誰吃醋了？」我翻了個白眼，「你少在那裡自作自受！」

李承鄞終於忍不住糾正我：「是自作多情！」

我說成語總是出錯，不過他一糾正我就樂了：「你知道是自作多情就好！去找你的趙良娣，或者緒寶林，反正她們都巴望著你呢！」

「妳呢？妳就不巴望我？」

「我有喜歡的人啦！」我突然心裡有點兒發酸，不過我喜歡的人不喜歡我，而且我還偏要在他面前嘴硬，「我才不巴望你呢，你願意找誰找誰去，哪怕再娶十個八個什麼良娣、寶林，我也不在乎。」

李承鄞的臉色突然難看起來，以前我總在他面前說趙良娣，他的臉色也沒有這般難看。過了好一會兒，他突然冷笑了一聲：「別以爲我什麼都不知道，不就是裴照！」

我張口結舌地瞧著他。

「別忘了妳自己的身分，妳可是有夫之婦。哦，我知道了，反正你們西涼民風敗壞，不怕丟臉，成日溜出宮外跟裴照混在一起，竟然沒有半分羞恥之心！」

我可沒想到他會知道我出宮的事，我更沒想到他會知道我跟裴照一起吃酒的事，我惱羞成怒了：「你自己娶了一個女人又一個女人，我出宮逛逛，又沒有做什麼壞事，而且我和裴將軍清清白白……」

李承鄞反倒笑了笑：「那是，借裴照一萬個膽子，他也不敢跟妳不清白。再說他馬上要娶珞熙了，我們天朝的公主，可不像你們西涼的女人，眞是……天性輕狂！」

最後四個字徹底激怒了我，我跳起來甩了他一巴掌，不過他避得太快，所以我這巴掌只打在了他下巴上。我氣得全身發抖：「你跟那些亂七八糟的女人成天攪在一塊兒，我從來沒有說過什麼，我和裴照不過喝過幾次酒，你憑什麼這樣說我？我們西涼的女人怎麼了……你就是仗著你們人多勢衆……要不是當初你父皇逼著我阿爹和親，我阿爹捨得把我嫁到這麼遠來麼？若不是你們仗勢欺人，我會嫁給你麼？我們西涼的男人，哪一個不比你強？你以爲我很想嫁給你麼？你以爲我很稀罕這個太子妃麼？我喜歡的人，比你強一千倍一萬倍！你連他的一根頭髮絲都比不上……」

李承鄞眞的氣到了，他連外衣都沒有穿，怒氣沖沖地就下了床。他一直走到內殿的門口，才轉身對我說：「妳放心！我以後再也不來了，妳就好好想著那個比我強一千倍一萬倍的人吧！」

他可眞是氣著了，連靴子都沒穿，也不知道赤著腳是怎麼回去的。

我拉起被子蒙住自己的頭，心裡十分難過。我把李承鄞氣跑了，因爲我知道，他喜歡的是趙良娣。我沒有那麼大方，明知道他心裡沒有我，還讓他佔我的便宜。我寧可他跟從前一樣，對我不聞不問的。女人其實挺可憐，當時他不過推了我一把，讓我避開刺客那一劍，我就已經很喜歡他了，如果他再對我溫存一點兒，說不定我真的就離不開他了。那時候我就真的可憐了，天天巴望著他，希望他能施捨地看我一眼，然後就像永娘說過的那些女人一樣，每天盼啊盼啊，望啊望啊……

我才不要把自己落到那麼可憐的地步去。

我大半宿沒睡著，早上就睡過頭了，還是永娘把我叫醒，慌慌張張梳洗了進宮去。太皇太后這幾日已經日漸康復，見到我很高興，將她吃的粥賜給我一碗。

那個粥不知道放了些什麼，味道怪怪的，我吃了幾口，實在忍不住，覺得胃裡直翻騰。

永娘看我臉色不好，連忙走上來，奉給我一盞茶。我胃裡難受得要命，連茶也不敢喝，小聲告訴永娘：「我想吐……」

太皇太后都七十歲的人了，耳朵竟然特別靈，馬上就聽到了：「啊？想吐啊？」

不待她吩咐，馬上一堆宮女圍上來，拿漱盂的拿漱盂，拿清水的拿清水，拿錦帕的拿錦帕，撫背的撫背，薰香的薰香。太皇太后這裡用的薰香是龍涎香，我一直覺得它味道怪怪的，尤其現在薰香還舉得離我這麼近，那煙氣往我鼻子裡一衝，可忍不住了，但吐又吐不出來，只嘔了些清水。永娘捧來花露給我漱口，這麼一折騰，太皇太后都急了：「快傳御醫！」

「不用……」肯定是昨天晚上著涼了，李承鄞走後我大半宿沒有睡著，坐在那裡連被子都忘了蓋，今天早上我就有點兒肚子疼，現在變成胃不舒服了，我說：「也許是吃壞了……」

「傳御醫來看。」太皇太后眉開眼笑，「八成是喜事，妳別害臊啊！開花結果這是再自然不過的事，有什麼不好意思的！哎呀，還要傳欽天監吧，妳說這孩子該取個什麼名字才好……」

我……我……我差點一口鮮血噴出來……沒想到太皇太后這樣心熱，以爲我有娃娃了，問題是，我還沒做過會有娃娃的事呢……

御醫診視後的結果是我胃受了涼，又吃了鹿羹粥，所以才會反胃。太皇太后可失望了，問左右：「太子呢？」

「馬上就是元辰大典，今日殿下入齋宮……」

太皇太后頓時拍著案几發起了脾氣：「入什麼齋宮！不孝有三，無後爲大！他父皇像他這個年紀，都有三個兒子了！他都二十歲了，還沒有當上爹！那個趙良娣成日在他身邊，連個蛋都不會下！還有那個緒寶林，好好一孩子，說沒就沒了！再這麼下去，我什麼時候才能抱上玄孫子？是想讓我死了都閉不上眼睛麼？」

太皇太后一發脾氣，滿大殿的人都跪了下去，戰戰兢兢地無一不道：「太皇太后息怒！」越是這樣說，太皇太后越怒：「來人！把李承鄞給我叫來！我就不信這個邪，我就不信我明年還抱不上曾孫子！」

太皇太后同我一樣，點名道姓叫李承鄞。不過太皇太后叫他來罵一頓，回頭他又該以爲是我說了什麼，說不定又要和我吵架。

吵就吵唄，反正我也不怕他。

我沒想到太皇太后那麼心狠手辣，叫來李承鄞後根本沒有罵他，而是和顏悅色地問他：「沐

浴焚香啦？」

沐浴焚香是入齋宮之前的準備，李承鄞又不知道到底發生了什麼事，所以只答：「是。」

「那就好。」太皇太后說道，「便宜你了，這幾日不用你清心寡慾吃齋，反正列祖列宗也不在乎這個。來人啊，把太子殿下和太子妃送到清雲殿中去，沒我的吩咐，不准開門！」

我都傻了，宮人們拉的拉推的推，一窩蜂把我們倆攘進了清雲殿，「咣啷」一聲關上門。我搖了搖，那門竟然紋絲不動。

李承鄞冷冷瞧了我一眼，我回瞪了他一眼。

他從齒縫裡擠出兩個字：「卑鄙！」

我大怒：「關我什麼事！你憑什麼又罵我？」

「若不是妳在太皇太后面前告狀，她怎麼會把我們關起來？」

我氣得不理他，幸好殿中甚是暖和，我坐在桌邊，無聊地掰手指玩兒，掰手指也比跟李承鄞吵架有趣。

我們被關了半日，瞧著天色暗下來，宮人從窗中遞了晚飯茶水進來，不待我說話，「咣」地將窗子又關上了。

一定是太皇太后吩咐過，不許他們和我們說話。我愁眉苦臉，不過飯總是要吃的，無聊了這大半日，我早餓了。而且有兩樣菜我很喜歡，我給自己盛了碗飯，很高興地吃了一頓。李承鄞本來坐在那裡不動，後來可能也餓了，再說又有他最喜歡吃的湯餅，所以他也飽吃了一頓。

飽暖思……思……無聊……

我在殿裡轉來轉去，終於從盆景裡挖出幾顆石子，開始自己跟自己打雙陸。

也不知道玩了多久，殿裡的火盆沒有人添炭，一個接一個熄掉了。

幸好內殿還有火盆，我移到床上去繼續玩，捂在被子裡挺舒服的，可惜玩了一會兒，蠟燭又熄了。

外殿還有蠟燭，我哆嗦著去拿蠟燭，結果剛走了兩步就覺得太冷了，乾脆拉起被子，就那樣將被子披在身上走出去。看到李承鄞坐在那裡，我頂著被子，自顧自端起燭台就走，走了兩步又忍不住問他：「你坐這兒不冷麼？」

他連瞧都沒瞧我一眼，只是從牙齒縫裡擠出兩個字：「不冷！」

咦！

他的聲音爲什麼在發抖？

我一手抓著胸前的被子，一手擎著燭台，照了照他的臉色，這一照不打緊，把我嚇了一大跳。

這麼冷的天，他額頭上竟然有汗，而且臉色通紅，似乎正在發燒。

「你又發燒了？」

「沒有！」

瞧他連身子都在哆嗦，我重新放下燭台，摸了摸他的額頭，如果他眞發燒倒也好了，只要他一病，太皇太后一定會放我們出去的。

我一摸他，他竟然低哼了一聲，伸手拉住了我的手，一下子就將我拽到他懷裡去了。他的唇好燙啊，他一邊發抖一邊親我，親得我都喘不過氣來了。他呼出來的熱氣全噴在我臉上，我覺得好奇怪，但馬上我就不奇怪了，因爲他突然又一把推開我，咬牙說：「湯裡有藥。」

什麼藥？湯裡有藥？

怎麼可能！太皇太后最疼她這重孫子，絕不會亂給東西讓他吃。

而且吃剩的湯還擱在桌子上，我湊近湯碗聞了聞，聞不出來什麼。李承鄞突然從身後抱住我，吻著我的耳垂：「小楓……」

我身子一軟就癱在他懷裡，也不知道是因爲他吻我耳朵，還是因爲他叫我名字。

他還沒叫過我名字呢，從前總是喂來喂去，還有，他怎麼會知道我叫什麼名字？

李承鄞把我的臉扳過去，就開始啃我的嘴巴，他從來沒像今天這樣急切，跟想把我一口吞下去似的，他整個人燙得像鍋沸水，直往外頭冒熱氣。

我突然就明白湯裡有什麼藥了。

啊！

啊！

啊！

太皇太后妳太爲老不尊了！

竟然……竟然……竟然……

我吐血了……我無語了……我叫天不應，叫地不靈……

李承鄞已經把我的衣服都扯開了，而且一邊啃我的嘴巴，一邊將我往床上推。

我們兩個打了一架，沒一會兒我就落了下風，硬被他拖上了床。我眞急了，明天李承鄞還不得後悔死，他的趙良娣要知道了，還不得鬧騰死，而我呢，還不得可憐死……

我連十八般武藝都使出來了，身上的衣服還是一件件不翼而飛，李承鄞不僅脫我的衣服，還脫他自己的衣服，我都不知道男人衣服怎麼脫，他脫得飛快，一會兒就袒裎相見了……會不會長針眼？會不會長針眼？我還沒見過李承鄞不穿衣服呢……

看著我眼睛瞟來瞟去，李承鄞竟然嘴角上揚，露出個邪笑：「好看嗎？」

「臭流氓！」我指指點點，「有什麼好看的！別以爲我沒見過！沒吃過豬肉我見過豬跑！」

李承鄞都不跟我吵架了，反倒跟哄我似的，柔聲細語地在我耳朵邊問：「那……要不要試試豬跑？」

「啊！」

千鈞一髮的時刻，我大義凜然斷喝一聲：「瑟瑟！」

「什麼瑟瑟！」

「你的瑟瑟！」我搖著他的胳膊，「想想趙良娣，你不能對不起她！你不能辜負她！你最喜歡她！」

「你是我的妻，你和我是正當的……不算對不起她！」

「你不喜歡我！」

「我喜歡妳！」他喃喃地說，「我就喜歡妳……」

「你是因爲吃了藥！」

「吃了藥我也喜歡妳，小楓，我眞的喜歡妳。」

我可受不了了，男人都是禽獸，禽獸啊！一點點補藥就變成這樣，把他的趙良娣拋在了腦後，跟小狗似的望著我，眼巴巴只差沒流口水了。我搖著他：「你是太子，是儲君！忍常人不能忍！堅持一下！冷靜一下！不能一失那個什麼什麼恨！」

「一失足成千古恨……」

「對！一失足成千古恨！忍耐一下……爲了趙良娣……你要守身如玉……」

「我不守！」他跟小狗一樣嗚咽起來，「妳好冷血、好無情、好殘忍！」

我全身直冒雞皮疙瘩：「我哪裡冷血？哪裡無情？哪裡殘忍？」

「妳哪裡不冷血？哪裡不無情？哪裡不殘忍？」

「我哪裡冷血？哪裡無情？哪裡殘忍？」

「這裡！這裡！這裡！」

我的媽啊……冷不防他竟然啃……啃……羞死人了！

箭在弦上，千鈞一髮！

我狠了狠心，咬了咬牙，終於抓起腦後的瓷枕就朝李承鄞砸去，他簡直是意亂情迷，完全沒提防，一下子被我砸在額角。

「咕咚！」

暈了。

眞暈了。

李承鄞的額頭鼓起雞蛋大一個包，我手忙腳亂，連忙又用瓷枕壓上去，這還是永娘教我的，上次我撞在門栓上，頭頂冒了一個大包，她就教我頂著瓷枕，說這樣包包就可以消掉了。

到了天明，李承鄞額頭上的包也沒消掉，不過他倒悠悠醒轉過來，一醒來就對我怒目相視：「妳綁住我幹嘛？」

「爲了不一失足成千古恨，委屈一下。」我安慰似的拍了拍他的臉，「你要翻身嗎？我幫你好了。」

想必他這樣僵躺了一夜，肯定不舒服，不過他手腳都被我用掛帳子的金帳鉤綁住了，翻身也難。我費了九牛二虎之力，想將他搬成側睡，搬的時候太費勁了，我自己倒一下子翻了過去，整個人都栽在他身上，偏偏頭髮又掛在金帳鉤上，解了半天解不開。

他的眼睛裡似乎要噴出火來：「妳不要在我身上爬來爬去好不好？」

「對不起對不起。」我手忙腳亂地扯著自己的頭髮，扯到一半的時候他開始親我，起先是親我肩膀，然後是親我脖子，帶著某種引誘似的輕齧，讓我起了一種異樣的戰慄。

「把繩子解開。」他在我耳朵邊說，誘哄似的含著我的耳垂，「我保證不做壞事……妳先把我解開……」

「我才不信你呢！」我毫不客氣，跟李承鄞吵了這麼多年，用腳趾頭想也知道這是圈套。我摸索著終於把頭髮解下來，然後爬起來狠狠地白了他一眼：「老實待著！」

「我想——」

「不准想！」

「我要！」

「不准要！」

他吼起來：「妳能不能講點道理！人有三急！妳怎麼一點兒也不明白！我要解手！」

我呆了呆，也對，人有三急，上次我在東宮急起來，可急得快哭了。情同此理，總不能不讓他解手。

我把綁著他的兩條金帳鉤都解開來，說：「去吧！」

他剛剛解完手回來，宮人也開門進來了，看到滿地扔的衣服，個個飛紅了臉。看到李承鄞額頭上的傷，她們更是目光古怪。她們捧著水來給我們洗漱，又替我們換過衣裳，然後大隊人馬退出去，以迅雷不及掩耳之勢，反扣上了門。

我急了，還繼續關著我們啊……

李承鄞也急了，因爲送來的早飯又是下了藥的湯餅，他對著窗子大叫：「太祖母……您是想逼死重孫麼？」

我反正無所謂，大不了不吃。

李承鄞也沒吃，我們兩個餓著肚皮躺在床上，因爲床上最暖和。

太皇太后眞狠啊，連個火盆都不給我們換。

李承鄞對趙良娣眞好，寧可餓肚子，也不願意一失足成千古恨。

可是躺在那裡也太無聊了，李承鄞最開始跟我玩雙陸，後來他老是贏，我總是輸，他就不跟我玩了，說玩得沒意思。到中午的時候，我餓得連說話的力氣都快沒有了，李承鄞還拉著我解悶：「唱個歌給我聽！」

「我爲什麼要唱歌給你聽？」

「妳不唱？」李承鄞作勢爬起來，「那我去吃湯餅好了。」

我拉住他：「行！行！我唱！」

我又不會唱別的歌，唱來唱去還是那一首：「一隻狐狸牠坐在沙丘上，坐在沙丘上，瞧著月亮。噫，原來牠不是在瞧月亮，是在等放羊歸來的姑娘……一隻狐狸牠坐在沙丘上，坐在沙丘上，曬著太陽……噫……原來牠不是在曬太陽，是在等騎馬路過的姑娘……」

李承鄞嫌我唱得難聽，我唱了兩遍他就不准我唱了。我們兩個躺在那裡，無所事事地聊天。

因爲太無聊，李承鄞對我說了不少話，他還從沒對我說過這麼多的話。於是我知道了東宮爲什麼被叫做東宮，知道了李承鄞小時候也挺調皮，知道了他曾經偷拔過裴老將軍的鬍子。知道了李承鄞最喜歡的乳娘去年病逝了，他曾經好長時間挺難過。知道了他小時候跟忠王的兒子打架，知道了宮裡的一些亂七八糟的事，都是我從前聽都沒聽過的奇聞，知道了李承鄞同父異母的弟弟晉王李承鄴其實喜歡男人，知道了永寧公主為什麼鬧著要出家……

我做夢也沒有想過，有一天我和李承鄞兩個人，會這樣躺在床上聊天。

而且還聊得這麼熱火朝天。

我告訴他一些宮外頭的事，都是我平常瞎逛的所見所聞，李承鄞可沒我這麼見多識廣，他聽得津津有味，可被我唬住了。

李承鄞問我：「妳到底在哪兒見過豬跑的啊？」

我一時沒反應過來：「什麼豬跑？」

李承鄞沒好氣：「妳不是說妳沒吃過豬肉，卻見過豬跑嗎？」

「哦！」我興奮地爬起來，手舞足蹈地向他描述鳴玉坊。我把鳴玉坊吹噓得像人間仙境，裡面有無數仙女，吹拉彈唱，詩詞歌賦，無一不精，無一不會……

李承鄞的臉色很難看：「妳竟然去逛窯子？」

「什麼窯子，那是鳴玉坊！」

「堂堂天朝的太子妃，竟然去逛窯子！」

我的天啊，他的聲音眞大，沒準兒這裡隔牆有耳呢！我撲過去捂住他的嘴，急得直叫：「別嚷！別嚷！我就是去開開眼界，又沒做什麼壞事！」

李承鄞眼睛斜睨著我，在我的手掌下含含糊糊地說：「除非……妳……我就不嚷……」

不會又要啃嘴巴吧？

男人怎麼都這種德性啊？

我可不樂意了：「你昨天親了我好幾次，我早就不欠你什麼了。」

李承鄞拉開胸口的衣服，指給我看那道傷疤：「那這個呢？妳打算拿什麼還？」

我看著那道粉紅色的傷疤，不由得有點兒洩氣：「那是刺客捅你的，又不是我捅你的。」

「可是我救過妳的命啊！要不是我推開妳，說不定妳也被刺客傷到了。」

我沒辦法再反駁，因爲知道他說的其實是實話，不過我依然嘴硬：「那你想怎麼樣？」

「下次妳再去鳴玉坊的時候，帶上我。」

我震驚了：「你……你……」我大聲斥道，「堂堂天朝的太子，竟然要去逛窯子！」

這次輪到李承鄞撲過來捂住我的嘴：「別嚷！別嚷！我是去開開眼界，又不做什麼壞事！」

「咱們被關在這裡，一時半會兒又出不去，怎麼能去逛鳴玉坊……」我徹底洩氣了，「太皇太后不會把咱們一直關到新年以後吧……」

李承鄞說：「沒事，我有辦法！」

他出的主意眞是餿主意，讓我裝病。

我可裝不出來。

我從小到大都壯得像小馬駒似的，只在來到上京後才病過一次，叫我裝病，我可怎麼也裝不出來。

李承鄞叫我裝暈過去，我也裝不出來，我往那兒一倒就忍不住想笑，後來李承鄞急了，說：

「妳不裝我裝！」

他裝起來可真像，往床上一倒，就直挺挺的一動不動了。

我衝到窗前大叫：「快來人啊！太子殿下暈過去了！快來人啊……」我叫了好幾聲之後，殿門終於被打開了，好多人一擁而入，內官急急地去傳御醫，這下子連太皇太后都驚動了。

御醫診脈診了半晌，最後的結論是李承鄞的脈象虛浮，中氣不足。

餓了兩頓沒吃，當然中氣不足。不過太皇太后可不這樣想，她以為李承鄞是累壞了，所以即使她為老不尊，也不好意思再關著我們了。

我被送回了東宮，李承鄞可沒這樣的好運氣，他繼續入齋宮去了，因為明日就要祭天。我雖然回到東宮，但也徹底地忙碌起來，陛下並沒有將元辰大典交給高貴妃，而是由我暫代主持。

過年很忙，很累，一點兒也不好玩。

我最擔心的是元辰大典，雖然有永娘和高貴妃協助我，但這套繁文縟節，還是花費了我偌多功夫才背下來，而且接踵而來的，還有不少賜宴和典禮。

每天晚上我都累得在卸妝的時候就能睡著，然後每天早晨天還沒有亮，就又被永娘帶人從床上拖起來梳妝。以前有皇后在，我還不覺得，現在可苦得我哇哇叫了。我得見無數認識或者不認識的人，接受他們的朝拜，吃一些食不知味的飯，每一巡酒都有女官唱名，說吉祥話，看無聊的歌舞，聽那些內外命婦嘰嘰喳喳地說話。

宴樂中唯一好玩的是破五那日，這天民間所有的新婦都要歸寧，而皇室則要宴請所有的公主。主桌上是我的兩位姑奶奶，就是皇帝陛下的姑姑，然後次桌上是幾位長公主，那些是李承鄞的姑姑。被稱爲大長公主的平南公主領頭向我敬酒，因爲我是太子妃，雖然是晚輩，但目前沒有皇后，我可算作是皇室的女主人。

我飲了酒，永娘親自去攙扶起平南公主，我想起來，平南長公主是裴照的母親。

裴照跟她長得一點兒也不像。

我下意識開始尋找珞熙公主，從前我眞沒有留意過她，畢竟皇室的公主很多，我與她們並不經常見面，好多公主在我眼裡都是一個樣子，就是穿著翟衣的女人。這次因爲裴照的緣故，我很仔細地留意了珞熙公主，她長得挺漂亮的，姿態優雅，倒與平南長公主像是母女二人。在席間按皇家的舊例，要聯詩作賦。永娘早請好了槍手，替我作了三首〈太平樂〉，我依葫蘆畫瓢背誦出來就行了。珞熙公主作了一首清平調，裡面有好幾個字我都不認識，更甭提整首詩的意思了。所有人都誇我作的詩最好，珞熙公主則次之，我想珞熙公主應該是男人們喜歡的妻子吧，金枝玉葉，性格溫和，多才多藝，跟裴照眞相配啊。

我覺得這個年過得一點兒也不開心，也許是因爲太累，我一連多日沒有見著李承鄞，聽說他和趙良娣又和好了，兩個人好得跟蜜裡調油似的。我覺得意興闌珊，反正整個正月裡，唯一能教我盼望的就是正月十五的上元節。

我最喜歡上京的，也就是它的上元節。

十里燈華，九重城闕，八方煙花，七星寶塔，六坊不禁，五寺鳴鐘，四門高啓，三山同樂，雙往雙歸，一派太平：講的就是上京的上元節。離上元節還有好幾天，城中各坊就會忙著張滿彩燈，連十里朱雀大街也不例外，那些燈可奇巧了，三步一景，五步一換，飛禽走獸，人物山水，從大到小，各色各樣，堆山塡海，眼花繚亂，稱得上是巧奪天工。而且那晚上京不禁焰火，特別是在七星寶塔，因爲是磚塔，地勢又高，所以總有最出名的煙火作坊，在七星塔上輪流放煙花，稱爲「鬥花」，鬥花的時候，半個上京城裡幾乎都能看見，最是璀璨奪目。而在這一夜，居於上六坊的公卿人家也不禁女眷遊冶，那一晚闔城女子幾乎傾城而出，看燈兼看看燈人。然後五福寺鳴太平鐘，上京城的正南、正北、正東、正西城門大啓，不禁出入，便於鄉民入城觀燈。而三尹山則是求紅線的地方，傳說三尹山上的道觀是姻緣祠，凡是單身男女，在上元日去求紅線，沒有不靈驗的。雙往雙歸則是上京舊俗，如果女子已經嫁了人，這日定要與夫婿一同看燈，以祈新歲和和美美，至於還沒有成親卻有了意中人的，更不用說啦，這日便是私密幽會，也是禮法允許的。

去年上元節的時候，我跟阿渡去三尹山看燈，連鞋子都被擠掉了。據說那天晚上被擠掉的鞋子有好幾千雙，後來淸掃三尹山的道公們收拾這些鞋子捐給貧人，裝了整整幾大車才拉走。

我早拿定主意今年要在靴子上綁上牛皮細繩，以免被人踩掉，這樣的潑天熱鬧，我當然一定要去湊啦！

正月十四的時候賜宴覲見什麼的亂七八糟的事終於告一段落，我也可以躲躲懶，在東宮睡上一個囫圇覺，留足了精神好過上元節。可是睡得正香的時候，永娘偏又將我叫起來。

我睏得東倒西歪，打著呵欠問她：「又出什麼事了？」

「緒寶林的床底下搜出一個桃木符，據說是巫蠱之物，上頭有趙良娣的生辰八字，現在趙良娣已經拿住了緒寶林，就候在殿外，要請太子妃發落。」

我又累又睏又氣：「多大點事啊，一個木牌牌也值得大驚小怪麼，這年都還沒過完呢！緒寶林不會這麼笨吧，再說刻個木牌牌就能咒死趙良娣了？趙良娣這不還活得好好的！」

永娘正了正臉色，告訴我說：「巫蠱為我朝禁忌，太子妃也許不知道，十年前陳征就是因為擅弄巫蠱，怨咒聖上，而被貶賜死，並抄滅滿門。我朝開國之初，廢吳后也是因為巫蠱許妃，被廢為庶人，連她生的兒子都不許封王……」

我覺得頭痛，我最怕永娘給我講幾百年前的事，於是我順從地爬起來，讓宮人替我換上衣裳，匆忙梳洗。永娘道：「緒寶林巫蠱之事甚是蹊蹺，太子妃千萬要小心留意，不要中了圈套。」

我很乾脆地問她：「妳覺得我應該怎麼辦？」

永娘道：「太子妃本來可以推脫，交給皇后聖裁，只是現在中宮空虛，又正值過節，不宜言此不吉之事。奴婢竊以為，太子妃不妨交給太子殿下裁決。」

我不作聲，我想這事如果交給李承鄞的話，緒寶林一定會被定罪。

趙良娣是李承鄞的心尖子眼珠子，不問青紅皀白，他肯定會大怒，然後緒寶林就要倒大楣了。緒寶林那麼可憐，李承鄞又不喜歡她，上次去宮裡看她，她就只會哭，這次出了這樣的事，她一定是百口莫辯。我想了又想，只覺得不忍心。

永娘看我不說話，又道：「娘娘，這是一潭濁水，娘娘宜獨善其身。」

我大聲道：「什麼獨善其身，叫我不管緒寶林，把她交給李承鄞去處置，我可辦不到！」

永娘還想要勸我，我整了整衣服，說道：「傳趙良娣和緒寶林進來。」

每當我擺出太子妃的派頭，永娘總是無可奈何，永娘記得牢牢的宮規，還有幾十年的教養，總讓她不能不對我恭聲應諾。

趙良娣見了我，還是挺恭敬，按照規矩行了大禮，我挺客氣地讓永娘把她攙扶起來，然後請她坐下。

緒寶林還跪在地上，臉頰紅紅的，眼睛也紅紅的，像是剛剛哭過。

我問左右：「怎麼不扶緒寶林起來？」

宮人們不敢不聽我的話，連忙將緒寶林也扶起來。我開始瞎扯：「今天天氣眞不錯……兩位妹妹是來給我拜年的麼？」

一句話就讓趙良娣的臉紅了又白，白了又紅。

本來按照東宮的規矩，她們應該在新年元日便著鞠衣來給我叩首行禮，但這三年來李承鄞怕我對趙良娣不利，從來不讓她單獨到我住的地方來，所以此禮就廢止了。因此我一說這話，趙良娣就以爲我是在諷刺她。其實那天我在宮裡忙著元辰大典，直到夜深才回到東宮，哪裡有工夫鬧騰這些虛文，便是緒寶林也沒有來給我叩首。

我可沒想到這麼一層，還是事後永娘悄悄告訴我的。我當時就覺得趙良娣的臉色有點兒不好看了，還以爲她是因爲我對緒寶林很客氣的緣故，所以我安撫了緒寶林幾句，就把那塊木牌要過來看。

因爲是不潔之物，所以那木牌被放在一只托盤裡，由宮人捧呈著，永娘不讓我伸手去拿它。我看到上頭刻著所謂的生辰八字，也瞧不出旁的端倪來。我想起了一個問題：「怎麼會突然想起來去搜緒寶林的床下呢？」

我這麼一問，趙良娣的臉色忽然又難看起來。

原來趙良娣養的一隻猧兒走失不見了，宮人四處尋找，有人看見說是進了緒寶林住的院子，於是趙良娣的人便進去索要。偏偏緒寶林說沒看見什麼猧兒，趙良娣手底下的人如何服氣，吵嚷起來，四處尋找，沒想到猧兒沒找著，倒找著了巫蠱之物。

趙良娣道：「請太子妃爲我做主。」

我問緒寶林：「這東西究竟從何而來？」

緒寶林又跪下來了：「臣妾眞的不知，請太子妃明察。」

「起來起來。」我頂討厭人動不動就跪了，於是對趙良娣說，「這世上的事，有因才有果，緒寶林沒緣沒由的，怎麼會巫蠱妳？我覺得這事，不是這麼簡單……」

趙良娣卻淡淡地道：「如此鐵證如山，太子妃這話，是打算偏袒緒寶林了？」她說得毫不客氣，目光更是咄咄逼人。不待我說話，永娘已經說道：「太子妃只說要細察緣由，並沒有半句偏袒之意，良娣請慎言。」

趙良娣突然離座，對我拜了一拜，說道：「那臣妾便靜候太子妃明察此事，只望早日水落石出，太子妃自然會給臣妾一個交代。」說完便道，「臣妾先行告退。」再不多言，也不等我再說話，帶著人就揚長而去。

永娘可生氣了，說道：「豈有此理，僭越至此！」

我沒話說，趙良娣她討厭我也是應該的，反正我也不喜歡她。

緒寶林還跪在那裡，怯怯地瞧著我。我歎了口氣，親自把她攙扶起來，問她：「妳把今日的事情，好生從頭說一遍，到底是怎麼回事。」

緒寶林似乎驚魂未定，一直到永娘叫人斟了杯熱茶給她，慢慢地吃了，才將事情原原本本說了一遍。

原來緒寶林住的地方挺偏僻，這幾日正逢新春，宮裡照例有賞賜。那些東西對我和趙良娣不算什麼，可是對緒寶林來說，倒是難得之物。緒寶林是個溫吞性子，我遣去侍候緒寶林的兩個宮女平日待她不錯，緒寶林便將糕餅之物交給她們分食。因為御賜之物不能擅自取贈他人，所以便悄悄關上了院門，防人瞧見。

便是在這時候趙良娣的人突然來敲門，她們心中慌亂，又正自心虛，一邊應門，一邊便將糕餅藏起來。趙良娣的人進了院子便到處搜尋，緒寶林正自心虛，哪裡肯讓她們隨意亂走，兼之趙良娣派來的人又毫不客氣，兩下裡言語不合，很快就吵嚷起來，趙良娣的人索性一不做二不休，就開始在屋子裡亂翻，沒想到猧兒沒找著，倒從緒寶林床底下找出那桃木符來。這下子自然是捅了馬蜂窩，趙良娣的人一邊回去稟報趙良娣，一邊就將緒寶林及兩個宮人軟禁起來。趙良娣看到桃木符，氣得渾身發抖，二話不說，帶了緒寶林就徑直來見我。

「臣妾委實不知這東西是從哪裡來的……」緒寶林眼淚汪汪地說，「請太子妃明察……」

明察什麼啊……她們兩個人各執一詞，將我說得雲裡霧裡，我可明察不了，不過這種東西總不會是從天上掉下來的。我問緒寶林：「它就在妳床底下，妳難道不知道是誰放進去的？」

緒寶林以為我是興師問罪，嚇得「撲通」一聲又跪下來了：「娘娘，臣妾自知命薄福淺，絕無半分爭寵誇耀之心，哪裡敢怨咒良娣……」

我看她嚇得面無人色，連忙說：「我不是那個意思，我是說，這個東西要悄悄放到妳床底下去，可不是那麼容易。妳一天到晚又不怎麼出門，那兩個宮人也是天天都在，這幾日有沒有什麼可疑的人去過妳那裡，或者有什麼可疑的蛛絲馬跡？」

緒寶林聽了我這句話，才慢慢又鎮定下來，全神貫注去想有沒有什麼可疑的蛛絲馬跡。

她想了半晌，終究還是對我說：「臣妾想不出什麼可疑的人……」

算了，這緒寶林跟我一樣，是個渾沒半分心眼兒的人。

我好言好語又安慰了她幾句，就叫她先回去。緒寶林猶是半信半疑，我說：「天長日久自然水落石出，怕什麼，等過完節再說。」

她看我胸有成竹的樣子，估計以爲我早有把握，於是鄭重其事地對我施一施禮，才去了。

永娘問我：「太子妃有何良策，查出此案的眞兇？」

我打了個呵欠：「我能有什麼良策啊，這種事情我可查不出來。」永娘哭笑不得，又問我：「那太子妃打算如何向趙良娣交代？」

我大大翻了個白眼：「這桃木符又不是我放在她床底下的，我爲何要對她有所交代？」

永娘對我的所言所語哭笑不得，絮絮叨叨勸說我，我早就迷迷瞪瞪，沒聽一會兒，頭一歪就睡著了。

這一覺睡得好香，直到被人從床上拎起來，說實話我還有點兒迷糊，雖然永娘經常命人將我從床上拖起來，那也是連扶帶抱，不像此人這般無禮。

我眼睛一睜，咦！李承鄞！他不僅把我拎起來，而且還說：「妳竟然還睡得著！」

完了完了完了！

一定是趙良娣向他告狀，所以他來興師問罪。我大聲道：「我有什麼睡不著的！緖寶林的事沒查清楚就是沒查清楚，你吼我也沒有用！」

「緖寶林又出了什麼事？」他瞧著我，眉毛都皺到一塊兒去了。

啊？他還不知道啊！趙良娣沒向他告狀？我眼睛一轉就朝他諂媚地笑：「呃……沒事沒事，你找我有什麼事？」

「明天就是上元節了！」

「我知道啊。」廢話，要不然我今天硬是睡了一天，就是爲了明晚留足精神，好去看燈玩賞。

他看我毫無反應，又說道：「明日我要與父皇同登朱雀樓，與民同樂。」

「我知道啊。」我當然知道，年年上元節陛下與他都會出現在承天門上，朝著萬民揮一揮手，聽「萬歲」山響，號稱是與民同樂，其實是吹冷風站半宿，幸好皇室的女人不用去站，不然非把我凍成冰柱不可，凍成冰柱事小，耽擱我去看燈事大。

「那妳答應過我什麼？」他瞪著我，一副生氣的樣子。

那句話怎麼說來著，伴君如伴虎，天威難測。這話眞對頭，陪著皇帝的兒子就像陪著小老虎，同樣天威難測，他在想什麼我眞猜不到。只能十分心虛地問：「我答應過你什麼？」

眼見我就要不認帳，他聲音都提高了：「妳果然忘得一乾二淨！妳答應帶我去逛窯子。」

乖乖！這話豈能大聲嚷嚷？

我撲上去就捂著他的嘴：「小聲點！」

恰巧這時候永娘大約是知道李承鄞來了，所以不放心怕我們又吵起來，於是親自進殿內來，結果她頭一探，就看到我像隻八腳的螃蟹扒在李承鄞身上，不僅衣衫不整，還緊緊捂著他的嘴，李承鄞因爲把我從床上拎起來，所以兩隻手還提著我的腰呢……我簡直像隻猴子正爬在樹上，總之我們倆的姿勢要多曖昧有多曖昧，要多可疑有多可疑……她一瞧見我們這情形，嚇得頭一縮就不見了。

我覺得很氣憤，上次是阿渡，這次是永娘，爲啥她們總能挑這種時候撞進來。

李承鄞卻很起勁似的：「快起來，我連衣服都命人準備好了。過完了上元節，可沒這樣的好機會了。」

我還以爲他和趙良娣和好以後，就把這事忘到九霄雲外去了，沒想到他還能記著。

他果然準備了一大包新衣，我從來沒見李承鄞穿平民的衣服，只覺得說不出來的彆扭。不過也不算難看，就是太不像他平常的樣子了。

「要不要貼上假鬍子？」他興沖沖地將包裹裡的假鬍子翻出來給我看，「這樣絕沒人能認得出咱們。」

「要不要帶上夜行衣？」他興沖沖地將包裹裡的夜行衣翻出來給我看，「這樣飛簷走壁也絕沒有問題。」

「要不要帶上蒙汗藥？」他興沖沖地將包裹裡的蒙汗藥翻出來給我看，「這樣麻翻十個八個絕沒有問題。」

……

我實在是受不了了，殿下，您是去逛窯子，不是去殺人放火搶劫糧行票號……

我忍無可忍：「帶夠錢就成了。」

不用說，李承鄞那是眞有錢，眞大方，我一說帶夠錢，他就從包袱底下翻出一堆馬蹄金，嘖嘖，簡直可以買下整座鳴玉坊。

我換上男裝後李承鄞就一直笑，直到我惡狠狠地威脅不帶他去，他才好容易忍住沒笑了。

我正要喚阿渡與我們一塊兒，李承鄞死活不肯帶她。我說：「阿渡不在我身邊，我會不習慣。」

李承鄞板著臉孔說道：「有我在妳身邊就夠了。」

「可是萬一——」

「妳不相信我可以保護妳麼？」

我歎了口氣，上次是誰被刺客捅了一劍，被捅得死去活來差點兒就活不過來了啊……不過一想起刺客那一劍我就有點兒內疚，於是我就沒再堅持，而是悄悄對阿渡打了個手勢。阿渡懂得我的意思，她會在暗中跟隨我們。

於是，我和李承鄞一起，神不知鬼不覺地溜出了東宮。永娘肯定還以爲我和李承鄞在內殿，也沒有其他人發現我們的行蹤。我還是挺快活的，因爲我最喜歡溜出宮去玩兒，哪怕今日多了個李承鄞，我還是覺得很快活。

出了東宮，我才發現在下雨。絲絲寒雨打在臉上，冰涼沁骨，我不由得擔心起來，如果雨下大了，明天的賞燈一定減了不少趣味。前年也是下大雨，雖然街坊間都搭了竹棚，仍舊掛上了燈，可是哪有皓月當空、花燈如海來得有趣。

青石板的馳道很快被雨潤濕，馬蹄踏上去發出清脆的響聲。街兩旁的柳樹葉子早落盡了，疏疏的枝條像是一蓬亂髮，掩映著兩旁的鋪子，鋪中正點起暈黃的燈火，不遠處的長街亦掛起一盞盞彩燈。明天就是上元，酒樓茶肆裡人滿爲患，街上車子像流水一樣來來往往。上京就是這般繁華，尤其是節日之前的上京，繁華中隱隱帶著點寧靜，像是要出閣的新嫁娘，精心梳妝，只待明日。

我們到鳴玉坊前下馬，早有殷勤的小子上前來拉住馬轡，將馬帶到後院馬廄去。

今晚的鳴玉坊也格外熱鬧，樓上樓下全都是人。我和李承鄞身上都被淋得半濕，王大娘見著我跟見著活寶似的，樂得合不攏嘴，照例就要亮開嗓門大叫，幸好我搶先攔住了：「大娘，先找間屋子給我們換衣裳，我這位哥哥是頭一回來，怕生。」

王大娘打量了一下李承鄞的穿著打扮，她那雙勢利眼睛一瞧見李承鄞帽上那顆明珠，就樂得直眯起來：「當然當然，兩位公子這邊請。」

上樓梯的時候，我問王大娘：「月娘呢？」

「適才有位客人來了，所以月娘去彈曲了。」

我覺得很稀罕，依著上次月娘害相思病的樣子，以我跟她的交情，都只替我彈了兩首曲子，神色間還是無精打采。月娘不僅是這鳴玉坊的花魁，便在上京城的教坊裡頭，也是數一數二的人物，尋常的達官貴人她都不稍假辭色，連我上次帶裴照來，她都沒半分放在心上。所以我不由得好奇問：「是哪位貴客，有這樣的能耐？」

「還有哪位？」王大娘眉開眼笑，「就是上次來的那位貴客，讓我們月娘惦記了好一陣子，這次可又來了。」

哦？！

我覺得好奇心被大大地勾起來，便纏著王大娘要去瞧瞧。王大娘顯得很是作難：「這個……客人在閣子裡吃酒……總不能壞了規矩……」

我軟硬兼施了半晌，王大娘仍舊不鬆口。她在這裡做生意不是一日兩日，想來斷不肯壞了名頭。她待我們極爲殷勤，將我們讓進一間華麗的屋子裡，又送上兩套華服，吩咐兩個俏麗丫鬟替我們換衣，自出去替我們備酒宴去了。

我怕自己的女扮男裝露餡，所以等她一走，就把那兩個俏丫鬟轟了出去，自己動手換下了濕衣服。李承鄞低聲問我：「妳打算怎麼辦？」

我傻笑地看著他：「什麼怎麼辦？」

「別裝傻了，我知道妳一定會想法子去瞧瞧那個什麼貴客！」

「那當然！月娘是我義結金蘭的姐妹，萬一她被壞男人騙了怎麼辦？我一定要去瞧一瞧！」

李承鄞「哼」了一聲，說道：「妳懂得什麼男人的好壞？」

怎麼不懂？我可懂啦！

我指著他的鼻子：「別欺負我不懂！像你這樣的男人，就是壞男人！」

李承鄞臉色好難看：「那誰是好男人？」

當然像阿爹那樣的男人就是好男人，不過如果我抬出阿爹來，他一定會跟我繼續鬥嘴。所以

我靈機一動，說道：「像父皇那樣的男人，就是好男人。」

李承鄞的臉色果然更難看了，好像一口氣憋不過來，可是他總不能說他自己親爹不是好男人，所以他終於閉嘴了，沒跟我繼續吵下去。

我帶他出了屋子，輕車熟路地穿過走廊，瞧瞧四下無人，就將他拉進另一間屋子裡。屋裡沒有點燈，一片漆黑，伸手不見五指。我摸索著飛快地反拴上門，然後就去摸李承鄞的袍帶。

李承鄞被我回身這麼一抱，不由得身子一僵，但並沒有推開我，反倒任憑我摸來摸去。可是我摸來摸去就是摸不到，他終於忍不住問我：「妳要幹什麼？」

「噓！你不是帶了火絨？拿出來用一用。」

李承鄞將火絨掏出來塞進我手裡，似乎在生氣似的，不過他整日和我生氣，我也並不放在心上，吹燃了火絨點上桌上的蠟燭，然後說道：「我要喬裝改扮一下，去瞧瞧月娘的貴客。」

李承鄞說：「我也要去！」

我打開箱籠，一邊往外拿東西，一邊頭也不抬地對他說：「你不能去！」

「憑什麼妳可以去就不讓我去？」

我把燕脂水粉統統取出來擱在桌子上，然後笑瞇瞇地說：「我打算扮成女人去，你能去嗎？」

李承鄞果然吃癟了，可是正當我得意洋洋坐下來對鏡梳妝的時候，李承鄞突然說了一句話：

「我也扮成女人去！」

我「咣噹」一聲就從胡床摔到了地上。

我的屁股喲，摔得那個疼啊……直到李承鄞把我拉起來的時候，我還疼得一抽一抽的。

李承鄞說：「反正我要和妳一塊兒。」

我無語望蒼天：「我是去看那個男人，你去幹什麼啊？」

「妳不是說那個月娘長得沉魚落雁閉月羞花……」

我嘔死了，我要吐血了，我從前只曉得李承鄞是臭流氓，沒想到他竟然流氓到這個地步，爲了瞧一瞧花魁月娘，竟然肯下這樣的決心，不惜扮作女人。果然是牡丹花下死，做鬼也風流。我瞪了他一眼：「那好，過來！」

「幹嘛？」

我看到鏡中的自己笑得好生猙獰：「當然是替你好好……梳妝打扮！」

你還別說，李承鄞那一張俊臉，扮成女人還怪好看的。

我替他梳好頭髮，又替他化妝，然後插上釵環，點了額黃，再翻箱倒櫃找出件寬大襦裙讓他換上，眞是……衣袂飄飄若仙舉，什麼什麼花春帶雨……

最讓我覺得喪氣的是，鏡子裡一對比，他比我還好看吶！

誰教他細皮嫩肉，這麼一打扮，英氣盡斂，變成個美嬌娘了。

唯一不足的是他身量太高，扮作女人不夠窈窕，不過也夠瞧的了，我們兩個從樓梯走下去的

時候，還有好幾個客人朝我們直招手，眞把我們當成了坊中的姑娘。我一臉假笑，同李承鄞一起左閃右閃，好容易都快要走到後門口了，突然有個醉醺醺的客人攔住了我們的去路，笑著就來抓我的肩膀：「小娘子，過來坐坐！」那滿嘴的酒氣熏得我直發暈，我還沒有反應過來，李承鄞已經一巴掌揮上去了。

「啪！」

那人都被打傻了，我擠出一絲笑：「有……有蚊子……」然後一把扯著李承鄞就飛快地跑了。

一直跑到後樓，才聽到前樓傳來殺豬似的叫聲：「啊！竟然敢打人……」前樓隱約地喧譁起來，那客人吵嚷起來，不過自會有人去安撫。後樓則安靜得多，雖然與前樓有廊橋相連，不過這裡是招待貴客的地方，隱隱只聞歌弦之聲，偶爾一句半句，從窗中透出來。外頭雨聲清軟細密，彷彿伴著屋子裡的樂聲般，一片沙沙輕響。院子裡安靜極了，裡頭原本種著疏疏的花木，只是此時還沒發芽，望去只是黑乎乎一片樹枝。我拉著李承鄞跑過廊橋，心裡覺得奇妙極了。兩人的裙裾拖拂過木地板，窸窸窣窣，只聽得環佩之聲，叮叮咚咚。遠處點著燈籠，一盞一盞的朦朧紅光，像是很遠，又像是很近。好像跟我拉著手的，倒是個陌生人似的，我想起來這好像還是我第一次牽李承鄞的手，耳朵不知道爲什麼有點兒發熱。他的手很軟，又很暖，握著我的指頭。我只不敢回頭瞧他，也不知道自己在怕什麼。幸好這廊橋極短，不一會兒我就拉著李承鄞進了一間屋子。

這屋子裡佈置得十分精緻，紅燭高燒，馨香滿室，地下鋪了紅氍毹，踩上去軟綿綿的，像踩在雪上一般。我知道這裡是月娘招待貴客的地方，所以屏氣凝神，悄悄往前走了兩步。隔著屏風望了一眼，隱約瞧見一位貴客居中而坐，月娘陪在一旁，正撥弄著琵琶，唱〈永遇樂〉。可恨屏風後半垂的帳幔，將那位貴客的身形遮住了大半，看不真切。

恰巧在此時聽到一陣腳步聲，嚇了我一大跳，還以為是剛才那個醉鬼追過來了，卻原來是悠娘並幾位舞伎。悠娘乍然看到我和李承鄞，駭了一跳似的，我連忙扯住她衣袖，壓低了嗓子道：「悠娘，是我！」悠娘掩著嘴倒退了半步，好半晌才笑道：「梁公子怎麼扮成這副模樣，叫奴家差點沒認出來。」然後瞧了瞧我身後的李承鄞，道，「這又是哪位姐姐，瞧著面生得緊。」

我笑嘻嘻地道：「聽說月娘的貴客來了，我來瞧個熱鬧。」

悠娘抿嘴一笑，說道：「原來如此。」

我悄悄在她耳畔說了幾句話，本來悠娘面有難色，但我說道：「反正我只是瞧一瞧就走，保證不出什麼亂子。」

在這鳴玉坊裡，除了月娘，就是悠娘同我最好，她脾氣溫和，禁不住我軟磨硬泡，終於點頭答應了。於是我歡歡喜喜問李承鄞：「你會不會跳舞？」

李承鄞肯定快要吐血了，可是還是不動聲色地問我：「跳什麼舞？」

「踏歌。」

我只等著他說不會，這樣我就終於可以甩下他，獨自去一睹貴客的尊容了，沒想到他嘎嘣扔過來兩字：「我會！」

我傻啊！我眞傻啊！他是太子，每年三月宮中祓禊，都要由太子踏歌而舞的，我眞是太傻了。

我猶不死心：「這是女子的踏歌。」

「看了不知道幾百次，不過大同小異而已。」

好吧……既然如此，那就一起來吧。

屋子裡月娘琵琶的聲音終於停了，絲竹的聲音響起來，裡面定然還有一班絲竹樂手。這是催促舞伎上場的曲調，拍子不急，舒緩優雅。

我深深吸了口氣，接過悠娘遞來的紈扇，同李承鄞一起跟著舞伎們魚貫而入。

這時候月娘已經輕啓歌喉，唱出了第一句：「君如天上月……」

月娘的歌喉眞是美啊……美得如珠似玉，只這一句便教人聽得癡了似的……我心裡怦怦直跳，終於可以瞧見這位貴客長什麼樣了，眞是又歡欣又鼓舞又好奇……舞伎們含笑轉過身來，我和李承鄞也轉過身來，同所有人一起放低手中的紈扇，只是我一放下紈扇就傻了。

完完全全地傻了。

不只我傻了。

李承鄞一定也傻了，其他人都已經踏歌而舞，就我和他半擰著身子，僵在那裡一動不動。

因爲這位貴客我認識，不僅我認識，李承鄞也認識。

何止是認識啊……

天啊……

給個地洞我們鑽進去吧……

皇上……

您還記得大明湖畔的夏雨荷嗎？

身邊的舞伎隨著樂聲彩袖飄飄，那些裙袂好似回風流雪，婉轉動人。就我和李承鄞兩個呆若木雞，悠娘拚命給我使眼色，我使勁擰了自己一把，然後又使勁擰了李承鄞一把……這會不會是在做夢？這一定是在做夢！

陛下……父皇……怎麼會是您啊？您您您……您置兒臣與殿下於何地啊……我要鑽地洞……

幸好陛下不愧爲陛下，就在我們目瞪口呆、詫異極了的時候，他還特別淡定地瞧了我們一眼，然後拿起茶碗來，渾若無事地喝了一口茶。

李承鄞最先醒悟過來，扯了扯我的袖子，然後隨著舞伎一起，翩然踏出踏歌的步子。這一曲踏歌眞是跳得提心吊膽，忐忑不安。我一轉過頭來，發現月娘也認出了我，正睜大了雙眼瞧著我。我衝她拋了個媚眼，她瞪著我，我知道她怕我攪了貴客的雅性——打死我也不敢在這位貴客面前胡來啊。

好容易一首曲子完了，月娘笑著起身，正要說什麼，貴客已經淡淡地道：「這踏歌舞得不錯。」

「曲鄙姿薄，有辱貴人清聽。」月娘婉轉地說道，「不如且讓她們退下，月娘再爲您彈幾首曲子。」

貴客點點頭：「甚好。」

月娘剛剛鬆了口氣，貴客卻伸出手指來，點了點：「叫這兩名舞伎留下來。」

貴客的手指不偏不倚，先點一點，指的李承鄞，後點一點，指的是我。我估計月娘都快要昏過去了，連笑容都勉強得幾乎掛不住：「貴客……留下……留下她們何意？」

「此二人舞技甚佳，留下他們斟酒。」

貴客發話，安敢不從。於是，月娘心懷鬼胎地瞧著我，我心懷鬼胎地瞧著李承鄞，李承鄞心懷鬼胎地瞧著陛下，而陛下心懷……咳咳，心懷坦蕩地瞧著我們。

總之，所有人退了出去，包括奏樂的絲竹班子。屋子裡頭就留下了我們四個人，心懷鬼胎，面面相覷。

最後，還是貴客吩咐：「月娘，去瞧瞧有什麼吃食。」

這下子月娘可又急了，瞧了我一眼，又瞧了貴客一眼。見貴客無動於衷，而我又對她擠眉弄眼，月娘委實不明白我是什麼意思，可是又怕那位貴客瞧出什麼端倪，於是她終於還是福了一福，退出去了。

我膝蓋一軟就跪在了地上，倒不是嚇的，是累的，剛才那支踏歌跳得可費勁了，悠娘手底下的舞伎都是京中有名的舞娘，爲了跟上她們的拍子，可累壞我了。

李承鄞同我一樣長跪在那裡，屋子裡的氣氛，說不出的詭異，詭異，詭異。

不會又要罰我抄書吧？我苦惱地想，這次我的亂子可捅大了，我帶著太子殿下來逛窯子，被皇帝陛下給當場捉拿，要是罰我抄三十遍《女訓》，我非抄死了不可。

不過我突然想到一件事，陛下他也是來逛窯子的啊，既然大家都是來逛窯子的，那麼他總不好意思罰我抄書了吧。

正在我胡思亂想的時候，終於聽到陛下發話了，他問：「鄞兒，你怎麼會在這裡？」

我斜著眼睛看著男扮女裝的李承鄞，陛下這句話問得眞是刁鑽，要是李承鄞把我給供出來了，我可跟他沒完。

幸好李承鄞理直氣壯地答：「只是好奇，所以來看看。」

陛下指了指我，問：「那她呢？」

李承鄞再次理直氣壯地答：「她也好奇，於是我帶她一同來看看。」

夠義氣！我簡直想要拍李承鄞的肩，太夠義氣了！就憑他這麼夠義氣，我以後一定還他這個人情。

陛下閑閑地「哦」了一聲，說道：「你們兩個倒是夫妻同心，同進同出。」

李承鄞卻面不改色地說道：「敢問父親大人，爲何會在此？」

我沒想到李承鄞會這般大膽，既然大家都是來逛窯子的，何必要說破了難堪。沒想到陛下只是笑了笑，說道：「爲政不得罪巨室，身爲儲君，難道你連這個也不明白？」

「陛下的教誨兒臣自然謹遵，可是陛下亦曾經說過，前朝覆亡即是因爲結黨營私，朝中黨派林立，政令不行，又適逢流蝗爲禍，才會失了社稷大業。」

我覺得這兩人說的話我一句也聽不懂，這兩個人哪像在逛窯子啊，簡直是像在朝堂奏對。我覺得甚是無趣，陛下卻淡淡一笑，說道：「唯今之計，你打算如何處置？」

「翻案。」

陛下搖頭：「十年前的舊案，如何翻得？再說人證物證俱已瀕茫，從何翻起？」

李承鄞也笑了笑：「物證麼，自然要多少有多少。至於人證……父親大人既然微服至此，當然也曉得人證亦是有的。」

陛下卻笑著歎了口氣：「你呀！」

好像是每次我鬧著要騎那性子極烈的小紅馬，阿爹那種無可奈何又寵溺的語氣。想起阿爹，我就覺得心頭一暖，只是眼前這兩個人說的話我都不懂。沒過一會兒，突然聽到腳步聲雜遝，是相熟的歌伎在外頭拍門，急急地呼我：「梁公子！梁公子！」

陛下和李承鄞都瞧著我，我急急忙忙爬起來：「出什麼事了？」

「有人闖進坊中來，綁住了悠娘，硬說悠娘欠他們銀子，要帶悠娘走呢！」

我一聽就急了：「快帶我去看看！」

李承鄞拉住我的胳膊：「我同妳一起去！」

我回頭看看陛下，低聲道：「你陪父皇在這裡！」

陛下卻對我們點點頭：「你們去吧，我帶了人出來。」

我和李承鄞穿過廊橋，一路小跑到了樓前，只聽一陣陣喧譁，還有王大娘的聲音又尖又利：「想從我們坊中帶走人，沒門兒！」

「欠債還錢，天經地義！」為首的潑皮是個胖子，生得圓圓滾滾，白白胖胖，留著兩撇八字鬍，賊眉鼠眼，長得一看就不是好人。我一看這個胖子就怒了：「孫二，怎麼又是你！」

說到孫二這個人，還是打出來的相識。孫二是專在酒肆賭坊放高利貸的，有次我遇上他逼一對孤兒寡母還錢，看不過去出手跟他打了一架，把他揍得滿地找牙，從此孫二就給我三分薄面，不會輕易在我面前使橫。孫二眨巴著眼睛，認了半晌終於認出我來了：「梁公子……你穿成這樣……哈哈哈哈……」

我都沒想起來我還穿著女裝，我毫不客氣一腳踏在板凳上，將裙角往腰間一掖：「怎麼著？要打架？我扮成女人也打得贏你！」

孫二被我這一嚇就嚇著了，擠出一臉的笑容：「不敢，不敢。其實在下就是來討債的。梁公子，這個欠債還錢，是天經地義。悠娘她一不是孤兒，二不是寡婦，三沒病沒災的，你說她欠我的錢，該不該還？」

我問悠娘：「妳怎麼欠他錢了？」

悠娘原是個老實人，說道：「何曾欠他的錢？不過我同鄉夫妻二人到上京城來做點小生意，沒料到同鄉娘子一病不起，又請大夫又吃藥，最後又辦喪事，找這孫二借了幾十吊錢。孫二說我同鄉沒產沒業的，不肯借給他，非得找個人做保，我那同鄉在上京舉目無親，沒奈何我替他做了保。現在我同鄉折了本錢回老家去了，這孫二就來向我要錢。」

我聽得直噎氣：「妳這是什麼同鄉啊？賴帳不還還連累妳……」

孫二手一揚，掏出借據：「梁公子，若是孤兒寡母，我也就放他們一馬。反正咱們出來混，遲早是要還的。殺人放火金腰帶，修橋鋪路無屍骸……」

他一唸詩我就發暈，身後的李承鄞「噗」一聲已經笑出聲來，孫二卻跳起來：「哪個放屁？」

「你說什麼？」李承鄞臉色大變，我拉都拉不住，殿下啊別衝動別衝動。

孫二掃了李承鄞一眼，卻對我拱了拱手：「梁公子，今日若是不還錢，我們就要得罪了。」

「她只是個保人，你要討債應該去找她同鄉。」李承鄞冷笑一聲，「《大律》疏義借貸之中，明文解析，若借貸者死，抑或逃逸，抑或無力償還，方可向保人追討。」

孫二沒想到李承鄞上來就跟他講《大律》，眨巴著眼睛說：「現下她同鄉不就是跑了，難道還不是逃逸？」

「誰說她同鄉是跑了，她同鄉明明是回家去了，你明知借債人的去向，爲何不向其追討，反倒來爲難保人？」

「那她同鄉去哪裡了我如何知道……」

李承鄞將悠娘輕輕一推：「妳同鄉家住何方？」

悠娘都快傻了，結結巴巴地答：「定州永河府青縣小王莊……」

李承鄞說：「行了，現在借債人位址確切，你要討債就去找他討債，不要在這裡鬧事。」

王大娘趁機插進來：「我們姑娘說的是，你要討債只管向那借錢的人討去，爲什麼來坊中跟我們姑娘鬧事。快出去！快出去！快出去！」她一邊說一邊推推搡搡，孫二和幾個潑皮被她連哄帶推，一下子就推出了大門。孫二在外頭跳腳大罵，王大娘拍著李承鄞的背，得意地說：「好姑娘，眞替媽媽爭氣！妳是悠娘手底下的孩子？這個月的花粉錢媽媽給妳加倍！」

我在旁邊笑得打跌，那孫二在外頭罵得氣急敗壞，卻又無可奈何。我看著他突然對手底下的人招了招手，幾個人湊在一處交頭接耳，嘀咕了一陣就分頭散去，我不由得道：「哎喲不好，這孫二只怕要使壞。」

「關上門！關上門！」王大娘連忙指揮小子去關門，「別再讓他們鬧進來。還有我那兩盞波斯琉璃燈，先把燈取下來再關門，明天就是燈節了，這燈可貴著呢，千萬別碰著磕著了……」

這邊廂還在鬧嚷嚷摘燈關門，那邊廂孫二已經帶著人氣勢洶洶地回來了，每人手中都提著一個竹筒，也不知道裡頭裝的什麼。王大娘一見就急了，攆著小子們去關門，門剛剛半掩上，那些無賴已經端起竹筒就潑將出來，只見潑出來黑乎乎一片，原來竹筒裡裝的全是黑水。大半黑水都潑在了門上，正關門的小子們閃避不及，好幾個人都被濺一身漆黑的黑水，而王大娘的裙子也濺上了，氣得王大娘大罵：「老娘新做的緙絲裙子，剛上身沒兩日工夫，這些殺千刀的潑皮……看老娘不剝了你們的皮……」

王大娘待要命小子們開門打將出去，那孫二早和那些無賴一哄而散，逃到街角去了，一邊逃還一邊衝王大娘直扮鬼臉，氣得王大娘又叫又跳又罵。

悠娘上前來替王大娘提著裙子，仔細看了又看，說道：「媽媽慢些，這好像是墨汁，用醋擦過，再用清水漂洗就能洗淨。媽媽將裙子換下來，我替您洗吧……」

王大娘扶著悠娘的手，猶在喃喃咒罵：「這幫無賴，下次再遇見老娘看不打殺他……」一邊說，一邊又命人去擦洗大門。奈何那簇新的櫸木大門，只刷了一層生漆，竟然一時擦拭不淨。王大娘瞧著小子擦不乾淨，越加生氣。我看那墨跡已經滲到門扇的木頭裡去了，突然靈機一動，便喚身邊站著的一個小使女：「把燕脂和螺子黛取來。」

悠娘瞧了瞧我的臉，笑著說道：「梁公子扮起姑娘來，真是十足十的俊俏，便是不化妝，也要把咱們滿坊的姑娘比下去。」

我笑嘻嘻地拉著李承鄞：「這兒有個比我更漂亮的，快去取來我給他好生畫畫！」

李承鄞又氣又惱，甩開我的手，使女已經捧著燕脂和螺子黛過來，我將盤子塞在他手裡，說道：「畫吧！」

李承鄞瞪著我說：「畫什麼？」

我沒好氣：「上次你的琵琶用白紈扇打死一隻蚊子，你不是替她在扇子的蚊子血上畫了一隻蝴蝶？你既然有本事畫蝴蝶，今天自然有本事畫這門。」

李承鄞「哼」了一聲，我看他不情願的樣子，便踮著腳攥著他的領子說：「你要是不肯畫這門，我可要把後樓貴客的事嚷嚷出來！」

李承鄞又瞪了我一眼：「妳敢！」我一張口就叫：「大家快去後樓看皇……」最後一個字硬被李承鄞捂住我的嘴，不曾叫出來。他不用筆，立時用手抓了燕脂，在門上畫了個大圓圈，然後把裡頭塡滿了燕脂。再接著拿了螺子黛，在那墨跡上點點畫畫，我很少看到李承鄞畫畫，更甭提用手指頭畫了，周圍的人都嘖嘖稱奇，我也覺得好奇極了。只見李承鄞以手指勾轉，塗抹間不遜於用筆，甚是揮灑如意，漸漸勾勒出大致的輪廓，然後一一細細添補，周圍的人不由都屏息靜氣，看他從容作畫。

最後終於畫完了，一看，哇！墨跡被潑成大片山巒，水霧迷茫露出重巒疊嶂，然後青峰點翠，山林晴嵐，紅日初升，好一幅山河壯麗圖。

王大娘拍手笑道：「這個好，這個眞好！我原出了重金請西坊的安師傅，待燈節過了來替我畫門，原是想畫一幅踏歌行樂圖，這一畫，可比安師傅畫得好！」

那當然，身爲當朝太子，自幼稟承名師，詩詞歌賦琴棋書畫，無一不會，無一不精，自然要比那些畫匠畫得好太多。

李承鄞亦十分得意，撒著兩手端詳了片刻，又拿起那螺子黛，在畫旁題了三個大字：「潑墨門」。三個大字寫得龍飛鳳舞，我雖然不懂書法，也覺得氣勢非凡。李承鄞亦覺得意猶未盡，又在底下題了一行小字落款：「上京李五郎」，方才擲去螺子黛，道：「打水！淨手！」

王大娘眉開眼笑，親自打了水來讓他洗手。我也覺得好生得意，雖然當初阿爹十分不情願將我嫁到中原來，可是我這個夫婿除了騎馬差點兒，打架差點兒之外，其實還是挺有才華的。

我們洗完了手，王大娘又喚人燒點心給我們吃，忽然她疑惑起來，不住地打量李承鄞。我怕她瞧出什麼端倪來，正待要亂以他語，忽然聽到院後「嗖」的一聲，竟是一枚焰火騰空而起。那枚焰火與旁的焰火並不相同，不僅升得極高，而且筆直筆直騰升上去，在黑色的天幕中拉出一條極亮的銀白色光弧，夾帶尖銳的哨音，極是引人注目。一直升到極高處，才聽到「砰」一聲悶響，那焰火綻開極大一朵金色煙花，縱橫四射的光羽，割裂開黑絲絨似的夜色，交錯綻放劃出炫目的弧跡，炸出細碎的金粉，久久不散，將半邊天際都映得隱隱發藍。

李承鄞卻臉色大變，掉頭就向後樓奔去，我來不及問他，只得跟著他朝後頭跑去。他步子極快，我竟然跟不上，上了廊橋我才發現事情不對，院子裡靜得可怕，廊橋下趴著一個黑衣人，身下蜿蜒的血跡慢慢淌出，像是一條詭異的小蛇。為什麼這裡會有死人？我來不及多想，大聲急呼：「阿渡！」

阿渡卻不應我，我連叫了三聲，平日我只要叫一聲阿渡她就會出現了，難道阿渡也出事了？我心跳得又狂又亂，李承鄞已經一腳踹開房門，我們離開這屋子不過才兩盞茶的工夫，原本是馨香滿室，現在撲面而來的卻是血腥，地上橫七豎八躺倒著屍體，全都是黑衣壯漢。李承鄞急切地轉過屏風，帷帳被扯得七零八落，明顯這裡曾經有過一場惡鬥。榻上的高几被掀翻在地上，旁邊的柱子上有好幾道劍痕，四處都是飛濺的血跡，這裡死的人更多。有一個黑衣人斜倚在柱子上，還在微微喘息，李承鄞撲過去扶起他來，他滿臉都是血，眼睛瞪得老大，肩頭上露出白森森的鎖骨，竟是連胳膊帶肩膀被人砍去了大半，能活著真是火奇蹟。李承鄞厲聲道：「陛下呢？」

那人連右胳膊都沒有了，他用左手抓著李承鄞的胸口，抓得好緊好緊，他呼哧呼哧地喘著氣，聲音嘶啞：「陛下……陛下……」

「是誰傷人？陛下在哪裡？」

「蒙面……刺客蒙面……刺客武功驚人……臣無能……」他似乎用盡了全部的力氣指著洞開的窗子，眼神漸漸渙散，「……救陛下……陛下……」

李承鄞還想要問他什麼，他的手指卻漸漸地鬆開，最後落在了血泊中，一動不動。

李承鄞抬起眼睛來看我，我看到他眼中全都是血絲，他的身上也沾滿了血，到處都是死人，我也覺得很怕。我們離開不過短短片刻，刺客在這麼短的時間內殺了這麼多人，而且這些人全都是禁軍中的好手，陛下白龍魚服，一定是帶著所有武功好的護衛。現在這些人全都被殺了，這個刺客武功有多高，我簡直不能想像。可是李承鄞拾起一柄佩劍，然後直起身子，徑直越過後窗追了出去。

我大聲叫：「阿渡！」阿渡不知道去哪裡了，我想起上次的事情，非常擔心阿渡的安危。我又擔心李承鄞，刺客的武功這麼高，要殺掉我和李承鄞簡直是輕而易舉的事情。我拾起血泊中的一柄劍，跟著也翻出了後窗，心想要殺便殺，我便拚了這條命就是了。

後面是一個小小的院子，中間堆砌著山石，那些石頭是從遙遠的南方運來，壘在院子裡扶植花木的，現在天氣寒冷，樹木還光禿禿的。轉過山石李承鄞突然停住了腳步，反手就將我推到了他自己身後。抵在凹凸不平的山石上，我愣愣地看著他的後腦勺，忽然想起上次遇見刺客，他也是這樣推開我，心中又酸又甜，說不出是什麼樣一種滋味。我踮著腳從他肩頭張望，看到有好幾個黑衣人正圍著一個蒙面人纏鬥，爲首的那黑衣人武功極高，可是明顯並不是刺客的對手，穿黑衣的盡皆是禁軍中的頂尖高手，眼下雖然都負了傷，可是非常頑強。那刺客一手執劍，一手挽著一個人，那個人正是陛下。刺客雖然一手扣著陛下的腕脈，單手執劍，劍法仍舊快得無與倫比，每一劍出都會在黑衣人身上留下一道傷口。藉著月色，我才看到山石上濺著星星點點的鮮血。就在此時，遠處隱隱約約傳來悶雷似的轟隆巨響。那刺客忽地劍一橫就逼在了陛下頸中，所有人都不敢再有所動作，只能眼睜睜看著他。

李承鄞說道：「放開他！」

他的聲音夾在雷聲裡，並不如何響亮，可是一字一頓，極爲清楚。

我不知道是不是在打雷，遠處那沉悶的聲音彷彿春雷，又悶又響。我從來沒有像今天這樣害怕過，不是害怕剛才滿屋子的死人，也不是害怕這個鬼魅似的刺客，而是惶然不知道在害怕什麼。

遠處那雷聲越來越響，越來越響，又過了片刻，我才聽出眞的不是雷聲，而是馬蹄聲，從四面八方傳來的馬蹄聲，轟轟烈烈彷彿鋪天蓋地，朝著這小小的鳴玉坊席捲而來，就像四面都是洪水，一浪高過一浪，一浪迭著一浪，直朝著這裡湧過來。我從來沒聽過這樣密集的蹄聲，即使在我們草原上陳兵打仗，阿爹調齊了人衝鋒，那聲勢也沒有這般浩大。起先我還能隱約聽見鳴玉坊中人的驚呼，還有前樓喧譁的聲音，到最後我覺得連四周的屋子都在微微晃動，斗拱上的灰簌簌地掉落下來，樓前什麼聲音都聽不見了，只有這蹄聲就像是最可怕的潮水，無窮無盡般湧過來，湧過來，像是沙漠中最可怕的颶風，帶著漫天的沙塵席捲而來，天地間的萬事萬物都逃不過，被這可怕的聲音淹沒在其中。

那刺客並不說話，而是橫劍逼迫著陛下，一步步往後退。

誰也不敢輕舉妄動，陛下卻突然喝道：「曾獻！殺了刺客！」

爲首的黑衣人原來叫曾獻，這個名字我聽說過，知道是神武軍中有名的都指揮使，武功蓋世，據說曾力敵百人。曾獻的肩頭亦在滴血，此時步步緊逼，那刺客劍鋒寒光閃閃，極是凜冽，架在陛下喉頭，相去不過數分，我急得背心裡全都是冷汗。李承鄞突然輕輕一笑，對那刺客道：「你知道我是什麼人？」

那刺客臉上蒙著布巾，只有一雙眼睛露在外頭，眼中並不透出任何神色，只是冷冷地看著李承鄞。

「現在神武軍馳援已至，外頭定然已經圍成鐵桶，你若是負隅頑抗，免不了落得萬箭穿心。你若是此時放下劍，我允你不死。」

刺客目光灼灼，似乎有一絲猶豫。李承鄞又道：「如若不放心，你以我爲人質，待你平安之後，你再放我回來便是了。」

我手心裡出了汗，連握在手中的劍都覺得有點兒打滑。我心一橫，從他身後站出來：「要當就讓我當人質，反正我一個弱女子，你也不怕我玩什麼花樣。等你覺得安全了，再放我回來便是。」

李承鄞狠狠瞪了我一眼，我毫不客氣地瞪了回去。我懂得他的意思，我也知道這不是玩耍，可是眼下這樣，教我眼睜睜看著刺客拿他當人質，我可不幹。

刺客仍舊不答話，只是冷冷地執劍而立，曾獻等人亦不敢逼迫太甚，雙方僵持不已。

李承鄞站在那裡一動也未動，外面那轟轟烈烈的聲音卻像是忽然又安靜下來，過了好久走廊上傳來腳步聲，有人正走過來。我背心裡全是冷汗，我在想是不是刺客的同黨。那腳步聲越來越近，越來越近，李承鄞忽然伸手握住我的手，他的掌心燥熱，可是我奇異般鎮定下來。也許只是因為知道他就在我身邊，便是再危險又如何？死便死罷！我突然豪氣頓生。可是好多人湧了進來，為首的人身著銀甲，看到雙方僵持，不免微微錯愕，可是旋即十分沉著地跪下行禮。他身上的鎧甲鏗鏘有聲，道：「臣尹魏救駕來遲，請陛下恕罪。」

「起來。」陛下雖然脖子上架著刺客的利劍，但聲音十分鎮定，「傳令全城戒嚴，閉九門。」

「是！」

「神武軍會同東宮的羽林軍，閉城大索，清查刺客同黨！」

「是！」

「不要走漏了消息，以免驚擾百姓。」

「是！」

「快去！」

「是！」

尹魏連行禮都沒有再顧及，立時就退出去了。我聽到他在走廊上低語數句，然後急促的腳步聲就由近而遠，好幾個人奔了出去。過了片刻他又重新進來，說道：「請殿下返東宮以定人心，這裡由臣來處置清理。」

李承鄞搖了搖頭，目光炯炯地看著刺客：「你放開父皇，我給你當人質。」他的手還反牽著我的手，我大叫：「不！我當人質！」

李承鄞回頭惡狠狠地瞪了我一眼：「閉嘴！」

從前他也同我吵架，可是從來不曾這樣窮凶極惡過。我雖然害怕，可是仍舊鼓足勇氣，大聲對刺客道：「要說尊貴，我可比這兩個男人尊貴多了，別瞧他們一個是天子，一個是太子，可是論到重要，再比不過我。你既然當刺客，必然知道我不僅是當朝的太子妃，而且是西涼的公主，爲兩邦永締萬世之好，我才嫁給李承鄞。你雖然挾持了陛下，但陛下性情堅韌，定不會受你的脅迫，定然強令太子殿下和這些神武軍立時將你碎屍萬段，你縱然大逆不道垂死掙扎刺殺了陛下，大不了太子登基，你除了一個死，沒別的下場。如果以殿下爲人質，陛下有十幾個兒子，殿下必然不會受你的脅迫，定然當著陛下強令這些神武軍立時將你碎屍萬段，陛下大不了另立太子，你除了一個死，亦沒別的下場。可是我就不一樣了，我不僅是太子妃，而且是西涼的公主，我要是死了，西涼必然會舉國而反，兩國交戰，生靈塗炭，所以陛下和殿下都絕不會讓我死，如果你以我爲人質，擔保你平平安安，可以全身而退。」

「胡說八道！」李承鄞大怒，「大敵當前，妳在這裡摻和什麼？來人！帶她回東宮去！」

我只牢牢盯住刺客：「我的話你好生想想，是也不是？」

不知道我到底哪句話打動了那刺客，過了好一會兒，他竟然緩緩點了點頭。

我大喜過望，說道：「放開陛下，我跟你走！」

刺客冷冷地瞧著我，終於開口道：「妳先過來。」他說話的聲音極怪，似乎是我當年剛學中原官話的時候，平仄起伏都沒有，說不出的難聽。不過事情緊迫，我也來不及多想，就在那兒跟刺客討價還價：「你先放開陛下。」

刺客並不再說話，而是將劍輕輕地往裡又收了一分，眼見就要割開陛下喉間那層薄薄的皮膚，我只得大叫：「別動，我先過去就是。」

李承鄞搶上來要攔住我，可是我「刷」地一劍刺向他，他不得已側身閃避，我已經幾步衝到刺客那邊去了。刺客一手抓住我，一手自然就微微一鬆，這時不知道從哪裡「嗖嗖」數聲，連珠箭併發，皆是從高處直向那刺客射來。那刺客身手也當真了得，身形以絕不可能的奇異角度一擰，揮劍將那些羽箭紛紛斬落，陛下趁機掙開他的控制，我提劍就向刺客刺去，可是他出手快如鬼魅，「刷」一下已經打落我的劍，就這麼緩得一緩，我已經張大了雙臂整個人撲上去，在電光石火的一瞬間，已經觸到陛下的身體，狠狠就將他推開去。

陛下被我推得連退數步，曾獻立時就抓著了陛下的胳膊，將他扯出了刺客的劍光所指。而刺客冰冷的手指已經捏住了我的喉頭，比他手更冷的是他的劍，立時就橫在了我頸中。

「小楓！」

我聽見李承鄞叫了我一聲，我回過頭，只看到他的臉，還有他眼睛中的淒慘神色。

我想我會永遠記著他的臉，如果我死了。我知道陛下和他都絕不會放走刺客，我沒有那麼重要，西涼也沒有那麼重要。剛才我說的那一套話，我和他心裡都明白，那是騙人的。

神武軍圍上來護著陛下與李承鄞，我對著李承鄞笑了笑，雖然我知道自己笑得一定很難看，可是我盡力還是咧開了嘴，如果這是最後一面，我才不要哭呢，我要他記著我笑的樣子。

我嘴唇翕張，無聲地說出：「放箭。」

我知道神武軍定然已經在四面高處埋伏下了箭手，只要此時萬箭齊發，不怕不把刺客射成刺蝟。這個人武功這麼高，殺了這麼多的人，又一度挾持陛下，如若不立時除去，定然是心腹大患。

李承鄞卻像壓根兒沒看到我的唇語似的，陛下沉聲道：「不要妄動！」

我沒想到陛下會這樣下令，刺客森冷的劍鋒還橫在我喉頭，李承鄞從曾獻手中接過一支羽箭，厲聲道：「你若是敢傷我妻子半分，我李承鄞窮盡此生，也必碎裂你每一寸皮肉，讓你菹醢而死！你立時放了她，我允你此時可以安然離去，言出必行，有如此箭！」說完李承鄞將羽箭「喀嚓」一聲折成兩斷，將斷箭扔在刺客足下，喝道：「放人！」

刺客似乎冷笑了一聲，旋即掉轉劍柄，狠狠敲在我腦後，我只覺得眼前一黑，就暈過去了。

醒過來的時候，卻是又冷又餓，而且手被綁著，動也動不了。我半晌才想起來，刺客拿著我當人質，李承鄞折箭起誓要他放人。那麼現下我是在哪裡呢？現在天已經亮了，我睜眼能看到的就是樹枝，密密的松柏遮去大片藍天，不知道我到底昏了多久，也不知道刺客往哪裡去了，更不知道這是什麼地方。

耳邊有流水的聲音，風吹過來越發冷得我直哆嗦，我雖然動彈不了，可是能移動眼珠，能看到左邊臉旁是一蓬枯草，右邊臉畔卻是一堆土石。再遠的地方就看不到了，我腹中饑餓，不免頭暈眼花，心想上京城裡這麼大，神武軍就算閉城大索，等他們一寸一寸地搜過來，沒有幾日只怕也是不行的。若是等不到神武軍搜尋而來，我便就此餓死了，那也眞是太可憐了。

正在這樣想的時候，突然一角衣袍出現在我左邊，我斜著眼睛看了半晌，認出正是昨晚那個蒙面的刺客穿的袍子，沒想到他還沒有撇下我遠走高飛。也許是因爲九城戒嚴，神武軍和羽林軍搜查得太厲害，所以他還帶著我當護身符。這個人武功高強，殺人如麻，而且竟敢脅迫天子，明顯是個亡命之徒。現在我落在他手裡，不知道他會怎麼樣折磨我，想到這裡我說不出的害怕。可是害怕歸害怕，心裡也明白害怕是沒有用的，只得自欺欺人閉上眼睛，心一橫，要殺要剮隨他去了。

過了許久我沒聽到動靜，卻忽然聞到一陣陣誘人的香氣，我本來想繼續閉著眼睛，可是那香氣委實誘人，我終於忍不住偷偷睜開眼。原來就在我臉旁擱著一包黃耆羊肉，這種東西，別說在東宮，就是街市上也只不過是平常吃食，可我昨天睡了一天，又連晚飯都沒有吃過，今日更不知昏了有多久，早就腹饑如火。這包羊肉擱在我旁邊，一陣陣的香氣直衝到鼻子裡來，委實讓我覺得好生難受。

尤其是我肚子還不爭氣，咕嚕咕嚕地亂叫。

可是我手被綁著，若叫我央求那個刺客……哼！我們西涼的女子，從來不會在敵人面前墮了這樣的顏面。

沒想到沒等我央求，那個刺客突然將我手上的繩索挑斷了，我掙扎著爬起來，這才仔細地打量那個刺客。他仍舊蒙著臉，箕坐在樹下，抱著劍冷冷看著我。

這裡似乎是河邊，因爲我聽到流水的聲音。四處都是枯黃的葦草，遠處還有水鳥淒厲的怪叫，風吹過樹林，甚是寒意砭人。我看著那包羊肉，暗自呑了口口水，卻慢慢活動著手腕，心裡琢磨怎麼樣才能逃走。這個刺客給我吃食，想必一時半會兒不會殺我，他定然是有所忌憚，可是怎麼樣從他身邊逃走，以他這麼高的武功，只怕連阿渡都不是他的對手。

那個刺客似乎知道我在想什麼，說道：「逃，挑腳筋。」他說話甚是簡短，依舊沒有音調起伏，聽上去十分怪異，可是我還是聽懂了。他這是說，我要是敢逃，他就會挑斷我的腳筋。我才不怕呢，我斜睨著衝他扮了個鬼臉。那句話怎麼說來著，生死由命，富貴在天，既然已經如此，不如先吃羊肉，免得在旁人來救我之前我已經餓死了。

這麼一想我就捧起羊肉來，開始大快朵頤。也不知道是不是我餓極了，這羊肉吃起來竟有幾分像是內宮御廚做的味道，好好吃，眞好吃，太好吃了！人一餓啊，什麼都覺得好吃，何況還是黃耆羊肉。我吃得津津有味，那個刺客終於忍不住冷笑一聲。

我一邊大嚼羊肉，一邊說道：「我知道你在笑什麼……不就是笑我堂堂太子妃，吃相如此難看？切，我吃相難不難看，與你這草寇何干？再說我們西涼的女子，從來不拘小節。你把我擄到這裡來，別以爲給我吃羊肉我就可以饒過你，告訴你，你這次可闖大禍了。我阿爹是誰你知道麼，我們西涼的男兒若知道你綁了我，定然放馬來把你踏成肉泥。你要是想保住小命，這輩子就乖乖縮在玉門關內，省得一踏上我們西涼的地界，就被萬馬踩死。不過即使你待在玉門關內，只怕也保不住小命，因爲我的父皇，你也曉得他是當今天子，天子一怒，伏屍百萬、血流千里，你惹誰不好啊，偏偏要惹皇帝。還有我丈夫李承鄞，乃是當今太子，太子你懂麼？就是將來要做皇帝的人。他要是生起氣來，雖然比不上天子之怒，可是把你斬成肉醬，那也是輕而易舉……」

我興沖沖地吃著羊肉，連嚇唬帶吹牛，滔滔不絕地說了半晌，那刺客應也不應我，我把羊肉都吃完了，他還是一聲不吭，甚是沒趣。我看他穿著普通的布袍，懷裡的寶劍也沒有任何標記，身分來歷實在看不出來，也不知道他爲什麼會去挾持陛下。想到這裡，我突然記起一件事來。

前面有孫二鬧事，後面就有刺客挾制天子，若說這二者之間沒任何關係，打死我也不信。可是孫二那樣的無賴怎麼會認識武功絕世的刺客……我骨碌碌轉著眼睛，極力思索這中間可能的線索。刺客目光冷冷地瞧著我，瞧著我我也不怕，陛下那裡什麼樣的人才沒有啊？就算是李承鄞也不笨，他定然會從潑墨門想到鬧事的孫二，然後從孫二身上著手追查刺客。

刺客武功高絕，來去無蹤，難以追查。但那孫二可是有名的潑皮，坊間掛了號，那潑皮生長在京畿，五親六眷都在上京，跑得了和尚跑不了廟，只要拿住了孫二，不愁沒有蛛絲馬跡。只要有蛛絲馬跡，遲早就可以救我脫離魔掌。

這個刺客孤身一人單挑神武軍頂尖高手，叱吒風雲差點就天下無敵，一定大有來頭。可是這麼一個人下手之前，爲了避開坊中衆人的耳目，指使了個孫二去鬧事，這一鬧不要緊，把我和李承鄞也引到了前樓，如果當時我們沒有被引開，會不會也稀裡糊塗被刺客殺了呢……想到這裡我打了個寒噤，突然覺得這麼多年我平安活到今日實屬不易。若不是阿渡護著我，可是阿渡……我跳起來，瞪著那刺客：「你是不是殺了阿渡？」

刺客並不答話，只是冷冷瞧著我。

我想起自己在此人面前可以算得上手無縛雞之力，但是如果他眞的殺了阿渡，我怎麼也要跟他拚了。我狠狠瞪了他一眼，心裡琢磨阿渡武功甚好，這個刺客雖然比她武功更好，但如果要殺她，不至於身上一點傷也沒有，阿渡同我一樣，就算是死也要跟對方來個玉石俱焚，怎麼也要在他身上留下幾處傷口。他能夠全身而退，定然阿渡沒死。我想了想，覺得這理由太薄弱，於是又去猜測這個刺客的性格，老實說短短片刻，我也琢磨不出來。所以我心裡七上八下，只惦著阿渡。

這個時候那個刺客卻拔出劍來，指著我，淡淡地道：「既然吃飽了，上路。」

原來那個羊肉是最後一頓，就像砍頭前的牢飯，總會給犯人吃飽。我心中竟然不甚懼怕，因爲明知道求饒亦無用。我挺了挺胸膛，說道：「要殺便殺，反正我阿爹一定會替我報仇的。還有我父皇，還有李承鄞……還有阿渡，阿渡要是活著，定然會砍下你的腦袋，然後把你的頭骨送給我父王作酒碗。」

那刺客冷冷瞧著我，我突然又想起一個人來，得意洋洋地告訴他：「還有！有一個絕世高手是我的舊相好，你如果殺了我，我保證他這輩子也不會饒過你。我那個相好劍法比你還要好，出手比你還要快，他的劍就像閃電一樣，隨時都會割了你的頭，你就等著吧！」

那刺客根本不為我的話所動，手中的長劍又遞出兩分。我歎了口氣，吃飽了再死，也算是死而無憾，只可惜死之前我還不知道阿渡的安危如何。

那刺客聽我歎氣，冷冷地問：「妳還有何遺言？」

「遺言倒沒有。」我忍不住又歎了口氣，「要殺便痛快點就是了。」

那刺客冰冷的眼珠中似乎沒有半分情緒，說道：「妳情願為妳的丈夫而死，倒是個有情有義的女子，妳放心，我這一劍定然痛快。」

我卻忍不住叫道：「誰說我是為我的丈夫而死！這中間區別可大了！你挾持的是陛下，他可不是我丈夫！至於我丈夫麼……我欠他一劍，只能還他就是了。」

那刺客手腕一動，便要遞出長劍，我突然又叫：「且慢！」

那刺客冷冷瞧著我，我說道：「反正我是要死了，能不能摘下你的面巾，讓我瞧瞧你長得什麼樣子。省得我死了之後，還是個稀裡糊塗的鬼，連殺我的人是誰都不知道，想化為厲鬼祟人，都沒了由頭。」

我這句話甚是瞎扯，那刺客明顯不耐煩了，又將劍遞出幾分。我又大叫：「且慢！臨死之前，能不能讓我用篳篥吹首曲子。我們西涼的人，死前如果不能吹奏一曲，將來是不能進入輪迴的。」

我壓根兒都沒指望他相信我的胡說八道，誰知這刺客竟然點了點頭。

我腦中一團亂，可想不出來主意如何逃走，只能拖延一刻是一刻。我在袖中摸來摸去，裝作找簪藥，卻暗暗摸到了一樣東西，突然一下子就抽出來，揚手向刺客臉上灑去。

我摸到的東西是燕脂，那些紅粉又輕又薄，被風一吹向刺客臉上飄去。這東西奇香無比，刺客定然以爲是什麼毒粉迷藥，不過此人當眞了得，手一揮那些脂粉就被他袖上勁風所激，遠遠被揚出一丈開外，別說不是毒藥，便是毒藥只怕也沾不到他身上半分。不過我要的就是他這一揮，他這一揮我便趁機彈出另一樣東西，那是只鳴鏑，遠遠飛射上天，發出尖銳的哨音。

我可沒有騙他。我眞有一個舊相好，雖然我記不得跟他相好的情形了，可那個舊相好眞是當今的絕世高手，他給我這支鳴鏑，我只用過一次，是爲了救阿渡。現在我自己危在旦夕，當然要彈出去，讓他快些來救我。

好久沒有見到顧劍，不知道他能不能及時趕來，我急得背心裡全是汗，刺客卻並不理睬那只彈上空去的鳴鏑，而是一探手就抓住了我的腰帶，將我整個人倒提起來。我雖然不胖，可是也是個人，那刺客倒提著我，竟然如提嬰兒。他左手用力一擲，居然將我遠遠拋出。

我像只斷了線的風箏，在空中劃出一道弧線，身不由己直墜下去，我手忙腳亂想要抓住什麼，可是只有風。沒等我反應過來，只聽「撲通」一聲，四周冰冷的水湧上來，原來刺客這一擲，竟然將我擲進了河裡。

我半分水性也不識，刺客這一擲又極猛，我深深地落進了水底，四周冰冷刺骨的水湧圍著，頭頂上也全是碧藍森森的水，我只看到頭頂的一點亮光……我「咕嘟」喝了一口水，想起上次在河裡救人，還是阿渡救起我，然後在萬年縣打官司，那個時候的裴照，輕袍緩帶，眞的是可親可愛。

我都詫異這時候我會想到裴照，但我馬上又想到李承鄞，沒想到我和李承鄞終究還是沒緣分，在我很喜歡他，他也很喜歡我的時候……如果他一點兒也不喜歡我，也不會當著眾人的面，對刺客折箭發誓吧？只是我和他到底是沒有緣分，幸好還有趙良娣，我從來不曾這樣慶幸，還有趙良娣。這樣如果我死了，李承鄞不會傷心得太久，他定會慢慢忘了我，然後好好活著。

水不斷地從我的鼻裡和嘴巴裡湧進去，我嗆了不知道多少水，漸漸覺得窒息……頭頂上的那抹光亮也越來越遠，我漸漸向水底沉下去。眼前慢慢地黑起來，似乎有隱約的風聲從耳邊溫柔地掠過，那人抱著我，緩緩地向下滑落……他救了我，他抱著我在夜風中旋轉……旋轉……慢慢地旋轉……滿天的星辰如雨點般落下來……天地間只有他凝視著我的雙眼……

那眼底只有我……

我要醉了，我要醉去，被他這樣抱在懷裡，就是這個人啊……我知道他是我深深愛著，他也深深愛著我的人，只要有他在，我便是這般的安心。

我做過一遍又一遍的夢境，只沒有想過，我是被淹死的……

而且，沒有人來救我。

我夢裡的英雄，沒能來救我。

李承鄞，他也沒能來救我。

變化

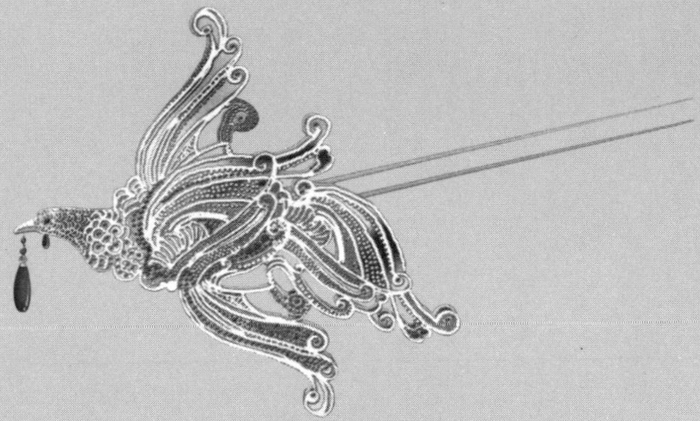

我像只秤砣一般，搖搖擺擺，一直往下沉去……沉去……

也不知道過了多久，彷彿已經很多年後，又彷彿只是一夢初醒，胸口的壓痛讓我忍不住張開嘴，「哇」地吐出一灘清水。

我到底喝了多少水啊……吐得我都精疲力竭了。

我把一肚子的水吐得差不多了，這才昏昏沉沉躺在那裡，刺眼的太陽照得我睜不開眼睛，我用盡力氣偏過頭，看到臉畔是一堆枯草，然後我用盡力氣換了個方向，看到臉畔是一堆土石。

刺客的袍角就在不遠處，哎，原來白淹了一場，還是沒死，還是刺客，還是生不如死地被刺客挾制著。

我實在沒力氣，一說話嘴裡就往外頭汩汩地冒清水，我有氣無力地說：「要殺要剮……」

刺客沒有答腔，而是用劍鞘撥了撥我的腦袋，我頭一歪就繼續吐清水……吐啊吐啊……我簡直吐出了一條小溪……

我閉上了眼睛。

昏然地睡過去了。

夢裡似乎是在東宮，我與李承鄞吵架。他護著他的趙良娣，我狠狠地同他吵了一架。他說：「妳以爲我稀罕妳救父皇麼？別以爲這樣我就欠了妳的人情！」我被他氣得吐血，我說我才不要你欠我什麼人情呢，不過是一劍還一劍，上次你在刺客前救了我，這次我還給你罷了。我嘴上這樣說著，心裡卻十分難過，竟然流下淚來。我流淚不願讓他瞧見，所以伏在薰籠上，那薰籠眞熱啊，我只伏在那裡一會兒，就覺得皮肉筋骨都是灼痛，痛得我十分難受。

我抬了抬眼皮子，眼睛似乎是腫了，可是臉上眞熱，身上倒冷起來，一陣涼似一陣，冷得我牙齒格格作響。是下雪了麼？我問阿渡，阿渡去牽我的小紅馬，阿爹不在，我們正好悄悄溜出去騎馬。雪地裡跑馬可好玩了，凍得鼻尖紅紅的，沙丘上不斷地有雪花落下來，芨芨草的根像是阿爹的鬍子，彎彎曲曲有黑有白……阿爹知道我跑到雪地裡撒野，一定又會罵我了……

李承鄞沒有見過我的小紅馬，不知道牠跑得有多快……爲什麼我總是想起李承鄞呢，他對我又不好……我心裡覺得酸酸的，不，他也不算對我不好，只是我希望他眼裡唯一的人就是我……但他偏偏有了趙良娣……李承鄞折斷了那支箭，我想起他最後倉促地叫了我一聲，他叫：「小楓……」如果我沒辦法活著回去，他一定也會有點傷心吧……就不知道他會傷心多久……

我用盡力氣睜開眼睛，發現自己不是在河邊草窠裡了，而是在一間不大的屋子裡，外頭有月光疏疏地漏進來，照得屋子裡也不算太黑，今天應該是上元節了啊……十里燈華，九重城闕，八方煙花，七星寶塔，六坊不禁，五寺鳴鐘，四門高啓，三山同樂，雙往雙歸，一派太平……應該是多繁華多熱鬧的上元節啊……現在這熱鬧跟我一點兒關係都沒有了……我盼了一年的上元燈節，結果這熱鬧都沒有趕上……我全身發冷，不斷地打著寒顫，才發現自己身上竟然裹著一襲皮裘。雖然這皮子只是尋常羊皮，但是絨毛纖彎，應該極保暖，只是我終於知道自己是在發燒，那皮裘之外還蓋著一床錦被，但我仍舊不停地打著寒顫。

我的眼睛漸漸適應黑暗，這屋子裡堆滿了箱籠，倒似是一間倉房。那個刺客就坐在不遠處，看我緩緩地醒過來，他不聲不響地將一只碗擱在我手邊。我碰到了那只碗，竟然是燙的。

他的聲音還是那種怪腔調，我虛脫無力，根本連說話都像蚊子哼哼：「我……」

「薑湯。」

我拿不起那只碗。

我就害過一回病，那次病把我折騰得死去活來，現在我終於又害了一次病，平常不病就是要不得，一病竟然就這樣。我試了兩次，都手腕發痠，端不起那碗。

我都沒指望，也懶得去想刺客爲什麼還給我弄了碗薑湯，這裡又是哪裡。可是總比河邊暖和，這屋子雖然到處堆滿了東西，但畢竟是室內，比風寒水湍的河邊，何止暖和十倍。

刺客走過來端起那碗薑湯，將我微微扶起，我喉頭劇痛，也顧不了這許多了，一手扶著碗，大口大口吞嚥著薑湯。湯汁極其辛辣，當然非常難喝，可是喝下去後整個人血脈似乎都開始重新流動，我突然嗆住了。

我咳得面紅耳赤，本來扶著碗的手也拿捏不住似的，不斷地抖動。那刺客見我如此，便用一隻手端著碗，另一隻手在我背上拍了拍，我慢慢地緩了一口氣，突然一伸手就以迅雷不及掩耳之勢，扯下了他臉上蒙的布巾。

本來以他的身手，只要閃避就可以避開去的，可是他若是閃避，勢必得放手，而他一放手，我的後腦勺就會磕在箱子上。我原本是想他必然閃避，然後我就可以打碎瓷碗，說不定趁亂可以藏起一片碎瓷，以防萬一。沒想到他竟然沒有放手閃避，更讓我萬萬沒有想到的是，布巾扯掉後的那張臉。

我呆呆地瞧著他，月光皎潔，雖然隔著窗子透進來，但我仍舊認識他。

顧劍！

怎麼會是他？

我全身的血液似乎都湧到了頭頂，我問：「爲什麼？」

他並沒有回答我，而是慢慢放下那只碗。

我又問了一遍：「爲什麼？」

爲什麼會是他？爲什麼他要去挾持陛下？爲什麼他不惜殺了那麼多人？爲什麼他要擄來我？爲什麼？這一切是爲什麼？

我眞是傻到了極點，天下有這樣的武功的人會有幾個？我怎麼就沒有想到，以刺客那樣詭異的身手，天下會有幾個這樣的人？

我還傻乎乎地射出鳴鏑，盼著顧劍來救我。

阿渡生死不明，顧劍是我最後的希望，我還盼著他能來救我。

爲什麼？

他淡淡地說：「不爲什麼。」

「你殺了那麼多人！」我怒不可遏，「你到底是想要做什麼？爲什麼要挾持陛下？」

顧劍站起來，窗子裡漏進來的月光正好照在他的肩上，他的聲調還是那樣淡淡的：「我想殺便殺，妳如果覺得不忿，我也沒有什麼好說的。」

「你把阿渡怎麼樣了？」我緊緊抓著他的袖子，「你若是敢對阿渡不利，我一定殺了你替她報仇。」

顧劍道：「我沒殺阿渡，信與不信隨便妳。」

我暫且鬆了口氣，放軟了聲調，說道：「那麼你放我回去吧，我保證不對人說起，只作是我自己逃脫的。」

顧劍忽然對我笑了笑：「小楓，爲什麼？」

我莫名其妙：「什麼爲什麼？」

「爲什麼你待李承鄞那麼好？他到底有什麼好的？他……他從來就是利用妳。尤其現在他娶了一個女人又一個女人，妳常常被那些女人欺負，連他也欺負妳，將來他當了皇帝，會有更多的女人，會有更多的人欺負妳。妳爲什麼待李承鄞那麼好？難道就是因爲西涼，妳就犧牲掉自己一輩子的幸福，守在那冷冷清清的深宮裡？」

我怔了怔，說道：「西涼是西涼，可是我已經嫁給他了，再說他對我也不算太差……」

「他怎麼對妳不差？他從前一直就是利用妳。妳知道他在想什麼嗎？妳知道他在算計什麼嗎？小楓，妳鬥不贏，妳鬥不贏那些女人，更鬥不贏李承鄞。現在他們對西涼還略有顧忌，將來一旦西涼對中原不再有用處，妳根本就鬥不贏。」

我歎了口氣，說道：「我是沒那麼多心眼兒，可是李承鄞是我的丈夫，我總不能背棄我的丈夫。」

顧劍冷笑：「那如果是李承鄞背棄妳呢？」

我打了個寒噤，說：「不會的。」

第一次遇上刺客，他推開我；第二次在鳴玉坊，他攔在我前頭。每次他都將危險留給自己，李承鄞不會背棄我的。

顧劍冷笑道：「在天下面前，妳以為妳算得了什麼——一個人如果要當皇帝，免不了心硬血冷。別的不說，我把妳擄到這裡來，妳指望李承鄞會來救妳麼？妳以為他會急著來救妳麼？可今天是上元，金吾禁馳，百姓觀燈。為了粉飾太平，上京城裡仍舊九門洞開，不禁出入。妳算什麼——妳都不值得李家父子不顧這上元節……他們還在承天門上與民同樂，哪顧得了妳生死未卜。我若是真刺客，就一刀殺了妳，然後趁夜出京，遠走高飛……再過十天八天，羽林軍搜到這裡，翻出妳的屍體，李承鄞亦不過假惺惺哭兩聲，就把他的什麼趙良娣立為太子妃，誰會記得妳，妳還指望他記得妳？」

我低著頭，並不說話。

顧劍拉起我的手：「走吧，小楓，跟我走吧。我們一起離開這裡，遠離那個勾心鬥角的地方，我們到關外去，一起放馬、牧羊……」

我掙脫了他的手，說道：「不管李承鄞對我好不好，這是我自己選的路，也是阿爹替西涼選的路，我不能半道逃走，西涼也不能……」我看著他，「你讓我走吧。」

顧劍靜靜地瞧著我，過了好一會兒，才斷然道：「不行。」

我覺得沮喪極了，也累極了，本來我就在發燒，喉嚨裡像有一團火似的。現在說了這麼多的話，我覺得更難過了，全身酥軟無力，連呼吸都似乎帶著一種灼痛。我用手撫著自己的喉嚨，然後慢慢地退回箱子邊去，有氣無力地倚在那裡。

他本來還想對我說什麼，但見我這個樣子，似乎有些心有不忍，於是將話又忍回去，只問我：「妳想不想吃什麼？」

我搖了搖頭。

他卻不洩氣，又問：「問月樓的鴛鴦炙，我買來給妳吃，好不好？」

我本來搖了搖頭，忽然又點了點頭。

他替我將被子掖得嚴實些，然後說道：「那妳先睡一會兒吧。」

我闔上眼睛，沉沉睡去。

大約一炷香工夫之後，我重新睜開眼睛。

屋子裡依舊又黑又靜，只有窗櫺裡照進來淡淡的月光，朦朧地映在地下。我爬起來看著月亮，月色皎潔如銀，今天是正月十五，上元佳節，月亮這麼好，街上一定很熱鬧吧。

我裹緊了皮裘，走過去搖了搖門，門從外頭反鎖著，打不開。我環顧四周，這裡明顯是一間庫房，只有牆上很高的地方才有窗子，那些窗子都是爲了透氣，所以築得極高，我伸起手來也觸不到。

不過辦法總是有的，我把一只箱子拖過來，然後又拖了一只箱子疊上去，這樣一層層壘起來，彷若巨大的台階。那些箱子裡不知道裝的是什麼，幸好不甚沉重。可是我全身都發軟，手上也沒什麼力氣，等我把幾層箱子終於壘疊到了窗下，終究是累了一身大汗。

我踩著箱子爬上去，那窗櫺是木頭雕花的，掰了一掰，紋絲不動，我只得又爬下來，四處找稱手的東西，打開一只箱子，原來箱子裡裝的全是綾羅綢緞。不知道哪家有錢人，把這麼漂亮的綢緞全鎖在庫房裡，抑或這裡是綢緞莊的庫房。我可沒太多心思胡思亂想，失望地關上箱子，最後終於看到那只盛過薑湯的瓷碗。

我把碗砸碎了，選了一個稜角鋒利的碎片，重新爬上箱子去鋸窗櫺。那麼薄的雕花窗櫺，可是鋸起來真費勁，我一直鋸啊鋸啊……把手指頭都割破了，流血了。

我突然覺得絕望了，也許顧劍就要回來了，我還是出不去。他雖然不見得會殺我，可是也許他會將我關一輩子，也許我將來永遠也見不著阿渡，見不著李承鄞了。

我只絕望了一小會兒，就打起精神，重新開始鋸那窗櫺。

也不知道過了有多久，終於聽到「喀嚓」一聲輕響，窗櫺下角的雕花終於被我鋸斷了。我精神大振，繼續鋸另一角，兩只角上的雕花都鋸斷了之後，我用力往上一掰，就將窗櫺掰斷了。

我大喜過望，可是這裡太高了，跳下去只怕要跌斷腿。我從箱子裡翻出一匹綢子，將它一端壓在箱子底下，然後另一端拋出了窗子。我攀著那綢帶，翻出了窗子，慢慢往下爬。

我手上沒有什麼力氣了，綢帶一直打滑，我只得用手腕挽住它，全身的重量都吊在手腕上，綢帶勒得我生疼生疼，可是我也顧不上了。我只擔心自己手一鬆就跌下去，所以很小心地一點一點地放，一點一點地往下降。到最後腳尖終於觸到地面的時候，我只覺得腿一軟，整個人就跌滾下來了。

幸好跌得不甚痛，我爬起來，剛剛一直起身子，突然看到不遠處站著一個人。

顧劍！

他手裡還提著食盒，正不動聲色地看著我。

我只好牽動嘴角，對他笑了笑。

然後，我馬上掉頭就跑。

沒等我跑出三步遠，顧劍就將我抓住了，一手扣著我的腕脈，一手還提著那食盒。

我說：「你放我走吧，你把我關在這裡有什麼用？我反正不會跟你走的。」

顧劍突然冷笑了一聲，說道：「放妳走也行，可是妳先跟我去一個地方，只要妳到了那裡還不改主意，我就放妳走。」

我一聽便覺得有蹊蹺，於是警惕地問：「什麼地方？」

「妳去了自然就知道了。」

我狐疑地瞧著他，他說：「妳若是害怕就算了，反正我也不願放妳走，不去就不去。」

有什麼好怕的，我大聲道：「你說話算話？」

顧劍忽然笑了笑：「只要妳說話算話，我便說話算話。」

我說：「那可等什麼，快些走吧。」

顧劍卻又頓了一頓，說：「妳不後悔？」

「有什麼好後悔的。」我念頭一轉，「你也沒準會後悔。」

顧劍笑了笑，說：「我才不會後悔呢。」

他放下食盒，打開盒蓋，裡面竟然眞的是一盤鴛鴦炙。他道：「妳先吃完了我們再去。」

我本來一點胃口都沒有，可是看他的樣子，不吃完肯定不會帶我走，所以我拿起筷子就開始吃那盤鴛鴦炙。說實話我嗓子非常疼，而且嘴裡發苦，連舌頭都是木的，鴛鴦炙嚼在口中，眞的是一點兒味道都沒有。可是我還是很快就吃完了，把筷子一放，說：「走吧。」

顧劍卻看著我，問我：「好吃嗎？」

我胡亂點了點頭，他並沒有再說話，只是抬頭瞧了瞧天邊的那輪圓月，然後替我將皮裘拉起來，一直掩住我的大半張臉，才說：「走吧。」

顧劍的輕功眞是快，我只覺得樹木枝葉從眼前「刷刷」地飛過，然後在屋頂幾起幾落，就轉到了一堵高牆之下。

看著那堵牆，我突然覺得有點兒眼熟。

顧劍將我一拉，我就輕飄飄跟著他一起站上了牆頭。到了牆頭上我忍不住偷偷左顧右盼了一番，這一看我就傻了。

牆內皆是大片的琉璃瓦頂，斗拱飛簷，極是宏偉，中間好幾間大殿的輪廓我再熟悉不過，因爲每次翻牆的時候我總是首先看到它們。我張口結舌，東宮！這裡竟然是東宮！我們剛剛出來的地方，就是東宮的宮牆之內。

顧劍看著我呆若木雞，於是淡淡地道：「不錯，剛才我們一直在東宮的庫房裡。」

我咬住自己的舌尖不說話，我悔死了，我應該從窗子裡一翻出來就大叫大嚷，把整個東宮的羽林軍都引過來，然後我就安全了。顧劍本事再大，總不能從成千上萬的羽林軍中再把我搶走……我真是悔死了。

可是現在後悔也沒有用了。顧劍拉著我躍下高牆，然後走在人家的屋頂上，七拐八彎，又從屋頂上下來，是一戶人家的花園，從花園穿出來，打開一扇小門，整個繁華的天地，轟然出現在了我的面前。

每到這一夜，到處都是燈，到處都是人，到處都是歡聲笑語。幾乎全天下所有人都湧上街頭，幾乎全天下所有的燈都掛在了上京街頭。遠處墨海似的天上，遠遠懸著一輪皓月，像是一面又光又白的鏡子，低低的；又像是湯碗裡浮起的糯米丸子，白得都發膩，咬一口就會有蜜糖餡流出來似的。月色映著人家屋瓦上薄薄的微霜，越發顯得天色清明，可是並不冷，晚風裡有焰火的硝氣、姑娘們身上脂粉的香氣、各色吃食甜絲絲的香氣……夾雜著混合在一起，是上元夜特有的氣息……街坊兩旁鋪子前懸滿了各色花燈，樹上掛著花燈，坊間搭起了竹棚，棚下也掛滿了燈。處處還有人舞龍燈，舞獅燈，舞船燈……

我和顧劍就走進這樣的燈海與人潮裡，只覺得四面八方都是人，都是燈。我們從洶湧的人流中走過去，那一盞盞燈在眼前，在身後，在手邊，在眉上……一團團光暈，是黃的，是粉的，是藍的，是紫的，是紅的，是綠的……團團彩暈最後看得人直發暈。尤其是跑馬燈，一圈圈地轉，上頭是刺繡的人物故事；還有波斯的琉璃燈，眞亮啊，亮得晃人眼睛；架子燈，一架子排山倒海似的燈組成巨大的圖案字跡；字謎燈，猜出來有彩頭；最爲宏大的是九曲燈，用花燈組成黃河九曲之陣，人走進花燈陣裡，很容易就迷了路，左轉不出來，右轉不出來……據說是上古兵法之陣，可是左也是燈，右也是燈，陷在燈陣裡人卻也不著急，笑吟吟繞來繞去……

這樣的繁華，這樣的熱鬧，要是在從前，我不知要歡喜成什麼樣子。可是今天我只是低著頭，任由顧劍抓著我的手，默默地從那些燈底下走過去。街頭亂哄哄地鬧成一團，好多人在看舞龍燈，人叢擠得委實太密，顧劍不由得停了下來。那條龍嘴裡時不時還會噴出銀色的焰火，所有人都嘖嘖稱奇。突然那龍頭一下子探到我們這邊，「砰」地噴出一大團焰火，所有人驚呼著後退，那團火就燃在我面前，我嚇得連眼睛都閉上了，被人潮擠得差點往後跌倒，幸得身後的顧劍及時伸手扶住我，我睜開眼睛的時候才發現他將我半摟在自己懷裡，用袖子掩著我的臉。

我不作聲，只是用力掙開他的手，幸得他也沒有再勉強我，只是抓著我的胳膊繼續往前走。剛剛過了南市街，突然聽到呼哨一聲，半空中「砰」的一響，所有人盡皆抬起頭，只見半邊天上盡是金光銀線，交錯噴出一朵碩大的花，映得一輪明月都黯然失色。原來是七星塔上開始鬥花了。

七星塔上便像是堆金濺銀一般，各色焰火此起彼伏，有平地雷、牡丹春、太平樂、百年歡等種種花樣，一街的人盡仰頭張望，如癡如狂。顧劍也在抬頭看鬥花，春夜料峭的寒風吹拂著他的頭巾，我們身後是如海般的燈市，每當焰火亮起的時候，他的臉龐就明亮起來，每當焰火暗下去的時候，他的臉龐也隱約籠入陰影裡。在一明一暗的交錯中，我看著他。

其實我在想，如果我這個時候逃走，顧劍未見得就能追得上我吧，街上有這麼多人，我只要逃到人群裡，他一定會找不到我了。

可是他抓著我的胳膊，抓得那樣緊，那樣重，我想我是掙不開的。

街兩邊連綿不絕的攤鋪上，叫賣著雪柳花勝春幡鬧蛾兒，金晃晃顫巍巍，一眼望過去讓人眼睛都花了，好不逗人喜歡。我耷拉著眼皮，根本都不看那些東西。偏偏有個不長眼的小販攔住了我們，興沖沖地向顧劍兜售：「公子，替你家娘子買對花勝吧！你家娘子長得如此標緻，再戴上我們這花勝，簡直就是錦上添花，更加好看！十文錢一對，又便宜又好看！公子，揀一對花勝吧！」

顧劍手一揮，我以爲他要揮開那名小販，誰知道他竟然挺認眞地挑了兩支花勝，然後給了那小販十文錢。

他說：「低頭。」

我說：「我不喜歡這些東西。」他卻置若罔聞，伸手將那花勝簪到我髮間。簪完了一支，然後又簪上另一支。

因爲隔得近，他的呼吸噴在我臉上，暖暖的、輕輕的，也癢癢的。他身上有淡淡的味道，不是我日常聞慣了的龍涎香沉水香，而是說不出的一種淡淡香氣，像是我們西涼的香瓜，清新而帶著一種涼意。戴完之後，顧劍拉著我的手，很認眞地對著我左端詳，右端詳，似乎唯恐簪歪了一點點。我從來沒被他這麼仔細地看過，所以覺得耳朵根直發燒，非常地不自在，只是催促他：

「走吧。」

其實我並不知道他要帶我到哪裡去，他似乎也不知道，我們在繁華熱鬧的街頭走走停停，因爲人委實太多了。人流像潮水一般往前湧著，走也走不快，擠也擠不動。

一直轉過最後一條街，筆直的朱雀大街出現在眼前。放眼望去，承天門外平常警蹕的天街，此時也擠滿了百姓，遠處則是燈光璀璨的一座明樓。

我有點兒猜到他要帶我到什麼地方去了，忽然就覺得害怕起來。

「怎麼？不敢去了？」顧劍還是淡淡地笑著，回頭瞧著我，我總覺得他笑容裡有種譏誚之意，我第一次看見他的時候，他的笑根本不是這樣子的。那時候他穿著一身月白袍子，站在街邊的屋簷底下，看著我和阿渡在街上飛奔。

爲什麼現在會變成這個樣子呢？

我自欺欺人地說道：「你到底想怎麼樣？」

「哀莫大於心死。」他的口氣平淡，像是在說件小事，「我心死了，所以想叫妳也死心一回。」

我沒有仔細去聽他說的話，只是心不在焉地望著遠處的那座高聳的城樓。那就是承天門，樓上點了無數盞紅色紗燈，夾雜著大小各色珠燈，整座樓台幾乎是燈綴出的層疊明光，樓下亦簇圍著無數明燈，將這座宮樓城門輝映得如同天上的瓊樓玉宇。走得越近，看得越清楚。樓上垂著朱色的帷幕，被風吹得飄拂起來，隱約可以看到帷幕後的儀仗和人影。宮娥高聳的髮髻和窈窕的身影在樓上走動，燈光將她們美麗的剪影映在帷幕上，我忽然想起從前在街頭看過的皮影戲。這麼高，這麼遠，這麼巍峨壯麗的承天門，樓上的一切就像是被蒙在白紙上的皮影戲，一舉一動，都讓我覺得那樣遙不可及。

隱約的樂聲從樓上飄下來，連這樂聲都聽上去飄渺而遙遠，樓下的人忽然喧譁起來，因為樓上的帷幕忽然揭開了一些，宮娥們往下拋撒著東西，人們哄鬧著爭搶，我知道那是太平金錢，由內局特鑄，用來賞賜給觀燈的百姓。那些金錢紛揚落下，落在天街青石板的地面上，鏗然作響，像是一場華麗的疾雨。天朝富貴，盛世太平，盡在這場疾雨的叮叮噹噹聲中……幾乎所有人都蹲下去撿金錢，只有我站在那裡，呆呆地看著承天門上。

因為我終於看到了李承鄞，雖然隔得這麼遠，可是我一眼就看到了他。他就半倚在樓前的欄杆上，在他身後，是華麗的翠蓋，風吹動九曲華蓋上的流蘇，亦吹動了他的袍袖，許多人遙遙地跪下去。我也看到了陛下，因為周圍的人群山呼雷動，紛紛喚著：「萬歲！」

天家富貴，太平景時。我從來沒有覺得這一切離我這般遠，與我這般不相干。

我看到趙良娣，她穿著翟衣，從樓後姍姍地走近樓前，她並沒有露出身形，可是她的影子映在了帷幕之上，我從影子上認出了她。然後看著她從帷後伸出手，將一件玄色氅衣披在了李承鄞的肩上。風很大，吹得那件氅衣翻飛起來，我看到氅衣朱紅的錦裡，還有衣上金色絲線刺出的圖案，被樓上的燈光一映，燦然生輝。李承鄞轉過臉去，隔得太遠，我看不清他臉上的神情，也許他正在對帷後的美人微笑。

我從來沒有上過承天門，從來沒有同李承鄞一起過過上元節，我從來不知道，原來每個上元夜，他都是帶著趙良娣，在這樣高的地方俯瞰著上京的十萬燈火。雙往雙歸，今天晚上，本該就是成雙成對的好日子。

我原以爲，會有不同，我原以爲，昨天出了那樣的事，應該會有不同。昨天晚上我被刺客抓住的時候，他曾經那樣看過我，他叫我的名字，他折箭起誓。一切的一切都讓我以爲，會有不同，可是僅僅只是一天，他就站在這裡，帶著別的女人站在這裡，若無其事地欣賞著上元的繁華，接受著萬民的朝賀。

而我應該是生死未卜，而我應該是下落不明，而我原本是他的妻。

恍惚有人叫我「小楓」。

我轉過臉，恍恍惚惚地看著顧劍。

他也正瞧著我，我慢慢地對他笑了笑，想要對他說話。

可我一張嘴就有冷風嗆進來，冷風嗆得我直咳嗽，本來我嗓子就疼得要命，現在咳嗽起來，更是疼得像是整個喉管都要裂開來。我的頭也咳得痛起來，腦袋裡頭像被硬塞進一把石子，那些石子尖銳的稜角扎著我的血脈，讓我呼吸困難。我彎著腰一直在那裡咳，咳得掏心掏肺，就像是要把什麼東西從自己體內用力地咳出來。我並不覺得痛苦，只是胸口那裡好生難過，也許是因爲受了涼，而我在生病……生病就是應該這樣難過。

顧劍扶住了我，我卻趔趄了一下，覺得有什麼東西崩裂了似的，喑啞無聲地噴濺出來，胸口那裡倒似鬆快了一些。

他把我的臉扶起來，我聽到自己的聲音，我說：「也沒什麼大不了……」我看到他的眼睛裡竟然有一絲異樣的痛楚，他忽然抬起手，拭過我的嘴角。

藉著燈光，我看到他手指上的血跡，然後還有他的袍袖，上頭斑駁的點痕，一點一點，原來全是鮮血。我的身子發軟，人也昏昏沉沉，我知道自己站不住了，剛才那一口血，像是把我所有的力氣都吐了出來。他抱住我，在我耳畔低聲對我說：「小楓，妳哭一哭，妳哭一哭吧。」

我用最後的力氣推開他：「我爲什麼要哭？你故意帶我來看這個，我爲什麼要哭？你不用在這裡假惺惺了，我爲什麼要哭？你說看了就放我回去，現在我要回去了！」

「小楓！」他追上來想要扶住我，我腳步踉蹌，可是努力地站住了。我回轉頭，拔下頭上的花勝就扔在他足下，我冷冷地望著他：「你別碰我，也別跟著我，否則我立時就死在你眼前，你縱然武功絕世，也禁不住我一意尋死，你防得了一時，也防不了一世。只要你跟上來，我總能想法子殺了我自己。」

也許是因爲我的語氣太決絕，他竟然真的站在了那裡，不敢再上前來。

我踉踉蹌蹌地不知走了有多遠，四面都是人，四面都是燈，那些燈真亮，亮得眩目。我抓著襟口皮裘的領子，覺得自己身上又開始發冷，冷得我連牙齒都開始打顫，我知道自己在發燒，腳也像踩在沙子上，軟綿綿的沒有半分力氣。我虛弱地站在花燈底下，到處都是歡聲笑語，熙熙攘攘的人穿梭來去，遠處的天空上，一蓬一蓬的焰花正在盛開，那是七星塔的鬥花，光怪陸離的上元，熱鬧繁華的上元，我要到哪裡去？

天地之大，竟然沒有我的容身之處。

阿渡，阿渡，妳在哪兒？我們回西涼去吧，我想西涼了。

我的眼前是一盞走馬燈，上頭貼著金箔剪出的美人，燭火熱氣蒸騰，走馬燈不停轉動，那美人就或坐或立或嬌或嗔或喜……我覺得眼前一陣陣發黑，燈上的美人似乎是趙良娣，她掩袖而笑，對我輕慢地笑：妳以爲有什麼不同？妳以爲妳能在他心裡佔有一席之地？妳以爲妳替陛下做人質，他便會對妳有幾分憐惜……

不過是枉然一場。

我靠著樹才能站穩，粗礪的樹皮勾住了我的鬢髮，微微生痛，但我倒覺得舒服……因爲這樣些微的疼痛，反而會讓胸口的難受減輕些。阿渡不見了，在這上京城裡，我終究是孤伶伶一個人。我能到哪裡去？我一個人走回西涼去，一個月走不到，走三個月，三個月走不到，走半年，半年走不到，走一年，我要回西涼去。

我抬起頭來看了看月亮，那樣皎潔那樣純白的月色，溫柔地照在每個人身上。月色下的上京城，這樣繁華這樣安寧，從前無數次在月色下，我和阿渡走遍上京的大街小巷，可是這裡終究不是我的家，我要回家去了。

我慢慢地朝城西走去，如果要回西涼，就應該從光華門出去，一直往西，一直往西，然後出了玉門關，就是西涼。

我要回家去了。

我還沒有走到光華門，就忽然聽到衆人的驚叫，無數人喧譁起來，還有人大叫：「承天門失火啦！」

我以爲我聽錯了，我同所有人一樣往南望去，只見承天門上隱約飄起火苗，斗拱下冒出濃重的黑煙，所有人掩口驚呼，看著華麗的樓宇漸漸被大火籠罩。剛剛那些華麗的珠燈、那些朱紅的帷幕、那些巍峨的歇簷……被躥起的火苗一一吞噬，火勢越來越大，越來越烈，風助火勢，整座承天門終於熊熊地燃燒起來。

街頭頓時大亂，無數人驚叫奔走，不知道該怎麼辦才好。斜刺裡衝出好幾隊神武軍，我聽到他們高喊著什麼，嘈雜的人群主動讓開一條道，快馬疾馳像是一陣風，然後救火的人也疾奔了出來，抬著木製的水龍，還有好多大車裝滿清水，被人拉著一路轆轆疾奔而去。每年的上元都要放焰火，又有那麼多的燈燭，一旦走水即是大禍，所以京兆尹每年都要預備下水車和水龍，以往不過民宅偶爾走水，只沒料到今年派上了大用場。

我看到大隊的神武軍圍住了承天門，不久之後就見到迤邐的儀仗，翠華搖搖的漫長佇列，由神武軍護衛著向著宮內去了，料想定沒有事了。

我本不該有任何擔心，承天門上任何人的生死，其實都已經與我無關。

我只應當回到西涼去，告訴阿爹我回來了，然後騎著小紅馬，奔馳在草原上，像從前一樣，過著我無憂無慮的日子。

我積蓄了一點力氣，繼續往西城走去，神武軍的快馬從身邊掠過，我聽到鞭聲，還有悠長的呼喝：「陛下有旨！閉九城城門！」一迭聲傳一迭聲，一直傳到極遠處去，遙遙地呼應著，「陛下有旨！閉九城城門！」「陛下有旨！閉九城城門！」……

百年繁華，上元燈節，從來沒有出過這樣的事情，但百姓並無異議，他們還沒有從突兀的大火中回過神來，猶自七嘴八舌地議論著。火勢漸漸地緩下去，無數水龍噴出的水像是白龍，一條條縱橫交錯，強壓在承天門上。半空中騰起灼熱的水霧，空氣中瀰漫著焦炭的氣息。

「關了城門，咱們出不去了吧？」

「咳，那大火燒的，關城門也是怕出事，等承天門的火滅了，城門自然就能開了……」

身邊人七嘴八舌地說著話，各種聲音嘈雜得令我覺得不耐煩。我是走不動了，連呼吸都覺得灼痛，喉嚨裡更像是含了塊炭，又乾又燥又焦又痛，我氣吁吁地坐在了路邊，將頭靠在樹上。

我想我只歇一會兒，沒想到自己靠在那裡，竟然迷迷糊糊就睡過去了。

好像是極小的時候，跟著阿爹出去打獵，我在馬背上睡著了，阿爹將我負在背上，一直將我揹回去。我伏在阿爹寬厚的背上，睡得十分安心，我睡得流了一點點口水，因爲他背上的衣服有一點兒濕了。我懶得抬眼睛，只看到街市上無數的燈光，在視線裡朦朧地暈出華彩，一盞一盞，像是夏夜草原上常常可以見到的流星。據說看到流星然後將衣帶打一個結，同時許下一個願望，就可以實現，可是我笨手笨腳，每次看到流星，不是忘了許願，就是忘了打結……

今夜有這麼多的流星，我如果要許願，還能許什麼願望呢？

我用力把自己的手抽出來，想將衣帶打一個結，可是我的手指軟綿綿的，使不上半分力氣，我的手垂下去，罷了。

就這樣，罷了。

我闔上眼睛，徹底地睡過去了。

我不知道睡了有多久，像是一生那麼漫長，又像是十分短暫，這一覺睡得很沉很沉，可是又很淺很淺，因爲我總是覺得眼前有盞走馬燈，不停地轉來轉去，轉來轉去，上面的金箔亮晃晃的，刺得我眼睛生痛，還有人嘈嘈雜雜在我耳邊說著話，一刻也不肯靜下來。我覺得煩躁極了，爲什麼不讓我安穩地睡呢？我知道我是病了，因爲身上不是發冷就是發熱，一會兒冷，一會兒熱，冷的時候我牙齒打顫，格格作響，熱的時候我也牙齒打顫，因爲連呼出的鼻息都是灼熱的。

我也喃喃地說一些夢話，我要回西涼，我要阿爹，我要阿渡，我要我的小紅馬……

我要我從前的日子，只有我自己知道，我要的東西，其實再也要不到了。

那一口血吐出來的時候，我自己就明白了。

胸口處痛得發緊，意識尚淺，便又睡過去。

夢裡我縱馬奔馳在無邊無垠的荒漠裡，四處尋找，四處徘徊，我也許是哭了，我聽到自己嗚咽的聲音。

有什麼好哭的？我們西涼的女孩兒，原本就不會爲了這些事情哭泣。

一直到最後終於醒來，我覺得全身發疼，眼皮發澀，沉重得好像睜都睜不開。我慢慢睜開眼睛，首先看到的竟然是阿渡，她的眼睛紅紅的，就那樣瞧著我。我看到四周一片黑暗，頭頂上卻有星星漏下來，像是稀疏的一點微光。我終於認出來，這裡是一間破廟，爲什麼我會在這裡？阿渡將我半扶起來，餵給我一些清水。我覺得胸口的灼痛好了許多，我緊緊攥著她的手，喃喃地說：「阿渡，我們回西涼去吧。」

我的聲音其實嘶啞混亂，連我自己都聽不明白，阿渡卻點了點頭，她清涼的手指撫摸在我的額頭上，帶給我舒適的觸感。幸好阿渡回來了，幸好阿渡找到了我，我沒有力氣問她這兩日去了哪裡，我被刺客擄走，她一定十分著急吧。有她在我身邊，我整顆心都放了下來，阿渡回來了，我們可以一起回西涼去了。我昏昏沉沉得幾乎又要昏睡過去。忽然阿渡好像站了起來，我吃力地睜開眼睛看了她一眼，她就站在我身邊，似乎在側耳傾聽什麼聲音，我也聽到了，是隱隱悶雷般的聲音，有大隊人馬，正朝著這邊來。

阿渡彎腰將我扶起來，我虛軟而無力，幾乎沒什麼力氣。

如果來者是神武軍或者羽林郎，我也不想見到他們，因爲我不想再見到李承鄞，可是恐怕阿渡沒有辦法帶著我避開那些人。

廟門被人一腳踹開，就在這千鈞一髮的時候，梁上忽然有道白影滑下，就像是隻碩大無朋的鳥兒。明劍亮晃晃地刺向門口，我聽到許多聲慘叫，我認出從梁上飛身撲下的人正是顧劍，而門外倒下去的那些人，果然身著神武軍的服裝。我只覺得熱血一陣陣朝頭上湧，雖然我並不想再見李承鄞，可是顧劍正在殺人。

阿渡手裡拿著金錯刀，警惕地看著顧劍與神武軍搏殺，我從她手裡抽出金錯刀，阿渡狐疑地看著我。

我慢慢地走近搏殺的圈子，那些神武軍以爲我是和顧劍一夥的，紛紛持著兵刃朝我衝過來。顧劍武功太高，雖然被人圍在中間，可是每次有人朝我衝過來，他總能抽出空來一劍一挑，便截殺住。他出手俐落，劍劍不空，每次劍光閃過，便有一個人倒在我的面前。

溫熱的血濺在我的臉上，倒在我面前數尺之外的人也越來越多，那些神武軍就像是不怕死一般，前仆後繼地衝來，被白色的劍光絞得粉碎，然後在我觸手可及處嚥下最後一口氣。我被這種無辜殺戮震撼，我想大聲叫「住手」，可我的聲音嘶啞，幾乎無法發聲，顧劍似乎聞亦未聞。

我咬了咬牙，揮刀便向顧劍撲去，他很輕巧地格開我的刀，我手上無力，刀落在地上。就在這個時候，我聽到一種沉重的破空之聲，彷彿有巨大的石塊正朝我砸過來，我本能地抬頭去看，阿渡朝我衝過來，四面煙塵騰起，巨大的聲音彷彿天地震動，整座小廟幾乎都要被這聲音震得支離破碎。

我被無形的氣浪掀開去，阿渡的手才剛剛觸到我的裙角，我看到顧劍似乎想要抓住我，但洶湧如潮的人與劍將他裹挾在其中。房梁屋瓦鋪天蓋地般坍塌下來，我的頭不知道撞在什麼東西上，後腦勺上的劇痛讓我幾乎在瞬間失去了知覺，重新陷入無邊無際的黑暗。

「噗！」

沉重的身軀砸入水中，四面碧水圍上來，像是無數柄寒冷的刀，割裂開我的肌膚。我卻安然地放棄掙扎，任憑自己沉入那水底，如同嬰兒歸於母體，如同花兒墜入大地，那是最令人平靜的歸宿，我早已經心知肚明。

「忘川之水，在於忘情……」

……

「一隻狐狸牠坐在沙丘上，坐在沙丘上，瞧著月亮。噫，原來牠不是在瞧月亮，是在等放羊歸來的姑娘……」

「太難聽了！換一首！」

「我只會唱這一首歌……」

……

「生生世世，我都會永遠忘記你！」

……

記憶中有明滅的光，閃爍著，像是濃霧深處漸漸散開，露出一片虛幻的海市蜃樓。我忽然，看到我自己。

我看到自己坐在沙丘上，看著太陽一分分落下去，自己的一顆心，也漸漸地沉下去，到了最後，太陽終於不見了，被遠處的沙丘擋住了，再看不見了。天與地被夜幕重重籠罩起來，連最後一分光亮，也瞧不見了。

我絕望地將手中的玉佩扔進沙子裡，頭也不回地翻身上馬，走了。

臭師傅！壞師傅！最最討厭的師傅！還說給我當媒人，給我挑一個世上最帥最帥的男人呢！竟然把我誆到這裡來，害我白等了整整三天三夜！

幾天前中原的皇帝遣了使臣來向父王提親，說中原的太子已經十七歲了，希望能夠迎娶一位西涼的公主，以和親永締兩邦萬世之好。中原曾經有位公主嫁到我們西涼來，所以我們也應該有一位公主嫁到中原去。

二姐和三姐都想去，聽說中原可好了，吃得好，穿得好，到處都有水，不必逐水草而居，亦不必有風沙之苦。偏偏中原的使臣說，因為太子妃將來是要做中原皇后的，不能夠是庶出的身分，所以他們希望這位公主，是父王大閼氏的女兒。我不知道這是什麼講究，但只有我的阿娘是大閼氏，阿娘只生了我這一個女孩，其他都是男孩，這下子只能我去嫁了。二姐和三姐都很羨慕，我卻一點兒也不稀罕。中原有什麼好的啊？中原的男人我也見過，那些販絲綢來的中原商人，個個孱弱得手無縛雞之力，弓也不會拉，馬也騎得不好。聽說中原的太子自幼養在深宮之中，除了吟詩繪畫，什麼也不會。

嫁一個連弓都拉不開的丈夫，這也太憋屈了。我鬧了好幾日，父王說：「既然妳不願意嫁給中原的太子，那麼我總得給中原一個交代。如果妳有了意中人，父王先替你們訂親，然後告知中原，請他們另擇一位公主，這樣也挑不出我們的錯來。」

我還沒滿十五歲，族裡的男人們都將我視作小妹妹，打獵也不帶著我，唱歌也不帶著我，我上哪兒去找一位意中人呢？

可愁死我了。

師傅知道後，拍著胸口向我擔保，要替我找一個世上最帥最帥的男人，他說中原管這個叫「相親」，就是男女私下裡見一見，如果中意，就可以父母之命，媒妁之言了。私下裡見一面能看出什麼來啊，可是現在火燒眉毛，爲了不嫁給中原的太子，我就答應了師傅去相親。

師傅將相親的地方約在城外三里最高的沙丘上，還交給我一塊玉佩，說拿著另一塊玉佩的男人，就是他替我說合的那個人，叫我一定要小心留意，仔細看看中不中意。

結果我在沙丘上等了整整三天三夜，別說男人了，連隻公狐狸都沒看見。

氣死我了！

我就知道師傅他又是戲弄我，他天天以捉弄我爲樂。上次他騙我說忘川就在焉支山的後頭，害我騎著小紅馬，帶著乾糧，走了整整十天十夜，翻過了焉支山，結果山後頭就是一大片草場，別說忘川了，連個小水潭都沒有。

我回去的路上走了二十多天，繞著山腳兜了好大一個圈子，還差點兒迷路，最後遇上牧羊人，才能夠掙扎著回到城中。阿娘還以爲我走失了，再回不來了，她生了一場大病，抱著我大哭了一場，父王大發雷霆，將我關在王城中好多天，都不許我出門。後來我氣惱地質問師傅，他說：「我說，妳就信啊？妳要知道，這世上總有一些人是會騙妳的，妳不要什麼人都信，我是在教妳，不要隨意輕信旁人的話，否則妳以後可就吃虧了。」

我看著他亮晶晶的眼睛，氣得只差沒有吐血。

為什麼我還不記取教訓呢？我被他騙過好幾次了，為什麼就還是傻乎乎地上當呢？

或許我一輩子，也學不會師傅的心眼兒。

我氣惱地信馬由韁往回走，馬兒一路啃著芨芨草，我一路在想，要不我就對父王說我喜歡師傅，請父王替我和師傅訂親吧。反正他陷害我好多次了，我陷害他一次，總也不過分。

我覺得這主意棒極了，所以一下子抖擻精神，一路哼著小曲兒，一路策馬向王城奔去。

「一隻狐狸牠坐在沙丘上，坐在沙丘上，瞧著月亮。噫，原來牠不是在瞧月亮，是在等放羊歸來的姑娘……一隻狐狸牠坐在沙丘上，坐在沙丘上，曬著太陽……噫……原來牠不是在曬太陽，是在等騎馬路過的姑娘……」

我正唱得興高采烈的時候，身後突然有人叫：「姑娘，妳的東西掉了。」

我回過頭，看到個騎白馬的男人。

師傅說，騎白馬的有可能不是王子，更可能是東土大唐遣去西域取經的唐僧。可是這個男人並沒有穿袈裟，他穿了一襲白袍，我從來沒有見過人將白袍穿得那樣好看，過來過往的波斯商人都是穿白袍，但那些波斯人穿著白袍像白蘭瓜，這個男人穿白袍，卻像天上的月亮一般皎潔。

他長得真好看啊，彎彎的眉眼彷彿含了一絲笑意，他的臉白淨得像是最好的和闐玉，他的頭髮結著西涼的樣式，他的西涼話也說得挺流利，但我一眼就看出他是個中原人，我們西涼的男人，都不可能有這麼白。他騎在馬上，有一種很奇怪的氣勢，這種氣勢我只在阿爹身上見到過，那是校閱三軍的時候，阿爹舉著彎刀縱馬馳過，萬眾齊呼的時候，他驕傲地俯瞰著自己的軍隊，自己的疆土，自己的兒郎。

這個男人，就這樣俯瞰著我，就如同他是這天地間唯一的君王一般。

我的心突然狂跳起來，他的眼神就像是沙漠裡的龍捲風，能將一切東西都捲進去，我覺得他簡直有魔力，當他看著我的時候，我腦子裡幾乎是一片空白。在他修長的手指上，躺著一塊白玉佩，正是剛剛我扔掉的那塊。他說：「這難道不是姑娘遺失的？」

我一看到玉佩就生氣了，板著臉孔說：「這不是我的東西。」

他說：「這裡四野無人，如果不是姑娘的東西，那麼是誰的東西呢？」

我伸開胳膊比劃了一下，強詞奪理：「誰說這裡沒有人了？這裡還有風，還有沙，還有月亮和星星……」

他忽然對我笑了笑，輕輕地說：「這裡還有妳。」

我彷彿中了邪似的，連臉都開始發燙。雖然我年紀小，也知道他這句話含有幾分輕薄之意。我有點兒後悔一個人溜出城來了，這裡一個人都沒有，如果真動起手來，我未必能贏過他。

我大聲地說：「你知道我是誰麼？我是西涼的九公主，我的父王是西涼的國主，我的母親大閼氏乃是突厥的王女，我的外祖父是西域最厲害的鐵爾格達大單于，沙漠裡的禿鷲聽到他的名字都不敢落下來。如果你膽敢對我無禮，我的父王會將你綁在馬後活活拖死。」

他慢吞吞地笑了笑，說：「好好一個小姑娘，怎麼動不動就嚇唬人呢？妳知道我是誰麼？我是中原的顧五郎，我的父親是茶莊的主人，我的母親是尋常的主婦，我的外祖父是個種茶葉的農人，雖然他們沒什麼來頭，可如果妳眞把我綁在馬後活活拖死，你們西涼可就沒有好茶葉喝了。」

我鼓著嘴瞪著他，茶葉是這幾年才傳到西涼來的，在西涼人眼裡，它簡直是世上最好的東西。父王最愛喝中原的茶，西涼全境皆喜飲茶，沒人能離得開茶葉一日，如果這個傢伙說的是眞的，那麼也太可惱了。

他也就那樣笑吟吟地瞧著我。

就在我正氣惱的時候，我忽然聽到身後不遠處有人「噗」地一笑。

我回頭一看，竟然是師傅。不知道他突然從哪裡冒出來，正瞧著我笑。

我又氣又惱，對著他說：「你還敢來見我！害我在沙丘上白白等了三天三夜！你替我找的那個最帥最帥的男人呢？」

師傅指了指騎白馬的那個人，說道：「就是他啊！」

那個騎白馬的人還是那樣促狹地笑著，重新伸出手來，我看到他手心裡原來不是一只玉佩，而明明是一對玉佩。他一手拿著玉佩，然後一副看好戲的樣子。

我徹徹底底地傻了，過了好半晌才回過神來，我才不要嫁這個中原人呢！雖然看上去是長得挺帥的，但牙尖嘴利，半分也不肯饒人，而且還要弄我，我最恨有人要弄我了！

我氣鼓鼓地打馬往回走，睬也不睬他們。師傅跟那個顧五郎騎馬也走在我後邊，竟然有一句沒一句地開始聊天。

師傅說：「我還以為你不會來呢。」

那顧五郎道：「接到飛鴿傳信，我能不來麼？」

他們談得熱絡，我這才知道，原來師傅與他是舊識，兩個人似乎有說不完的話似的，一路上師傅都在對那個顧五郎講述西涼的風土人情。那個顧五郎聽得很專注，他們的話一句半句都傳到我耳朵裡來。我不聽也不成，這兩個人漸漸從風土人情講到了行商旅道，我從來沒聽過師傅說這麼多話，聽得我甚是無聊，不由得打了個呵欠。不遠處終於出現王城灰色的輪廓，那是巨大的磔磚，一層層砌出來的城牆與城樓。巍峨壯麗的城郭像是連綿的山脈，高高的城牆直掩去大半個天空，走得越近，越覺得城牆高，西域荒涼，方圓千里，再無這樣的大城。西涼各部落本來逐水草而居，直到百年前出了一位單于，縱橫捭闔西域各部，最後築起這宏大的王城，始稱西涼國。然後歷代以來與突厥、龜茲、月氏聯姻，又受中原的封賞，這王城又正處在中原與大食的商旅要道上，來往行客必得經過，於是漸漸繁華，再加上歷代國主厲兵秣馬，兒郎們又驍勇善戰，西涼終成了西域的強國。雖然疆域並不甚大，但便是中原，現在亦不敢再輕視西涼。雄偉的城牆在黑紫色天幕的映襯下，更顯得宏大而壯麗。我看到樓頭的風燈，懸在高處一閃一爍，彷彿一顆碩大的星子，再往高處，就是無窮無盡的星空。細碎如糖霜的星子，撒遍了整個天際，而王城，則是這一片糖霜下的薄饢，看到它，我就覺得安適與滿足——就像剛剛吃飽了一般。

我拍了拍小紅馬，牠輕快地跑起來，頸下繫的鑾鈴發出清脆的響聲，和著遠處駝鈴的聲音，「咣啷咣啷」甚是好聽。一定會有商隊趁著夜裡涼快在趕路，所以王城的城門通宵是不會關閉的。我率先縱馬跑進城門，城門口守著飲井的販水人都認識我，叫著「九公主」，遠遠就拋給我一串葡萄。那是過往的商旅送給他們的，每次他們都留下最大最甜的一串給我。

我笑著接住葡萄，揪了一顆塞進嘴裡，咬碎葡萄的薄皮，又涼又甜的果汁在舌間迸開，眞好吃。我回頭問師傅：「喂！你們吃不吃？」

我從來不叫師傅一聲師傅，當初拜他爲師，也純粹是被他騙的。那會兒我們剛剛認識，我根本不知道他劍術過人，被他話語所激，與他比劍，誰輸了就要拜對方爲師，可以想見我輸得有多慘，只好認他當了師傅。不過他雖然是師傅，卻常常做出許多爲師不尊的事來，於是我壓根兒都不肯叫他一聲師傅，好在他也不以爲忤，任由我成天喂來喂去。

師傅心不在焉地搖了搖頭，他還在側身與那穿白袍的人說話。偶爾師傅也教我中原書本上的話，什麼「既見君子，云胡不喜」，或者「謙謙君子，溫潤如玉」。說來說去我就以爲君子都是穿白袍的了，但師傅也愛穿白袍，可師傅算什麼君子啊，無賴差不多。

顧小五在西涼城裡逗留下來，他暫時住在師傅那裡。師傅住的地方佈置得像所有中原人的屋子，清爽而乾淨，而且不養駱駝。

我像從前一樣經常跑到師傅那裡去玩，一來二去，就跟顧小五很熟了。聽說他是茶莊的少主人，與他來往的那些人，也大部分是中原的茶葉商人。他的屋子裡，永遠都有好茶可以喝，還有許多好吃的，像是中原的糕餅，或者有其他稀奇古怪的小玩藝兒，讓我愛不釋手。可是討厭的是，每次見了顧小五，他總是問我：九公主，妳什麼時候嫁給我？

我惱羞成怒，都是師傅爲師不尊，惹出來這樣的事情。我總是大聲地答：「我寧可嫁給中原的太子，也不要嫁你這樣的無賴。」

他哈哈大笑。

其實在我心裡，我誰都不想嫁，西涼這麼好，我爲什麼要遠嫁到中原去？

話雖然這樣說，可是中原的使臣又開始催促父王，而焉支山北邊的月氏，聽聞得中原派來使臣向父王提親，也遣出使節，帶了許多禮物來到了西涼。

月氏乃是西域數一數二的大國，驍勇善戰，舉國控弦者以十萬，父王不敢怠慢，在王宮中接見月氏使臣。我遣了使女去偷聽他們的談話，使女氣喘吁吁地跑回來悄悄告訴我說，這位月氏使臣也是來求親的，而且是替月氏的大單于求親。月氏的大單于今年已經有五十歲了，他的大閼氏本來亦是突厥的王女，是我阿娘的親姐姐，但是這位大閼氏前年不幸病死了，而月氏單于身邊的閼氏有好多位，出自於不同的部族，紛爭不已，大閼氏的位置就只好一直空在那裡。現在月氏聽聞中原派出使臣來求婚，於是也遣來使臣向父王求婚，要娶我作大閼氏。

阿娘對這件事可生氣了，我也生氣。那個月氏單于明明是我姨父，連鬍子都白了，還想娶我當大閼氏，我才不要嫁個老頭兒呢。父王既不願得罪中原，也不願得罪月氏，只好含糊著拖延下去。可是兩位使臣都住在王城裡，一日一日難以拖延，我下定決心，決定偷偷跑到外祖父那裡去。

每年秋天的時候，突厥的貴族們都在天亙山那頭的草場裡圍獵，中原叫做「秋狩」。外祖父總要趁著圍獵，派人來接我去玩，尤其他這兩年身體不好，所以每年都會把我接到他身邊去。他說：「看到妳就像看到妳的母親一樣，真叫阿翁高興啊。」

按照突厥的規矩，嫁出去的女兒是不能歸寧的，除非被夫家棄逐。所以每次阿娘總也高興送我去見見阿翁，替她看望自己在突厥的那些親人們。我偷偷把這計畫告訴阿娘，她既不樂意我嫁到中原去，更不想我嫁到月氏，所以她瞞著父王替我備了清水和乾糧，趁著父王不在王城中，就悄悄打發我溜走了。

我騎著小紅馬，一直朝著天亙山奔去。

王城三面環山，連綿起伏從西往北是焉支山，高聳的山脈彷彿蜿蜒的巨龍，又像是巨人伸出的臂膀，環抱著王城，擋住風沙與寒氣，使得山腳下的王城成為一片溫潤的綠洲。向東則是天亙山，它是一座孤高的山峰，像是中原商販賣的那種屏風，高高地插在半天雲裡，山頂上還戴著皚皚的白雪，據說沒人能攀得上去。繞過它，就是無邊無際水草豐美的草場，是阿娘的故鄉。

出城的時候，我給師傅留了張字條，師傅最近很忙，自從那個顧小五來了之後，我總也見不著他。我想我去到突厥，就得過完冬天才能回來，所以我給他留了字條，叫他不要忘了替我餵關在他後院裡的阿巴和阿夏。阿巴和阿夏是兩隻小沙鼠，是我偶然捉到的。父王不許我在自己的寢處養沙鼠，我就把牠們寄放在師傅那裡。

趁著天氣涼快，我跟在夜裡出城的商隊後頭出了王城，商隊都是往西，只有我拐向東。

夜晚的沙漠真靜啊，黑絲絨似的天空似乎低得能伸手觸到，還有星星，一顆一顆的星星，又低又大又亮，讓人想起葡萄葉子上的露水，就是這樣的清涼。我越過大片的沙丘，看到稀疏的芨芨草，確認自己並沒有走錯路。這條道我幾乎每年都要走上一回，不過那時候總有外祖父派來的騎兵在一塊兒，今天只有我一個人罷了。小紅馬輕快地奔跑著，朝著北斗星指著的方向。我開始在心裡盤算，這次見到我的阿翁，一定要他讓奴隸們替我逮一隻會唱歌的鳥兒。

天快亮的時候我覺得睏倦極了，紅彤彤的太陽已經快出來了，東方的天空開始泛起淺紫色的霞光，星星早就不見了，天是青灰色透著一種白，像是奴隸們將剛剝出的羊皮翻過來，還帶著新剖的熱氣似的，蒸得半邊天上都騰起輕薄的晨霧。我知道得找個地方歇一歇，近午時分太陽能夠曬死人，那可不是趕路的好時候。

蹚過一條清淺的小河，我找到背陰的小丘，於是翻身下馬，讓馬兒自己去吃草，自己枕著乾糧，美美地睡了一覺。一直睡到太陽西斜，曬到了我的臉上十分不舒服，才醒過來。

我從包裹裡取出乾糧來吃，又喝了半袋水，重新將水囊裝滿，才打了個呼哨。

不一會兒我就聽到小紅馬的蹄聲，牠歡快地朝著我奔過來，打著響鼻。一會兒就奔到了我面前，親暱地舔著我的手。我摸著牠的鬃毛：「吃飽了沒有？」

可惜牠不會說話，但牠會用眼睛看著我，溫潤的大眼睛裡反著光，倒映出我自己的影子。我拍了拍牠的脖子，牠突然不安地嘶鳴起來。

我覺得有點兒奇怪，小紅馬不斷地用前蹄刨著草地，似乎十分的不安，難道附近有狼？

草原裡的狼群最可怕，牠們成群結隊，敢與獅子抗爭，孤身的牧人遇上牠們亦會有凶險。但現在是秋季，正是水草豐美的時候，到處都是黃羊和野兔，狼群食物充足，藏在天亙山間輕易不下來，不應該在這裡出沒。

不過小紅馬這樣煩躁，必有牠的道理。我翻身上馬，再往前走就是天亙山腳，轉過山腳就是突厥與西涼交界之處，阿娘早遣人給阿翁送了信，會有人在那裡接應我。還是走到有人的地方比較安全。

縱馬剛剛奔出了里許，突然聽到了馬蹄聲。我站在馬背上遙望，遠處隱隱約約能看到一線黑灰色，竟似有不少人馬。難道是父王竟然遣了人來追我？隔得太遠，委實看不清騎兵的旗幟。我覺得十分忐忑不安，只能催馬向著天亙山狂奔。如果我衝進了突厥的境內，遇上阿翁的人，阿爹也不好硬將我捉回去了吧。

追兵越來越近，小紅馬彷彿離弦之箭，在廣袤無垠的草原上發足狂奔。但天地間無遮無攔，雖然小紅馬足力驚人，可是遲早會被追上的。

我不停地回頭看那些追兵，他們追得很近了，起碼有近千騎。在草原上，這樣的騎兵真是聲勢驚人，就算是阿爹，只怕也不會輕易調動這樣多的人馬，如果真是來追我的，這也太小題大作了。我一邊策馬狂奔，一邊在心裡奇怪，這到底是哪裡來的騎兵呢？

沒有多久小紅馬就奔到了天亙山腳下，老遠我就看到了幾個小黑點，耳中聽到悠長的聲音，正是突厥牧歌的腔調，熟悉而親切，我心想定然是阿翁派來接應我的人。於是我拚命夾緊馬腹，催促小紅馬跑得快些快些，再快些。那些突厥人也看到我了，他們站上了馬背，拚命地向我招手。

我也拚命地向他們揮手，我的身後就是鐵騎的追兵，他們肯定也看到了。馬跑得越來越快，越來越近，我看到突厥的白旄旗，它揚得長長的旆尾被黃昏的風吹得展開來，像是一條浮在空中的魚。掌旗的人我認識，乃是阿翁帳前最受寵的神箭手赫失。他看到地平線上黑壓壓的騎兵追上來，立時將旗子狠狠插進岩石間，然後摘下了背上的弓。

我在狂奔的馬背上看得分明，連忙大聲叫：「是什麼人我不知道！」雖然他們一直追著我，但我還是想弄明白那些到底是什麼人。

我的馬一直衝過了赫失的馬身十來丈遠，才慢慢地停下來，赫失身後幾十個射手手中的箭簇在斜陽下閃爍著藍色的光芒。他們一邊瞇起眼睛瞄準那些追上來的騎兵，一邊策馬將我圍攏在中間，赫失笑逐顏開地跟我打招呼：「小公主，妳好呀。」

我雖然不是突厥的王女，可是因爲母親的緣故，從小突厥大單于帳前的勇士便如此稱呼我。我見到赫失就覺得分外放心，連後頭千騎的追兵也立時忘到了腦後，興高采烈地對他說：「赫失，你也好啊！」

那些鐵騎已經離我們不過兩箭之地，大地震動，耳中轟轟隆隆全是蹄聲。「呵！」赫失像是吁了口氣似的，笑容顯得越發痛快了，「這麼多人馬，難道是來跟咱們打架的嗎？」赫失一邊跟我說話，一邊張開了弓，將箭扣在弦上，在他身旁，是突厥的白旄旗，被風吹得「呼啦呼啦」直響。在草原上，任何部族看到這面旗幟，就知道鐵爾格達大單于的勇士在這裡，任何人如果敢對突厥的勇士動武，突厥的鐵騎定會踏平他們的帳篷，殺盡他們的族人，擄盡他們的牛羊。在玉門關外，還沒有任何人敢對這面白旄旗不敬呢！

可是眼看著那些騎兵越衝越近，來勢洶洶，分明就像根本沒有看到旗幟一樣。夕陽金色的光線照在他們的鐵甲之上，反射出一片澄澄的鐵色，我忽然猛地吸了口氣。

這是月氏的騎兵，輕甲、鞍韉、頭盔……雖然沒有旗幟，但我仍舊分辨出來，這是月氏的騎兵。我雖然沒有去過月氏，但是去過安西都護府，在那裡見過月氏人操練。他們的馬都是好馬，甲冑鮮明，弓箭快利，騎士更是驍勇善戰。赫失也認出來，他回頭看了我一眼，對我說：「公主，妳先往東去，繞過賓里河，大單于的王帳在河東那裡。」

我大聲道：「要戰便戰，我可不願獨自逃走。」

赫失讚歎似的點了點頭，將他自己的佩刀遞給我，我接過彎刀，手心裡卻生了一層汗。月氏騎兵的厲害我是知道的，何況現在對方有這麼多人，黑壓壓地動山搖般壓過來，雖然赫失是神箭手，但我們這方不過幾十人，只怕無論如何也擋不住對方。

眼見那些騎兵越逼越近，我連刀都有點兒拿捏不住似的。雖然從小我覺得自己就不輸給哥哥們，可老實講，上陣殺敵，這還眞是第一次。

白旄旗就在我們身後，「呼啦啦」地響著，草原的盡頭，太陽一分一分地落下去，無數草芒被風吹得連綿起伏，就像是沙漠裡的沙丘被風吹得翻滾一般。天地間突然就冷起來，我眨了眨眼睛，因爲有顆汗正好滴到了眼角裡，辣辣的刺得我好生難過。

那些騎兵看到了白旄旗，衝勢終於緩了下來，他們擺開陣勢，漸漸地逼近。赫失大聲道：「突厥的赫失在這裡，你們的馬踏上了突厥的草原，難道是想不宣而戰麼？」

赫失乃是名動千里的神箭手，赫失在突厥語裡頭，本來就是箭的意思。傳說他要是想射天上大雁的左眼珠，就絕不會射到大雁的右眼珠，所以大單于十分寵信他。果然那些人聽到赫失的名字，也禁不住震動，便有一人縱馬而出，嘰哩咕嚕說了一大堆話。我對月氏話一點兒也不懂，都是赫失不住地譯給我聽，原來這些人說他們走失了一個奴隸，所以才會追過來，至於這裡是不是突厥的地界，因爲正好在天亙山腳，其實是月氏、突厥與西涼的邊界，從來是個三不管的地方，如果硬要說是突厥的領地，也算有點兒勉強。

「走失奴隸？」我不由得莫名其妙地重複了一遍，那個領兵的月氏將軍揚起馬鞭指著我，又指手劃腳地說了一句話。赫失似乎很憤怒，大聲說道：「公主，他竟然說妳就是他們走失的那個奴隸。」

我也忍不住生氣，拔出刀來說道：「胡說八道！」

赫失點了點頭：「這只是他們的藉口罷了。」

那月氏將軍又開始嘰哩咕嚕地說話，我問赫失：「他說什麼？」

「他說如果我們不將妳交出去，他便要領兵殺過來硬奪。突厥藏起了月氏人的奴隸，如果因爲這件事兩國交戰，也是突厥人沒有道理。」

我怒極了，反倒笑起來：「他現在這般不講道理，竟然還敢說是我們沒有道理。」

赫失沉聲道：「小公主說的是，但對方人多，又是衝著小公主來的……」他對我說道：「小公主，妳先往東去尋王帳，帶援兵過來。月氏傲慢無禮，我們如果攔不住他們，定然要報知大單于知曉，不要讓他們暗算了。」

說來說去，赫失還是想說動我先退走。我雖然心裡害怕，但是仍舊挺了挺胸脯，大聲道：「你另外遣人去報信，我不走！」

赫失靜靜地道：「小公主在這裡，赫失分不出人手來保護。」

我想了一想，他說的話很明白，如果我在這裡，只怕眞的會拖累他們。雖然我射箭的準頭不錯，可是我從來沒有打過仗，而這裡其他人，全是突厥身經百戰的勇士。

「好吧。」我攥緊了刀柄，說道，「我去報信！」

赫失點了點頭，將他鞍邊的水囊解下來，對我說：「一直往東三百里，若是尋不到大單于的王帳，亦可折向北，左谷蠡王的人馬應該不遠，距此不過百里。」

「我理會得。」

赫失用刀背重重擊在我的馬上，大喝一聲：「咄！」

小紅馬一躍而出，月氏的騎兵聒噪起來，然而小紅馬去勢極快，便如一道閃電一般，瞬間就奔出了里許。我不停地回頭張望，只見月氏騎兵黑壓壓地逼上來，彷彿下雨前要搬家的螞蟻一般，而赫失與數十騎突厥騎兵被他們圍住，就像被黑壓壓的螞蟻圍住的黍粒。另有月氏騎兵逸出想要追擊我，但皆追不過十個馬身，便被紛紛射殺——赫失雖然被圍，可是每箭必中，月氏騎兵竟然無一人能躲過他的箭鋒，那些人馬不斷地摔倒翻滾在地，倉促間竟無一騎可以追上來。小紅馬越跑越快，除了那白旄旗，其餘的一切都在最後一縷暮光中漸漸淡去，天色晦暗，夜籠罩了一切。

我策馬狂奔在草原上，無星無月，悶得似要滴下水來。這樣的天氣我從來沒有遇見過，只怕是要下大雨了。在草原上遇見下大雨可是件要命的事情，我抬頭看天，天是黑沉沉的，像是一口倒扣的鐵鍋，沒有星月，方向也難以辨識，我真擔心自己走錯了路。

草原上其實什麼路也沒有，不過是亂闖罷了。我摸黑策馬飛馳了半宿，幸得那些月氏人沒有追上來。可是赫失他們也沒有突圍出來，我心中既擔心赫失的安危，又擔心自己亂闖走錯了方向，又急又氣，只差沒有哭出聲來。就在這時候，只聽「喀嚓」一聲，一道紫色的長電劃破黑沉沉的夜色，照得眼前瞬間一亮，接著轟轟隆隆的雷聲便響起來。

是真的要下雨了，這可得想辦法避一避。一道道閃電像是僵直的蛇，在烏雲低垂的天幕上四處亂竄，我借著這一道緊似一道的電光，看到遠處的亂石。原來我一直沿著天亙山奔跑，這跑了大半夜，仍舊是在天亙山腳下。

找塊大石避一避吧，總比被雨淋死要好。我促馬前行，小紅馬靈巧地踏過山石，我怕那些碎石傷到馬蹄，於是翻身下馬，牽著馬兒往山間尋去。大雨早已經「嘩嘩」地下起來，粗白牛筋似的雨抽在人身上，生疼生疼。那些雨澆透了我的衣裳，順著額髮流進眼中，我連眼睛幾乎都沒辦法睜開，抹了一把臉上的水，終於望見一塊大石，突兀地懸出來，這大石下倒是個避雨的好所在。

我牽著小紅馬爬到了大石下，一人一馬縮在那裡，外面雨聲轟隆隆直響，這雨勢又急又猛，我想起赫失，心中說不出的擔憂。小紅馬半跪在石下，似乎也懂得我心中焦急，不時地伸出舌頭來，舔著我的手心。我抱著小紅馬的脖子，喃喃道：「不知道赫失他們怎麼樣了……」外頭落雨很急，從山上流下來的水在石前沖匯成一片白色的水簾，迷濛的霧氣濺進石下，紛揚得就像一場小雨一般。

也不知這場雨到底下了有多久，最後終於漸漸停歇。山石外還淌著水，就像一條小溪似的，「嘩嘩」響著。而風吹過，天上烏雲移開，竟然露出一彎皎潔的月亮。

我忍不住打了個噴嚏，衣服濕透了貼在身上，再讓這風一吹，可眞是冷啊。可是我身上帶的火絨早就讓雨給淋透了，這裡沒有乾柴，也沒辦法生起火來。

外面水流的聲音漸漸低下去，小紅馬親熱地湊過來，溫熱的舌頭舔在我的臉上，我想既然雨停了，還是趕緊下山繼續尋路。

走到山下的時候月亮已經快要落下去了，正好讓我辨出了方向。小紅馬在山石下憋屈了半宿，此時抖擻精神奔跑起來，朝著泛著白光的東方。太陽就快升起來了吧，不然爲什麼我身上這麼熱呢？

我迷迷糊糊地想著，手中的馬轠也漸漸鬆了，馬兒一顛一顛，像搖籃一般，搖得人很舒服，我整晚上都沒能睡，現在簡直快要睡著了。

我不知道迷糊了多久，也許是一小會兒，也許是很久，最後馬兒蹚進一條河裡，我被馬蹄濺起的冰冷水花澆在身上，才突然一激靈醒了過來。四處荒野無人，天亙山早就被拋在了身後，身後巨大的山脈遠遠望去，就像一個頂天立地的巨人。巨人的頭頂是白色的雪冠，積著終年不化的冰雪，這條河也是天亙山上的雪匯集奔流而成，所以河水冷得刺骨。

我渾身都發軟，想起自己一直沒有吃東西，怪不得一點兒力氣都沒有。可是乾糧都繫在鞍後，我口中焦渴無味，一點兒食慾都沒有。正想著要不要下馬來飲水，忽然望見不遠處黑影搖動，竟似有一騎徑直奔來，我害怕又是月氏的騎兵，極目望去，卻也只能看見模糊的影子，來勢倒是極快，可幸的是只有一人一騎。

如果是左谷蠡王的探哨就好了……我拚盡力氣抽出背後的彎刀，萬一遇上的是敵人，我一定力戰到底。

這是我最後一個念頭，然後我眼前一黑，竟然就栽下馬去了。

西涼人自幼習騎射，不論男女皆是從會走路就會騎馬，我更是從小在馬背上長大的，堂堂西涼的九公主竟然從馬背上栽下去了，若是傳到西涼王城去，只怕要笑掉所有人的大牙。

醒過來的時候，我手裡還緊緊攥著彎刀，我眨了眨眼睛，天色藍得透亮，潔白的雲彩低得彷彿觸手可及。原來我是躺在一個緩坡下，草坡遮去了大半灼熱的日光，秋日裡清爽的風吹拂過來，不遠處傳來小紅馬熟悉的嘶鳴，讓我不禁覺得心頭一鬆。

這個聲音也挺耳熟，我頭暈眼花地爬起來，眨了眨眼睛，仍舊覺得不可相信。

「醒啦？」

竟然是那個中原茶販顧小五，他懶洋洋地坐在草坡上，啃著一塊風乾的牛肉。

我好生驚詫：「你怎麼會在這裡？」

他說：「偶爾路過。」

我才不相信呢！

我的肚子餓得咕嚕咕嚕直響，我想起小紅馬還馱著乾糧呢，於是打了個呼哨。小紅馬一路小跑過來，我定睛一看，馬背上光禿禿的，竟然連鞍韉都不在了。我再定睛一看，那個顧小五正坐在我的鞍子上，而且他啃的牛肉，可不是我帶的乾糧？

「喂！」我十分沒好氣，大聲問，「我的乾糧呢？」

他滿嘴都是肉，含含糊糊地對我揚起手中那半拉牛肉：「還有最後一塊……」

什麼最後一塊，明明是最後一口。

我眼睜睜瞧著他把最後一點兒風乾牛肉塞進嘴裡，氣得大叫：「你都吃了？我吃什麼啊？」

「餓著唄。」他拿起水囊喝了一口水，輕描淡寫地說，「妳剛剛發燒，這時候可不能吃這種東西。」

什麼發燒，我跳起來：「你怎麼會跑到這裡來？還有，你吃完了我的乾糧！賠給我！賠給我！」

他笑了笑：「吃都吃了，可沒得賠了。」

我氣急敗壞，到處找赫失給我的佩刀。

他看我像熱鍋上的螞蟻團團轉，終於慢吞吞地說道：「妳要是跟我回王城去，我就賠給妳一頭牛。」

我朝他翻白眼：「我爲什麼要跟你回王城去？」

「妳的父王貼出懸賞告示，說誰要能將妳尋到，帶回王城去，就賞賜黃金一百錠。」他格外認眞地瞧著我，「黃金一百錠啊！那得買多少頭牛！」

我可眞是氣著了，倒不是生氣別的，就是生氣那一百錠黃金：「父王眞的貼出這樣的佈告？」

「那還有假？」他說，「千眞萬確！」

「我就値黃金一百錠嗎？」我太失望了，「我以爲起碼値黃金萬錠！另外還給封侯，還有，應該賜給牛羊奴隸無數……」

父王還說我是他最疼愛的小公主，竟然只給出黃金一百錠的懸賞。小氣！眞小氣！

顧小五「噗」一聲笑了，也不知道他在笑什麼。我頂討厭他的笑，尤其是他笑吟吟地看著我，好像看著一百錠黃金似的。

我大聲道：「你別做夢了，我是不會跟你回去的！」

顧小五說：「那麼妳想到哪裡去呢？自從妳走了之後，月氏王的使者可生氣了，說妳父王是故意將妳放走的，月氏遣出了大隊人馬來尋妳，妳要是在草原上亂走，遇上月氏的人馬，那可就糟了。」

我也覺得挺糟的，因爲我已經遇上月氏的人馬了。想到這裡我不由得「哎呀」了一聲，我差點兒把赫失給忘了，我還得趕緊去阿翁那裡報信呢！

顧小五大約看到我臉色都變了，於是問我：「怎麼了？」

我本來不想告訴他，可是茫茫草原，現下只有他在我身邊，而且師傅劍術那樣高明，本事那樣大，說不定這個顧小五劍法也不錯呢。

果然顧小五聽我原原本本將遇上月氏追兵的事情告訴他之後，他說道：「據妳說，突厥大單于王帳，距此起碼還有三百里？」

我點了點頭。

「左谷蠡王距此亦有百里？」

我又點了點頭。

「可是突厥人游牧不定，妳如何能找得到？」

「那可不用多想，反正我要救赫失。」

顧小五眉頭微皺，說道：「遠水救不了近火，安西都護府近在咫尺，爲什麼不向他們借兵，去還擊月氏？」

我目瞪口呆，老實說，中原雖然兵勢雄大，安西都護府更是鎭守西域，爲各國所敬忌，但是即使各國之間兵戈不斷，也從來沒有人去借助中原的兵力。因爲在我們西域人眼裡，打仗是我們西域人自己的事情，中原雖然是天朝上國，派有雄兵駐守在這裡，但是西域各國之間的紛爭，卻是不會牽涉到他們的。就好比自己兄弟打架，無論如何，不會去找外人來施以援手的。

我說：「安西都護府雖然近，但這種事情，可不能告訴他們。」

顧小五劍眉一揚：「爲什麼？」

道理我可說不出來，反正各國都守著這樣的禁忌，我說：「反正我們打架，可不關中原皇帝的事。」

「普天之下，莫非王土。率土之濱，莫非王臣。」顧小五說道，「只要是天下的事，就跟中原的皇帝有關，何況中原設置安西都護府，就是爲了維持西域的安定。月氏無禮，正好教訓教訓他們。」

他說得文縐縐，我也聽不太懂。他把兩匹馬都牽過來，說道：「從這裡往南，到安西都護府不過半日路程，我陪妳去借兵。」

我猶豫不決：「這個……不太好吧？」

「妳不想救赫失了？」

「當然想！」

他扶我上馬，口中說道：「那還磨蹭什麼！」

一直策馬奔出了老遠，我才想起一件事來：「你到底是怎麼找著我的？」

中午日頭正烈，他的臉被太陽一照，更像是和闐出的美玉一般白淨。他咧嘴一笑，露出一口潔白牙齒：「碰運氣！」

安西都護府果然不過半日路程，我們策馬南下，黃昏時分已經看到巍峨的城池。中原皇帝百餘年前便在此設立安西都護府，屯兵開墾，扼守險要。這裡又是商道的要衝，南來北往的商隊皆要從此過，所以比起西涼王城，也繁華不啻。

我還擔心我和顧小五孤身二人，安西都護府愛搭不理，誰知顧小五帶著我進城之後，徑直闖到都護衙前，擊敲了門前的巨鼓。

後來我才知道那個鼓有講究，雖然名字叫太平鼓，其實另外有個名字叫醒鼓，一擊響就意味著征戰。我們被衝出來的守兵不由分說帶入了府內，都護大人就坐在堂上，他長著一蓬大鬍子，穿著鎧甲，眞是員威風凜凜的猛將，我見過的中原人，他最像領兵打仗的將軍。

他沉著聲音問我們，我不怎麼懂中原話，所以張口結舌看著顧小五。顧小五卻示意我自己說，這下我可沒轍了。幸好這個都護大人還會說突厥話，他看我不懂中原話，又用突厥話問：「堂下人因何擊鼓？」因爲阿娘是突厥人，我的突厥話也相當流利。我於是將月氏騎兵闖入突厥境內的話說了一遍，然後懇請他發兵去救赫失。

都護大人有點猶豫，因爲中原設置安西都護府以來，除了平定叛亂，其實很少干涉西域各國的事務。雖然月氏闖入突厥境內是大大的不妥，可是畢竟突厥強而月氏弱，以弱凌強，這樣詭異的事情委實不太符合常理，所以我想他才會這樣猶豫。

果然，他說道：「突厥鐵騎聞名關外，爲什麼你們突厥自己不出兵反倒求助於我？」

我告訴他說王帳游移不定，而左谷蠡王雖然在附近，但找到他們肯定要耽擱很久的時間。所以我們到安西都護府來求助，希望能夠儘快地救出赫失。

我想到赫失他們不過數十騎，要抵抗那麼多的月氏騎兵，不禁就覺得憂心如焚。都護大人還是遲疑不決，這時顧小五突然說了句中原話。

那個都護大人聽到這句話，似乎嚇了一大跳似的，整個人都從那個漆案後站了起來。顧小五走上前去，躬身行禮，他的聲音很低，我根本就聽不清，何況我也不怎麼懂中原話，只見他說了幾句話後，都護大人就不斷地點頭。

沒一會兒工夫，都護大人就點了兩千騎兵，命令一名千夫長帶領，連夜跟隨我們趕去救人。

我大喜過望，從安西都護府出來，我就問顧小五：「你怎麼說動那位大人，讓他發兵救人的？」

顧小五狡黠地一笑，說：「那可不能告訴妳！」

我生氣地噘起嘴來。

中原的軍隊紀律森嚴，雖然是夤夜疾行，但佇列整齊，除了馬蹄聲與鎧甲偶爾鏗鏘作響，還有火炬「呼啦啦」燃燒的聲音，竟不聞別的半點聲息。我留意到中原軍中用的火炬，是木頭纏了絮，浸透了火油。火油乃是天亙山下的特產，其色黝黑，十分易燃，牧人偶爾用它來生火煮水，但王城裡的人嫌它煙多氣味大，很少用它。沒想到中原的軍隊將它用來做火炬。我覺得中原人很聰明，他們總能想到我們想不到的辦法。

我們一夜疾行，在天明時分，終於追上了月氏的騎兵。這時候他們早已經退入月氏的境內。月氏的騎兵行得極快，我們追上他們的時候，白旄旗早已經無蹤影，赫失和數十突厥勇士也連人帶馬消失得乾乾淨淨。我心中惶急，唯恐赫失他們已經被月氏騎兵圍殺，而顧小五正在和那名千夫長用中原話商議，然後聽到中原的騎兵大聲傳令，散開陣勢來。

我聽父王說過，中原人打仗講究陣法，以少勝多甚是厲害，尤其現在中原的兵力更勝過月氏騎兵的一倍有餘，隱隱擺出合圍之勢。那個月氏將軍便兜轉馬來，大聲地呵斥。

我不懂他在說什麼，顧小五在西域各國販賣茶葉，卻是懂得月氏話的。他對我說：「這個將軍在質問我們，爲什麼帶兵闖入月氏的國境。」

我說：「他昨天還闖入突厥的國境，硬說我是月氏逃走的奴隸，現在竟然還理直氣壯起來。」

顧小五便對旁邊的千夫長說了句什麼，那千夫長便命人上去答話。顧小五笑著對我說：「我告訴他們，我們乃是護送西涼的公主回國，路經此地。叫他不要慌亂，我們是絕不會入侵月氏領地的。」

我覺得要說到無恥，顧小五如果自認天下第二，估計沒人敢認第一。他就有本事將謊話說得振振有詞，是不是中原人都這樣會騙人？師傅是這個樣子，顧小五也是這個樣子。

雙方還在一來一回地喊話，那名千夫長卻帶著千名輕騎，趁著晨曦薄薄的涼霧，悄悄從後包抄上去，等月氏的騎兵回過神來，這邊的前鋒已經開始衝鋒了。

這一仗勝得毫無懸念，月氏騎兵大敗，幾乎沒有一騎能逃出去，大半喪命於中原的利刀快箭之下，還有小半眼見抵抗不過，便棄箭投降。顧小五雖然是個茶葉販子，可是真真沉得住氣，這樣一場鏖戰，血肉飛濺死傷無數，顧小五竟然連眉毛都沒有皺一下，彷彿剛剛那一場廝殺，只是遊戲而已。那名中原千夫長慣於征戰，自然將受降之類的事情辦得妥妥當當。兩千騎兵押著月氏的數百名敗兵殘勇，緩緩向東退去。

我趁亂衝進月氏軍中找尋赫失，可是怎麼找也找不到。月氏領兵的將軍被俘，被人捆得嚴實推搡到千夫長面前來，那千夫長卻十分恭敬，將此人交給了顧小五。我讓顧小五審問那個月氏將軍，那個月氏將軍十分倔強，一句話也不肯說。顧小五卻淡淡地道：「既然不說，留著有何用？」

那千夫長聽他這樣說，立時命人將其斬首。軍令如山，馬上就砍了那月氏將軍的頭顱，揪著頭髮將首級送到我們面前來，腔子裡的鮮血，兀自滴滴答答，落在碧綠的草地上，像是一朵朵豔麗的紅花。

我可真忍不住了，再加上一整天幾乎沒吃什麼東西，我一陣陣發暈，旁邊人看我臉色不對，好心遞給我水囊，我也喝不進去水。只聽那顧小五又命人帶上來一名月氏人，先令他看過月氏將軍的首級，然後再問赫失的下落。月氏人雖然驍勇善戰，但那人被俘後本來就意志消沉，又見將領被殺，嚇得一五一十全都說了。

原來赫失他們且戰且退，一直退到了天亙山下。他們據山石相守，直到最後弓箭用盡。月氏人卻也沒有立時殺了他們，而是奪去了他們的馬匹，將他們拋在荒山深處。這些月氏人用心真是狠毒，山中惡狼成群，赫失他們沒有了馬，又沒有了箭，如果再遇上狼群，那可危險了。

我們連忙帶著人去尋找赫失，我憂心如焚，顧小五卻說道：「突厥人沒那麼容易死。」我本來覺得他這句話應該算是安慰我，可是聽著真讓人生氣。

我們在天亙山間兜來轉去，一直到太陽快要落下山去，我都快要絕望了，天亙山這樣大，到底要到什麼時候才能找到赫失？我一邊想赫失不要被狼吃了，他要是被狼吃了，阿翁可要傷心死了；我一邊又想，赫失是名動草原的勇士，怎麼會輕易就被狼吃掉，就算他胯下沒有馬，手中沒有箭，可是赫失就是赫失，他怎麼樣也會活下來的。

眼見太陽快要落山了，風吹來已經有夜的涼意，行在最前的斥候突然高聲叫嚷，我連忙勒住馬，問：「怎麼了？」

那些人用中原話連聲嚷著，然後我看到了赫失，他從山石間爬了出來，左手攥著一大塊尖石，右胳膊上有血跡，他身後還有好幾個人，一直爬起來站到山石上。他們的樣子雖然狼狽，滿臉都是塵土，可是眼神仍舊如同勇士一般，無所畏懼地盯著中原的人馬。

我大叫一聲，翻身就滾下馬去，一路連滾帶爬衝過去，抱住了赫失。我也許碰到了他的傷處，他的兩條眉毛皺到了一塊兒。可是他馬上咧開嘴笑：「小公主！」整支隊伍都歡騰起來，那些中原人也興高采烈，比早上打了勝仗還要開心。

我們晚上就在天亙山腳下紮營。中原人的帳篷帶得不多，全都讓出來給傷兵住。赫失的右胳膊骨頭都折了，千夫長命人給他敷上了傷藥，他連哼都沒有哼一聲。找到了赫失，我一顆心全都放了下來，一口氣將好大一只饢都吃完了，顧小五坐在我對面，看著我吃饢，我本來吃得挺香的，被他這麼一看，最後一口便噎在了嗓子裡，上又不能上，下又不能下。顧小五看我被哽住了，坐在那裡哈哈大笑，連水都不肯遞給我。

我好容易找著自己的水囊，喝了一大口，將那塊饢給嚥了下去。不過我有話問他，也不同他計較，只問他：「昨天晚上在安西都護府，你到底跟都護大人說了句什麼，他竟然就肯答應發兵來救？」

顧小五一笑，露出滿口白牙：「我對他說，要是他見死不救，從今以後就沒好茶葉喝。」

我相信——才怪！

天上的星星真亮啊，我抬起頭，滿天的星星就像是無數盞風燈，又細，又遠，光芒閃爍。中間一條隱約的白色光帶，傳說那是天神沐浴的地方，是一條星星的河流，天神在沐浴的時候，也許會隨手撈起星子，就像我們用手撈起沙子，成千上萬的星星從天神的指縫間漏下去，重新落回天河裡，偶爾有一顆星星濺出來，於是就成了流星。正在這時候，有一顆閃爍的流星，像是一支光亮的小箭，飛快地掠過天際，轉瞬就消失不見。我「啊」了一聲，據說看到流星然後將衣帶打一個結，同時許下一個願望，就可以實現，可是我笨手笨腳，每次看到流星，不是忘了許願，就是忘了打結……我懊惱地躺在了草地上，流星早就消失不見了。顧小五問我：「妳剛剛叫什麼？」

「有流星啊！」

「流星有什麼好叫的？」

「看到流星然後將衣帶打一個結，同時許下一個願望，這樣願望就可以實現。」我眞懶得跟他說，「你們中原人不懂的。」

他似乎嗤笑了一聲：「妳要許什麼願？」

我閉起嘴巴不告訴他。我才沒有那麼沉不住氣呢。可是沒想到他卻頓了一頓，拖長了聲調說：「哦，我知道了，妳許願想要嫁給中原的太子。」

這下子我可眞的要跳起來了：「中原的太子有什麼好的，我才不要嫁給他！」

他笑眯眯地說道：「我就知道妳不肯嫁他，當然是許願要嫁給我。」

我這才覺得中了他的計，於是「呸」了一聲，不再理他。

我重新躺在草地上，看著滿天的星星。這樣近，這樣低，簡直伸手都可以觸得到。天神住的地方有那麼多的星星，一定很熱鬧吧。

有隻小蟋蟀蹦進了我的頭髮裡，被髮絲纏住了，還在那裡「唧唧」地叫著。我用手將牠攏住，慢慢將髮絲從牠身上解下來，牠在我手心裡掙扎，酥酥癢癢的，我對著牠吹了口氣，牠一跳，就跳到草裡面去了，再看不見。可是牠還在這裡沒有走，因爲我聽到牠在黑暗中，「唧唧」

地一直叫。

顧小五也躺下來，枕著他的馬鞍，我以爲他睡著了，他卻閉著眼睛，懶洋洋地說道：「喂！唱個歌來聽聽。」

夜風眞是輕柔，像是阿娘的手，溫柔地摸著我的臉。我心情也好起來，可是習慣地跟顧小五抬槓：「爲什麼要讓我唱呀？要不你唱首歌給我聽吧。」

「我不會唱歌。」

「撒謊，每個人都會唱歌的。唱嘛！就唱你小時候阿娘唱給你聽的歌，好不好？」

顧小五卻好長時間沒有說話，過了好一會兒，我才聽到他的聲音，他淡淡地道：「我沒有娘。」

我覺得有點歉疚，我有個哥哥也沒有娘，他的阿娘很早就病死了。每次阿娘待他總比待我還要好。我心裡知道，那是因爲他從小沒有娘，所以阿娘特別照應他。我爬起來，偷偷看了看顧小五的臉色，我擔心他不高興。可是星光朦朧，他臉上到底是什麼神氣，老實說我也看不清楚。

「一隻狐狸牠坐在沙丘上，坐在沙丘上，瞧著月亮。噫，原來牠不是在瞧月亮，是在等放羊歸來的姑娘……」我像隻蟋蟀一樣哼哼，「一隻狐狸牠坐在沙丘上，坐在沙丘上，曬著太陽……噫……原來牠不是在曬太陽，是在等騎馬路過的姑娘……」

顧小五終於說話了，他皺著眉頭：「太難聽了！換一首！」

「我只會唱這一首歌……」

不遠處響起篳篥的聲音，我心下大喜，連忙站起來張望，原來是赫失。他坐在緩坡之下，吹奏篳篥。以前我只知道赫失是神箭手，沒想到他的篳篥也吹得這麼好。他只用一隻手，所以好多音孔沒有辦法按到，可是雖然是這樣，篳篥的旋律依舊起伏迴盪，在清涼的夜風裡格外好聽。我昂著頭聽著，赫失吹奏的調子十分悲愴，漸漸地只聽見那十餘個突厥人和聲而唱，男人們的聲音雄渾沉著，越發襯得曲調悲壯蒼涼。他們的聲音像是大漠裡的風，又像是草原上翱翔的鷹，盤旋在最深沉的地方，不住地迴盪。天地間萬籟俱寂，連草叢裡的那些蟲子都不再低吟，連馬兒也不再嘶鳴，連那些中原人都安靜下來，傾聽他們衆聲合唱。

我一時聽得呆住了，直到突厥人將歌唱完，大家才重新開始笑罵。顧小五漫不經心地問：「這是什麼歌？」

「是突厥人的征歌。」我想了想，「就是出征之前，常常唱的那首歌。歌裡的桑格是突厥有名的美女，她的情郎離開她，征戰四方，最後卻沒能回來，只有他的馬兒回來了。所以她手撫馬鞍，看著情郎沒有用完的箭壺，唱出了這支歌。」

他似乎是笑了笑：「那爲什麼卻要四處征戰呢？」

「他們是突厥的勇士，爲了突厥而戰，四處征戰那是不得已啊。」我沒好氣地瞪了他一眼，「反正說了你也不會懂的。」

他說道：「這又有什麼不懂呢？我們中原有句話，叫『可憐無定河邊骨，猶是春閨夢裡人』，其實說的是和這個一樣的故事。」

我一聽見有故事就興高采烈，於是纏著顧小五說給我聽。他被我糾纏不過，想了想，終於說道：「好吧，講故事也可以，可是妳不能問爲什麼，只要妳一問爲什麼，後面的故事我就不說給妳聽了。」

雖然條件苛刻，可是忍住不問「爲什麼」三個字，也不算什麼難事，我馬上就點頭答應了。顧小五卻似乎有點兒躊躇，想了片刻才說道：「在很久很久之前，有一個子虛國，在這子虛國裡，有一位年輕的姑娘——」

「她生得漂亮嗎？好看嗎？」我迫不及待地問，「會騎馬嗎？」

他笑了笑：「她生得漂亮，十分好看，也會騎馬。子虛國的姑娘騎馬的時候，會戴著帷帽，就是頭上有紗的帽子，這天這位姑娘騎馬上街，風卻把她的帷帽吹落了……有一位公子拾到了她的帷帽，就將帽子還給了她。這位公子雖然和這位姑娘只見了一面，可是傾心相許，約定要嫁娶，就是成親。」

我喜歡這個故事的開頭，我問：「那位公子長得俊嗎？配得上漂亮的姑娘嗎？」

他說：「俊不俊倒是不知道，不過這位公子是大將軍的兒子，十分驍勇善戰。他們約定終身後不久，這位公子就接到出征的命令，於是領著兵打仗去了。姑娘就在家裡等著他，等啊等啊，一等等了好幾年，公子卻沒有回來。姑娘的家裡人，都勸說姑娘還是快快嫁給別人吧，畢竟女兒家的年紀，再耽擱下去，只怕就不容易嫁人了。姑娘卻執意不肯，一直等下去，誰知道邊關終於傳回來了信，原來公子已經戰死沙場了。」

他講到這裡就停了下來，我急急地問：「那麼姑娘呢？她知道公子死了，可怎麼辦？」

「姑娘非常地傷心，心裡卻疑惑，公子的武藝高超，也善讀兵書，而且常年出征在外，經過無數次大大小小的戰事，怎麼會中了敵人的埋伏，就那樣輕易被敵人所殺呢？姑娘將自己關在屋子裡想了十天十夜，最後終於下了決心，要查出這件事情的眞相。可是她是一個姑娘，手中無權無勢，家裡人雖然當著官，但也沒有那麼大的能耐，可以去辦這樣的事情。這個時候，恰好子虛國的國王，下了一道詔書，要甄選妃子。這位姑娘本來就生得美麗，於是就自願入宮去，成了國王的妃子。她性情溫婉，心思機敏，國王非常地寵愛她，她在後宮中的地位也漸漸顯赫。於是她交結官員，利用其他人的力量，來查證幾年前的那場戰事，想知道究竟是什麼原因，讓公子死在了沙場。後來她漸漸獲得了一些線索，知道公子其實不是中了敵人的埋伏，而是被自己人陷害殺死的。她順著這些線索想要追查下去，卻發現這件事情與王后有關。

「王后忌憚她已經不是一天兩天了，因爲國王太寵愛她，現在姑娘又想將公子眞正的死因找出來，如果讓國王知道這些事情，也許王后就當不成王后了。這個時候正巧這位姑娘替國王生了一位王子，王后就命人在滋補的湯藥裡，下了慢性的毒藥。

「姑娘喝了這攙毒的湯藥，慢慢就虛弱病死，臨死之前，她希望能夠將公子的死因公諸天下，可是來不及了。王后派人將她軟禁起來，說她得了癆病，不許任何人再去見她，還將剛剛出生的小王子抱走……」

我緊張極了，問：「王后連小王子也要殺嗎？」顧小五卻神色如常，搖了搖頭：「王后不會殺小王子，王后自己沒有孩子，她就將小王子養大，教給他本事，小王子因此將王后視作自己的親生母親，可是小王子一直不知道，自己的親生母親卻原來是王后害死的。後來……小王子終於知道了事情的眞相，可是他沒辦法，他年紀還小，王后十分有勢力，他是鬥不過她的。這個時候，國王也猶豫起來，因爲他不只小王子一個兒子，他還有其他的王子。國王在幾個王子間猶豫不決，不知道將來要將王位傳給誰才好。其他的王子都在暗中躍躍欲試，他們都知道小王子不是王后的親生兒子，而王后呢，對小王子也有一層心病……可是國王最後，還是立了小王子爲儲君。因爲在子虛國，能活過三十歲的儲君少之又少，他們不是被暗殺死，就是被自己的父親廢黜、幽閉而死。也有儲君爲了搶佔先機，所以乾脆弒父謀反……有人成功，有人失敗，成功的人當了國王，最後死了，失敗的人沒能當上國王，最後也死了……東宮，其實是一座浸滿鮮血的宮廷……」

顧小五說到這裡，突然怔怔地發起呆來，我也呆呆地看著他，這個故事一點兒也不好玩，一點兒也不像我從前聽過的故事。可是不曉得爲什麼，我沒有去打斷顧小五，他過了片刻，又用那種平淡無奇的語調，繼續給我講著故事：「雖然當了儲君，但小王子的日子也不好過。王后提防著他；國王呢，也給小王子出了一個難題。國王說，你既然是儲君，那麼就應該爲天下臣民做一個表率。國王將小王子派到一個地方，讓他去完成一件幾乎沒有辦法完成的事情……」

「這個小王子，可眞是可憐。」我追著他問，「國王到底要他做什麼事情？」

「後來沒有了。」顧小五拍了拍馬鞍，重新躺下去，一臉的舒適，「睡覺。」

我大怒，這樣沒頭沒腦的故事，叫我如何睡得著？我說：「我又沒問為什麼，你為什麼不講了？」

顧小五說道：「沒有了就是沒有了，沒有了還講什麼？」

他翻過身，用背對著我。我只看到他的肩胛骨，雖然蓋著羊皮，但是夜風很冷，所以他縮著肩頭，好像已經睡著了。

我將皮褥子一直拉到自己下巴底下，蓋得暖暖的，心想：這個顧小五看上去沒心沒肺的，說起故事來，更讓人討厭。不過看他睡著的樣子，倒眞有點可憐——他講的故事裡的小王子沒有阿娘，他也沒有阿娘，沒有阿娘的人，當然可憐。我只要一想想我自己如果沒有阿娘，我簡直馬上就要掉眼淚呢。

我迷迷糊糊就睡著了，大約是臨睡前聽過故事的緣故，在夢裡我夢見了那個小王子。他還很小，眞的很小，大約只有三四歲的樣子，一個人蹲在那裡嚶嚶地哭，他縮著肩胛骨，像隻受傷的小獸。就像有次下雪以後，我在獵人挖的陷阱裡看到一隻受傷的小狐狸。那隻小狐狸就是這樣，縮成一團，只拿濕潤的黑眼珠瞧著我，充滿了戒備，卻又隱約有一絲怯意一般。牠的肩骨縮起來，突兀的、尖尖的嘴殼也藏在爪子下，大雪綿綿地下著，我心中對牠憐惜無限，忍不住伸出手去，想要拉牠。誰知牠一抬頭，竟然是顧小五，我嚇了一大跳，心裡只覺得好生詭異，馬上就嚇醒了。這時候天已經快亮了，斜月西沉，星子黯淡，連篝火都漸漸熄滅，夜色彷彿更加濃烈。草原上兩千騎睡得沉沉的，只有梭巡的哨兵，還兀自走動著。我臉畔的草葉上已經凝滿了清涼的露水，那些露水碰落在臉上，於是我用舌頭舔了舔，是甜的。我翻了個身，又睡著了。

第二天天亮我們就拔營起身，一直又往東走了五六日，終於遇見了突厥遣出的遊騎，赫失聽說大單于的王帳就在左近，頓時大喜。我心中也甚是歡喜，因爲馬上就要見到阿翁了。只是中原護送我們的那兩千騎，卻不便逗留在突厥的國境，立時便要告辭回去。

赫失十分敬佩這隊中原人馬，說他們軍紀嚴明，行動迅疾，打起仗來亦是勇猛，是難得一見的好漢。赫失又將他們送出好遠，我隨著赫失，也往西相送。午後陽光正烈，顧小五在鞍上垂眉低眼，似乎正懶洋洋地在打盹，我說：「喂，你回去了，給我父王帶個口信，就說我平安到了突厥。」

顧小五說道：「那也得看我會不會再往王城中去販茶葉。」

我說道：「你不回去販茶葉，卻要往哪裡去？」

他笑了笑，卻沒有答我。此時中原的人馬已經去得遠了，他對我揮了揮手，就縱馬追了上去。

我用手遮在額上，草原地勢一望無際，過了好久，還看得到他追上了隊伍，兀自向我們擺了擺手。漸漸去得遠了，像是浩然天地間的芥塵，細微的，再也辨不分明。我看著他的背影，想起昨天他對我講的故事，只是悵然若失。

身後突然有人「哧」地一笑，我回過頭，原來是赫失。他勒馬立在我身後，我惱羞成怒地問他：「你笑什麼？」

赫失點點頭，卻又搖搖頭，仍舊笑著對我說：「小公主，咱們快回去吧。」

見到阿翁的時候我歡喜極了，把一切煩惱都忘在了腦後。一年不見，阿翁也更偏愛我了，由著我任性胡鬧。赫失的手臂受了傷，阿翁又擔心我闖禍，所以叫赫失的妹妹成天跟著我。赫失的妹妹跟我差不多年紀，自幼學武，刀術十分高明。我最喜歡叫她的名字：「阿渡！阿渡！」就像喚一隻小鳥兒，她也眞的像隻小鳥兒，不論我在什麼地方，只要一喚，她馬上就會出現在我眼前，就像鳥兒拍拍翅膀般輕巧靈活。

讓我沒想到的是，月氏王竟然遣了使者來，想要阿翁發話定奪婚事。阿翁根本沒有讓使者進帳，就派人對月氏王的使者說道：「小公主雖然不是我們突厥的公主，但她的母親是大單于的女兒。大單于將小公主視作自己的孫女一般，只願意將她嫁給當世的英雄。你們的王如果想要娶小公主，那麼請他親自到帳前來，跟突厥的勇士相爭，只要他能抓住天亙山裡的那隻白眼狼王，大單于就將小公主嫁給他。這是大單于的諭旨，即使是小公主的父親，西涼國主，也願意聽從大單于的安排。」

月氏王的使者碰了這樣一個釘子，悻悻地走了。

鐵爾格達大單于的諭旨傳遍了整個草原，人人皆知如果要娶西涼的小公主，就得去殺掉那隻白眼狼王。傳說天亙山的狼群成千上萬，卻唯獨奉一頭白眼狼爲王。狼群也和人一樣，屈服於最強的王者之下。那隻白眼狼王全身毛色黧黑，唯有左眼上有一圈白毛，就像是蘸了馬奶畫上去的，雪白雪白。據說這樣的狼根本就不是狼，而是近乎於妖。狼群在草原上甚是可怕，白眼狼王，那就更爲可怕了。小股的騎兵和牧人，遇上白眼狼王都甚是凶險，因爲牠會率著數以萬計的狼跟人對陣，然後連人帶馬吃得乾乾淨淨。我一度覺得白眼狼王是傳說，就是阿嬤講的故事，畢竟從來沒有人親眼見過白眼狼王，可是每個人又信誓旦旦，說狼王眞的在天亙山上，統領著數以十萬計的狼。

月氏王受了大單于的激將，據說親自帶人入天亙山，尋找白眼狼王去了。如果他眞的殺死白眼狼王呢？我可不要嫁給那老頭子。但是沒有人能殺死白眼狼王，所有突厥人都這樣想，所有草原上的人也都這樣想，雖然月氏王帶了人浩浩蕩蕩地進山，但也不見得就能遇上白眼狼王，因爲根本沒有人眞正見過那匹白眼狼王，牠只活在傳說裡頭。我一想到這些就覺得安慰了，月氏王年老體衰，天亙山方圓幾百里，多奇石猛獸，說不定他會從馬上摔下來，摔得動彈不得呢，那樣我就不用嫁給他了。

我在突厥的日子過得比在西涼還要逍遙快活，每天同阿渡一起，不是去打獵就是去捕鳥。突厥女子嫁人都早，阿渡也到了可以唱歌的年紀。有時候就有人在她帳篷外邊唱一整夜的歌，吵得我睡不著。不過沒有人來對我唱歌，我想那些人可能也知道，要想娶我就得殺白眼狼王。即使對草原上的勇士們來說，這也是個很難的題目。

我才不會覺得是因爲我長得不漂亮，才沒有人來對我唱歌咧。

這天我正在帳篷裡頭睡覺，突然聽到外頭一片吵嚷聲，彷彿是炸了營一般。我一骨碌就爬起來，大聲地叫「阿渡」，她匆匆地掀開帳篷的簾子走進來，我問她：「怎麼了？出事了？」

阿渡也是一臉的茫然，我想她同我一樣，不知道發生什麼事了。這時阿翁遣了人過來，彎著腰對我們行禮：「大單于傳小公主到帳前去。」

「是要打仗嗎？」我有點兒忐忑不安地問，上次月氏王的使者灰溜溜地回去了，以月氏王的性子，難以善罷甘休。月氏王被激將地去找白眼狼王，但白眼狼王誰能找得著？這分明是大單于——最疼我的阿翁給月氏王下的圈套。如果月氏王惱羞成怒，突然明白過來，說不定會與突厥交戰，如果月氏與突厥兩國交兵，那麼對整個西域來說，眞是一件惡事。雖然突厥是西域最強的強國，雄踞漠北，疆域一直延伸到極東之海邊，但月氏亦是西域數一數二的大國，縱然比不上突厥強盛，可是國力委實不弱。況且西域十數年短暫的和平，已經讓商路暢通無阻，城池漸漸繁華，就像我們西涼，如果沒有商路，也不會有今天的繁榮。如果再打起仗來，也許這一切都將不復存在。

我帶著阿渡匆忙走到了王帳外，大單于的大帳被稱爲王帳，用了無數牛皮蒙製而成，上面還繪滿了豔麗的花飾，雪白的帳額上寫著祈福的吉祥句子，勾塡的金粉被秋後的太陽光一照，筆劃明燦得教人幾乎不敢看。那些金晃晃的影子倒映在地上，一句半句，都是祈天的神佑。在那一片燦然的金光裡，我瞇起眼睛看著帳前那個熟悉而又陌生的身影，雖然他穿了一款西涼人常見的袍子，可是這個人一點兒也不像我們西涼人。他轉過頭來對我笑了笑，果然這個人不是西涼人，而是中原人。

顧小五，那個販茶葉的商人。

我不由得問他：「你來做什麼？」

「娶妳。」

我目瞪口呆地看著他，過了好半晌才笑著問他：「喂，你又到這裡來販茶葉？」

顧小五不再答話，而是慢吞吞用腳尖撥弄了一下地上的東西。

我看到那樣事物，驚得下巴都快要掉下來了。

是一頭全身毛色黧黑的巨狼，比尋常野狼幾乎要大上一倍，簡直像一頭小馬駒，即使已經死得僵硬，卻依舊瞪著眼珠，彷彿準備隨時撲噬吞人。牠唯有左眼上有一圈白毛，就像是蘸了馬奶畫上去的，雪白雪白。我揉了揉眼睛，愣了好一會兒，然後又蹲下來，拔掉牠左眼上一根毛，那根毛從頭到梢都是白的，不是畫上去的，是真的白毛。

這時王帳前已經聚滿了突厥的貴族，他們沉默地看著這離奇巨大的狼屍，有大膽的小孩衝上來，學著我的樣子拔掉牠眼上的毛，對著太陽光看，然後嚷：「是白的！是白的！」

小孩子們嘈雜的聲音令我心神不寧，阿翁的聲音卻透過人群直傳過來：「不論是不是我們突厥的人，都是勇士。」衆人們紛紛爲大單于讓出一條路，阿翁慢慢地走出來，他看了地上的狼屍一眼，點了點頭，然後又對顧小五點了點頭，說道：「好！」

要想大單于誇獎一句，那可比讓天亙山頭的雪化盡了還要難。可是顧小五殺掉了白眼狼王，大單于親口允諾過，誰能殺掉白眼狼王，就要把我嫁給誰。

我可沒想到這個人會是顧小五。我跟在他後頭，不停地問他，到底是怎麼樣殺死白眼狼王的。

他輕描淡寫地說：「我帶人販著茶葉路過，正好遇上狼群，就把這匹狼給打死了。」

我微張著嘴，怎麼也不相信。據說月氏王帶了三萬人馬進了天亙山，也沒找見白眼狼王的一根毫毛，而顧小五販茶葉路過，就能打死白眼狼王？

打死我也不信啊！

可是大單于說過的話是一定要算數的，當下突厥的好些人都開始議論紛紛，眼見這個中原的茶販，眞的就要迎娶西涼的公主了。顧小五被視作英雄，我還是覺得他是唬人的，可是那天赫失喝醉了酒，跟他吵嚷起來，兩個人比試了一場。

他們的比試甚是無聊，竟然比在黑夜時分，到草原上去射蝙蝠，誰射的多，誰就贏了。只有射過蝙蝠的人，才知道那東西到底有多難射。

突厥人雖然都覺得赫失贏定了，但還是打了賭。我也覺得赫失贏定了，雖然他右手的骨頭沒好，但即使赫失是用左手，整個突厥也沒有人能比得上他的神箭。

這場比試不過短短半日工夫，就轟傳得人盡皆知。旁人都道赫失是想娶我，畢竟他是大單于帳下最厲害的武士，將來說不定還是大單于帳下最厲害的將軍。而我，雖然是西涼的公主，可是誰都知道大單于最喜歡我，如果娶了我，大單于也一定會更信任他。

我卻覺得赫失不會有這許多奇怪的想法，我覺得也許是阿渡告訴他，我並不願意嫁給顧小五。

雖然我影影綽綽覺得，顧小五不是尋常的茶葉販子。但我還是希望，自己不要這麼早就嫁人。

突厥的祭司唱著讚歌，將羊血瀝到酒碗中，然後將酒碗遞給兩位即將比試的英雄，他們兩人都是一氣飲盡。今天晚上他們兩個就要一決高下。赫失乃是突厥族中赫赫有名的英雄，而顧小五，也因為白眼狼王的緣故，被很多突厥人視作了英雄，這兩個人的比試令所有人都蠢蠢欲動。而我心裡十分為難，不知道希望結果是怎麼樣的才好。

如果顧小五贏了，我是不是真的得嫁給他了？

如果赫失贏了呢？難道我要嫁給赫失嗎？

我被這想法嚇了一跳，赫失只是代我教訓教訓顧小五，讓他不那麼狂妄，就像赫失平日教訓那些在阿渡帳篷外頭唱歌的小子們，如果他們鬧騰得太厲害，赫失就會想法子讓他們安靜下來。我想這是一樣的，顧小五殺了白眼狼王，任憑誰都是不服氣的。他還渾不在乎，公然就對阿翁說，他要娶我。

所以赫失才會想要出手教訓教訓他。

這次的比試，連大單于都聽說了，他興致勃勃，要親自去看一看。我忐忑不安，跟在阿翁身後，隨著瞧熱鬧的人一起，一擁而出，一直走到了河邊。大單于帳前的武士抱來了箭，將那些箭分別堆在兩人的足邊。赫失拿著他自己的弓，他見顧小五兩手空空，便對顧小五說道：「把我的弓借給你。」

顧小五點點頭，大單于卻笑道：「在我們突厥人的營地裡，難道還找不到一張弓嗎？」

大單于將一張鐵弓賜給顧小五，我可替顧小五犯起難來，這張鐵弓比尋常的弓都要重，以他那副文弱模樣，只怕要拉開弓都難。赫失只怕也想到這點，他不願佔顧小五的便宜，對大單于說：「還是讓他用我的弓，大單于就將這張弓賜給我用吧。」

大單于搖了搖頭，說道：「連一張弓都挽不開，難道還想娶我的外孫女嗎？」

圍觀的人都笑起來，好多突厥人都不相信白眼狼王真的是顧小五殺的，所以他們仍舊存著一絲輕蔑之意。顧小五捧著那張弓，似乎彈琴一般，用手指撥了撥弓弦。弓弦錚錚作響，圍觀的人笑聲更大了，他本來就生得白淨斯文，像是突厥貴族帳中那些買來的中原樂師，現在又這樣彈著弓弦，更加令突厥人瞧不起。

天色漸漸暗下來，河邊的天空中飛滿了蝙蝠。大單于點了點頭，說道：「開始吧。」

赫失和顧小五身邊都堆著一百支箭，誰先射到一百隻蝙蝠，誰就贏了。赫失首先張開了弓，他雖然用左手，可是箭無虛發，看得人眼花繚亂，只不過一眨眼的工夫，只見蝙蝠紛紛從天上跌下來。而這邊的顧小五，卻慢條斯理，抽了五支箭，慢慢搭上弓弦。

我叫了聲「顧小五」，雖然我不知道他會不會射箭，可是他也應該知道箭是一支一支射的啊。顧小五回過頭，對我笑了笑，然後挽開了弓。

老實說，我壓根兒就沒有想到，他輕輕鬆鬆就拉開了那張弓。不僅拉開了弓，而且五箭連發，快如流星一般，幾乎是首尾相連，旁邊的人都不由得驚呼。

「連珠箭！連珠箭！」好幾個突厥貴族都在震驚地叫喊，連大單于也情不自禁地點了點頭。中原有位大將善使連珠箭，曾經與突厥對陣，便是用這連珠箭法，射殺了突厥的左屠耆王。可那畢竟是傳說，數十年過去了，突厥的貴族們再也沒有見過連珠箭。而顧小五更是一氣呵成，次次五箭連發，那些蝙蝠雖然亂飛，但禁不住他箭箭連發，一隻隻黑色的蝙蝠墜在他足邊，就像一場凌亂的急雨。赫失雖然射得快，可是卻沒有他這般快，不一會兒顧小五就射完了那一百支箭。奴隸們拾起蝙蝠，在河岸邊累成黑壓壓的一團，一百隻蝙蝠就像是一百朵詭異的黑色花朵，疊在一起變成碩大的黑色小丘。

赫失雖然也射下了一百隻蝙蝠，可是他比顧小五要射得慢。赫失臉色平靜，說道：「我輸了。」

顧小五說道：「我用強弓，方才能發連珠箭，如果換了你的弓，我一定比你慢。而且你右手不便，全憑左手用力，如果要說我贏了你，那是我勝之不武。咱們倆誰也沒有輸，你是真正的勇士，如果你的手沒有受傷，我一定比不過你。」

顧小五的箭技已經震住了所有人，見他這樣坦然相陳，人群不由得轟然叫了一聲好。突厥人性情疏朗，最喜行事痛快，顧小五這樣的人，可大大地對了突厥人的脾氣。大單于爽快地笑了：「不錯，咱們突厥的勇士，也沒有輸。」他注視著顧小五，道：「中原人，說吧，你想要什麼樣的賞賜？」

「大單于，您已經將最寶貴的東西賜予了我。」顧小五似乎是在微笑，「在這世上，有什麼比您的小公主更寶貴的呢？」

大單于哈哈大笑，其他的突厥貴族也興高采烈，這樁婚事，竟然就眞的這樣定下來了。

祭司選了吉期，趁著秋高氣爽的好天氣，就要為我們舉辦婚禮。我心裡猶豫得很，悄悄問阿渡：「妳覺得，我是嫁給這個人好，還是不嫁給這個人好？」

阿渡用她烏黑的眼睛看著我，她的眼睛裡永遠只是一片鎮定安詳。我自己也拿不定主意，最後我終於大著膽子，約顧小五在河邊見面。

我也不知道要對他說什麼，可是如果眞的這樣稀裡糊塗嫁了他，總覺得有點兒不安似的。秋天的晚上，夜風吹來已經頗有涼意，我裹緊了皮袍子，徘徊在河邊，聽著河水「嘩嘩」地響著，遠處傳來大雁的鳴叫聲，我抬起頭張望。西邊已經有一顆明亮的大星升起來，天空是深紫色的，就像是葡萄凍子一般。

風吹得芨芨草「沙沙」作響，顧小五踏著芨芨草，朝著我走過來。

我突然覺得心裡一陣發慌。他穿了突厥人的袍子，像所有突厥人一般，腰間還插著一柄彎刀。這些日子以來，顧小五甚得大單于的喜歡，他不僅箭法精獨，而且又會說突厥話，雖然他是個中原人，可是大單于越來越信任他，還將自己的鐵弓賜給了他。而赫失自從那晚比試之後，跟他幾乎成了兄弟一般。顧小五教赫失怎麼樣使連珠箭，赫失也將草原上的一些事教給他。大單于每次看到他們兩個，都會禁不住欣慰地點頭。赫失甚至同顧小五交換了腰刀——突厥人換刀，其實就是結義，上陣殺敵，結義兄弟比親兄弟還要親，都肯為對方而死。所以顧小五的腰帶上，其實插的是赫失的彎刀，我一看到那柄刀，就想起來，赫失曾經將它遞到我手裡，催促我先走。

顧小五也瞧見了我，他遠遠就對我笑了笑，我也對他笑了笑。看到他的笑容，我忽然就鎮定下來，雖然我沒有說話，他也沒有說話，可是他一定懂得，我爲什麼將他約到這裡來。果然的，他對我說道：「我帶了一樣事物給妳。」

我的心怦怦地跳起來，不會是腰帶吧？如果他要將自己的腰帶送給我，我該怎麼樣回答呢？按照突厥和西涼的風俗，男人都要在唱歌之後才送出腰帶……他都沒有對我唱過歌。我心裡覺得怪難爲情的，一顆心也跳得又急又快，耳中卻聽到他說：「妳晚上沒吃飽吧？我帶了一大塊烤羊排給妳！」

我頓時氣得連話都說不出來了，鼓著腮幫子，老半天才蹦出一句：「你才沒吃飽呢！」

顧小五一臉的莫名其妙：「我當然吃飽了啊……我看妳晚上都沒吃什麼，所以才帶了塊羊排來給你。」

我悶不作聲生著氣，聽著遠處不知名的鳥兒唱歌。河水「嘩嘩」地響著，水裡有條魚跳起來，濺起一片水花。顧小五將那一大塊噴香的羊排擱在我面前，我晚上確實也沒有吃什麼，因爲我惦記著跟顧小五在河邊約會的事情，所以晚上的時候根本就是食不知味。現在看到這香噴噴的羊排，我肚子裡竟然咕嚕嚕響起來。他大笑著將刀子遞給我，說：「吃吧！」

羊排眞好吃啊！我吃得滿嘴流油，興高采烈地問他：「你怎麼知道我愛吃羊排？」

顧小五說了句中原話，我沒聽懂，他又用突厥話對我說了一遍，原來是：「世上無難事，只怕有心人。」

我從來沒有聽說過這樣一句話，不知爲什麼心裡倒是一動。有心人，什麼樣的人才叫有心人呢？雖然我和顧小五認識並不久，可是我一直覺得，我已經同他認識很久了。也許是因爲我們之間經歷了這麼多的事情，每次都是他幫助我，保護我。雖然他每次說的話總惹我生氣，可是這句話，卻教我生氣不起來。我們兩個沉默地坐在河邊，遠處飄來突厥人的歌聲，那是細微低婉的情歌，突厥的勇士總要在自己心愛的姑娘帳篷外唱歌，將自己的心裡話都唱給她聽。

我從來沒有覺得歌聲這般動聽，飄渺得如同仙樂一般。河邊草叢裡飛起的螢火蟲，像是一顆顆飄渺的流星，又像是誰隨手撒下的一把金沙。我甚至覺得，那些熠熠發光的小蟲子，是天神的使者，牠們提著精巧的燈籠，一點點閃爍在清涼的夜色裡。河那邊的營地裡也散落著星星點點的火光，歡聲笑語都像是隔了一重天。我忽然體會到，如果天神從九重天上的雲端俯瞰人間，會不會也是這樣的感受？這樣飄渺，這樣虛幻，這樣遙遠而模糊。

我終於問顧小五：「你到底願不願意娶我呢？」

顧小五彷彿有點兒意外似的，看了我一眼，才說道：「當然願意。」

「可是我脾氣不好，而且你是中原人，我是西涼人，你喜歡吃黍飯，我喜歡吃羊肉。你說中原話，我聽不懂，你們中原的事情，我也不明白。如果叫你留在西涼，這裡離中原千里萬里，你定然會想家。如果叫你不留在西涼，回到中原去，那裡離西涼千里萬里，我定然會想家。雖然你殺死了白眼狼王，可是你不見得是因爲我呀，你也說了，你只是販茶葉的時候路過……我年紀雖然小，也知道這種事情是勉強不得的……」

我滔滔不絕地說了一大番話，從我們倆初相識一直講到現在，種種不便我統統都說到了，直說得口乾舌燥。顧小五並沒有打斷我，一直到看我放下羊排去喝水，他才問：「說了這麼多，其實都是些身外之事。我只問妳，妳到底願不願意嫁給我呢？」

我口裡的水差點全噴了出去，我瞪著他半晌，突然臉上一熱：「願不願意……嗯……」

「說呀！」他催促著我，「妳到底願不願意呢？」

我心裡亂得很，這些日子以來的一幕幕都像是幻影，又像是做夢。事情這樣多又這樣快，我從前真的沒有想過這麼快嫁人，可是顧小五，我起先覺得他挺討厭，現在卻討厭不起來了。我不知道怎麼回答才好，看著漫天飛舞的點點秋螢，我突然心一橫，說：「那你給我捉一百隻螢火蟲，我就答應你。」

這句話一出口，他卻突兀地站起來。我怔怔地瞧著他，他卻如同頑童一般，竟然揚手就翻了一個大大的筋斗。我看他整個人都騰空而起，彷彿一顆星——不不，流星才不會像這樣呢，他簡直快要落到河灘裡去了。突然他就揮出手，我看他一把就攥住了好幾隻螢火蟲，那些精靈在他指縫間閃爍著細微的光芒，我將長袍的下襬兜起，急急地說：「快！快！」他將那些螢火蟲放進我用衣襬做成的圍囊裡，我看著他重新躍起，中原的武術，就像是一幅畫，一首詩，揮灑寫意。他的一舉一動都像是舞蹈一般，可是世上不會有這樣英氣的舞蹈。他在半空中以不可思議的角度旋轉，追逐著那些飄渺的螢火蟲。他的衣袖帶起微風，我替他指著方向：「左邊！左邊有好些！」

「唉呀！」「跑了！那邊！哎呀那裡有好些！」

……

我們兩個人的笑聲飄出河岸老遠，我衣襬裡攏的螢火蟲越來越多，越來越多，牠們一起發出熒熒的光，就像是一團明月，被我攏在了懷中。河邊所有的螢火蟲都不見了，牠們都被顧小五捉住，放進了我的懷裡。

「有一百隻了吧？」他湊近過來，頭挨著我的頭，用細長的手指揭開我衣襬的一角，「要不要數一數？」

我們剛剛數了十幾隻，顧小五的身上有股淡淡的清涼香氣，那是突厥人和西涼人身上都沒有的，我覺得這種淡淡的香氣令我渾身都不自在，臉上也似乎在發燒，他離我真的是太近了。突然一陣風吹過，他的髮絲拂在我臉上，又輕又軟又癢，我擎著衣襬的手不由得一鬆，那些螢火蟲爭先恐後地飛了起來，明月散開，化作無數細碎的流星，一時間我和顧小五都被這些流星圍繞，牠們熠熠的光照亮了我們彼此的臉龐，我看到他烏黑的眼睛，正注視著我。我想起了在阿渡帳篷外唱歌的那些人，他們就是這樣看阿渡的，灼熱的目光就像是火一般，看得人簡直發軟。可是顧小五的眼神卻溫存許多，他的眼神裡倒映著我的影子，我忽然覺得心裡有什麼地方悄悄發軟，讓我覺得難受又好受。他看到我看他，突然就不好意思起來，他轉開臉去看天上的螢火蟲，說：「都跑了！」

我忍不住說：「像流星！」

他也呵呵笑：「流星！」

無數螢火蟲騰空飛去，像是千萬顆流星從我們指端掠過，天神釋出流星的時候，也就是像這樣子吧。此情此景，就像是一場夢一般。我想我永遠也不會忘記河邊的這一晚，成千上萬的螢火蟲環繞著我們，牠們輕靈地飛過，點點螢光散入四面八方，就像是流星金色的光芒劃破夜幕。我想起歌裡面唱，天神與他眷戀的人，站在星河之中，就像這一樣華麗璀璨。

大單于遣了使者去告訴父王，說替我選定了一位夫婿，就是顧小五。父王正在月氏與中原之間左右爲難，所以他立刻寫了一封回信，請阿翁爲我做主，主持婚事。父王的回信送到的時候，婚禮都已經開始了一半。

突厥的婚俗隆重而簡單，十里連營宰殺了無數隻肥羊，處處美酒飄香。這些日子以來，顧小五已經和突厥的貴族都成了朋友，突厥風氣最敬重英雄，他先射殺了白眼狼王，又在比試中贏了赫失，在突厥人心目中，已經是年少有爲的英雄。祭司唱著喜氣洋洋的讚歌，我們踏著紅氈，慢慢走向祭祀天神的高台。就在這個時候，卻聽到馬蹄聲急促，斥候連滾帶爬地奔到了大單于座下。

隔著熱鬧的人群，我看到大單于的眉毛皺了起來，顧不得祭司還拉長腔調唱著讚歌，我回頭奔到大單于面前：「阿翁！」

大單于摸了摸我的頭髮，微笑著對我說：「沒事，月氏王遣了些人來叫罵，我這便派兵去打發他們。」

顧小五不知何時也已經走到我的身後，他依著突厥的禮儀向大單于躬身點肩：「大單于，讓我去吧。」

「你？」大單于抬起眼來看了他一眼，「月氏王有五萬人。」而且月氏王是久經沙場的宿將，而顧小五雖然箭法精妙，但是面對成千上萬的敵人，只怕箭法再精妙也沒有用處吧。

「那麼大單于以逸待勞，遣三萬騎兵迎敵。」顧小五說道，「如果大單于不放心，請派遣一位將軍去，我替將軍掠陣，如果能放冷箭射亂月氏的陣腳，也算是一件微功。」

大單于還在猶豫，赫失卻說道：「中原的兵法不錯，在路上就是他們帶人打敗了月氏人。」

大單于終於點了點頭，對顧小五說道：「去吧，帶回月氏將軍的首級，作爲你們婚禮祭祀天神的祭品。」

顧小五依照中原的禮節跪了一跪，說道：「願天佑大單于！」他站起來的時候，看了我一眼，說道，「我去去就回。」

我心裡十分擔心，眼看著他轉身朝外走去，連忙追上幾步，將自己的腰帶系在他的腰上。按照婚禮的儀式，新人互換腰帶，就已經是禮成。兩個人就在天神的見證下，正式成爲夫妻。我原本想叫他把自己的腰帶解下來替我繫上，可是奴隸已經將他的馬牽過來了。我都來不及同他說話，他一邊認鐙上馬，一邊對我說：「我去去就回來。」

我拉著他的衣袖，心中依依不捨。我想起很多事情，想起我在沙丘上等了三天三夜，就是爲了等這個人；想起我從馬上栽下來，他救了我；想起那天晚上，他給我講的故事；想起他殺了白眼狼王，還贏了赫失；我想起河邊那些螢火蟲，從那個時候，我就下定決心和他永不分離……但現在他要上陣殺敵，我不由得十分地牽掛起來。

他大約看見我眼中的神色，所以笑了笑，俯身摸了摸我的臉。他的手指微暖，不像是父王的手，更不像是阿翁的手，倒像是阿娘的手一般。我想他既然箭法這樣精妙，爲什麼手上卻沒有留下繭子呢？

我總是在莫名其妙的時候，想起這些微不足道的事情。他已經收回了手，三萬人整隊完畢，大單于遣出領兵的將軍是我的大表兄，也就是大單于的孫子伊莫延。伊莫延笑著對我說：「妹妹，放心吧，我會照應好他。」突厥人慣於征戰，將打仗看得如同吃飯一般簡單。我很喜歡伊莫延這個哥哥，因爲小時候他常常同我一起打獵，像疼愛自己的妹妹一樣疼愛我。我大聲道：「誰要你照應他了？你照應好你自己就行了，我還等著你回來喝酒呢！」衆人盡皆放聲大笑，紛紛說：「小公主放心，等烤羊熟了，我們就帶著月氏人的首級回來了。」

顧小五隨在伊莫延的大纛之下，他也披上了突厥人的牛皮盔甲，頭盔將他的臉遮去大半，看我在人叢裡找尋他的臉，他朝我又笑了笑，然後對我舉起手揮了揮。我看到他腰間繫著的腰帶，我的腰帶疊在他的腰帶上，剛剛我只匆忙地打了一個結，我不由得擔心待會兒那腰帶會不會散開，如果腰帶散開，那也太不吉利了……可是不容我再多想，千軍萬馬蹄聲隆隆，大地騰起煙塵，大軍開拔，就像潮水一般湧出連營，奔騰著朝著草原淌去，一會兒工夫，就奔馳到了天邊盡頭，起初還遠遠看得見一道長長的黑影，到了最後轉過緩坡，終於什麼都看不見了。

阿渡見我一臉悵然地站在那裡，忍不住對我打了個手勢。我懂得她的意思，她是安慰我，他們一會兒就回來了。我點了點頭，雖然月氏王有五萬人，但皆是遠來的疲兵，突厥的精兵以一擋十，三萬足以迎敵。況且王帳駐紮在這裡，便有十萬人馬，立時也可以馳援。

烤羊在火上「滋滋」地響著，奴隸們獻上馬奶和美酒，到處都是歡聲笑語。大家都知道，不過一會兒定然有戰勝的消息傳來，那時候突厥的兒郎們就會回轉來了。我心中想起適才送別的事，臉上不由得一陣發燒，等到伊莫延回來，他還不知道會怎麼樣笑話我呢！他一定會說我捨不得顧小五，等到他回來，一定會領頭取笑我。突厥的少年貴族隱隱以伊莫延為首，今天晚上的賽歌大會，那些人可有得嘲弄了。我心裡一陣陣發愁，心想顧小五不會唱歌，等他回來之後，我一定得告訴他，以免賽歌的時候出醜。

我卻不知道，他們永遠不會回來了。

很多很多年後，我在中原的史書上，看到關於這一天的記載。寥寥數語，幾近平淡：「七月，太子承鄞親入西域，聯月氏諸國，以四十萬大軍襲突厥，突厥鐵爾格達單于兇悍不降，死於亂軍。突厥闔族被屠二十餘萬，族滅。」

關於那一天，我什麼都已經不記得，只記得赫失臨死之前，還緊緊攥著他的弓，他胸腹間受了無數刀傷，鮮血直流，眼見是活不成了。他拚盡全力將我和阿渡送上一匹馬，最後一句話是：「阿渡，照應好公主！」

我看著黑壓壓的羽箭射過來，就像密集的蝗雨，又像是成千上萬顆流星，如果天神鬆開手，那麼他手心裡的星子全都砸落下來，也會是這樣子吧……阿渡拚命地策著馬，帶著我一直跑一直跑。四面都是火，四面都是血，四面都是砍殺聲。中原與月氏的數十萬大軍就像是從地上冒出來的，突厥人雖然頑強反抗，可是也敵不過這樣的強攻……無數人就在我們身後倒下，無數血跡飛濺到我們身上，如果沒有赫失，我們根本沒有法子從數十萬大軍的包圍圈中逃出去，可是最後赫失還是死了，我和阿渡在草原上逃了六天六夜，才被追兵追上。

我腿上受了傷，阿渡身上也有好幾處輕傷，可是她仍舊拔出了刀子，將我護在了身後。我心中勃發的恨意彷彿是熊熊烈火，將我整個人都灼得口乾舌燥，我在心裡想：這些人，這些人殺了阿翁；這些人，這些人殺了顧小五；這些人，這些人殺了所有的突厥人。我雖然不是突厥人，可是血統裡卻有一半的突厥血液。現在就剩了我和阿渡，哪怕流盡最後一滴血，我也不會給阿翁丟臉，不會給突厥丟臉。

這時中原人馬中有一騎逸出，阿渡揮著刀子就衝過去，可是那人只是輕輕巧巧地伸手一探，阿渡的刀子就「哐啷」一聲掉在了地上。我目瞪口呆地看著那個人，這個人一定會妖術吧？不然怎麼會使法術奪去阿渡的刀子，還令她在那裡一動也不能動？

阿渡對那人怒目而視，阿渡很少生氣，可是我知道她是真的生氣了。我拾起阿渡的刀，就朝著那人砍去。我已經紅了眼，不論是誰，不管是誰，我都要殺了他！

那人也只是伸出手來，在我身上輕輕一點，我眼前一黑，頓時什麼都不知道了。

醒過來的時候我臉朝下被馱在馬背上，就像是一袋黍米，馬蹄濺起的泥土不斷地打在我臉上，可是我動彈不得。四面八方都是馬蹄，無數條馬腿此起彼伏，就像無數芨芨草被風吹動，我一陣眩目，不得不閉上眼睛。也不知過了多久，馬終於停了下來，我被從馬背上拎下來，可是我腿上的穴道被封得太久，根本站不穩，頓時滾倒在了地上。

地上鋪著厚氈，這裡一定是中原將軍的營帳，是那位都護大人嗎？我抬起頭來，卻看到了顧小五，無數突厥的勇士都已經戰死，尤其是事先迎敵的那三萬突厥精兵，根本沒有一個人活著回來，可是顧小五，他還好端端地活著。

他不僅活著，而且換了中原的衣衫，雖然並沒有穿盔甲，文質彬彬得像是中原的書生一般，可是我知道，這樣的帳篷絕不會是給書生住的。在他的周圍有很多衛兵，而捉到我們的那個中原大將，竟然一進來就跪下來向顧小五行禮，中原將軍身上的甲冑發出清脆的響聲，這是中原最高的禮節，據說中原人只有見到最尊貴的人才會行這樣的禮。我突然明白過來，顧小五，顧小五原來是中原的內應！是他，就是他引來了敵人的奇襲。我不知道從哪裡來的力氣，用盡全力向他啐去：「奸細！」

左右的衛兵大聲呵斥著，有人踢在我的腿上，我腿一軟重新滾倒在地上。我看到了都護大人，他也躬身朝顧小五行禮，他們都說著中原話，我一句也聽不懂。顧小五並沒有看我，都護大人對顧小五說了很多話，我看顧小五沉著臉，最後所有的人都退出了帳篷，顧小五拿著匕首，朝著我走過來。

我原以為他會殺了我，可是他卻挑斷了綁著我手的牛筋，對我說道：「委屈妳了。」

我歪著頭看著他，語氣儘量平靜：「顧小五，總有一天我會殺了你，替阿翁報仇。」

「你這個叛徒，奸細。」我罵不出更難聽的話，只得翻來覆去地這樣罵他，他一點兒也不動怒生氣，反倒對我笑了笑：「妳要是覺得生氣，便再罵上幾句也好。」

我看著他，就像看著一個陌生人。這個人從我們的婚禮上走掉，領著三萬突厥子弟去迎敵。卻沒想到與月氏人裡應外合，不僅突厥的三萬精銳被殲滅得乾乾淨淨，中原與月氏諸國的大軍，更衝進了王帳所在。阿翁措手不及，被他們殺死，突厥是眞的亡了！二十萬人……那是怎麼樣一場屠殺，我和阿渡幾乎是從修羅場中逃了出來，二十萬人的血淌滿了整個草原，而主持這場屠殺的人，卻渾若無事地站在這裡。

我終於罵得累了，蜷在那裡只是想，他的心腸到底是什麼樣的鐵石鑄成。我筋疲力盡地看著他，說道：「你騙了我這麼久，爲什麼現在不一刀殺了我呢？」

他瞧著我，好久好久都沒有說話，又過了許久，突然轉過臉去，望著門簾外透進來的陽光。門簾原是雪白的布，現在已經被塵土染成了黑灰色，初秋的陽光卻是極好，照在地上明晃晃的，映出我們的影子。他突然伸手扣住我的手腕，我腕上無力，剛剛偷拔出的細小彎刀就落在地上。那還是他的刀，他原本和赫失換刀結義，這把刀赫失最後卻塞給了我。一路上我和阿渡狼狽萬分，我藏著這刀，一直想要在最後時刻，拿它來刺死自己，以免被敵人所辱。到了帳中我終於改了主意，我覺得應該用它來刺死眼前的這個人，可是卻被他察覺了。怎麼樣才能替阿翁報仇呢？我倒在地上喘著氣。

他看著我，目光沉沉，說道：「妳不要做這樣的傻事。」

傻事？我幾乎想要放聲大笑，這世上還有誰會比我更傻？我輕信了一個人，還差點嫁給他，這個人卻是中原派來的奸細，我還一心以爲他死在與月氏的交戰之中，我還一心想要爲他報仇。

就在這個時候，突然有人走進來，對顧小五說了句中原話。顧小五的臉色都變了，他抓起那柄細小的彎刀，撇下我快步走出帳外去。我筋疲力盡，伏在那裡一動不動。也不知過了多久，有人輕輕地扯動我的衣衫，叫我的名字：「小楓！」

我回頭一看，竟然是師傅，不由得大喜過望，抓著他的手問：「你怎麼會在這裡？」

師傅對我說：「這裡不是說話的地方，我先帶妳走。」

他拔劍將帳篷割了一道口子，我們從帳後溜了出去。那裡繫著好幾匹馬，我們兩個人都上了馬，正待要衝出營去，我突然想起來：「阿渡！還有阿渡！」

「什麼阿渡？」

我說：「赫失的妹妹阿渡，她一直護著我衝出來，我可不能拋下她。」

師傅沒有辦法，只得帶著我折返回去找尋阿渡。我們在關俘虜的營地裡找著了阿渡，可是卻驚動了看守。師傅雖然劍術高明，可是陷在十里連營裡，這場廝殺卻是糾纏不清，難以脫身。營地裡早就已經譁然，四面湧出更多的人來，師傅見勢不妙，且戰且退，一直退到馬廄邊，他晃燃了火摺子，就手將那火摺扔進了草料中。

大營裡的馬廄，堆了無數乾草作飼料，這一點起來，火勢頓時熊熊難以收拾。軍營中一片譁然大亂，所有人都趕著去救火，趁這一個機會，師傅終於將我和阿渡帶著逃了出來。中原軍紀甚是嚴明，不過短短片刻，營中的譁亂已經漸漸靜下去，有人奔去救火，另一些人卻騎上馬朝著我們追過來。

這樣且戰且退，一直退到了天亙山腳下，追兵卻越來越多了。我看著那些追兵打著杏黃的旗號，上面的中原字我並不認識，於是問師傅：「這些人都是安西都護府的？」中原在安西都護府屯有重兵，可是沒想到他們打仗如此厲害。

師傅臉頰上濺了幾滴血，他性好整潔，揮手拭去那血跡，卻是連聲冷笑：「安西都護府哪裡有這樣多的輕騎……這些人是東宮的羽林衛，就是中原所謂的羽林郎，皆是世家子弟，此番出塞，卻是撈功名利祿來了。妳看他們一個個奮勇爭先，那都是想要大大地立一番功勞。」

我問：「什麼大功勞？」

師傅說道：「活捉妳，便是一場大功勞了。」

我還從來不曾想過，自己會這樣重要。那些羽林軍對我們窮追不捨，不停叫罵，有人還學了怪腔怪調的西涼話，說我們只會夾起尾巴逃走。若要是平時，我早就被激得回身殺入陣中，但一連串的波折之後，我終於知道，萬軍之中一人猶如滄海一粟，就像是颶風之前的草葉，沒有任何人能抵擋千軍萬馬的攻勢。阿翁不行，赫失不行，師傅也不行。

天黑的時候我們逃入了天亙山中，大軍不便上山，就駐在山腳下。我們從山石後俯瞰，山下燃著點點篝火，不遠處蜿蜒一條火龍，卻是大營中仍在不斷有馳援而來。我終於問師傅：「顧小五是什麼人？」

「他根本就不姓顧。」師傅的語氣卻像往常一樣平靜下來，「他是李承鄞，中原皇帝的第五個兒子，也是當今天朝的東宮太子。」

我只猜到顧小五不是販運茶葉的商販，事變之後，我隱約覺得他應該是中原朝廷的將軍，可是他又這樣年輕。中原朝廷有名的將軍不少，並沒有聽說過姓顧的將軍。原來他根本不姓顧，不僅不姓顧，身分竟然如此顯赫。

我不知道是想哭，還是想笑。

我想起中原派來的使節，那時候使節是來替中原太子求親的。可是事情怎麼會變成這樣呢？

那時候我雖然對中原沒有什麼好感，可是也不會像現在這樣，恨之入骨。

「他為什麼要說自己姓顧？」

師傅猶豫了片刻，我還從來沒有想過他也會猶豫，可是最後他還是告訴我實話：「因為他的母親姓顧。」

我看著師傅，黑暗中其實什麼都看不到，他的聲音又低又緩：「不錯，妳早就知道我也姓顧，他的母親淑妃，原是我的親姑姑。所以我其實也不是什麼好人，陛下令他出塞西征，他卻遣了我悄悄潛入西涼，替他作內應……」

我腦子裡亂成一鍋粥，我想了許久，終於想起師傅的名字，我靜靜地叫出他的名字：「顧劍！」我問他，「那麼，你打算什麼時候殺了我，或者什麼時候帶著我，去向太子殿下交差？」

顧劍並沒有答話，雖然在黑暗裡，我似乎也能看見他唇角淒涼的笑意。過了好久，他才說道：「妳明明知道我不會。」

我心中勃發的恨意像是一團熊熊燃燒的火焰，那火焰吞噬著我的心，我抓著手中的尖石，那些細碎的尖利的稜角一直深深地陷入我的掌心。我的聲音猶帶著痛恨：「你們中原人，還有什麼不會？你們一直這樣騙我！顧小五騙我，你更是一次又一次地騙我！你從一開始認識我，就是打定了這樣的主意吧？你們還有什麼不會！你騙了我一次又一次，枉費我父王那樣相信你！枉費我叫你師傅……」

我不知道自己在說什麼，我滔滔不絕地咒罵著他，咒罵所有的中原人都是騙子。其實我心裡明白，我恨的只是顧小五，他怎麼可以這樣待我。我從來沒有這麼強烈的痛恨，如果顧小五一劍殺了我倒好了，如果師傅不救我就好了，說不定我就早已經死了……我罵了很久，終於累了。我看著顧劍，冷嘲熱諷：「你這次來救我，是不是什麼擒什麼縱……將來好到中原的皇帝那裡去領賞？」

師傅看著我，過了好一會兒，他才說道：「小楓，我確實是別有居心才認識妳，從前我都是在騙妳，可是……可是每次騙妳的時候，我總覺得好生難過。妳根本就還是個小孩子，不管我怎麼騙妳，妳總還是相信我，我越騙妳，心中就越是內疚。我給李承鄞飛鴿傳信，其實那時候，我真的盼望他永遠都不要來……妳在沙丘上等著，我其實就在不遠處看著妳，看著妳在那兒一直等，一直等，一直等了三天三夜……那天晚上月亮的光照在妳的臉上，我看著妳臉上的神氣，就像是妳歌裡唱的那隻小狐狸……」他的聲音慢慢低下去，「我知道我自己是著了魔……妳明明還是個小孩子……可是那時候，我眞的盼望李承鄞永遠都不要出現，這樣我說不定就可以帶妳走了……帶著妳走到別的地方去，離開西涼……可是後來他竟然還是來了，一切都按事先的計畫行事，我只得暫時避開妳……我不知道……本來我還抱著萬一的希望，想著妳或許不會喜歡他……可是……李承鄞要去殺白眼狼王的時候，我就知道，事情沒有挽回的餘地。是我幫著他殺死了那頭惡狼，他的腿都被狼咬傷了，我對他說：殿下，這又是何必？其實我心裡更鄙視我自己，我做的這一切，又是何必……我知道他殺了狼王，就是爲了去再見妳。我幫著他，其實就是把妳往他懷裡推……」

我不知道他在說什麼，他的神色悽楚，最後只是說：「小楓，是我對不住妳。」

我沒有說話，這世上沒有任何人對不住我，只有我對不住別人。

我對不住阿翁，我引狼入室，令阿翁信任顧小五，結果突厥全軍覆滅。

我對不住赫失，如果不是我，他就不會死。

我對不住阿渡，如果不是我，她也不會受傷。

我對不住所有突厥人，他們都是我的親人，我卻為他們引來了無情的殺戮。

這世上沒有任何人對不住我，只除了顧小五……

可是沒有關係，我會殺了他，我總會有機會殺了他……

我仰天看著頭上的星星，以天神的名義起誓，我總有一天，會殺了他。

天明的時候我睡著了一小會兒，山下羯鼓的聲音驚醒了我，我睜開眼睛，看到阿渡正跳起來。而顧劍臉色沉著，對阿渡說：「帶公主走。」

「我不走。」我倔強地說，「要死我們三個人死在一塊兒。」

「我去引開敵人，阿渡帶著妳走。」顧劍抽出劍來，語氣平靜，「李承鄞性情堅硬，妳難道還指望他對妳有真心？妳如果落在他手裡，不過是為他平定西涼再添一個籌碼。」

西涼！

我只差驚得跳起來，顧劍看著我，我張口結舌：「他還想要去攻打西涼？」

顧劍笑了笑，說道：「對王者而言，這天下何時會有盡頭？」

我一句話也說不出來，羯鼓「嗵嗵嗵」響過三遍，底下的中原人已經開始衝鋒。顧劍對我說：「走吧！」

阿渡拉著我，她雖然受了輕傷，可是身手還十分靈活，她拉著我從山石上爬過去，我倉促地回過頭，只看到顧劍站在山石的頂端，初晨的太陽正照在他的身上，他身上的白袍原本濺滿了鮮血，經過了一夜，早凝成黑紫的血痂。他站在晨光的中央，就像是一尊神祇，手執長劍，風吹起他的衣袂，我想起昨天晚上他對我說的那些話，簡直宛如一場夢境。我想起當初剛剛遇見他的時候，那時候他從驚馬下救出一個小兒，他的白袍滾落黃沙地，沾滿了塵土，可是那時候他就是這般威風凜凜，像是能擋住這世上所有的天崩地裂。那時候的事情，也如同夢境一般。這麼多日子以來發生的所有事情，對我來說，都像是一場噩夢。

我和阿渡在山間亂走，晝伏夜出。中原人雖然大軍搜山，可是我們躲避得靈巧，他們一時也找不到我們。我們在山裡躲了好多天，渴了喝雪水，餓了就挖沙鼠的洞，那裡總存著草籽和乾果，可以充饑。我們不知道顧劍是否還活著，也不知道一共在山間躲了多少天。

這時候已經到了八月間，因爲開始下雪了。彷彿是一夜之間，天亙山就被鋪天蓋地的雪花籠罩，牧草枯黃，處處冰霜。一下雪山間便再也藏身不住，連羚羊也不再出來覓食。到了夜裡，山風簡直可以將人活活吹得凍死。中原的大軍在下雪之前就應該撤走了，因爲軍隊如果困在雪地裡，糧草斷絕的話將是十分可怕的事，領兵的將軍不能不思量。我和阿渡又在山上藏了兩天，不再見有任何搜山的痕跡，便決定冒險下山。

我們的運氣很好，下山後往南走了一整天，就遇上放牧的牧人。牧人煮化雪水給我們洗手洗臉，還煮了羊肉給我們吃。我和阿渡兩個都狼狽得像野人，我們在山間躲藏了太久，一直都吃不飽，雪後的山中更是難熬。在溫暖的帳篷裡喝到羊奶，我和阿渡都像是從地獄中重新回到人間。

這個牧人雖然是月氏人，可是十分同情突厥的遭遇，他以爲我們是從突厥逃出來的女人，所以待我們很好。他告訴我們說中原的大軍已經往南撤了，還有幾千突厥人也逃了出來，他們逃向了更西的地方。

我顧不得多想，溫暖的羊奶融化了我一意復仇的堅志，我知道靠著我和阿渡是沒辦法跟那些中原人抵抗的，更談不上替阿翁報仇了。我決定帶阿渡回西涼去，我想父王了，我更想阿娘。我急急地想要回到王城去，告訴父王突厥發生的事情，叫他千萬要小心提防中原人。阿翁死了，阿娘一定傷心壞了，我急於見到她，安慰她。阿翁雖然不在了，可是阿娘還有我啊。

一路上，我憂心如焚，唯恐自己遲了一步，唯恐西涼也被李承鄞攻陷，就像他們殺戮突厥一樣。我們風雪兼程，在路上歷經辛苦，終於趕到了西涼王城之外。

看到巨大的王城安然無恙，我不由得微微鬆了口氣。城門仍舊洞開著，冬天來了，商隊少了，守城的衛士縮在門洞裡，裹著羊皮袍子打盹。我和阿渡悄無聲息地溜進了王城。

熟悉的宮殿在深秋的寒夜中顯得格外莊嚴肅穆，我們沒有驚動戍守王宮的衛士，而是直接從一道小門進入王宮。西涼的王宮其實也不過駐守了幾千衛士，而且管得很鬆懈，畢竟西涼沒有任何敵人，來往的皆是商旅。說是王宮，其實還比不上安西都護府戒備森嚴。過去我常常從這扇小門裡溜出王宮，出城遊玩之後，再從這裡溜回去，沒有一次被發現過。

整座宮殿似乎都在熟睡，我帶著阿渡走回我自己的屋子，裡面靜悄悄的，一個人也沒有。天氣太冷了，阿渡一直凍得臉色發白，我拿了一件皮袍子給阿渡穿上，我們兩人的靴子都磨破了，露出了腳趾。我又找出兩雙新靴子換上，這下可暖和了。

我順著走廊往阿娘住的寢殿去，我一路小跑，只想早一點兒見到阿娘。

寢殿裡沒有點燈，不過宮裡已經生了火，地氈上放著好幾個巨大的火盆，我看到阿爹坐在火盆邊，似乎低著頭。

我輕輕地叫了聲：「阿爹。」

阿爹身子猛然一顫，他慢慢地轉過身來，看到是我，他的眼眶都紅了：「孩子，妳到哪裡去了？」

我從來沒有看過阿爹這個樣子，我的眼眶也不由得一熱，似乎滿腹的委屈都要從眼睛底下流出來。我拉著阿爹的袖子，問他：「阿娘呢？」

阿爹的眼睛更紅了，他的聲音似乎是從鼻子裡發出來的，他說：「孩子，快逃，快點逃吧。」

我呆呆地看著他，阿渡跳起來拔出她的刀。四面突然明亮起來，有無數人舉著燈籠火炬湧了進來，爲首的那個人我認識，我知道他是中原遣到西涼來求親的使節，現在他神氣活現，就像一隻戰勝的公雞一般，踱著方步走進來。他見到阿爹，也不下跪行禮，而是趾高氣揚地說道：「西涼王，既然公主已經回來了，那麼兩國的婚約自然是要履行的，如今你可再沒有託辭可以推諉了吧。」

這些人眞是討厭，我拉著阿爹的衣袖，執著地問他：「阿娘呢？」

阿爹突然就流下眼淚，我從來沒有見過阿爹流淚，我身子猛然一震，阿爹突然就拔出腰刀，指著那些中原人，他的聲音低啞暗沉，他說道：「這些中原人，孩子，妳好好看著這些中原人，就是他們逼死妳的阿娘。就是他們逼迫著我們西涼，要我交出妳的母親，妳的母親不甘心受辱，在王宮之中橫刀自盡。他們……他們還闖到王宮裡來，非要親眼看到妳母親的屍體才甘心……這些人是兇手！是殺害妳母親的兇手……」

父王的聲音彷彿喃喃的詛咒，在宮殿中「嗡嗡」地迴盪，我整個人像是受了重重一擊，往後倒退了一步，父王割破了自己的臉頰，他滿臉鮮血，舉刀朝著中原的使節衝去。他勢頭極猛，就如同一頭雄獅一般，那些中原人倉促地四散開來，只聽一聲悶響，中原使節的頭顱已經被父王斬落。父王揮著刀，沉重地喘著氣，四周的中原士兵卻重新逼近上來，有人叫喊：「西涼王，你擅殺中原使節，莫非是要造反！」

阿娘！我的阿娘！我歷經千辛萬苦地回來，卻再也見不到我的阿娘……

我渾身發抖，指著那些人尖聲呵斥：「李承鄞呢？他在哪裡？他躲在哪裡？」

沒有人回答我，人叢中有人走出來，看裝束似乎是中原的將軍。他看著我，說道：「公主，西涼王神智不清，誤殺中原使節，待見了殿下，臣自會向他澄清此事。還望公主鎮定安詳，不要傷了兩國的體面。」

我認出這個將軍來，就是他當初在草原上追上我和阿渡，奪走阿渡的刀，並且將我帶到了中原大軍的營地。他武功一定很好，我肯定不是他的對手。上次我可以從中原大營裡逃出來，是因為師傅，這次師傅也不在了，還有誰能救我？

我說：「我要見李承鄞。」

那個中原將軍說道：「西涼王已經答允將公主嫁與太子殿下，兩國和親。而太子殿下亦有誠意，親自前來西域迎娶公主。公主終有一日會見到殿下的，何必又急在一時？」

我眼睜睜地看著那些人一擁而上，阿爹揮刀亂砍，卻最終被他們制伏。王宮裡鬧出這樣大的動靜，卻沒有一個衛士來瞧上一眼，顯然這座王城裡裡外外，早就被中原人控制。阿爹被那些人按倒在地上，兀自破口大罵。我心裡像是一鍋燒開的油，五臟六腑都受著煎熬，便想要衝上去，可是那些人將刀架在阿爹的脖子上，如果我妄動一動，也許他們就會殺人。這些中原人總說我們是蠻子，可是他們殺起人來，比我們還要殘忍，還要野蠻。我眼淚直流，那個中原將軍還在說：「公主，勸一勸王上吧，不要讓他傷著自己。」我所有的聲音都噎在喉嚨裡，有人抓著我的胳膊，是阿渡，她的手指清涼，給我最後的支撐，我看著她，她烏黑的眼睛也望著我，眼中滿是焦灼。我知道，只要我說一句話，她就會毫不猶豫地衝上去替我拚命。可是何必？何必還要再連累阿渡？突厥已亡，西涼又這樣落在了中原手裡，我說：「你們不要殺我阿爹，我跟你們走就是了。」

阿爹是眞的神智昏聵了，自從阿娘死後，據說他就是這樣子，清醒一陣，糊塗一陣。清醒的時候就要去打殺那些中原人，糊塗的時候，又好似什麼事情都不曾發生過。我倒寧願他永遠糊塗下去，阿娘死了，父王的心也就死了。哥哥們皆被中原人軟禁起來，宮裡的女人們惶惶然，十分害怕，我倒還沉得住氣。

還沒有報仇，我怎麼可以輕易去死？

我接受了中原的詔書，決定嫁給李承鄞。中原剛剛平定了突厥，他們急需在西域扶持新的勢力，以免月氏坐大。而突厥雖亡，西域各部卻更加混亂起來，中原的皇帝下詔冊封我的父王爲定西可汗，這是尊貴無比的稱謂。爲此月氏十分地不高興，他們與中原聯軍擊敗突厥，原本是想一舉吞掉突厥的大片領地，可是西涼即將與中原聯姻，西域諸國原本隱然以突厥爲首，現在卻唯西涼馬首是瞻了。

我換上中原送來的火紅嫁衣，在中原大軍的護送下，緩緩東行。

一直行到天亙山腳下的時候，我才見到李承鄞。本來按照中原的規矩，未婚夫婦是不能夠在婚前見面的，可是其實我們早就已經相識，而且現在是行軍途中，諸事從簡，所以在我的再三要求之下，李承鄞終於來到了我的營帳。僕從早就已經被摒退，帳篷裡面只有我們兩個人。

我坐在氈毯之上，許久都沒有說話。直到他要轉身走開，我才對他說道：「你依我一件事情，我就死心塌地地嫁給你。」

他根本就沒有轉身，只是問：「什麼事情？」

「我要你替我捉一百隻螢火蟲。」

他背影僵直，終於緩緩轉過身來，看我。我甚至對他笑了一笑：「顧小五，你肯不肯答應？」

他的眼睛還像那晚在河邊，可是再無溫存，從前種種都是虛幻的假象，我原本早已經心知肚明。而他呢？這樣一直做戲，也早就累了吧。

「現在是冬天了，沒有螢火蟲了。」他終於開口，語氣平靜得像不曾有任何事情發生，「中原很好，有螢火蟲，有漂亮的小鳥，有很好看的花，有精巧的房子，妳會喜歡中原的。」

我凝睇著他，可是他卻避開我的眼神。

我問：「你有沒有眞的喜歡過我？哪怕一點點眞心？」

他沒有再說話，徑直揭開簾子走出了帳篷。外邊的風捲起輕薄的雪花，一直吹進來，帳篷裡本來生著火盆，黯淡的火苗被那雪風吹起來，搖了一搖，轉瞬又熄滅。真是寒冷啊，這樣的冬天。

我和阿渡是在夜半時分逃走的，李承鄞親自率了三千輕騎追趕，我們逃進山間，可是他們一直緊追不捨。

天明時分，我和阿渡爬上了一片懸崖。

藏在山間的時候，我們經常遇見狼群。自從白眼狼王被射殺，狼群無主，也爭鬥得十分激烈。每次見到狼群，牠們永遠在互相撕咬，根本不再向人類啓釁，我想這就是中原對付西域的法子。他們滅掉突厥，就如同殺掉了狼王，然後餘下的部族互相爭奪、殺戮、內戰……再不會有部落對中原虎視眈眈，就如同那些狼一樣，他們只顧著去殘殺同伴，爭奪狼王的位置，就不會再傷人了。

懸崖上的風吹得我的衣裙獵獵作響，我站在崖邊，霜風刮得我幾乎睜不開眼睛。如果縱身一跳，這一切一切的煩惱，就會煙消雲散。

李承鄞追了上來，我往後退了一步，中原領兵的將軍擔心我真的跳下去，我聽到他大聲說：「殿下，讓臣去勸說公主吧。」

一路行來，中原話我也略懂了一些，我還知道了這個中原的將軍姓裴，乃是李承鄞最爲寵信的大將。可是現在裴將軍卻勸不住李承鄞，我看到李承鄞甩開韁繩下馬，徑直朝懸崖上攀來。

我也不阻他，靜靜地看著他爬上懸崖。山風如咽，崖下雲霧繚繞，不知道到底有多深。他站在懸崖邊，因爲一路行得太急，他微微喘息著。我指著那懸崖，問他：「你知道這底下是什麼嗎？」

也許是雪風太烈，他的臉色顯得十分蒼白，大風捲起雪霰，吹打在臉上，隱隱作痛。我用手抹去臉上的雪水，他大約不知道對我說什麼才好，所以只是沉默不語。我告訴他：「那是忘川。」

「忘川之水，在於忘情……在我們西域有這樣一個傳說，也許你從來沒有聽說過：只要跳進忘川之中，便會忘記人世間的一切煩惱，脫胎換骨，重新做人。很神奇，可是天神就有這樣的力量，神水可以讓人遺忘痛苦，神水也可以讓人遺忘煩惱，但是從來沒有人能夠從忘川之中活著回去，天神的眷顧，有時候亦是殘忍……你以我的父兄來威脅我，我不能不答應嫁給你。」我甚至對他笑了笑，「可是，要生要死，卻是由我自己做主的。」

他凝視著我的臉，卻說道：「妳若是敢輕舉妄動，我就會讓整個西涼替妳陪葬。」

「殿下不會的。」我安詳地說，這是我第一次稱呼他爲殿下，也許亦是最後一次，「殿下有平定西域、一統天下的大志，任何事情都比不上殿下的千秋大業。突厥剛定，月氏強盛，殿下需要西涼來牽制月氏，也需要西涼來向各國顯示殿下的胸懷。殿下平定突厥，用的是霹靂手段，殿下安撫西涼，卻用的是菩薩心腸。以天朝太子之尊，卻紆尊降貴來娶我這個西涼蠻女做正妃，西域諸國都會感念殿下。」我譏誚地看著他，「如果殿下再在西涼大開殺戒，毀掉的可不只是一個小小的西涼，而是殿下您苦心經營的一切。」

李承鄞聽聞我這樣說，臉色微變，終於忍不住朝前走了一步，我卻往後退了一步。我的足跟已經懸空，山崖下的風吹得我幾欲站立不穩，搖晃著彷彿隨時會墜下去，風吹著我的衣衫獵獵作響，我的衣袖就像是一柄薄刃，不斷拍打著我的手臂。他不敢再上前來逼迫，我對他說道：「我當初錯看了你，如今國破家亡，是天神罰我受此磨難。」我一字一頓地說道，「生生世世，我都會永遠忘記你！」

李承鄞大驚，搶上來想要抓住我，可是他只抓住了我的袖子。我左手一揚，手中的利刃「嗤」一聲割開衣袖，我的半個身子已經凌空，他應變極快，抽出腰帶便如長鞭一揚，生生捲住我，將我硬拉住懸空。那腰帶竟然是我當日替他繫上的那條，婚禮新娘的腰帶，累累綴綴鑲滿了珊瑚與珠玉……我曾經渴求白頭偕老，我曾經以為地久天長，我曾經以為，這就是天神讓我眷戀的那個人……我曾經在他離開婚禮之前親手替他繫上，以無限的愛戀與傾慕，期望他平安歸來，可以將他的腰帶繫在我的腰間……到那時候，我們就正式成為天神准許的夫妻……我手中的短刀揮起，割斷那腰帶，山風激蕩，珠玉琳琅便如一場紛揚的亂雨飛濺……我終於看清他臉上的神色，竟然是痛楚萬分……

我只輕輕往後一仰，整個人已經跌落下去。無數人在驚叫，還有那中原的裴將軍，他的聲音更是驚駭：「殿下……」

崖上的一切轉瞬不見，只有那樣清透的天……就像是風，托舉著雲，我卻不斷地從那些雲端墜落。我整個身子翻滾著，我的臉變成朝下，天再也看不見，無窮無盡的風刺得我睜不開眼睛。阿渡告訴我說這底下就是忘川，可是忘川會是什麼樣子？是一潭碧青的水嗎？還是能夠永遠吞噬人的深淵……虛空的絕望瞬間湧上，我想起阿娘，就這樣去見她，或許眞的好。我已經萬念俱灰，這世上唯有阿娘最疼愛我……

有人抓住了我的手，呼呼的風從耳邊掠過，那人拉住了我，我們在風中急速向下墜落……他抱著我在風中旋轉……他不斷地想要抓住山壁上的石頭，可是我們落勢太快，紛亂的碎石跟著我們一起落下，就像滿天的星辰如雨點般落下來……就像是那晚在河邊，無數螢火蟲從我們衣袖間飛起，像是一場燦爛的星雨，照亮我和他的臉龐……天地間只有他凝視著我的雙眼……

那眼底只有我……

我做夢也沒有想過，他會跳下來抓住我，我一直以為，他從來對我沒有半點真心。

他說：「小楓！」風從他的唇邊掠走聲音，輕薄得我幾乎聽不見。我想，一定是我聽錯了，或者，這一切都是幻覺。他是絕不會跳下來的，因為他是李承鄞，而不是我的顧小五，我的顧小五早已經死了，死在突厥與中原決戰的那個晚上。

他說了一句中原話，我並沒有聽懂。

那是我記憶裡的最後一句話，而也許他這樣追隨著我墜下，只為對我說這樣一句，到底是什麼，我已經無意想要知曉……我覺得欣慰而熨帖，我知道最後的剎那，我並不是孤獨的一個人……沉重的身軀砸入水中，四面碧水圍上來，像是無數柄寒冷的刀，割裂開我的肌膚。我卻安然地放棄掙扎，任憑自己沉入那水底，如同嬰兒歸於母體，如同花兒墜入大地，那是最令人平靜的歸宿，我早已經心知肚明。

淵水

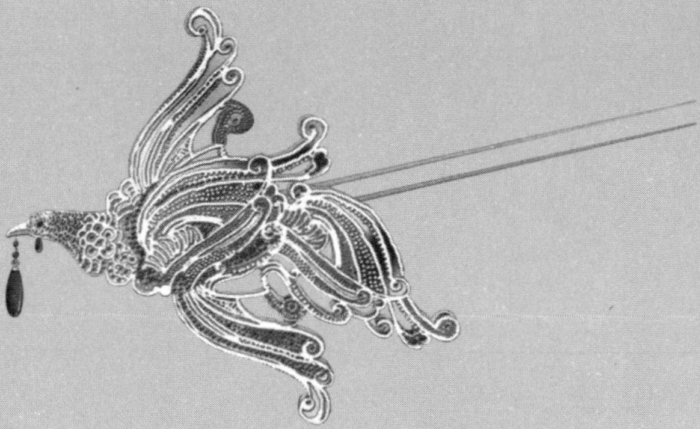

「忘川之水，在於忘情……」

……

「一隻狐狸牠坐在沙丘上，坐在沙丘上，瞧著月亮。噫，原來牠不是在瞧月亮，是在等放羊歸來的姑娘……」

「太難聽了！換一首！」

「我只會唱這一首歌……」

……

「生生世世，我都會永遠忘記你！」

……

記憶中有明滅的光，閃爍著，像是濃霧深處漸漸散開，露出一片虛幻的海市蜃樓。我忽然睜開模糊的眼睛，一切漸漸清晰。我看到了阿渡，她就守在我旁邊，我也看到了永娘，她的眼睛也紅紅的，還微微有些腫。

我看到帳子上繡著精巧的花，我慢慢認出來，這裡是東宮，是我自己的寢殿。

我慢慢地出了口氣，覺得自己像是做了一場噩夢，夢裡發生了很可怕的事情：我被刺客擄去了，然後那個刺客竟然是顧劍，我就站在承天門下，眼睜睜看著樓上的李承鄞……最可怕的是，我夢見我早就認識李承鄞，他化名顧小五，屠滅了突厥，殺死了阿翁，還逼死了我的阿娘……父王瘋了，而我被迫跳下了忘川……這個噩夢眞是可怕……可怕得我根本就不敢去想……

幸好那一切只是噩夢，我慢慢抓著永娘的手，對她笑了笑，想說：「我好餓……」我卻不能發出任何聲音，我的喉頭一陣劇痛，氣流在我口腔裡迴旋，但我無法說話。我急得用手卡住了自己的脖子，永娘含著眼淚拉著我的手：「太子妃不要急，太醫說您只是急火攻心，所以才燒壞了嗓子。慢慢調理自然就好了……」

我看看阿渡，又看看永娘，宮娥捧上了一盞清露，永娘親自餵給我，那清露甘芳的氣息與微涼的滋味令我覺得好生舒適，頓時緩和了喉頭的痛楚。我大口吞嚥著，永娘說道：「慢些，慢些……別嗆著……唉……這幾天滴水未進……可真是差點兒急煞奴婢了……」

幾天？

我已經睡了幾天了？

我比劃著要紙筆，永娘忙命人拿給我，宮娥捧著硯台，我蘸飽了墨汁，可是下筆的時候卻突然遲疑。

寫什麼呢？

我要問什麼呢？問突厥是否真的全族俱沒，問我的父王，他是否早就已經瘋癲？我到中原來，他從來沒有遣人來看過我，我日思夜想的西涼，竟然從來沒有遣人來看過我。我從前竟然絲毫不覺得怪異，我從前只怨阿爹無情，現在我才知道，原來我的西涼早就已經成了一場幻夢。我根本就不敢問阿渡，我又怎麼敢，敢去問永娘？

我久久無法落筆。

筆端的墨汁凝聚太久，終於「嗒」一聲落下，滴落在紙上，濺出一團墨花。

我忽然想起「潑墨門」，想起李承鄞用燕脂與螺子黛畫出的山河壯麗圖，想起鳴玉坊，想起那天晚上的踏歌，想起那天晚上的刀光劍影……我想起他折斷利箭，朗聲起誓……我想起夢裡那樣眞實的刀光血影，我想起我在沙丘上唱歌，我想起顧小五替我捉了一百隻螢火蟲，我想起忘川上凜冽的寒風……還有我自己揮刀斬斷腰帶時，他臉上痛楚的神情……

我扔下筆，急急地將自己重新埋進被子裡，我怕我想起來。

永娘以爲我仍舊不舒服，所以她輕輕拍著我的背，像哄小孩兒睡覺似的，慢慢拍著我。

阿渡輕手輕腳地走開，她的聲音雖然輕，我也能聽出來。

我忽然覺得很難過。我甚至都不敢問一問阿渡，問一問突厥，問一問過去的那些事情，我夢裡想起的那些事是不是眞的？阿渡一定比我更難過吧，她明明是突厥人，卻一直陪著我，陪我到中原來，陪我跟著仇人一起過了這麼久……我變得前所未有的怯弱，我什麼都不想知道了。

我在迷迷糊糊間又睡了大半日，晚間的時候永娘將我喚醒，讓我喝下極苦的藥汁。

然後永娘問我，可想要吃點什麼。

我搖了搖頭，我什麼都不想吃。

現在我還吃得下什麼呢？

永娘還是命人做了湯餅，她說：「湯餅柔軟，又有湯汁，病中的人吃這個甚好。」

我不想吃湯餅，挑了一筷子就放下了。

湯餅讓我想到李承鄞。

其實東宮裡的一切，都讓我想到李承鄞。

我只不願再想到他。不管從前種種是不是眞的，我本能地不想再見到他。

可是避是避不過去的，李承鄞來看我的時候，永娘剛剛將湯餅端走，他滿面笑容地走進來，就像從前一樣，只有我知道，一切都和從前不一樣了。我們有著那樣不堪的過往，忘川的神水讓我忘了一切，也讓他忘了一切，我們渾渾噩噩，竟然就這樣成了親。而我渾渾噩噩，在這裡同他一起過了三年……沒有等我想完，李承鄞已經快步走到我的床邊，然後伸出手想要摸我的額頭。

我將臉一側就避過去了。

他的手摸了個空，可是也並沒有生氣，而是說道：「妳終於醒過來了，我眞是擔心。」

我靜靜地瞧著他，就像瞧著一個陌生人。他終於覺得不對，問我：「妳怎麼了？」

他見我不理睬他，便說道：「那日妳被刺客擄走，又正逢是上元，九門洞開……」

我只覺得說不出的不耐煩。那日他站在城樓上的樣子我早已經不記得了，可是那天我自己站在忘川之上的樣子，只怕我這一生一世都會記得。如今再說這些又有什麼用？他還想用甜言蜜語再騙我麼？他就這樣將從前的事都忘記了，可是我記起來了，我已經記起來了啊！

他說道：「……城中尋了好幾日不見妳，我以爲……」說到這裡他聲調慢慢地低下去，說道，「我以爲再見不著妳了……」

他伸出手來想要摸摸我的肩頭，我想起父王迷離的淚眼，我想起阿娘倒在血泊，我想起阿翁最後的呼喝，我想起赫失用沾滿鮮血的雙手將我推上馬背……我突然抽出綰髮的金釵，狠狠地就朝著他胸口刺去。

我那一下子用盡了全力，他壓根兒都沒有想到我會突然刺他，所以都怔住了，直到最後的剎那才本能地伸手掩住胸口。金釵釵尖極是鋒銳，一直扎透了他整個掌心，血慢慢地湧出來，他怔怔地瞧著我，眼睛裡的神色複雜得我看不懂，像是不信我竟然做了這樣的事情。

其實我自己也不信，我按著自己的胸口，覺得自己在發抖。

過了好久，他竟然抓住那支金釵，就將它拔了出來。他拔得極快，而且哼都沒有哼一聲，只是微微皺著眉，就像那根本不是自己的血肉之軀似的。血頓時湧出來，我看著血流如注，順著他的手腕一直流到他的袍袖之上，殷紅的血跡像是蜿蜒的猙獰小蛇，慢慢地爬到衣料上。他捏著那兀自在滴血的金釵瞧著我，我突然心裡一陣陣發慌，像是透不過氣來。

他將金釵擲在地上，「鐺」的一聲輕響，金釵上墜的紫晶瓔珞四散開去，叮叮咚咚蹦落一地。他的聲音既輕且微，像是怕驚動什麼一般，問：「爲什麼？」

教我如何說起，說起那樣不堪的過去？我與他之間的種種恩怨，隔著血海一般的仇恨。原來遺忘並不是不幸，而是眞正的幸運。像他如此，遺忘了從前的一切，該有多好。

我自欺欺人地轉開臉，他卻說：「我知道了。」

我不知道他知道什麼，可是他的聲音似乎透出淡淡的寒意：「我本來並不想問妳，因爲妳病成這樣。可是既然如此，我不能不問一句，妳是怎麼從刺客那裡逃出來的？是阿渡抱著妳回來，如何問她，她也不肯說刺客的行蹤，更不肯說是在哪裡救了妳。她是你們西涼的人，我不便刑求。可是妳總得告訴我，刺客之事究竟是何人指使……」

我看著這個男人，這個同我一起墜下忘川的男人，他已經將一切都忘記了，可是我永遠也不會忘記，我不會忘記是他殺死了阿翁，我不會忘記是他讓我家破人亡，我不會忘記，我再也回不去西涼。我張了張嘴，並沒有發出任何聲音，我只是幾近譏誚地看著他。他竟然來問我刺客是誰？難道刺客是誰他會不知道？還是他墜下忘川之後，連同顧劍是誰都忘記了？

我看著他，他也看著我，過了好久好久，他忽然把一對玉佩扔在我面前。我盯著那對羊脂玉的鴛鴦佩，我認出來這對玉佩，我曾經拿著它在沙丘上等了三天三夜。那時候他還叫顧小五；那時候我歡天喜地，一直等著我以爲的良人；那時候他手裡拿著這對玉佩，對我促狹地微笑；那時候，在西涼王城的荒漠之外，有著最純淨的夜空，而我和他一起，縱馬回到王城。

那時候，我們兩個都不像現在這般面目猙獰。我還是西涼無憂無慮的九公主，而他，是從中原販茶來的顧小五。

李承鄞的手上還在流血，他抓著我的胳膊，捏得我的骨頭都發疼。他逼迫我抬起頭來，直直地望著我的眼睛，他問：「爲什麼？」

他又問了一遍，爲什麼。

我也想知道，爲什麼，爲什麼命運會如此地捉弄我們，一次又一次，將我們兩個，逼入那樣決絕的過往。我看著他的眼睛，他的眼中竟然是難以言喻的痛楚，猶帶著最後一絲希冀，似乎盼著我說出什麼話來。

我張了張嘴，卻什麼也沒有說。

他手上的血沾到了我臉上，溫涼的並不帶任何溫度，他說道：「爲什麼妳會安然無恙地從刺客那裡回來，爲什麼阿渡就不肯告訴我刺客的行蹤，爲什麼妳手裡會有這麼一對鴛鴦佩……鴛鴦鴛鴦……我拆散了你們一對鴛鴦是不是？」

他手上的勁力捏得我肩頭劇痛，我忽然心灰意冷，在忘川之上，他到底是抱著什麼樣的心態，同我一起跳下去的呢？難道只是爲了對我說那句話？那句我根本就聽不懂的中原話？我早就忘了那句話說的是什麼。我只記得裴照最後的驚呼，他一定也驚駭極了。畢竟李承鄞不是顧小五，可是我的顧小五，早就已經死在了亂軍之中。我終於抬起眼睛看著他，他的眸子漆黑，裡面倒映著我的影子。他到底是誰呢？是那個替我捉螢火蟲的顧小五？還是在婚禮上離我而去的愛人？或者，在忘川之上，看著我決絕地割裂腰帶，他臉上的痛悔，可會是眞的？

我一次又一次地被這個男人騙，直到現在，誰知道他到底是不是在騙我？他對著刺客折箭起誓，說得那樣振振有詞，可是一轉眼，他就同趙良娣站在承天門上……我的顧小五早就已經死了，我想到這裡，只是心如刀割。我的聲音支離破碎，可怕得簡直不像我自己的聲音。我說：「你拆散了我們，你拆散了我──和顧小五。」

他怔了怔，過了好一會兒，反倒輕蔑地笑了：「顧小五？」

我看著他，他手上還在汩汩地流著血，一直流到袍子底下去。在忘川之上的時候，我覺得心如灰燼，可是此時此刻，我連掙扎的力氣都沒有了。我覺得疲倦極了，也累極了，我一個字一個字地說：「你殺了顧小五。」

我的顧小五，我唯一愛過的人，就這樣，被他殺死了。被他殺死在突厥，被他殺死在我們未完的婚禮之上，被他殺死在西涼。

我稀裡糊塗，忘了從前的一切，然後到這裡來，跟李承鄞成親。而他——我把一切都忘了，我甚至都不知道，顧小五已經死了。

他怒極反笑：「好！好！甚好！」

他沒有再看我一眼，轉身就走了。

永娘回來的時候十分詫異，說：「殿下怎麼走了？」旋即她驚呼起來，「哎呀，這地上怎麼有這麼多血……」

她叫了宮娥進來擦拭血跡，然後又絮絮地問我究竟發生了什麼事，我不願意讓她知道，麻木地任由她將我折騰來，折騰去。我該怎麼辦呢？我還能回西涼去嗎？就算回到西涼，顧小五也已經死了啊。

永娘以爲我累了要睡了，於是沒有再追問。她讓阿渡進來陪我睡，阿渡依舊睡在我床前的厚氈之上。

我卻睡不著了，我爬起來，阿渡馬上也起來了，而且給我倒了一杯茶，她以爲我是要喝水。

我沒有接她手裡的茶，而是拉著她的手，在她手心裡寫字。

我問她，我們回西涼去好不好？

阿渡點點頭。

我覺得很安心，我到哪裡，她就會跟我到哪裡。我都不知道從前她吃過那樣多的苦，我都不知道她是怎麼心甘情願，跟我到這裡來的。我拉著她的手，怔怔地忽然掉下了眼淚。阿渡看我哭了，頓時慌了神，她用衣袖替我擦著眼淚，我在她的手心裡寫，不要擔心。阿渡卻十分心酸似的，她將我摟在她懷裡，慢慢撫摸著我的頭髮，就像撫摸著孩子一般。她就這樣安慰著我，我也慢慢闔上眼睛。

其實我心裡明白，我自己是完了。從前我喜歡顧小五，我忘了一切之後，我又喜歡李承鄞。哪怕他一次又一次地騙我，我竟然還是愛著他。

忘川之水，在於忘情。凡是浸過神水的人，都會將自己經歷過的煩惱忘得乾乾淨淨。我忘了他，他也忘了我，我們兩個，再無前緣糾葛。可是爲什麼我會在忘記一切之後，再一次愛上他呢？他對我從來就不好，可是我卻偏偏喜歡他。這三年來，我們一次次互相推開對方，可是爲什麼還是走到了今天？天神曾經聽從了我的祈求，讓我忘記他加諸在我身上的一切痛苦與煩惱。可是如今天神是在懲罰我嗎？讓我重新記起一切，在又一次愛上他之後。

李承鄞再也沒有來看過我。

我病了很長時間，等我重新能說話的時候，簷外的玉蘭花都已經謝了，而中庭裡的櫻桃花，已經開得如粉如霞。

櫻桃開花比桃樹李樹都要早，所以櫻桃花一開，就覺得春天已經來了。庭院裡的幾株櫻桃花樹亭亭如蓋，綻開綺霞流光般的花朵，一團團一簇簇，又像是流霞輕紗，簇擁在屋簷下，有幾枝甚至探進窗子裡來。

我病著的時候發生了許多事情，都是永娘告訴我的。首先是首輔葉成被彈劾賣官，然後聽說誅連甚廣，朝中一時人人自危，唯恐被算作是「葉黨」。然後是征討高麗的驍騎大將軍裴況得勝還朝，陛下賞賜了他不少金銀。還有陛下新冊的一位妃子，非常的年輕，也非常的漂亮，宮中呼為「娘子」，據說陛下非常寵愛她，連暫攝六宮的高貴妃也相形見絀。大家紛紛議論陛下會不會冊立她為皇后，因為這樣的恩寵眞的是十分罕見。不論是朝局，還是宮裡事，我左耳聽，右耳出，聽過就忘了。

我也不耐煩聽到這些事，我覺得男人的恩情都是靠不住的，尤其是帝王家的男人，在天下面前，女人算什麼呢？顧劍說過，一個人要當皇帝，免不了心硬血冷。我覺得他說的是對的。

午後，忽然淅淅瀝瀝落起雨來。永娘望著庭中的雨絲輕歎，說道：「這下子花都要不好了。」

我病雖然好了，可是落下個咳嗽的毛病，太醫開了很多藥方，天天喝，天天喝，但沒多大效力。所以我一咳嗽，永娘就連忙拿了披風來給我披上，不肯讓我受一點涼氣。我也希望咳嗽早一些好，早一些好，我就可以早一些跟阿渡回西涼去。

不管我的西涼變成了什麼樣子，我終歸是要回去的。

我坐在窗前，看著雨裡的櫻桃花，柔弱的花瓣被打得漸漸低垂下去，像是剪碎了的綢子，慢慢被雨水浸得濕透了，黏在枝頭。永娘已經命人支起錦幄，這是中原貴家護花用的東西，在花樹上支起錦幄，這樣雨水就摧殘不了花樹。我看著錦幄下的櫻桃花，錦幄的四周還垂著細小的金鈴，那是用來驅逐鳥兒的，金鈴被風吹得微微晃動，便響起隱約的鈴聲。

現在我經常一發呆就是半晌，永娘覺得我像變了個人似的，從前我太鬧，現在我這樣安靜，她總是非常擔憂地看著我。

阿渡也很擔心我，她不止一次地想帶我溜出去玩兒，可是我打不起精神來。我沒有告訴阿渡我想起了從前的事情，我想有些事情，我自己獨自承受就好。

櫻桃花謝的時候，天氣也徹底地暖和起來。宮裡新換了衣裳，東宮裡也換了薄薄的春衫，再過些日子就是初夏了。永娘叫人在中庭裡新做了一架鞦韆，從前我很喜歡盪鞦韆，但李承鄞認爲那是輕薄率性，所以東宮裡從來沒有鞦韆，現在永娘爲著我叫人新做了一架，可是我現在根本就不玩那個了。

裝鞦韆架子的時候我看到了裴照，我已經有許久許久沒有見過他，自從上次在路上他勸我不要和月娘來往，我就沒有再見過他了。我就像第一次看到他，我還記得他奪走阿渡的刀，我還記得忘川之上他驚駭的聲音。他一定不會知道，我都已經全部想起來了吧。

我不會告訴他我想起了從前的事，那樣他一定會對我嚴加防範。中原人那樣會騙人，我也要學著一點兒，我要瞞過他們，這樣才能找尋時機，跟阿渡一起走。

裴照是給我送東西來的，那些都是宮中的頒賜，據說是驍騎大將軍裴況繳獲的高麗戰利品，陛下賜給了不少人，我這裡也有一份。

都是些古玩珠寶，我對這樣的東西向來沒什麼興趣，只命永娘收過罷了。

還有一只捧籃，裴照親自提在手裡，呈上來給我。

我沒有接，只命永娘打開，原來竟是一隻小貓，只不過拳頭般大小，全身雪白的絨毛，好像一隻粉兔。可明明是貓，兩隻眼睛卻一碧一藍，十分有趣。牠伏在盒底，細聲細氣地叫著。

我問：「這個也是陛下頒賜的？」

裴照道：「這個是末將的父親繳獲，據說是暹羅的貢品，家中弟妹淘氣，必養不大，末將就拿來給太子妃了。」

我將小貓抱起來，牠伏在我的掌心咪咪叫，伸出粉紅的小舌頭舔著我的手指。柔軟酥癢的感覺拂過我的手指，痲痲的難受又好受，我頓時喜歡上這隻小貓，於是笑著對裴照說：「那替我謝過裴老將軍。」

不知為什麼，我覺得裴照似乎鬆了口氣似的。我毫無忌憚地看著他，面露微笑。當初他跟隨李承鄞西征，一切的一切他都盡皆知曉，在忘川的懸崖上，也是他眼睜睜看著我跳下去。可是他從來沒有在我面前說漏過半個字，我想，他其實對李承鄞忠心耿耿。如果他知道我早就已經想起來，會不會立時神色大變，對我多加提防？中原人的這些詭計，我會一點一點地學著，我會將他們加諸在我身上的所有痛苦，都一一償還給他們。

我逗著小貓，跟牠說話：「喵喵，你是要吃魚嗎？」

小貓「喵」地叫了一聲，舌頭再次舔過我的手指，牠舌頭上的細刺刷得我好癢，我不由得笑起來，抱著貓給阿渡看：「妳看，牠眼睛眞好看。」

阿渡點點頭。我叫永娘去取牛乳來餵貓，然後又跟阿渡商量給小貓取個什麼名字。

我問阿渡：「叫小花好不好？」

阿渡搖了搖頭，我也覺得不好，這隻小貓全身純白，一根雜毛也沒有，確實不應該叫小花。

「那麼就叫小雪吧……」我絮絮叨叨地跟阿渡說著話，要替小貓做個窩，要替小貓取名字……我都不知道裴照是什麼時候走的。

不過自從有了這隻小貓，我在東宮裡也不那麼寂寞了。小雪甚是活潑，追著自己的尾巴就能玩半晌。庭院裡桃李花謝，亂紅如雪，飄飛的花瓣吹拂在半空中，小雪總是跳起來用爪子去撓。可是廊橋上積落成堆的花瓣，牠卻嗅也不嗅，偶爾有一隻粉蝶飛過，那就更不得了了，小雪可以追著牠滿院子亂跳，蝴蝶飛到哪裡，牠就躥到哪裡。

永娘每次都說：「這哪裡是貓，簡直比狐狸精還要淘氣。」

日子就這樣平緩地過去。每天看著小雪淘氣地東跑西竄；看庭院裡的花開了，花又謝了，櫻桃如絳珠般纍纍垂垂，掛滿枝頭；看桃子和李子也結出黃豆大的果實，綴在青青的枝葉底下。時光好似御溝裡的水，流去無聲，每一天很快就過去了。晚上的時候我常常坐在台階上，看著一輪明月從樹葉底下漸漸地升起來。千年萬年以來，月亮就這樣靜靜地升起來，沒有悲，沒有喜，無聲無息，一天的風露，照在琉璃瓦上，像是薄薄的一層銀霜。天上的星河燦然無聲，小雪伏在我足邊，「咪咪」叫著，我摸著牠暖絨絨的脖子，將牠抱進自己懷裡。我靜靜地等待著，我要等待一個最好的時機，從這個精緻的牢籠裡逃走。

本來因爲我一直病著，所以東宮裡儀注從簡，許多事情都不再來問過我。從前趙良娣雖然管事，但許多大事表面上還是由我主持，我病了這麼些日子，連宮裡的典禮與賜宴都缺席了。等我的病漸漸好起來的時候，緒寶林又病了。

她病得很重，終究藥石無靈，但東宮之中似乎無人過問，若不是永娘說走了嘴，我都不知道緒寶林病得快死了。

不知出於什麼原因，我決定去看她。也許是憐憫，也許我想讓李承鄞覺得，一切沒有什麼異樣。或者，讓李承鄞覺得，我還是那個天真傻氣的太子妃，沒有任何心計。

緒寶林仍舊住在那個最偏遠的小院子裡，服侍她的兩個宮女早已經又換了人。巫蠱的事情雖然沒有鬧起來，可是趙良娣得了藉口，待她越發地刻薄。我病後自顧不暇，自然也對她少了照拂。我覺得十分後悔，如果我及早發現，她說不定不會病成這樣。

她瘦得像是一具枯骨，頭髮也失去了光澤，髮梢枯黃，像是一蓬亂草。我隱約想起我第一次見到她，那時候還是在宮裡，她剛剛失去腹中的孩子，形容憔悴。但那個時候她的憔悴，是鮮花被急雨拍打，所以嫣然垂地。而不是像現在，她就像是殘在西風裡的菊花，連最後一脈鮮妍都枯萎了。

我喚了她好久，她才睜開眼睛瞧了瞧我，視線恍惚而迷離。

她已經不大認得出來我，只一會兒，又垂下眼簾沉沉睡去。

永娘婉轉地告訴我太醫的話，緒寶林已經拖不了幾日了。

她今年也才只得十八歲，少女的芳華早就轉瞬即逝，這寂寞的東宮像是一頭怪獸，不斷吞噬著一切鮮妍美好。像鮮花一般的少女，只得短短半載，就這樣凋零殘謝。

我覺得十分難過，從她住的院子裡出來，我問永娘：「李承鄞呢？」

永娘亦不知道，遣人去問，才知道李承鄞與吳王擊鞠去了。

我走到正殿去等李承鄞，一直等到黃昏時分，才看到七八輕騎，由羽林郎簇擁拱衛著，一直過了明德門，其餘的人都下了馬，只有一騎遙遙地穿過殿前廣袤的平場，徑直往這邊來。我忽然覺得心裡很亂，我已經有好幾個月沒有見到李承鄞，很久以前雖然我也不是天天能見著他，可是隔一陣子，他總要氣勢洶洶地到我那裡去，爲了亂七八糟的事同我吵架。但現在我和他，不見面了，也不吵架了。

我其實一直躲著他。在我想起從前的事之後，我明明應該殺了他，替所有的人報仇。

也許，今天去看緒寶林，也只是爲了給自己找尋一個，來見他的理由。我看著他騎馬過來，心裡突然就想起，在大漠草原上，他縱馬朝我奔來，露出那樣燦爛的笑容。

他從來沒有那樣笑過吧？畢竟那是顧小五，而不是太子李承鄞。

內侍上前來伏侍李承鄞下馬，他把鞭子扔給小黃門，踏上台階，就像沒有看到我。

我站起來叫住他，我說：「你去看一看緒寶林。」

他終於轉過臉瞧了我一眼，我說：「她病得快要死了。」

他沒有理睬我，徑直走到殿中去了。

我一個人站在那裡，初夏的風吹過我的臉頰，帶著溫潤的氣息，春天原來已經過完了。

如果是從前，我一定會和他吵架，逼著他去看緒寶林，哪怕綁著他，我也要把他綁去。

可是現在呢？我明明就知道，不愛就是不愛，哪怕今日要嚥下最後一口氣又如何，他怕已經早就忘了她。忘了那個明眸皓齒的女子，忘了他們曾經有過血肉相連的骨肉，忘了她曾經於多少個夜晚，期盼過多少寂寞的時光。就像他忘了我，忘了我曾經恨過他愛過他，忘了他曾經給我捉過一百隻螢火蟲，忘了我最後決絕的一躍，就此斬斷我和他之間的一切。

這一切，不正是我求仁得仁？

天氣一天天熱起來，緒寶林陷入了昏睡，她一天比一天更虛弱，到最後連滴水都不進了。我每天都去看她，永娘勸說，她認爲我剛剛大病初癒，不宜再在病人身邊久做逗留，可是我根本不聽她的。我照顧著她，如同照顧自己心底那個奄奄一息的自己。

我守在緒寶林身邊，那些宮人多少會忌憚一些，不敢再有微詞。比起之前不管不顧的樣子，要好上許多。可是緒寶林已經病得這樣，一切照料對她而言，幾乎都是多餘。

黃昏時分天氣燠熱，庭院裡有蜻蜓飛來飛去，牆下的芭蕉葉子一動也不動，一絲風都沒有。天色隱隱發紫，西邊天空上卻湧起濃重的烏雲，也許要下雨了。

緒寶林今日的精神好了些，她睜開眼睛，看了看周圍的人，我握著她的手，問她：「要不要喝水？」

她認出了我，對我笑了笑。

她沒有喝水，一個時辰後她再次陷入昏迷，然後氣息漸漸微弱。

我召來御醫，他診過脈之後，對我說：「寶林福澤過人，定可以安然無恙。」

我雖然沒什麼見識，也知道御醫說這種話，就是沒得救了。

永娘想要說服我離開，我只是不肯。永娘只得遣人悄悄去預備後事，天色越發暗下來，屋子裡悶熱得像蒸籠，宮娥腳步輕巧，點上紗燈。燭光暈開來，斜照著床上的病人。緒寶林的臉色蒼白，嘴角一直微微翕動，我湊到她唇邊，才聽到她說的那兩個字，輕得幾乎沒有聲音，原來是「殿下」。

我心裡覺得很難過，或許她臨終之前，只是想見一見李承鄞。

可是我卻沒有辦法勸說他到這裡來。

這個男人，招惹了她，卻又將她撇下，孤伶伶地將她獨自拋在深宮裡。可是她卻不能忘了他。

縱然薄幸，縱然負心，縱然只是漫不經心。

她要的那樣少，只要他一個偶爾回顧，可是也得不到。

我握著緒寶林的手，想要給她一點最後的溫暖，可是她的手漸漸冷下去。

永娘輕聲勸說我離開，因爲要給緒寶林換衣服，治喪的事情很多，永娘曾經告訴過我。還有冠冕堂皇的一些事，比如上書給禮部，也許會追冊她一個稍高的品秩，或者賞她家裡人做個小官。我看著宮娥將一方錦帕蓋在緒寶林的臉上，她已經沒有了任何聲息，不管是悲傷，還是喜悅，所有的一切都已經消失了，短暫的年華就這樣戛然而止。

遠處天際傳來沉悶的雷聲，永娘留下主持小殮，阿渡跟著我回寢殿去。走上廊橋的時候，我聽到隱約的樂聲，從正殿那邊飄揚過來。音樂的聲音十分遙遠，我忽然想起河畔的那個晚上，我坐在那裡，遠處飄來突厥人的歌聲，那是細微低婉的情歌，突厥的勇士總要在自己心愛的姑娘帳篷外唱歌，將自己的心裡話都唱給她聽。

那時候的我從來沒有覺得歌聲這般動聽，飄渺得如同仙樂一般。河邊草叢裡飛起的螢火蟲，像是一顆顆飄渺的流星，又像是誰隨手撒下的一把金沙。我甚至覺得，那些熠熠發光的小蟲子，是天神的使者，牠們提著精巧的燈籠，一點點閃爍在清涼的夜色裡。河那邊營地裡也散落著星星點點的火光，歡聲笑語都像是隔了一重天。

我看著他整個人都騰空而起，我看他一把就攏住了好幾隻螢火蟲，那些精靈在他指縫間閃爍著細微的光芒，中原的武術，就像是一幅畫，一首詩，揮灑寫意。他的一舉一動都像是舞蹈一般，可是世上不會有這樣英氣的舞蹈。他在半空中以不可思議的角度旋轉，追逐著那些飄渺的螢火蟲。他的衣袖帶起微風……

那些螢火蟲爭先恐後地飛了起來，明月散開，化作無數細碎的流星，一時間我和顧小五都被這些流星圍繞，牠們熠熠的光照亮了我們彼此的臉龐，我看到他烏黑的眼睛，正注視著我……歌聲隔得那樣遠，就像隔著人間天上。

我的血一寸一寸湧上來，遠處墨汁般的天上，突然閃過猙獰的電光，紫色的弧光像是一柄劍，蜿蜒閃爍，劃出天幕上的裂隙。

我對阿渡說：「妳先回去。」

阿渡不肯，又跟著我走了兩步，我從她腰間把金錯刀連同刀鞘一塊兒解了下來，然後對她說：「妳去收拾一下，把要緊的東西帶上，等我回來，我們就馬上動身回西涼去。」

阿渡的眼睛裡滿是疑惑，她不解地看著我，我連聲催促她，她只得轉身走了。

我決心在今天，將所有的事情，做一個了斷。

我慢慢地走進正殿，才發現原來這裡並沒有宴樂，殿裡一個人都沒有，值宿的宮娥不知道去哪裡了，李承鄞一個人坐在窗下，吹著簫管。

他穿著素袍，神色專注，眞不像以往我看慣的樣子。眉宇間甚是凝澹，竟然像變了一個人似的。我忽然想起顧小五，當初我們剛剛相識的時候，他好像就是這般穩重。可是那時候他神采飛揚，會對著我朗聲大笑。

我從來不知道他還會吹簫。

我不知道他吹奏的是什麼曲子，但曲調清淡落泊，倒彷彿悵然若失。

他聽到腳步聲，放下簫管，回頭見是我，神色之間頗是冷漠。

我心裡挾著那股怒氣，卻再也難以平抑。我拔出金錯刀就撲上去，他顯然沒想到我進來就動手，而且來勢這樣洶洶，不過他本能地就閃避了過去。

我悶不作聲，只將手中的金錯刀使得呼呼作響，我基本沒什麼功夫，但我有刀子在手裡，李承鄞雖然身手靈活，可是一時也只能閃避。我招招都帶著拚命的架式，李承鄞招架得漸漸狼狽起來，好幾次都險險要被傷到，可是不知道爲什麼，他並不喚人。

這樣也好。我的刀子漸漸失了章法，最開始拚的是怒氣，到了後來力氣不濟，再難以佔得上風。我們兩個悶不作聲地打了一架，時間一長我就氣喘吁吁，李承鄞終於扭住了我的胳膊，奪下我手裡的刀，他把刀扔得遠遠的，我趁機狠狠在他虎口上咬了一口。腥鹹的氣息湧進牙齒間，他吃痛之餘拉著我的肩膀，我們兩個滾倒在地上，我隨手抓起壓著地衣的銅獅子，正砸在他腿上，精緻的鏤雕刮破了他的衣褲，撕裂開一道長長的口子。他痛得蹙起眉來，不由得用手去按著腿上的痛處，我看到他腿上的舊疤痕，是深刻而醜陋的野獸齒痕，撕去大片的皮肉，即使已經事隔多年，那傷痕仍舊猙獰而可怕。我突然想起來顧劍說過的話，那是狼咬的，是白眼狼王咬在了他的腿上。他爲了娶我，去殺白眼狼王。可是他根本不是爲了娶我，他只是爲了騙阿翁，爲了跟月氏一起裡應外合……我胸中的痛悔越發洶湧，可是這麼一錯神的工夫，他已經把我按在地毯上，狠狠地將我的胳膊擰起來了。

我用腳亂踢亂踹，他只得壓著我，不讓我亂動。我頸子裡全是汗，連身上的紗衣都黏在了皮膚上，這一場架打得他額頭上也全是汗珠，有一道汗水順著他的臉往下淌，一直淌到下巴上，眼看就要滴下來，滴下來可要滴到我臉上，我忙不迭地想要閃開去。李承鄞卻以為我要掙扎著去拿不遠處的另一尊銅獅子，他伸手就來抓我的肩膀，沒想到我正好擰著身子閃避，只聽「嚓」一聲，我肩頭上的紗衣就被撕裂了，他的指甲劃破我的皮膚，非常疼。我心中惱怒，弓起腿來就打算踹他，但被他閃了過去。外頭突然響起沉悶的雷聲，一道紫色的電光映在窗紗上，照得殿中亮如白晝。我看到他臉色通紅，眼睛也紅紅的，就像是喝醉了一樣，突然搖搖晃晃地又向我撲過來。

這次我早有防備，連滾帶爬地就躲了過去，可是裙子卻被他扯住了，我踹在他的胳膊上，但他沒有放手，反倒用一隻手抓住了我的腰帶。本來我的腰帶是司衣的宮娥替我繫的雙勝結，那個結雖然看上去很複雜精巧，實際上一抽就開了。他三下兩下就把腰帶全扯了下來，我還以為他又要把我綁起來，心中大急，跟他拉著那條帶子。外頭的雷聲密集起來，一道接一道的閃電劈開夜空，風陡然吹開窗子，殿中的帳幔全都飛舞起來。他突然一鬆手，我本來用盡了全力跟他拉扯，這下子一下就往後跌倒，後腦勺正磕在一尊歪倒的銅獅子之上，頓時痛得我人都懵了，半晌也動彈不了。李承鄞的臉佔據了我整個視野，他兇狠地瞪著我，我覺得他隨時會舉起手來給我一拳，可是他卻沒有。外頭的雷聲越來越響，閃電就像劈在屋頂上，他突然低頭，我原以為他要打我，可是他卻狠狠咬住我的唇。

他把我的嘴唇咬破了，我把他的舌頭也咬了，他流血了還不肯放開我，反倒吸吮著那血腥的氣息。他的聲音幾近兇狠，他的面目也猙獰，他狠狠地逼問著我：「顧小五是誰？顧小五是誰？

說！是不是那個刺客！」

顧小五是誰？我拚命掙扎，拳打腳踢，他卻全然不在乎，拳腳全都生生挨下來，就是不管不顧地扯著我的衣服。我最後哭了：「顧小五就是顧小五，比你好一千倍！比你好一萬倍！」我說的都是實話，誰也比不上我的顧小五，他曾經爲我殺了白眼狼王，他曾經爲我捉了一百隻螢火蟲，我本來應該嫁給他，可是在我們婚禮的那天，他就死了……我哭得那樣大聲，李承鄞像是被徹底激怒了，他簡直像是要把我撕成碎片，帶著某種痛恨的劫掠。我從來沒有經歷過這樣可怕的事情，我一直哭著叫顧小五救我，救我……我心裡明明知道，他是永遠不會來了。李承鄞的眼睛裡全是血絲，就像是我曾經見過的沙漠中的孤狼，那樣可怕，那樣兇狠，他終於將我的嘴堵了起來，鹹鹹的眼淚一直滑到我的嘴角，然後被他吻去了，他的吻像是帶著某種肆虐的力道，咬得我生疼。外頭「刷拉拉」響，是下雨了。片刻間轟轟烈烈的大雨就下起來，雨柱打在屋瓦上，像是有千軍萬馬挾著風勢而來，天地間只餘隆隆的水聲。

我眼睛都哭腫了，天快亮的時候雨停了，簷角稀疏響著的是積雨滴答答的聲音，還有銅鈴被風吹動的聲音。殿裡安靜得像是墳墓，我哭得脫了力，時不時抽噎一下，李承鄞從後頭摟著我，硬將我圈在他的胳膊裡。我不願意看到他的臉，所以面朝著床裡，枕頭被我哭濕了，冰涼地貼在我的臉上。他輕輕撥開我頸中濡濕的頭髮，灼熱的唇貼上來，像是烙鐵一樣。

我還因爲抽噎在發抖，只恨不能殺了他。

他說：「小楓，我以後會對妳好，妳忘了那個顧小五好不好？我……我其實是眞的……眞的……」他連說了兩遍「眞的」，可是後面是什麼話，他最終也沒有說出來。

他或許這輩子還從來沒有這樣低聲下氣，我猛然就回過頭，因爲太近，他本能地往後仰了仰，像是我的目光灼痛了他似的。

我對他說：「我永遠也不會忘記顧小五。」

我想，我也永遠不會忘記這一刻他的臉色。他整張臉上都沒有血色了，他本來膚色白皙，可是這白皙，現在變成了難看的青，就像是病人一般透著死灰，他怔怔地瞧著我。我痛快地冷笑：「顧小五比你好一千倍，一萬倍，你永遠都比不上他。你以爲這樣欺負了我，我就會死心塌地跟著你嗎？這有什麼大不了，我就當是被狗咬了。」

那一刻他的臉色讓我覺得痛快極了，可是痛快之後，我反倒是覺得一腳踏虛了似的，心裡空落落的。他的眼睛裡失了神采，他的臉色也一直那樣難看，我原本以爲他會同我爭吵，或者將我逐出去，再不見我。可是他什麼也沒有說。

東宮裡都知道昨天晚上的事情了，因爲我受了傷，手腕腳腕上都是瘀青。而李承鄞也好不到哪裡去，臉上不是被我抓傷的，就是被我咬傷的。宮人們不禁竊竊私語，永娘爲此覺得十分尷尬，一邊替我揉著瘀青，一邊說道：「娘娘應當待殿下溫存些。」

沒有一刀殺了他，我已經待他很溫存了，如果不是我武功不夠，我會眞的殺了他的，我甚至想過等他睡著的時候就殺死他，可是他沒有給我那樣的機會。就在永娘替我揉手的時候，一個宮娥突然慌慌張張地跑進來，告訴我說，小雪不見了。

小雪甚是頑皮，老是從殿裡溜出去，所以永娘專門叫一個宮娥看住牠，現在小雪不見了，這宮娥便慌張地來稟報。

永娘遣了好幾個人去找，也沒有找到。我沒有心思去想小雪，我只想著怎麼樣替阿娘報仇。現在我覺得一刀殺了李承鄞太痛快，他做了那麼多可惡的事，不能這樣便宜地就輕易讓他去死。我早就說過，我會將他加諸在我身上的痛苦，一點一滴，全都還給他。

第二天是端午節，東宮裡要採菖蒲，宮娥突然瞧見池中浮起一團白毛，撈起來一看竟然是小雪。

牠是活生生被淹死的。

我覺得非常非常傷心，在這裡，任何生靈都活得這樣不易，連一隻貓，也會遭遇這樣的不幸。

我想李承鄞也知道了這件事情，因爲第二天他派人送來了一隻貓。

一模一樣的雪白毛，一模一樣的鴛鴦眼，據說是特意命人去向暹羅國使臣要來的，我瞧也沒瞧那貓一眼，只是懨懨地坐在那裡。我還沒想到小雪的死會引起一場軒然大波。

有人瞧見趙良娣的宮女將小雪扔進了湖中，李承鄞聽見了，突然勃然大怒，便要責打那幾個宮女四十杖，四十杖下去，那些宮人自然要沒命了。永娘急急地來告訴我，我本來不想再管閒事，可是畢竟人命關天，我還是去了麗正殿。

果然麗正殿中一派肅殺之氣，李承鄞已經換了衣服，卻還沒有出去。殿角跪著好幾個宮娥，在那裡嚶嚶哭泣。我剛剛踏入殿中，還沒有來得及說一句話，小黃門已經通傳，趙良娣來了。

趙良娣顯然也是匆忙而來，花容慘澹，一進門就跪下，哀聲道：「殿下，臣妾冤枉……臣妾身邊的人素來安守本分，絕不會做這樣的事情，臣妾委實冤枉……」一語未了，就淚如雨下。

我瞧著她可憐兮兮的樣子，不由得歎了口氣，對李承鄞說：「算了吧，這又不關她的事。」雖然我很傷心小雪的死，但總不能爲了一隻貓，再打死幾個人。

李承鄞恨恨地道：「今日是害貓，明日便是害人了！」

趙良娣顯然被這句話給氣到了，猛然抬起頭來，眼睛裡滿是淚光：「殿下竟然如此疑我？」

我本來是來替那幾個宮人求情的，趙良娣竟然不領情。她尖聲道：「是妳！定然是妳！妳做成現成的圈套，妳好狠毒！妳除去了緒寶林，現在竟又來陷害我！」

不待我說話，李承鄞已經大聲呵斥：「妳胡說什麼！」

趙良娣卻拭了拭眼淚，直起身子來：「臣妾沒有胡說，太子妃做了符咒巫蠱臣妾，卻栽贓給緒寶林。緒寶林的宮女是太子妃親自挑選的，太子妃指使她們將桃符放在緒寶林屋中，巫蠱事發，太子妃卻拖延著不肯明察，意圖挑撥臣妾與緒寶林。太子妃這一招一石二鳥，好生狠毒！殿下，緒寶林死得蹊蹺，她不過身體虛弱，怎麼會突然病死？必然是遭人殺人滅口！」

我氣得連說話都不利索了，大聲道：「胡說八道！」

趙良娣抬頭看著我，她臉上淚痕宛然，可是眼神卻出奇鎮定，她瞧著我：「人證物證俱全，太子妃，今日若不是妳又想陷害我，我也原想替妳遮掩過去。可是妳如此狠心，殺了緒寶林，又想藉一隻貓陷害我，妳也忒狠毒了。」

我怒道：「什麼人證物證，有本事妳拿出來！」

趙良娣道：「拿出來便拿出來。」她轉身就吩咐人幾句，不一會兒，那些人就押解了兩個宮女前來。

我沒想到事情會突然變成這個樣子，緒寶林的兩個宮女供認是我指使她們，將桃木符放在緒寶林床下。

「太子妃說，她不過是想除去趙良娣……如果趙良娣眞的能被咒死，她一定善待我們寶林，勸殿下封寶林爲良娣，共享富貴……」

「太子妃說，即使被人發覺也不要緊，她自然能替寶林做主……」

我聽著那兩個宮女口口聲聲的指控，忽然覺得心底發寒。

這個圈套，趙良娣預備有多久了？她從多久之前，就開始算計，將我引入圈中？我從前不過覺得，她也許不喜歡我，也許還很討厭我，畢竟是我搶走她太子妃的位置，畢竟是我橫在她與李承鄞之間。可我沒有想過，她竟然如此恨我。

趙良娣長跪在那裡，說道：「臣妾自從發現巫蠱之事與太子妃有關，總以爲她不過一時糊塗，所以忍氣呑聲，並沒有敢對殿下有一字怨言，殿下可爲臣妾作證，臣妾從未在殿下面前說過太子妃一個不字，還好生勸說殿下親近太子妃，臣妾的苦心，日月可鑑。直到緒寶林死後，臣妾才起了疑心，但未奉命不敢擅查，不過暗中提防她罷了。沒想到她竟然藉一隻貓來陷害臣妾，臣妾為什麼要去害一隻貓？簡直是可笑之極，她定然是想以此計激怒殿下，令臣妾失寵於殿下，請殿下做主！」

李承鄞瞧著跪在地上的那兩個宮女，過了片刻，才說道：「既然如此，索性連緒寶林的事一塊兒查清楚，去取封存的藥渣來。」

召了御醫來一樣樣比對，結果緒寶林喝剩的藥渣裡，查出有花梅豆。緒寶林的藥方裡一直有參鬚，花梅豆這種東西雖然無毒，可是加在有參鬚的藥中，便有了微毒，時日一久，會令人虛弱而死。負責煎藥的宮女說，每次太醫開完藥方，都是我這個太子妃遣人去取藥的。煎藥的宮人不識藥材，總不過煎好了便送去給緒寶林服用，誰知藥中竟然會有慢毒。

百口莫辯。

我是個急性子，在這樣嚴實的圈中圈、計中計裡，便給我一萬張嘴，我也說不清楚。

我怒極反笑：「我為什麼要殺緒寶林？一個木牌牌難道能咒死妳，我就蠢到這種地步？」

趙良娣轉過臉去，對李承鄞道：「殿下……」

李承鄞忽然笑了笑：「天下最毒婦人心，果然。」

我看著李承鄞，過了好半晌，才說出一句話：「你也相信她？」

李承鄞淡淡地道：「我為何不信？」

我忽然覺得輕鬆了：「反正我早就不想做這個太子妃了，廢就廢吧。廢了我，我還可以回西涼去。

李承鄞淡淡地道：「妳想得倒便宜。」

原來我真的想得太便宜。李承鄞召來了掖庭令，我的罪名一樁接一樁地冒出來，比如率性輕薄、不守宮規，反正賢良淑德我是一點兒也沾不上邊，樣樣罪名倒也沒錯。嚴重的指控只有兩件，一是巫蠱，二是害死緒寶林。

我被軟禁在康雪殿，那裡是東宮的最僻靜處，從來沒有人住在那裡，也就和傳說中的冷宮差不多。

當初廢黜皇后的時候我才知道，李承鄞若想要廢了我這個太子妃，也是個很複雜的過程。需得陛下下詔給中書省，然後門下省同意附署。那些白鬍子的老臣並不好說話，上次皇后被廢就有人嚷嚷要死諫，就是一頭撞死在承天門外的台階上。後來還真的有人撞了，不過沒死成。陛下大大地生了一場氣，但皇后還是被廢了。

其實我想的是，也許這裡看守稍怠，我和阿渡會比較容易脫身逃走。

月娘來看我的時候，我正在院子裡種花。

我兩隻手上全是泥巴，月娘先是笑，然後就是發愁的樣子：「陛下遣我來看妳，怎麼弄成這樣？」

我這才知道，原來宮中陛下新近的寵妃，被稱爲「娘子」的，竟然就是月娘。

我打量著月娘的樣子，她穿著宮樣的新衣，薄羅衫子，雲鬢額黃，十分的華麗動人。我淡淡地笑著，說：「幸好李承鄞不要我了，不然我就要叫妳母妃，那也太吃虧了。」

月娘卻連眉頭都蹙起來了：「妳還笑得出來？」她也打量著我的樣子，皺著眉頭說，「妳瞧瞧妳，妳還有心思種花？」

月娘告訴我一些外頭我不知道的事。

原來趙良娣的家族在朝中頗有權勢，現在正一力想落實我的罪名，然後置我於死地。陛下十分爲難，曾經私下召李承鄞，因爲摒退衆人，所以也不知道說了些什麼，只是後來陛下大怒，李承鄞亦是氣沖沖而去。現在連天家父子都鬧翻了，月娘從旁邊婉轉求情，亦是束手無策。

月娘說：「我知道那些罪名都是子虛烏有，可是現在情勢逼人，我求了陛下讓我來看看妳，妳可有什麼話，或是想見什麼人？」

我覺得莫名其妙：「我不想見什麼人。」

月娘知道我沒聽懂，於是又耐心地解釋了一番。原來她的意思是想讓我見一見李承鄞，對他說幾句軟話。只要李承鄞一意壓制，趙良娣那邊即使再鬧騰，仍可以想法子將這件事大事化小，小事化了，畢竟死掉的緒寶林沒什麼背景，而巫蠱之事，其實可大可小。

月娘道：「我聽人說宮裡寶成年間也出過巫蠱之事，可是牽涉到當時最受寵的貴妃，中宗皇帝便杖殺了宮女，沒有追查，旁人縱有些閒言碎語，又能奈何？」

要讓我對李承鄞低頭，那比殺了我還難。

我冷冷地道：「我沒做過那些事，他們既然冤枉我，要殺要剮隨便，但讓我去向他求饒，萬萬不能。」

月娘勸說我良久，我只是不允。最後她急得快要哭起來，我卻拉著她去看我種的花。

我在冷宮裡種了許多月季花，負責看守冷宮的人，對我和阿渡還挺客氣，我要花苗他們就替我買花苗，我要花肥他們就替我送來花肥。這種月季花只有中原才有，從前在鳴玉坊的時候，月娘她們總愛簪一朵在頭上。我對月娘說：「等這些花開了，我送些給妳戴。」

月娘蹙著眉頭，說道：「妳就一點兒也不爲自己擔心？」

我拿著水瓢給月季花澆水：「妳看這些花，它們好好地生在土中，卻被人連根挖起，又被賣到這裡來，但還是得活下去，開漂亮的花。它們從來不擔心自己，人生在世，爲什麼要擔心這些那些，該怎麼樣就會怎麼樣，有什麼好杞人憂天的。」

再說擔心又有什麼用，反正李承鄞不會信我。從前的那些事，我眞希望從來沒有想起來過。幸好，只有我想起來，他並沒有想起。反正我一直在等，等一個機會，我想了結一切，然後離開這裡，我不想再見到李承鄞。

月娘被我的一番話說得哭笑不得，無可奈何，只得回宮去了。

我覺得冷宮的日子也沒什麼不好，除了吃得差了些，可是勝在清靜。

從前我明明很愛熱鬧的。

有天睡到半夜的時候，阿渡突然將我搖醒，我揉了揉眼睛，問：「怎麼了？」

阿渡神色甚是急迫，她將我拉到東邊窗下，指了指牆頭。

我看到濃煙滾滾，一片火光，不由得大是錯愕。怎麼會突然失火了？

火勢來得極快，一會兒便熊熊燒起來，阿渡踹開了西邊的窗子，我們從窗子裡爬出去，她拉著我衝上了後牆。我們還沒在牆上站穩，突然一陣勁風迎面疾至，阿渡將我一推，我一個倒栽蔥便往牆下跌去。只見阿渡揮刀斬落了什麼，「叮」的一響，原來是一支鋼箭，阿渡俯身衝下便欲抓住我，不知從哪裡連珠般射來第二支鋼箭、第三支鋼箭……阿渡斬落了好幾支，可是箭密如蝗，將牆頭一片片的琉璃瓦射得粉碎。我眼睜睜看著有支箭「噗」一聲射進了她的肩頭，頓時鮮血四濺，我大叫了一聲「阿渡」，她卻沒有顧及到自己的傷勢，掙扎著飛身撲下來想要抓住我的手。風呼呼地從我耳邊掠過，我想起我們那次翻牆的時候也是遇上箭陣，阿渡沒能抓住我，是裴照將我接住了。可是現在不會有裴照了，我知道，阿渡也知道。

在密密麻麻的箭雨中，阿渡終於拉住了我的胳膊，她的金錯刀在牆上劃出一長串金色的火花，堅硬的青磚簌簌往下掉著粉末，可是我們仍舊飛快地往下跌去，她的右肩受了傷，使不上力，那柄刀怎麼也插不進牆裡去，而箭射得更密集了，我急得大叫：「阿渡妳放手！放手！」她若是不放手，我們兩個只有一塊兒摔死了。這麼高的牆，底下又是青磚地，我們非摔成肉泥不可。

阿渡的血滴在我臉上，我使勁想要掙開她的手，她突然用盡力氣將我向上一掄，我被她拋向了半空中，彷彿騰雲駕霧一般，我的手本能地亂抓亂揮，竟然抓住了牆頭的琉璃瓦。我手足並用爬上了牆頭，眼睜睜看著阿渡又被好幾支箭射中，她實在無力揮開，幸得終於還是一刀插進了牆上，落勢頓時一阻，可是她手上無力，最後還是鬆開了手，重重地摔落在地上。

我放聲大哭，在這樣漆黑的夜晚，羽箭紛紛射在我旁邊的琉璃瓦上。那些羽箭穿破瓦片，「砰砰」連聲激起的碎屑濺在我臉上，生疼生疼，我哭著叫阿渡的名字，四面落箭似一場急雨，鋪天蓋地將我籠罩在其中。我從來沒覺得如此的無助和孤獨。

有人擋在了我面前，他只是一揮袖，那些箭紛紛地四散開去，猶有丈許便失了準頭，歪歪斜斜地掉落下去。透著模糊的淚眼我看到他一襲白袍，彷彿月色一般皎潔醒目。

顧劍。

他揮開那些亂箭，拉著我就直奔上殿頂的琉璃瓦，我急得大叫：「還有阿渡！快救阿渡！」

顧劍將我推到鴟尾之後，轉身就撲下牆去，我看到夜色中他的袍袖被風吹得鼓起，好似一隻白色的大鳥般滑下牆頭。底下突然有顆流星一般的火矢劃破岑寂的夜色，無數道流星彷彿一場亂雨，那些火箭密密麻麻地朝著顧劍射去，我聽到無數羽箭撞在牆上，「啪啪」的像是夏日裡無數蛾子撞在羊皮蒙住的燈上一般，半空中燃起一簇簇星星點點的火光，又迅速地熄滅下去，顧劍身形極快，已經抱起阿渡。但那些帶火的箭射得更密了，空氣裡全是灼焦的味道，那些箭帶著尖利的嘯聲，曳著火光的尾從四面八方射向顧劍。我從鴟尾後探出頭，看到一層層的黑甲，一步踏一步，那些沉重的鐵甲鏗然作響，密密地一層接一層地圍上來，竟然不知埋伏了有幾千幾萬人。

顧劍一手抱著阿渡，一手執劍斬落那些亂箭，在他足下堆起厚厚一層殘箭，仍舊熊熊燃著，火光映在他的白袍上，甚是飄渺。他身形如鬼魅般，忽前忽後。那些箭紛紛在他面前跌落下去，但四面箭雨如蝗，他亦難以闖出箭陣包圍。他白色的袍子上濺著血跡，不知道究竟是他的血，還是阿渡身上的血。阿渡雖然被他抱著，可是手臂垂落，一動不動，也不知道傷勢如何。再這樣下去，他和阿渡一定會被亂箭射死的。我心中大急，又不知道這裡埋伏的究竟是些什麼人，我忽然想這些人皆身著重甲，又在東宮之中明火放箭，這樣大的動靜，一定不會是刺客。我想到這裡，不由得猛然站起身來，背後卻有人輕輕將我背心一按，說道：「伏下。」

我回頭一看竟然是裴照，在他身後殿頂的琉璃瓦上，密密麻麻全是身著輕甲的羽林郎。他們全無聲息地伏在那裡，手中的弓箭引得半開，對準了底下的包圍圈，這些人居高臨下，即使顧劍能衝出包圍，他們定然齊齊放箭，將他逼回箭陣之中。

我心中大急，對裴照說：「快叫他們停下！」

裴照低聲道：「太子妃，太子殿下有令殲滅刺客，請恕末將不能從命。」

我抓著他的手臂：「他不是刺客，而且他抱著的人是阿渡，阿渡也不是刺客。快快叫他們停下！」

裴照臉色甚是爲難，可是一點一點，將手臂從我的指間抽了出來。我氣得大罵：「就算顧劍曾經行刺皇帝，又沒有傷到陛下一根頭髮。再說你們要抓顧劍就去抓他，阿渡是無辜的，快快令他們停下。」

裴照聲音低微，說道：「殿下有令，一旦刺客現身，無論如何立時將他殲滅於亂箭之下，絕不能令其逃脫。請太子妃恕罪，末將不能從命。」

我大怒，說道：「那要是我呢？若是顧劍抓著我，你們也放亂箭將我和他一起射死麼？」

裴照抬起眼睛來看著我，他眸子幽暗，遠處流矢的火光映在他的眼睛裡，像是一朵一朵燃起的小小火花，可是轉瞬即逝。我說道：「快命他們停下，不然我就跳下去跟他們死在一起！」

裴照忽然手一伸，說道：「末將失禮！」我只覺得穴位上一麻，足一軟就坐倒在那裡，四肢僵直再也不能動彈分毫。他竟然點了我的穴，令我動彈不得。我破口大罵，裴照竟不理會，回頭呼：「起！」

殿宇頂上三千輕甲鏗然起身，呈半跪之姿，將手中的硬弓引得圓滿，箭矢指著底下火光圈中的兩人。

我急得眼淚都流出來了，我尖聲大叫：「裴照！今日你若敢放箭，我一定殺了你！」

裴照並不理我，回頭大喝一聲：「放！」

我聽到紛亂的破空之聲，無數道箭從我頭頂飛過去，直直地落向火光圈中的人。顧劍騰空而起，想要硬闖出去，可是被密集的箭雨逼退回去。我淚眼矇矓，看著鋪天蓋地的箭矢密不透風，顧劍白袍突然一揮，將阿渡放在了地上。他定是想獨自闖出去，箭越來越密，到最後箭雨首尾相連，竟然連半分間隙都不露出來，將顧劍和阿渡的身影完全遮沒不見。我急怒攻心，不停地大罵，裴照似乎充耳不聞。到後來我哭起來，我從來沒有哭得這樣慘過，昏天暗地，我甚至哀求他不再放箭，可是裴照只是無動於衷。

也不知過了多久，裴照終於叫了停，我淚光模糊，只看底下亂箭竟然堆成一座小山，連半分人形都看不到。第一排身著重甲的羽林郎沉重地退後一步，露出第二排的羽林郎，那些人手執長戈，將長戈探到箭山底下，然後齊心合力，將整座箭山幾乎掀翻開去。

我看到顧劍的白袍，浸透了鮮血，幾乎已經染成了紅袍。

我張大了嘴，卻哭不出聲來，大顆大顆的眼淚從我臉頰上滑下去，一直滑到我的嘴裡，又苦又澀。阿渡，我的阿渡。

這三年來一直陪著我的阿渡，連國恨家仇都沒有報，就陪著我萬里而來的阿渡，一直拿命護著我的阿渡……我竟然毫無辦法，眼睜睜看著她被亂箭射死。

不知道什麼時候裴照將我從殿上放下來，他解開我的穴道，我奪過他的劍指著他。他看著我，靜靜地道：「太子妃，妳要殺便殺吧，君命難違，末將不能不從。」

我跌跌撞撞地走到包圍圈外，那些人阻在中間不讓我過去，我看著裴照，他揮了揮手，那些羽林郎就讓開了一條縫隙。

阿渡臉上衣上全是鮮血，我放聲大哭，眼淚紛紛落在她的臉上，她的身子還是暖的，我伸手在她身上摸索，只想知道她傷在何處，還能不能醫治。她身上奇蹟般沒有中箭，只是腿上中了好幾支箭，我一邊哭一邊叫著她的名字，她的眼珠竟然動了動。

我又驚又喜，帶著哭腔連聲喚著她的名字。她終於睜開眼來，可是她說不了話。最後只是拚盡全力，指著一旁的顧劍，我不懂她是什麼意思，可是她的眼睛望著顧劍，死死攥著我的衣襟。

「妳要我過去看他？」我終於猜到了她的意思，她微微點了點頭。

我不知道阿渡究竟是何意，可是她現在這樣奄奄一息，她要我做的事，我一定是會做的。

我走到顧劍身邊，他眼睛半睜著，竟然還沒有死。

我十分吃驚，他眼神微微閃動，顯然認出了我，他背上不知插了有幾十幾百支箭，密密麻麻得像是刺蝟一般，竟無一寸完好的肌膚。我心下甚是難過，他曾經一次又一次地救過我。在天亙山中是他救了我，適才亂箭之中，也是他救了我。我蹲了下來，叫了一聲他的名字。

我並不知道李承鄞在此設下圈套埋伏，是我連累他。

他嘴角翕動，我湊過去了一些，裴照上前來想要攔阻我：「娘娘，小心刺客暴起傷人。」我怒道：「他都已經這樣了，難道還能暴起傷人？」

我湊近了顧劍的唇邊，他竟然喃喃地說：「阿渡……怎樣……」

我萬萬沒料到他竟然記掛著阿渡，我說：「她沒事，就是受了傷。」

他嘴角動了動，竟然似一個笑意。

他受的傷全在背上，而阿渡的箭傷全在腿上，要害處竟然半分箭傷都沒有。我忽然不知怎麼地猜到了：「你將她藏在你自己身下？」

他並沒有回答我，只是瞧著我，癡癡地瞧著我。

我忽然覺得心中一動，他救了阿渡，本來他走得脫，明明他已經將阿渡放下了，只要他撇下阿渡，說不定能硬闖出去，可是他不肯，硬拿自己的命救了阿渡。他爲什麼要救阿渡？我幾乎是明知故問：「你爲什麼要救阿渡……」

「她……她要是……」他的聲音輕微，像是隨時會被夜風吹走，我不得不湊得更近些。只聽他喃喃地說：「妳會……會傷心死……」

我心中大慟，他卻似乎仍舊在笑：「我可……可不能……讓妳再傷心了……」

我說：「你怎麼這麼傻啊，我又不喜歡你……你怎麼這麼傻啊……」

他直直地瞧著我：「是我……對不住妳……」

我見他眼中滿是懺悔之色，覺得非常不忍心，他明顯已經活不成了，我的眼淚終於流出來：「師傅……」

他的眼睛卻望著天上的星空，呼吸漸漸急促：「那天……星星就……像今天……亮……妳坐沙丘……唱……唱歌……狐狸……」

他斷續地說著不完整的句子，我在這剎那懂得他的意思，我柔聲道：「我知道……我唱歌……我唱給你聽……」

我將他的頭半扶起來，也不管裴照怎麼想，更不管那些羽林郎怎麼想，我心裡只覺得十分難過，我記得那首歌，我唯一會唱的歌：

「一隻狐狸……牠坐在沙丘上……坐在沙丘上，瞧著月亮……噫，原來牠不是在瞧月亮……是在等放羊歸來的姑娘……」我斷斷續續唱著歌，這首歌我本來唱得十分熟練，可是今天不知道怎麼回事，幾乎每一句話都會走調，我唱著唱著，才發現自己淚如雨下，我的眼淚落在顧劍的臉上，他卻一直瞧著我，含笑瞧著我，一直到他的整個身子都發冷了，冷透了……他的手才落到了地上。他的白袍早就被箭射得千瘡百孔，襤褸不堪，我看到他衣襟裡半露出一角東西，我輕輕往外拉了拉，原來是一對花勝。已經被血水浸得透了，我忽然想起來，想起上元那天晚上，他買給我一對花勝，我曾經賭氣拔下來擲在他腳下，原來他還一直藏在自己衣內。我拋棄不要的東西，他竟然如此珍藏在懷裡。

我半跪半坐在那裡，聲音悽惶。像是沙漠上刮過的厲風，一陣陣旋過自己的喉嚨，說不出的難受：「一隻狐狸牠坐在沙丘上……坐在沙丘上，曬著太陽……噫……原來牠不是在曬太陽，是在等騎馬路過的姑娘……」

裴照上前來扶我：「太子妃……」

我回手一掌就劈在他的臉上，他似乎怔了怔，但仍舊將我硬拉了起來：「末將送太子妃去見殿下。」

「我誰也不見！」我厲聲道，逼視著他，「你們……你們……」我反覆了兩次，竟然想不出詞來指責他。他不過是奉李承鄞之命，罪魁禍首還是李承鄞。

阿渡奄奄一息，顧劍死了。

都是因爲我，爲了我。

他們設下這樣的圈套，顧劍本來可以不上當的，只是因爲我。

顧劍本來也可以不死的，只是因爲我。

是我要他救阿渡。

他便拚了命救阿渡。

一次又一次，身邊的人爲我送了命。

他們殺了阿翁，他們殺了阿娘，他們殺了赫失，他們又殺了顧劍……

他們將我身邊的人，將愛著我的人，一個又一個殺得盡了…… 裴照說道：「阿渡姑娘的傷處急需醫治，太子妃，末將已經命人去請太醫……」

我冷冷地瞪著他，裴照並不迴避我的目光，他亦沒有分辯。

我不願意再跟他說一句話。

可是阿渡的傷勢要緊，我不讓他們碰阿渡，我自己將阿渡抱起來。每次都是阿渡抱我，這次終於是我抱她，她的身子真輕啊，上次她受了那樣重的傷，也是顧劍救了她，這次她能不能再活下來？

阿渡右肩的琵琶骨骨折了，還斷了一根肋骨。太醫來拔掉箭杆，扶正斷骨，然後敷上傷藥，阿渡便昏沉沉睡去了。

我蜷縮在她病榻之前，任誰來勸我，我連眼皮都不抬一下。我用雙臂抱著自己，一心一意地想，待阿渡傷勢一好，我就帶她回西涼去。

李承鄞來見我，我衣上全是血水，頭髮亦是披散糾結，他皺眉道：「替太子妃更衣。」

永娘十分爲難，剛剛上前一步，我就拔出了金錯刀，冷冷地盯著她。

李承鄞揮了揮手，屋子裡的人全都退了出去。

他一直走到我面前，我從自己披散的頭髮間看到他的靴子，再近一步，再近一步……我正要一刀扎過去，他卻慢慢地彎腰坐下來，瞧著我。

我直直地瞧著他。

他低聲道：「小楓，那人不可不除，他武功過人，竟能挾制君王，於萬軍中脫身而去，我不能不殺他……」

我連憤怒都沒有了，只是淡淡地看著他。

「以妳爲餌是我的錯，可是我也是不得已。趙良娣爲世家之女，父兄悉是重臣，我得有一個正當的名義才能除去她。趙家和高相狼狽爲奸，陛下亦爲高黨掣肘，所以才下決心替陳家翻案，陳氏舊案一旦重新開審，勢必可以拔除高于明……趙良娣又陷害妳……我只能先將計就計……現在妳放心吧，事情已經結束了……」

他說的話太複雜了，我聽不懂。

他又講了許多話，大部分是關於朝局的。藉著月娘家中十年前的冤情，一路追查，現在高家已經被滿門抄斬，趙家亦已經伏誅，趙良娣毒殺緒寶林，卻陷害我的事情也被徹底地揭露，她被逐出東宮，羞憤自盡……高家以前是擁護皇后的勢力，皇后被廢後，這些人又試圖讓高貴妃來重新爭取后位。趙家更是蠢蠢欲動，這些人從前都曾幫助皇后暗算他的生母。後宮永遠重複著這樣的勾心鬥角與陰謀暗算……他替他的母親報了仇，他將二十年前的人和事一一追查出來，他這一生做的最得意的一件事情，也就是如此吧？

什麼高相，什麼趙家，什麼顧劍，甚至還有月娘。

我聽不懂。

尤其他說到趙良娣時的口氣，就像碾死了一隻螞蟻一般輕描淡寫。

他與之恩愛了三年的女人，他曾經如珠似寶的女人。

竟然全是演戲？

竟然連半分恩情都沒有？

從前我很討厭趙良娣，尤其她誣陷我的時候。可是這一刻，我只覺得她好生可憐，眞的是好生可憐。

李承鄞的心，一定是石頭刻成的吧。莫說是一個人，就算是一隻貓、一隻狗，養了三年，也不忍心殺死牠吧……我以爲三年了，事情會有所改變，可是唯一沒有變的就是他。不管他是不是曾經跳進忘川裡，不管他是不是忘了一切，他都永遠不會忘記他的權力，他的陰謀。他總是不惜利用身邊的人，不惜利用情感，然後去達成自己的目的。

他竟然伸了伸手，想要摸我的臉。

我覺得厭惡：「走開！」

李承鄞道：「他們不會傷到妳的，他們都是羽林郎中的神射手，裴照親自督促，那些箭全落在妳身邊，不會有一支誤傷到妳。我不該拿妳冒險，其實我心中好生後悔……」

「那阿渡呢？」我冷冷地看著他，「阿渡若是同顧劍一起死了……」

他又怔了怔，說道：「小楓，阿渡只是個奴婢——」

我「啪」一聲打在他臉上，他亦沒有閃避，我氣得渾身發抖：「她拿自己的命護著我，她千里迢迢跟著我從西涼來……阿渡在你眼裡只是個奴婢，可在我心裡她是我姐妹。」我想到顧劍，想到他為了救阿渡而死，想到他說，他說他可不能再讓我傷心了。連顧劍都知道，如果阿渡死了，我也會傷心而死的。

李承鄞伸出手來，抱著我，他說：「小楓，我喜歡妳。那天我生著病，妳一直被我拉著手，直到發麻也不放開，那時候我就想，世上怎麼有這麼傻的丫頭，可是我沒想過，我會喜歡妳這個傻丫頭。妳被刺客抓走的時候，我是真的快要急瘋了……那時候我想，若是救不回來妳，我該怎麼樣……我從來沒有怕過……可是妳回來了，妳說妳喜歡顧小五，我知道顧小五就是顧劍，我嫉妒得快要發了狂。對，我不願留他性命，因為他不僅僅是刺客，還是顧小五。現在顧小五已經死了，是我不對，我不應該殺他，可是小楓，我是不得已，從今後再沒有人能傷害妳，我向妳保證，妳信我一次，好不好？」

我的眼淚掉在我自己的手背上，我怎麼這樣愛哭呢？

三年前我從忘川上跳下去的時候，萬念俱灰，我只想永遠地忘記這個人。我終於真的將他忘了，我只記得嫁給李承鄞之後的事情，他是那樣英俊，那樣溫文儒雅，那樣玉樹臨風。那時候我一心一意盼著他能夠喜歡我，哪怕他能偶爾對我笑一笑，亦是好的。

現在他將我抱在懷裡，說著那樣癡心的話，可是這一切，全都不是我想要的。

我搖了搖頭，將自己的手從他手裡抽出來：「他不是顧小五，顧小五早就已經死了。」

李承鄞怔怔地瞧著我，過了好半晌才說：「我都已經認錯了，妳還要怎麼樣？」

我覺得疲倦極了，真的不想再說話，我將頭倚靠在柱子上：「你原來那樣喜歡趙良娣，爲了她，天天同我吵架。可是現在卻告訴我說，你是騙她的。你原來同高相國來往最密切，現在卻告訴我說，他大逆不道，所以滿門抄斬……你原來最討厭我，口口聲聲要休了我，現在你卻說，你喜歡我……你這樣的人……叫我如何再信你……」

李承鄞停了一停，卻並沒有動：「小楓，我是太子，所以有很多事情，我是不得已。」

我突然笑了笑：「是啊，一個人若是要當皇帝，免不了心硬血冷。」

當初顧劍對我說這句話的時候，我渾沒半分放在心上，現在我終於明白了。一個人朝著帝王的權位漸行漸近，他將摒棄許多許多熱誠的情感。比如我和阿渡之間的情誼，他就無法理解，因爲他沒有。他從來不曾將這樣的信任，給予一個人。

我問：「如果有一天，我危及到你的皇位、你的江山、你的社稷，你會不會殺了我？」

李承鄞卻避而不談：「小楓，比皇宮更危險的地方是東宮，比當皇帝更難的是當太子……我這一路的艱辛，妳並不知道——」

我打斷他的話：「你會不會，有一天也殺了我？」

他凝視我的臉，終於說：「不會。」

我笑了笑，慢慢地說：「你會。」

我慢慢地對他說：「你知不知道，有一個地方，名叫忘川？」

他怔怔地瞧著我。

「忘川之水，在於忘情……」我慢慢地轉過身，一路哼唱著那支熟悉的歌謠，「一隻狐狸牠坐在沙丘上……坐在沙丘上，曬著太陽……噫……原來牠不是在曬太陽，是在等騎馬路過的姑娘……」

我知道，我心裡的那個顧小五，是真正的死了。

李承鄞明明知道趙良娣派人用慢毒毒死緒寶林，可是他一點兒都不動聲色。

與他有過肌膚之親的女人，命如草芥一般。

李承鄞明明只不過利用趙良娣，可是他還能每天同她恩愛如海。

與他有過白頭之約的女人，亦命如草芥一般。

李承鄞明明知道趙良娣陷害我，可是他一點兒都不動聲色，仍舊看著我一步步落入險境，反倒利用這險境，引誘顧劍來，趁機將顧劍殺死。

他不會再一次跟著我跳下忘川。

我心裡的那個顧小五，真的就這樣死去了。

我衣不解帶地守在阿渡身邊，她的傷勢惡化發燒的時候，我就想到顧劍，上次是顧劍救了她，這次沒有了。

阿渡發燒燒得最厲害的時候，我也跟著病了一場。

那天本來下著暴雨，我自己端著一盆冰從廊橋上走過來，結果腳下一滑，狠狠摔了一跤。

那一跤不過摔破了額頭，可是到了晚上，我也發起燒來。

阿渡也在發燒，李承鄞說是阿渡將病氣過給了我，要把阿渡挪出去。他說我本來才養好了病，不能再被阿渡傳染上。

是誰將阿渡害成這樣子？

我怒極了，拿著金錯刀守著阿渡，誰都不敢上前來。

李承鄞也怒了，命人硬是將我拖開。

阿渡不知道被送到哪裡去了，我被關在內殿裡頭，我沒力氣再鬧了，我要我的阿渡，可是阿渡現在也不知道去哪裡了。

我不吃飯，也不吃藥，永娘端著藥來，我拚盡了力氣打翻了她手中的藥碗，我只要阿渡。這東宮我是一天也待不下去了，我要阿渡，我要回西涼。

我昏昏沉沉地睡了一整天，一直做著噩夢。我夢見阿娘，我夢見自己流了許多眼淚，我夢見阿爹，他粗糙的大手摸著我的髮頂，他對我說：「孩子，委屈妳了。」

我不委屈，我只覺得筋疲力盡，再不能掙扎。像是一條魚，即將窒息；又像是一朵花，就要枯萎。

李承鄞和東宮，是這世上最沉重的枷鎖，我已經背負不起。

後來永娘將我輕輕地搖醒，她告訴我說：「阿渡回來了。」

阿渡真的被送回來了，仍舊昏迷不醒地躺在床上，也不知道李承鄞如何會改了主意。

我摸著阿渡的手，她的手比我的手還要燙，她一直發著高燒，可是只要她在這裡，我能陪著她，就好。

永娘並沒有說什麼，只說：「阿渡回來了，太子妃吃藥吧。」

我一口氣將那一大碗苦藥喝完了，真是苦啊，我連壓藥的杏餞都沒有吃。我朝永娘笑了笑，她卻突然莫名其妙地掉了眼淚。

我覺得甚是奇怪，問：「永娘，妳怎麼了？」

永娘卻沒有說話，只是柔聲道：「太子妃頭髮亂了，奴婢替您重新梳吧。」

犀梳梳在頭髮中，很舒服。永娘的手又輕又暖，像是阿娘的手一般。她一邊替我梳著頭髮，一邊慢慢地說道：「記得那時候太子妃剛到東宮，就病得厲害，成宿成宿地燒得滾燙。太醫們又不敢隨便用藥，怕有個好歹。奴婢守在您身邊，那時候您的中原話還說得不好，夢裡一直哭著要嬗子，要嬗子，後來奴婢才知道，原來嬗子就是西涼話裡的阿娘。」

我都忘了，我就記得剛到東宮我病過一回，還是永娘和阿渡照顧我，一直到我病好。

「那年您才十五歲。」永娘幫我輕輕將頭髮挽起來，「一晃三年就過去了。」

我轉過頭看她，她對著我笑了笑：「娘娘的芳辰，宮中忘了，殿下也忘了，今天娘娘十八歲了。」

我真的忘了這些事，阿渡病得死去活來，我哪記得起來過生日。宮裡掖庭應該記得這些事，可是據說現在宮中亂得很，高貴妃出了事，其餘的人想必亦顧不上這樣的瑣事。

只有永娘還記得。

她用篦子細心地將我兩側的鬢髮抿好：「從今以後，太子妃就是大人了，再不能任性胡鬧了。」

任性胡鬧？

我覺得這四個字好遙遠……那個任性胡鬧的我，似乎早就已經不在了。三年前她就死在了忘川的神水中，而我，只是借著她的軀殼，渾渾噩噩，又過了三年。我把一切都忘記，將血海深仇都忘記，跟著仇人，過了這三年。直到，我再次愛上他。

他卻永遠不會想起我了。

幸好，我也寧願他永遠不會想起我。

阿渡的傷漸漸好起來的時候，夏天已經快要結束了。

在養傷的時候，她打著手勢告訴我一些事情，比如，顧劍是怎麼救的她。原來最早的那次，因爲我要顧劍救她的內傷，結果顧劍爲此折損了一半的內力。若不是這樣，他也不至於死於亂箭之中。

阿渡同我一樣傻氣。

我慢慢地比劃出一句話，我問她：「妳是不是喜歡他？」

阿渡沒有回答我，她的眼睛裡有一層淡淡的水霧，她轉過臉看著窗外的荷花，不一會兒就轉回臉來，重新對著我笑。

我明明知道她哭了。

這丫頭同我一樣，連哭起來都是笑著對人。

從阿渡那裡，我知道了許多事，比如第一次李承鄞遇刺，阿渡出去追刺客，被刺客重傷。我一直以爲那眞的是皇后派出來的人，可是最後阿渡卻發現不是。

「是殿下的人。」阿渡在紙上寫，「孫二爲首。」

我被這個名字徹底地震到了。孫二？如果孫二是李承鄞的人，那麼皇后是冤枉的？根本不是她派人來行刺李承鄞，而是李承鄞自己的苦肉計？在鳴玉坊的時候，又是孫二帶著人去潑墨鬧事，將我和李承鄞引開，這中間的陰謀，全與李承鄞脫不了干係？

他到底做了什麼？李承鄞他，到底做了些什麼……

阿渡一筆一劃在紙上寫著，斷續地告訴我：當日她在鳴玉坊外覺得情形不對，就尾隨孫二而去，想查看個究竟，不想被孫二發現，孫二手下的人武功都非常高，她寡不敵眾，最後那些人卻沒有殺她，只是將她關在一個十分隱密的地方。幸好幾天後顧劍將她救了出去，並且帶她去破廟見我。她質問顧劍爲什麼將我藏在破廟裡，才知道顧劍原來和孫二都是受李承鄞指使。而原本李承鄞讓顧劍去挾制陛下，是想讓陛下誤以爲有人阻撓他追查陳家舊案。誰知我會衝出來自願換作人質，所以顧劍才會將計就計帶走我。

我已經不敢去想，也不願去想，我只覺得每每想到，都像是三九隆冬，心底一陣陣地發寒。

李承鄞現在於我，完全是一個陌生的人，一個可怕的陌生人，我永遠也想不出他還能做出什麼事來。三年前他做過的一切那樣可怕，三年後他更加可怕。他設下圈套殺顧劍，是不是想殺人滅口？顧劍明明是他的表親，替他做了那麼多見不得光的事情。李承鄞連阿渡都不顧惜，是不是永遠也不想讓我知道一些事情。

我覺得心裡徹底地冷了，他到底在做什麼？我第一次覺得，這世上的人心這樣可怕，這東宮這樣的可怕，李承鄞這樣的可怕。

可怕到我不寒而慄。

我和阿渡仍舊被半軟禁著，現在我也無所謂了。在這寂寞的東宮裡，只有我和她相依為命。月娘來看過我幾次，我對她說：「妳一個人在宮裡要小心。」

帝王的情愛，如何能夠長久。皇帝將她納入宮中，只是藉著她的名頭替陳家翻案，宮裡的美人那樣多，是非只怕比東宮還要多。高貴妃急病而卒，私下裡傳說她是因為失勢，所以吞金自盡。宮裡的事情，東宮裡總是傳得很快。

我知道月娘的處境很微妙，皇帝雖然表面上對她仍舊寵愛，但是她畢竟出身勾欄，現在朝中新的勢力重新形成，陛下又納了新的妃子。大臣們勸說他冊立一位新皇后，但陛下似乎仍沒拿定主意。

如果有了皇后，不知道月娘會不會被新皇后嫉妒。永娘對我說過前朝蘭妃的事，她是因為出身不好，所以被皇后陷害而死的。我實在不想讓月娘落到那樣的下場。

月娘嫣然一笑：「放心吧，我應付得來。」

她彈了一首曲子給我聽。

「採蓮南塘秋，蓮花過人頭，低頭弄蓮子，蓮子清如水……」

月娘的聲音眞好聽啊，像是柔軟的霧，又像是荷葉上滾動的清露，更像是一陣風，吹過了高高的宮牆，吹過了鞦韆架，吹過了碧藍的天，吹過了潔白的雲……那碧藍的天上有小鳥，牠一直飛，一直飛，往西飛，飛回到西涼去，雖然西涼沒有這樣美的蓮塘，亦沒有採蓮的美人，可是西涼是我的家。

我想起從前在鳴玉坊的日子，那個時候我多麼快活，無憂無慮，縱情歡歌。

我歎息：「不知道下次聽妳唱曲，又是何時了。」

月娘說道：「我再來看妳便是了。」

我沒有說話，我已經決心回西涼去了。

阿渡的傷好了，我們兩個可以一起走了。

李承鄞命裴照選了好些人跟隨在我左右，名義上是爲了保護我，其實是看守罷了，那些人看守得十分嚴密，如果我同阿渡硬闖出去，我想是不成的。所以只能見機行事。

七月初七的乞巧節，對宮中來說是個熱鬧的大日子。因爲陛下的萬壽節也正巧是這一天，所以從大半個月前，宮中就張燈結綵，佈置苑林，添置新舟。這天的賜宴是在南苑池的瓊山島上，島上有花蕚樓與千綠亭，都是近水臨風、消暑的好地方。

李承鄞一早就入宮去了，我比他稍晚一些。萬壽節陛下照例要賜宴群臣，所以承德殿中亦有大宴。而後宮中的宴樂，則是由陛下新冊的賢妃主持的，安排得極是妥當。我從甘露殿後登舟，在船上聽到水邊隱隱傳來的樂聲，那些是被賢妃安排在池畔樹蔭下的樂班，奏著絲竹。藉著水音傳來，飄渺如同仙樂。

正式的宴會是從黃昏時分開始的，南苑池中種滿了千葉白蓮，這些蓮花花瓣潔白，千層重疊，就是沒有香氣。賢妃命人在水中放置了荷燈，荷燈之中更置有香餅，以銅板隔置在燭上，待燭光烘焚之後香氣濃烈，遠遠被水風送來，連後宮女眷身上的薰香都要被比下去了。臨水的閣子上是樂部新排的凌波舞，身著碧綠長裙的舞姬彷彿蓮葉仙子一般，凌波而舞。閣中的燈燭映在閣下的水面波光，流光瀲灩，輝映閃耀得如同碎星一般。

陛下對這樣的安排十分滿意，他誇獎賢妃心思靈巧。尤其是荷燈置香，賢妃笑吟吟道：「這哪裡是臣妾想出來的，乃是臣妾素日常說，蓮花之美，憾於無香。臣妾身邊的女官阿滿，素來靈巧，終於想出法子，命人製出這荷香燈來，能得陛下誇獎，實屬阿滿之幸，臣妾這便命她來謝恩吧。」

那個叫阿滿的女官，不過十六七歲，姍姍而出，對著陛下婷婷施一禮，待抬起頭來，好多人都似乎吸了口氣似的，這阿滿長得竟然比月娘還要好看。所有人都覺得她清麗無比，好似一朵白蓮花一般。陛下似乎也被她的美貌驚到了，怔了一怔，然後命人賞了她一對玉瓶，還有一匣沉水香。我還以爲陛下又會將她封作妃子，誰知陛下突然對李承鄞說道：「鄞兒，你覺得此女如何？」

李承鄞本來坐在我的對面，他大約是累了，一直沒怎麼說話。現在聽到皇帝忽然問他，他方才瞧了那阿滿一眼，淡淡地道：「是個美人。」

陛下道：「你身邊乏人侍候，不如叫阿滿去東宮，我再命掖庭另選人給賢妃充任女官。」

李承鄞說道：「兒臣身邊不缺人侍候，謝父皇好意。」

我忍不住動了動，陛下問：「太子妃有什麼話說？」

我說道：「父皇，殿下臉皮薄，不好意思要。阿滿長得這麼漂亮，他不要我可要了，請求陛下將阿滿賞賜給我吧。」

陛下哈哈一笑，便答允了。

我知道李承鄞瞪了我一眼，我可不理睬他。賢妃似乎甚是高興，立時便命阿滿去到我案邊侍候。半夜宴樂結束之後，出宮之時，她又特意命人備了馬車相送阿滿，隨在我的車後。

宮中賜宴是件極累人的事，尤其頂著一頭沉重的釵鈿。車行得搖搖晃晃，幾乎要把我的頸子都搖折了，我將沉重的釵鈿取下來，慢慢地吁了口氣，但願這樣的日子，今後再也不會有了。

最後車子停下來，車帷被揭開，外頭小黃門手提著燈籠，放了凳子讓我下車。我剛剛一欠身，突然李承鄞下了馬，氣沖沖地走過來，一腳就把凳子踢翻了。嚇得那些小黃門全都退開去，跪得遠遠的。

「你幹什麼？」我不由得問。

結果他胳膊一伸，就像老鷹抓小雞一般，將我從車裡抓出來了。

阿渡上前要來救我，裴照悄無聲息地伸手攔住她。李承鄞將我扛在肩上，我破口大罵，然後看到阿渡跟裴照打起來了，裴照的身手那麼好，阿渡一時衝不過來。我大罵李承鄞，亂踢亂咬，使勁掐他的腰，把他腰帶上嵌的一塊白玉都摳下來了，他卻自顧自一路往前走，將我一直扛進了麗正殿裡。

「砰！」

我的腦袋撞在了瓷枕上，好疼啊！李承鄞簡直像扔米袋子似的，就把我往床上一扔。我馬上爬起來，他一伸胳膊又把我推倒了。隔了好幾個月沒打架，果然手腳遲鈍了不少。我們兩個只差沒把大殿都給拆了，內侍曾經在門口探頭探腦，結果李承鄞朝他扔了個花瓶，「砰」地差點砸在他身上，那內侍嚇得連忙縮了回去，還隨手帶上了門。這一場架打得我氣喘吁吁，上氣不接下氣。到最後我終於累癱在那兒了，一動也不想動。我不再掙扎，李承鄞就溫存了許多。

李承鄞還是從後面抱著我，他似乎喜歡這樣抱人，可是我枕著他的胳膊，總覺得硌人。其實他可能也累極了，他的鼻息噴在我的脖子裡，癢癢的。他喃喃地說著什麼話，大抵是哄騙我的甜言蜜語。

我沒有吭聲。

過了好久他都沒有說話，我慢慢地回頭看，他竟然歪著頭睡著了。

我伸手按在他的眼皮上，他睡得很沉，一動不動。

我小心地爬起來，先把襦裙穿好，然後打開窗子。阿渡悄無聲息地進來，遞給我一把剪刀。

我坐在燈下，開始仔細地剪著自己的指甲。

小心翼翼地不讓指甲裡的白色粉末被自己的呼吸吹出來。

這種大食來的迷魂藥粉果然厲害，我不過抓破了李承鄞胳膊上的一點兒皮膚，現在他就睡得這樣沉。

剪完指甲我又洗了手，確認那些迷藥一點兒也不剩了，才重新換上夜行衣。阿渡將刀遞給我，我看著熟睡著的李承鄞，只要一刀，只要輕輕地在他頸中一刀，所有的仇恨，都會煙消雲散。

他睡得並不安穩，雖然有迷藥的效力，可是他眉頭微皺，眼皮微動，似乎正做著什麼夢。我輕輕地將冰涼的刀鋒架在他的脖子上，他毫無知覺，只要我手上微微用力，便可以切開他的喉管。

他的嘴角微動，似乎夢裡十分痛苦，我慢慢地一點一點用著力，血絲從刀刃間微微滲出來，已經割破他薄薄的皮膚，只要再往下一分……他在夢裡似乎也感受到了這痛楚，臉上的肌肉開始扭曲，手指微動，像是要抓住什麼。他似乎在大吼大叫，可是其實發出的聲音極其輕微，輕得我幾乎聽不清。

我的手一顫，刀卻「咣噹」一聲落在了地上，阿渡以為李承鄞醒了，急急地搶上來。我卻用手掩住了自己的臉。

我終於想起來，想起三年前墜下忘川，他卻緊跟著我跳下來，他拉住了我，我們在風中急速向下墜落……他抱著我在風中旋轉……他不斷地想要抓住山壁上的石頭，可是我們落勢太快，紛亂的碎石跟著我們一起落下，就像滿天的星辰如雨點般落下來……就像是那晚在河邊，無數螢火蟲從我們衣袖間飛起，像是一場燦爛的星雨，照亮我和他的臉龐……天地間只有他凝視著我的雙眼……

我一次一次在夢中重逢這樣的情形，我一次又一次夢見，但我卻不知道，那個人是他。

直到我再次想起三年前的事情，我卻並沒有能想起，耳邊風聲掠過，他說的那句話。

原來只是這一句：「我和妳一起忘。」

忘川冰涼的碧水湧上來淹沒我們，我在水裡艱難地呼吸，一吞一吐都是冰冷的水。他跳下來想要抓著我，最後卻只對我說了這樣一句話。

「我和妳一起忘。」

所有的千難萬險，所有的一切，他原來也知道，他也覺得對不起我。

在忘川之巔，當他毫不猶豫地追隨著我跳下來的時候，其實也想同我一樣，忘記那一切。

他也明明知道，顧小五已經死了，同我一樣，淹死在忘川裡。

我們都是孤魂野鬼，我們都不曾活轉過來。我用三年的遺忘來苟活，而他用三年的遺忘，抹殺了從前的一切。

在這世間，誰會比誰過得更痛苦？

在這世間，遺忘或許永遠比記得更幸福。

阿渡拾起刀子，重新遞到我手中。

我卻沒有了殺人的勇氣。

我凝睇著他的臉，就算是在夢中，他也一樣困苦。多年前他口中那個小王子，活得那樣可憐，如今他仍舊是那樣可憐，在這東宮裡，沒有他的任何親人，他終究是孤伶伶一個，活在這世上，孤獨地朝著皇位走去，一路把所有的情感，所有的熱忱，所有的憐惘與珍惜，都統統捨去。

或許遺忘對他而言是更好的懲罰，他永遠不會知道，我曾經那樣愛過他。

我拉著阿渡，掉頭而去。

本來李承鄞讓裴照在我身邊安排了十幾個高手，可是今天晚上我跟李承鄞打架，動靜實在太大，這些人早就知趣地迴避得遠遠的，我和阿渡很順利地就出了麗正殿。

混出東宮這種事對我們而言，一直是家常便飯。何況這次我們計畫良久，不僅將羽林軍巡邏的時間摸得一清二楚，而且還趁著六月伏中，東宮的內侍重新調配，早將一扇極小的偏門留了出來。我和阿渡一路躲躲閃閃，沿著宮牆七拐八彎，眼看著就要接近那扇小門，忽然阿渡拉住了我。

我看到永娘獨自站在那裡，手中提著一盞燈，那盞小燈籠被風吹得搖搖晃晃，她不時地張望，似乎在等什麼人。

我和阿渡躲在一叢翠竹之後，過了好久，永娘還是站在那裡。

我拉了拉阿渡的衣袖，阿渡會意，慢慢拔出金錯刀，悄悄向永娘走去。

不防此時永娘忽然歎了口氣，扶著膝蓋坐了下來。

阿渡倒轉刀背，正撞在永娘的穴位之上，永娘身子頓時僵在那裡，一動也不能動。

我伸出胳膊，抱了抱她發僵的身子，低聲說道：「永娘，我走了，不過我會想妳的。」

在這東宮，只有永娘同阿渡一樣，曾經無微不至地照顧過我。

永娘的嘴角微張，她的啞穴也被封了，不能發出任何聲音。我又用力抱了抱她，發現她胸前鼓鼓的，硌得我生疼，不知道是什麼東西，我取出來一看，竟然是一包金葉子。永娘的眼珠子還瞧著我，她的眼睛裡慢慢泛起水光，對著我眨了眨眼睛，我鼻子一酸，忽然就明白了，她原來是在這裡等我。

這包金葉子，也是她打算給我的。

我不知道該說什麼才好，從前她總逼著我背書，逼著我學規矩，逼著我做這個做那個，逼著我討好李承鄞……

所以準備逃跑計畫的時候，我曾經十分小心地提防著她。

沒想到她早就看出來了，卻沒有去報告李承鄞。如果她真的告訴了李承鄞，我們就永遠也走不了了。

在這東宮，原來也有真心待我好的人。

阿渡扯著我的衣袖，我知道多留一刻便多一重被人發現的危險。我含著眼淚，用力再抱一抱永娘，然後拉著阿渡，悄悄溜出了那扇小門。

這扇門是留給雜役出入的，門外就是一條小巷，我們翻過小巷，越過好些民宅，橫穿東市各坊，然後一直到天快要矇矇亮了，才鑽進了米羅的酒鋪。

米羅正在等著我們。她低聲告訴我們說：「向西去的城門必然盤查得緊，只怕不易混出去。今天有一隊高麗參商的馬隊正要出城去，他們原是往東北走，我買通了領隊的參商，你們便跟著他們混出城去。那些高麗人身材矮小，你們混在中間，也不會令人起疑。」她早預備下了高麗人的衣服，還有帽子和鬍子，我和阿渡裝扮起來，換上高麗人的衣衫，再黏上鬍子，最後戴上高麗人的帽子，對著銅鏡一照，簡直就是兩個身材矮小的高麗商人。

這時候天已經漸漸亮起來，街市上漸漸有人走動，客棧裡也熱鬧起來，隔壁鋪子打開鋪板，老闆娘拿著楊枝在刷牙，胖胖的老闆打著呵欠，跟米羅搭訕說話。那些高麗人也下樓來了，說著又快又繞舌頭的高麗話。自從驍騎大將軍裴況平定高麗後，中原與高麗的通商反倒頻繁起來，畢竟商人逐利，中原有這樣多的好東西，都是高麗人日常離不了的。

我們同高麗商人一起吃過了餅子做早飯，便收拾了行裝準備上路。這一隊高麗商人有百來匹馬的馬隊，是從高麗販了人參和藥材來，然後又從上京販了絲綢茶葉回高麗。馬隊在院子裡等著裝貨，一箱一箱的貨物被駝上馬背。那些馬脖子上掛的銅鈴咣啷咣啷……夾在吵吵鬧鬧的高麗話裡，又熱鬧又聒噪。

我和阿渡各騎著一匹馬，夾雜在高麗商人的馬隊裡，跟著他們出城去。城門口果然盤查得非常嚴，有人告訴我們說城中天牢走失了逃犯，所以九門都加嚴了盤查，最嚴的當然是西去的城門，據說今天出西門的人都被逐一搜身，稍有可疑的人就被扣押了下來，送到京兆尹衙門去了。我和阿渡心中有鬼，所謂的走失逃犯，大約就是指我和阿渡吧。

因爲每個人都要盤問，城門口等著盤查的隊伍越排越長，我等得心焦起來。好容易輪到我們，守城的校尉認眞驗了通關文牒，將我們的人數數了一遍，然後皺起眉頭來：「怎麼多出兩個人？」

領隊的高麗人比劃了半晌，夾著半生不熟的中原話，才讓守城門的人明白，他們在上京遇上家鄉的兩個同伴，原是打仗之前羈留在上京的，現在聽說戰事平靖了，所以打算一起回去。

那人道：「不行，文牒上是十四人，就只能是十四人，再不能多一個。」

我突然靈機一動，指了指自己和阿渡，學著高麗人說中原話的生硬腔調：「我們兩個，留下。他們走。」

那校尉將我們打量了片刻，又想了想，將文牒還給領隊，然後指了指我們身後的另兩個高麗人，說：「他們兩個，留下。你們可以走。」

領隊的高麗商人急了，比劃著和那人求情，說要走就一起走，我也幫著懇求，那人被我們怪腔怪調的中原官話吵得頭昏腦脹：「再不走就統統留下思密達！」

我們猶是一副不死心的樣子，圍著那人七嘴八舌，這時後面等候的隊伍越來越長，更多人不耐煩了，紛紛鼓噪起來。本來天朝與高麗多年交戰，中原人對高麗人就頗有微辭，現在更是冷嘲熱諷，說高麗人最是喧譁不守規矩。

那些高麗商人氣得面紅耳赤，便欲揎拳打架。校尉看著這些人就要打起來，怕鬧出大事來，更怕這裡堵的人越來越多，連忙手一揮：「就剛才我指的那兩個高麗人不准出城，其他的轟出去！」

我們一群人帶馬隊被轟出了城門，那兩名高麗商人無可奈何地被留在城內。我心中好生愧疚，領隊卻悄悄拉了拉我的衣袖，朝我伸了伸手。

我沒弄懂他的意思，領隊便撚著鬍子笑起來，用不甚熟稔的中原話說：「給錢！」

我大是驚詫：「米羅不是給過你錢了嗎？」

那領隊的高麗人狡猾地一笑：「兩個人，城裡，加錢。」

我想到他們有兩個同伴被扣在了城內，便命阿渡給了他一片金葉子。

後來我深悔自己的大方。

那高麗人看到金葉子，眼睛裡差點沒放出光來。後來一路上，那高麗人時時處處都找藉口，吃飯的時候要我們給錢，住客棧的時候要我們給錢，總是漫天要價。我雖然不怎麼聰明，可是這三年來幾乎天天跟阿渡在上京街頭混，什麼東西要花多少錢買，我還是知道的。尋常兩片金葉子就可以買下一間宅子，那高麗人卻吃一頓飯也要我們一片金葉子，把我們當冤大頭來宰。我想反正這些錢全是李承鄞的，所以花起來一點兒也不心疼，再說他們確有同伴被攔在城裡，讓那些高麗人佔點便宜也不算什麼，於是只裝作不懂市價而已。那些高麗人雖然貪婪，不過極是吃苦，每日天不亮就起床，直到日落才歇腳。每日要行八九個時辰，我三年沒有這麼長時間地騎馬了，顛得我骨頭疼，每天晚上一到歇腳的客棧，我頭一挨著枕頭就能睡著。

這天夜裡我睡得正香，阿渡突然將我搖醒了。她單手持刀，黑暗中我看到她眼睛裡的亮光，我連忙爬起來，低聲問：「是李承鄞的人追上來了？」

阿渡搖了搖頭。也不知道是她不知道，還是她沒猜出來。

我們伏在夜色中靜靜等候，忽然聽到「嗤」的一輕聲響，若是不留意，根本聽不到。只見一根細竹管刺破了窗紙，伸了進來。阿渡與我面面相覷，那只細竹管裡突然冒出白煙來，我一聞到那味道，便覺得手足發軟，再也站不住，原來吹進來的這白煙竟然是迷香。阿渡搶上一步，用拇指堵住竹管，捏住那管子，突然往外用力一戳。

只聽一聲低呼，外頭「咕咚」一聲，彷彿重物落地。我頭暈眼花，阿渡打開窗子，清新的風讓我清醒了些，她又餵給我一些水，我這才覺得迷香的藥力漸漸散去。阿渡打開房門，走廊上倒著一個人，竟然是領隊的那個高麗人，他被那迷香細管戳中了要穴，現在大張著嘴僵坐在那裡。阿渡拿出刀子擱在他頸上，然後看著我。

我唯恐另有隱情，對阿渡說：「把他拖進來，我們先審審。」

阿渡將他拖了進來，重新關好門。我踢了那人一腳，問：「你到底是什麼人？」

那人甚是倔強：「要殺便殺，大丈夫行走江湖，既然失手，何必再問。」

「哦，原來用迷香這種下三濫招數也算是大丈夫？」

那人臉上卻毫無愧疚之意，大聲道：「爲了贏，不擇手段！」

我說：「現在你可是輸了！」

那人還待要強嘴，阿渡在他腿上輕輕割了一刀，頓時血流如注。他便殺豬似的叫起來，再問他什麼他都肯說。原來這個高麗人看我們出手大方，越加眼紅，便起了殺人劫財之意，原是想用迷香將我和阿渡迷倒，沒想到剛剛吹進迷香，就被阿渡反戳中了穴道。

「原來是個假裝成商人的強盜！」我又踢了他一腳，「快說！你到底害過多少人？」

那人涕淚交加，連連求饒，說他眞的是正當商人，不過一時起了貪念，所以才會這樣糊塗。從前從來沒有害過人，家中還有七十歲的老母和三歲的幼子……

是不是每個人都是這樣貪得無厭？這個高麗人想要更多的錢財，官員想要當更大的官，而皇帝永遠想著要更大的疆域。所以年年征戰，永無止息。

從來沒有滿足的時候。

我又想起了李承鄞，那個小王子，終究是一步一步，走到了今天。他的父皇用皇位誘惑著他，他便一步一步，走到了今天。

而我，其實只不過想要一個人，陪我在西涼，放馬、牧羊。這樣簡簡單單的欲望，卻沒有辦法達成了。

阿渡輕輕地用刀柄敲在高麗人的頭上，他頭一歪就昏過去了。我和阿渡將他綁在桌子底下，然後堵上他的嘴。阿渡比劃著問我要不要殺他，我搖頭：「這個人醒過來也不敢報官，畢竟是他先要謀財害命。就把他綁在這裡吧，我們不能再跟他們一路了，正好改向西行。」

我們怕露了行跡，天沒亮就離了客棧。騎馬走了好一陣子，太陽才出來，到了下午，在一處集市上將馬賣了，又買了一架牛車，我和阿渡扮成是農人與農婦的樣子，慢慢往西行去。

追兵自然還是有的，很多時候大隊人馬從後頭直追上來，我們這樣破舊的牛車，他們根本就不多看一眼，風馳電掣般過去了。每到一城就盤查得更嚴，可是我和阿渡有時候根本就不進城，繞著鄉間的小路而行。一路行來自然極是辛苦，也不知道走了有多久，終於走到了玉門關。

看到兩山之間扼守的雄關，我終於振奮了起來。

只要一出關，就是西域諸國的地界，李承鄞哪怕現在當了皇帝，如果硬要派追兵出關去，只怕也會讓西域諸國譁然，以爲他是要宣戰，到時候真打起仗來，不是那麼容易的事。正因爲如此，玉門關內亦張貼了緝拿欽犯的海捕文告，我和阿渡扮成男人的樣子赫然被畫在上頭，不過名字可不是我們倆的。

說實話，那畫畫得可真像，李承鄞只見過一次我穿男裝，難爲他也能命人畫得出來。

不過現在我和阿渡都是女裝，海捕文告上通緝的江洋大盜可是男人，所以我和阿渡就排在了過關的隊伍裡。只是我們沒有過關的文牒，怎麼樣混出關去，卻是一樁難事。

我並不緊張，我包裡有不少金銀，阿渡武功過人，真遇上什麼事，先打上一架，打不贏我們再用錢收買好了。

沒想到這次我們既打不贏，也沒法子收買。

我瞧著關下的將軍。

裴照。

我覺得李承鄞真是狡猾，我便是繞著全天下跟他兜個圈子，仍舊得從玉門關出去，才能回去西涼。現在他派裴照來守住玉門關，挨個挨個盤查，就算是阿渡武功過人，試圖硬闖，這玉門關常年駐著數萬人的大軍，真要打起來驚動了大軍，我和阿渡只怕插著翅膀也飛不出去。

我對裴照笑了笑，裴照也對我笑了笑。

我說：「裴將軍，你怎麼會在這裡呢？」

裴照道：「末將受殿下差遣，來這裡追捕逃犯。」

我竟然還笑得出來：「裴將軍乃是金吾將軍，統領東宮三千羽林，不知是何等逃犯，竟然驚動了將軍，一直追到玉門關來。」

裴照不動聲色，淡淡地道：「自然是欽命要犯。」

我又笑了兩聲：「欽命要犯……」

阿渡微微一動，關隘上頭的雉堞之後，便出現了無數兵甲，他們引著長弓，沉默地用羽箭指著我們。

我歎了口氣，對裴照說道：「反正我今日無論如何都要出關去，你若是想阻我，便將我亂箭射死在關門之下吧，反正這樣的事你也不止幹了一次了。」

裴照卻道：「太子妃誤解殿下了，殿下待太子妃，實在是一片癡心。」

我道：「什麼癡心不癡心，我和他恩斷義絕，你不用再在我面前提他。」

裴照道：「承天門失火，並不是燈燭走水。」

我微微一驚。

「上元萬民同歡，實在沒有辦法關閉城門，殿下憂心如焚，唯恐刺客將太子妃挾制出城，再難追捕，所以狠心下令，命人暗中放火，燒了承天門。」裴照語氣仍舊是淡淡的，「殿下為了太子妃，可以做出這樣的事情，為何太子妃，卻不能原宥殿下。」

這消息太讓我震驚，我半天說不出話來。承天門乃是皇權的象徵，自從承天門失火，朝中議論紛紛，皇帝為此還下了罪己詔，將失德的責任攬到自己身上。我做夢也沒有想過，那不是偶然的失火，竟然是李承鄞命人放的火。

裴照道：「殿下身為儲君，有種種不得已之處。那日射殺刺客，誤傷阿渡姑娘，乃是末將一意孤行，太子妃若要見罪，末將自然領受，太子妃不要因此錯怪了殿下。」

我雖然沒什麼心機，卻也不是傻子，我說道：「你休在這裡騙我了。」

裴照道：「末將不敢。」

我冷冷地道：「你有什麼不敢的，不是君命難違麼？沒有他下令，你敢調動羽林軍圍殲？沒有他下令，你敢叫人放箭？你將這些事全攬到自己身上，不過是想勸我回去，我再不會上你們的當。裴照，三年前我在忘川崖上縱身一跳，那時候我以爲我再不會見到你們。這三年我忘了一切，可是你大約從來不會想過，我竟然會重新想起來。李承鄞做的那些事情，我永遠也不會原諒他，你今日不放我出關，我便會硬闖，要殺要剮隨你們便是了。」

裴照神色震動地看著我，他大約做夢也沒有想到我會想起一切事來，他怔怔地看著我，就像是要用目光將我整個人都看穿似的。我突然覺得心虛起來，這個人對李承鄞可不是一般的忠心，他今天到底會怎麼做呢？

裴照沉默了好久，忽然道：「不會。」

我覺得莫名其妙：「什麼不會？」

他抬起眼睛來看我：「那日太子妃問，若是刺客抓著您，末將會不會也命人放亂箭將您和刺客一起射死？末將現在答，不會。」

我突然地明白過來，我朝阿渡打了個手勢，阿渡拔出刀來，便架在我脖子上。

我說：「開關！」

裴照大聲道：「刺客挾制太子妃，不要誤傷了太子妃，快快開關。」

關門被打開，沉重的門扇要得數十人才能一分一分地推動，外頭刺眼灼人的烈日直射進來，白晃晃的，曬在人身上竟微微發疼。

玉門關外的太陽便是這般火辣，我按捺住狂喜，便要朝著玉門關外策馬奔去。

突然聽到身後馬蹄聲大作，一隊騎兵正朝這邊奔馳過來。迎面旌旗招展，我看到旗幟上赫然繡著的龍紋，來不及多想，等再近些，那些馬蹄踏起的揚塵劈頭蓋臉而來，我眯著眼睛看著這隊越馳越近的人馬，才發現爲首的竟然是李承鄞。

我心猛然一沉。

我和阿渡催馬已經奔向了關門。

我聽到遠遠傳來大喝：「閉關門！殿下有令！閉關門！」

那些士卒又手忙腳亂開始往前推，想把關門給關上。

眼看著沉重的關門越來越近，中間的亮光卻越來越少，那些人拚命推著門想要關上，越來越窄，越來越近，只有一匹馬的縫隙了，眼看著來不及了。阿渡的馬奔在前頭，她回過頭想要將我拉上她的馬，我卻揚起手來，狠狠地抽了她的馬一鞭，那馬兒受痛，長嘶一聲，終於躍出了關門。

關門徐徐地闔上，我看到阿渡倉惶地回過頭來看我，她兜轉了馬頭想要衝回來，可是沉重的關門已經闔上，她的刀本來已經插進門裡，但是什麼也改變不了了。關門關了，鐵栓降下來，我聽到她拚命地想要斬斷那鐵栓，徒勞的削砍只是濺起星星點點的火花，她不會說話，也不能發出任何聲音，我看著那刀尖在門縫裡亂斬著，可每一刀，其實都是徒勞。

大隊的羽林軍已經衝上來，我轉身朝著關隘奔去，一直奔到了城樓上。我伏到城堞之上，彎腰看到阿渡還在那裡孤伶伶捶打著城門，那樣固若金湯的雄關，憑她一人，又如何能夠撼動半分？我看到她咧嘴在無聲地哭泣，我忽然想起赫失，他將我託付給了阿渡，又何嘗不是將阿渡託付給了我。如果沒有我，阿渡也許早就活不下去了，正如同，如果沒有阿渡，我也早就已經死了。

突厥已滅，阿渡比我孤苦一千倍一萬倍，二十萬族人死於月氏與中原的合圍，可是這樣的血海深仇，她卻爲了我，陪我在中原三年。

事到如今，我只對不起她一個人。

羽林軍已經奔到了關隘之下，無數人簇擁著李承鄞下馬，我聽到身後腳步聲雜遝，他們登上了關樓。

我倒沒有了任何畏懼，只是靜靜地站在那裡。

李承鄞的頸中還縛著白紗，其實我那一刀如果再深一點點，或許他就不能夠再站在這裡。

他獨自朝著我走過來，而他每進一步，我就退一步。我一直往後退，直到退無可退，一直退到了雉堞之上。西風吹起我的衣袂，獵獵作響，就好像那天在忘川之巔。我站在懸崖的邊上，而我的足下，就是雲霧繚繞的萬丈深淵。

李承鄞看著我，目光深沉，他終於說道：「難道妳就這樣不情願做我的妻子？」

我對他笑了笑，並沒有答話。

他問我：「那個顧小五，到底有哪裡好？」

我的足跟已經懸空，只有足尖還站在城堞之上，搖搖欲墜。羽林軍都離得非常遠，沉默地注視著我。而李承鄞的目光，有著錯綜複雜的痛楚，彷彿隱忍，亦彷彿悽楚。

我彷彿做了一場夢，一切都和三年前一般，這三年來浮生虛度，卻終究是，分毫未改。

我說：「顧小五有哪裡好，我永遠也不會告訴你。」

李承鄞忽然笑了：「可惜他已經死了。」

是，可惜他已經死了。

他說道：「妳跟我回去，我既往不咎，還是會對妳好。不管妳是不是還惦記著那個顧小五，只要妳肯跟我回去，我便再不會提起此事。」

我對他笑了笑，我說：「只要你答允我一件事，我就死心塌地地跟你回去。」

他臉上似乎一點兒表情也沒有，只是問：「什麼事？」

我說：「我要你替我捉一百隻螢火蟲。」

他微微一震，似乎十分費解地瞧著我。我的視線漸漸模糊，我卻仍舊是笑著的：「忘川之水，在於忘情……忘川的神水讓我忘了三年，可是，卻沒能讓我忘記一輩子。」

眼淚淌過臉頰，我笑著對他說：「像你一直都忘了，多好啊。」

他怔怔地瞧著我，就像根本不懂我在說什麼，我也不知道自己的表情，我明明是在對他笑的，可是卻偏偏又在哭。我說：「這一次，我是真的要忘了。」

我回轉身，就像一隻鳥兒撲向天空，就像一隻蝴蝶撲向花朵，我毅然決絕地縱身躍下。我明明知道，這裡再無忘川，下面是無數尖利的碎石，一旦跌下去，便是粉身碎骨。

我聽到無數人在驚叫，李承鄞情急之下，搶上來抽出腰帶便揚手捲住我。一切的一切，幾乎都像三年前的重演。我整個人硬生生被他拉住懸空，而他也被我下衝的慣性，直墜到城堞邊。他一手扶著堞磚，一手俯身拉住我，手上的青筋因為用力而暴起，他脖子裡的傷口，開始滲出鮮血，大約已經迸裂，可是他並沒有放手，而是大叫：「來人！」

我知道一旦羽林軍湧上來幫他，便再無任何機會，我揚起手來，寒光閃過他的眼前，他大叫：「不！」

我割裂了他的腰帶，輕薄的絲綢斷裂在空氣中，我努力對他綻開最後一個笑顏：「我要忘了你，顧小五。」

我看到他眼中錯愕的神情，還有頸中緩慢流出的鮮血，他似乎整個人受到什麼突然的重創，竟然微微向後一仰。我看到血從他傷口中迸濺而出，落在我的臉上。我笑著看著他，他徒勞地似乎想要挽住我，可是只差了那麼一點點，他的指尖只能挽住風，他淒厲的聲音迴響在我耳邊：

「是我……小楓……我是顧小五……」

我知道他終於想起來了，這便是我對他最大的報復。三年前他主持的那場殺戮，湮盡我們之間的情感；三年後我便以此，斬斷我們之間所有的一切。

我看到他合身撲出，也許他想像三年前一樣跟著我跳下來，可是這裡不是忘川，跌下來只有粉身碎骨。我看到裴照拉住了他，我看到他反手一掌擊在裴照的胸口，他定然用盡了全力，我看到那一掌打得裴照口吐鮮血，可是裴照沒有放手，更多人湧上去，死死拖住了他。

天眞藍啊……風聲呼呼地從耳畔響過，一切都從我眼前漸漸恍惚。

我彷彿看見自己坐在沙丘上，看著太陽一分分落下去，自己的一顆心，也漸漸地沉下去，到了最後，太陽終於不見了，被遠處的沙丘擋住了，再看不見了。天與地被夜幕重重籠罩起來，連最後一分光亮，也瞧不見了。

我彷彿看見圍觀的人都笑起來，好多突厥人都不相信白眼狼王眞的是顧小五殺的，所以他們仍舊存著一絲輕蔑之意。顧小五捧著那張弓，似乎彈琴一般，用手指撥了撥弓弦。弓弦錚錚作響，圍觀的人笑聲更大了，他卻在那哄笑聲中連珠箭發，射下一百隻蝙蝠。

我彷彿看見無數螢火蟲騰空飛去，像是千萬顆流星從我們指端掠過，天神釋出流星的時候，也就是像這樣子吧。成千上萬的螢火蟲環繞著我們，牠們輕靈地飛過，點點螢光散入四面八方，就像是流星金色的光芒劃破夜幕。我想起歌裡面唱，天神與他眷戀的人，站在星河之中，就像這一樣華麗璀璨。

我彷彿看見自己站在忘川之上，我的足跟已經懸空，山崖下的風吹得我幾欲站立不穩，搖晃著隨時會墜下去，風吹著我的衣衫獵獵作響，我的衣袖就像是一柄薄刃，不斷拍打著我的手臂。他不敢再上前來逼迫，我對他說道：「我當初錯看了你，如今國破家亡，是天神罰我受此磨難。」我一字一頓地說道，「生生世世，我都會永遠忘記你！」

我彷彿看見當初大婚的晚上，他掀起我的蓋頭。蓋頭一掀起來，我只覺得眼前一亮，四面燭光亮堂堂的，照著他的臉，他的人。他穿著玄色的袍子，上面繡了很多精緻的花紋。我在之前幾個月，由永娘督促，將一本《禮典》背得滾瓜爛熟，知道那是玄衣、纁裳、九章。五章在衣，龍、山、華蟲、火、宗彝；四章在裳，藻、粉米、黼、黻。織成爲之。白紗中單，黼領，青褾、襈、裾。革帶，金鉤暐，大帶，素帶不朱裡，亦紕以朱綠，紐約用組。黻隨裳色，火、山二章也。

他戴著大典的袞冕，白珠九旒，以組爲纓，色如其綬，青纊充耳，犀簪導，襯得面如冠玉，儀表堂堂。

那個時候，我以爲我是第一次見到他。卻不知道，我們早就已經見過，在西涼蒼茫的月色之下。

我最後想起的，是剛剛我斬斷腰帶的剎那，他眼底盈然的淚光。

可是遲了，我們掙扎了三年，還是愛上了對方。這是天神給予的懲罰，每個飲過忘川之水的人，本來應該永遠遠離，永遠不再想起對方。

我安然閉上眼睛，在急速的墜落之中，等待著粉身碎骨。

下落的力道終於一頓，想像中的劇痛還是沒有來臨，我睜開眼睛，阿渡清涼的手臂環抱著我，雖然她極力躍起，可是世上卻沒有人能承受這樣巨大的下挫之力，我幾乎能夠清晰地聽見她骨骼碎裂的聲音，她硬生生地用她自己的身軀，當成了阻止我撞上大地的肉墊。我看到鮮血從她的耳中、鼻中、眼中流出，我大叫了一聲：「阿渡！」我雙腿劇痛，根本沒有辦法站起來，我掙扎著爬起，手足無措地想要抱起她，可是些微的碰觸似乎便是劇痛，她神情痛苦，但烏黑的眼珠看著我，眼神一如從前一般安詳，絲毫沒有責備之意。就像看到我做了什麼頑皮的事情，或者就像從前，我要帶她溜出去上街。我抱著她，喃喃地叫著她的名字。

我明明知道，西涼早就回不去了。我明明是想要她先走，可是我對不起她，我明明知道，她不會將我獨自撇在這孤伶伶的世上。而我也知道，我不會獨自將她撇在這孤伶伶的世上。阿渡已經闔上了眼睛，任憑我怎麼呼喚，她也不知道了。

我聽到城門「軋軋」打開的聲音，千軍萬馬朝著我們衝過來，我知道所有人都還是想，將我拉回那痛苦的人世，將我帶回那座冷清的東宮。可是我再也不願受那樣的苦楚了。

我對阿渡說：「我們一起回西涼去。」

我拾起阿渡的金錯刀，剛剛阿渡拿著它砍削巨大的鐵栓，所以上面崩裂了好多細小的缺口，我將它深深插進自己的胸口，卻一點兒也不痛。也許這世上最痛苦的一切我都已經經歷，死亡，還算什麼呢？

血汩汩地流出來，我用沾滿鮮血的雙手握住阿渡的手，慢慢伏倒在她的身旁。我知道，我們終究是可以回家去了。

一切溫度與知覺漸漸離我而去，黑暗漸漸籠罩。我似乎看到顧小五，他正策馬朝我奔來，我知道他並沒有死，只是去給我捉了一百隻螢火蟲。

現在，我要他給我繫上他的腰帶，這樣，他就永遠也不會離開我了。

我帶著些微笑意，嚥下最後一口氣。

大地蒼涼，似乎有人在唱著那首歌：

「一隻狐狸牠坐在沙丘上，坐在沙丘上，瞧著月亮。噫，原來牠不是在瞧月亮，是在等放羊歸來的姑娘……一隻狐狸牠坐在沙丘上，坐在沙丘上，曬著太陽……噫……原來牠不是在曬太陽，是在等騎馬路過的姑娘……」

原來那隻狐狸，一直沒能等到牠要等的那位姑娘。

【終】

東宮

匪我思存作品 O2

作者 匪我思存
總編輯 莊宜勳
主編 鍾靈
出版者 春天出版國際文化有限公司
地址 台北市信義路四段458號3樓
電話 02-7718-0898
傳眞 02-7718-2388
E－mail frank.spring@msa.hinet.net
網址 http://www.bookspring.com.tw
部落格 http://blog.pixnet.net/bookspring
郵政帳號 19705538
戶名 春天出版國際文化有限公司
法律顧問 蕭顯忠律師事務所
出版日期 二〇一九年三月二版
定價 340元

本書中文繁體版由四川一覽文化傳播廣告有限公司代理，
經北京記憶坊文化資訊諮詢有限公司授權出版

總經銷 楨德圖書事業有限公司
地址 新北市新店區寶興路45巷6弄6號5樓
電話 02-8919-3186
傳眞 02-8914-5524
香港總代理 一代匯集
地址 九龍旺角塘尾道64號 龍駒企業大廈10 B&D室
電話 852-2783-8102
傳眞 852-2396-0050

ISBN 978-957-741-199-0 Printed in Taiwan

國家圖書館出版品預行編目(CIP)資料

東宮 / 匪我思存著. -- 二版. -- 臺北市 : 春天出版國際, 2019.03
面 ; 公分. -- (匪我思存作品 ; 2)
ISBN 978-957-741-199-0(平裝)
857.7 108003374